五四时期外国文学翻译的言说与实践

任淑坤 著

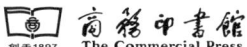

国家社科基金项目"五四时期外国文学翻译的言说与实践研究"(16BYY020)结项成果

目 录

绪 论 ……………………………………………………………………1

第一章 五四时期的译作与非译作关系探源
　　　　——以《新青年》为中心 ………………………………18
　第一节 《新青年》刊载的译作与非译作 ……………………18
　第二节 《新青年》刊载的译作与非译作之关系 ……………32
　第三节 从晚清到五四：译作和非译作关系的形成 …………46

第二章 从晚清的"译中作"到五四的"作中译" ……………71
　第一节 五四时期的译、按分离 ………………………………71
　第二节 译作与创作的分离 ……………………………………83
　第三节 五四时期的"作中译" ………………………………106

第三章 翻译言说：导向　批评　理论 ……………………………124
　第一节 导向言说：从文学导向到翻译导向 …………………124
　第二节 批评言说及其偏执性 …………………………………136

第三节　理论言说及其针对性 ·· 158

第四章　翻译言说与实践的关系 ·· 175
第一节　退潮与坚守的文言 ·· 175
第二节　主流与非主流的直译 ·· 185
第三节　翻译批评与原则背离 ·· 197

第五章　从外国文学走进来看中国文学走出去 ························ 217
第一节　文学翻译中的信息量守恒 ······································ 217
第二节　五四时期外国文学译作的传播模式 ························ 246
第三节　翻译文学的传播模式及其影响因素 ························ 267

第六章　结语 ··· 283
第一节　译、按分离与信息量守恒 ······································ 283
第二节　非译作对译作传播的辅助之功 ······························ 288
第三节　从晚清到五四：翻译概念和方法流变的动因 ········ 295
第四节　顺向与逆向：一元言说与多元实践 ······················ 300

参考文献 ·· 309
后　　记 ·· 317

绪　论

五四时期的外国文学翻译，在中国翻译史上具有里程碑意义。这一时期关于翻译的主流舆论导向非常清晰，在翻译方法上提倡直译，在翻译语言上提倡白话文，在翻译目的上以借助外来文学开启民智、建立新文学为己任。但在这样的导向言说下，翻译实践却出现多元化倾向。比如，提倡"为人生"的文学，在翻译实践中个人的审美情趣却无处不在；提倡"信"，在翻译实践中却不乏"曲笔"以达到理想的译文状态或实现翻译目的；提倡以"白话文"为翻译语言，在翻译实践中却不乏"文言"的影子；主张"直译"，翻译实践中的"意译"却并未因对严复、林纾等老一辈翻译家的批判而销声匿迹，反而直接引发了对直译和意译的得失、关系、适用性等的进一步思考；直译在实践中的不足，反向启发了"气韵""风韵""神韵"等看似与直译最不相融的理论言说，在直译最为盛行的五四时期的发轫。目前，对五四时期外国文学翻译的研究已经取得了丰硕的成果，下面以改革开放为界，分别综述改革开放前和改革开放后五四时期外国文学翻译的研究成果。

一、改革开放前对五四时期外国文学翻译的研究

关于五四时期的外国文学翻译，1949年前已有论著涉及。如黄嘉德编《翻译论集》，以"翻译通论""论译名""论译诗""翻译的历史"四辑的形式，将从晚清至五四"散见各种报章杂志出版物"的翻译论述，摒弃"散漫零碎的"和"意气用事的"，挑选"充实适当"的，"务使读者阅后，对于翻译的原理，方法，历史诸方面，都能有相当的认识，因而在技术的训练

上，间接可以得到一些有益的帮助"①。该论集中收录了周作人、傅斯年、鲁迅、成仿吾、吴稚晖、郭沫若、胡适、艾伟、刘半农等谈翻译的文章，包括《〈陀螺〉序》《译书感言》《关于翻译的通信（节录）》《论译诗》《移读外籍之我见（节录）》《讨论注译运动及其他（节录）》《论翻译》《译学问题商榷》《关于译诗的一点意见》等，并在"编者序"中对这些文章的主要内容和意义进行了简要介绍。杨镇华著《翻译研究》分为七章，分别是"翻译的困难""怎样才算好翻译""直译法和意译法""翻译的五步法""诗的译法""名的翻译""译才与译德"，在"诗的译法"中引用了成仿吾的译诗"四标准"和"二方法"。"四标准"为"应以诗译诗""应传原作情绪""应传原作内容""应取原作形式"，"二方法"为"表现的方法"和"构成的方法"，认为"成氏这两个方法说来虽似可行，但还嫌不十分具体"。② 另在直译的方法和译诗等问题上，多方引用周作人的观点，如直译的条件是必须达意，在汉语能力所及的范围内保留原文的风格③，如承认周作人所说"诗是不可译的，只有原本一首是诗，其他的任何译文都是塾师讲唐诗的解释"有部分真理，尽管其说得过于严格。④

此外，有些著作中的部分章节涉及五四时期的翻译文学。陈子展《中国近代文学之变迁》中"翻译文学"一章介绍了晚清的翻译文学，在结尾处简略提及其后的五四时期："到了文学革命运动以后，一时翻译西洋文学名著的人如龙腾虎跃般的起来，小说戏剧诗歌都有人翻译。翻译的范围愈广，翻译的方法愈有进步，而且翻译的文体大都是用白话文，为了保存原著的精神，白话文就渐渐欧化了。"⑤ 这本书中还有一章名为"十年以来的文学革命

---

① 黄嘉德编：《翻译论集·编者序》，《民国丛书》第三编（50）（影印版），上海：上海书店1991年版，第Ⅶ页。
② 杨镇华：《翻译研究》，《民国丛书》第三编（50）（影印版），上海：上海书店1991年版，第62页。
③ 同上注，第26页。
④ 同上注，第64页。
⑤ 陈子展：《中国近代文学之变迁》，上海：中华书局1929年版，第163页。

运动",讲述了文学革命的四个起因——"文学发展上的自然趋势""外来文学的刺激""思想革命的影响""国语教育的需要"[①],多与五四时期的外国文学翻译有不可分割的联系。王哲甫《中国新文学运动史》也专列一章"翻译文学",认为鲁迅、周作人兄弟尝试用"欧化语体"翻译外国文学,"为翻译界开了一个新纪元,自此翻译的质量,就突然的进步起来了",此后,翻译功绩最大的当数文学研究会和创造社,他们以"纯文学的会社翻译的事业,至此才算到了正式发达的时期"。[②]

田禽《中国戏剧运动》以五四、五卅、九·一八、一·二八、抗日战争为时间线,缕析中国的戏剧批评、戏剧理论建设、戏剧运动的路向、剧作家等,其中第八章"三十年来戏剧翻译之比较"涉及五四时期的戏剧翻译。在其他章节也多次强调五四运动和新文化运动对中国新剧的开创之功,认为"新文化的支流的戏剧"是在这新文化的"洪流里逐渐的成长起来"的,它的社会基础是通过"五四运动的革命怒潮才奠定的"。[③] 书中充分肯定了五四时期的戏剧翻译和创作,并认为《新青年》《新月》在戏剧理论建设方面功不可没:"当时,戏剧系因为拥有大批在国外专攻戏剧的留学生,他们不断在各著名的报章或杂志上发表戏剧论文或剧本,因为他们大多是新文化运动的中坚分子,所以,社会上一般人士对于他们所发表的戏剧论著比较重视,因而助长了中国新演剧理论的幼苗。老实说,戏剧理论能有今日这样丰盛的结果,不能不归功于当时那般拓荒的先辈们。"[④] 据该书统计,从1908年到1938年的30年间共出版翻译剧本387部,其中1915—1929年出版176部,约占全部译本数量的45%。从1915年和1916年出版0部的起点,到1917年1部、1918年1部、1920年2部翻译剧本的零星出现,再到1929年出版39部,翻译戏剧在新文化运动时期的出现和蓬

---

① 陈子展:《中国近代文学之变迁》,上海:中华书局1929年版,第164—175页。
② 王哲甫:《中国新文学运动史》,北平:景山书社1933年版,第260—261页。
③ 田禽:《中国戏剧运动》,上海:商务印书馆1946年版,第35页。
④ 同上注,第19—20页。

勃发展在这些数字中可见一斑。

从以上回顾可以看出，1949年前对于五四时期外国文学翻译的认识还不够深入，主要停留在对翻译史料的收集、整理、介绍和引用上。另有只言片语似有折中之嫌的评价，还没有达到研究的层面。[①] 论及五四时期的翻译文学时，都着力肯定翻译文学对于新文学发展和反帝反封建的积极作用，尤其是五四时期的戏剧改革，是在外来剧作的影响下发生的，"是服务于民族革命的最锐利的文化的武器"[②]，"它的出发点是为了净化民众固有的思想毒素，注入新的思想血液，以便使他们的思想健康起来，行动积极起来，都能为国家为民族的生存而奋斗"[③]。

在新中国成立后至改革开放前近30年的时间里，有关五四时期文学翻译的研究成果较少，主要是在《北京大学学报》《世界文学》和《文学评论》上发表的一些论文，"但由于当时社会环境的影响，对文学与翻译的研究受到各种政治风潮的左右，无论是思想观念、立场看法，还是话语方式都不那么心平气和，其倾向性与偏颇之处不言自明"[④]。

二、改革开放至今对五四时期外国文学翻译的研究

（一）著作类

改革开放至今，随着学术风气的转变，涉及五四时期外国文学翻译的研究成果陆续面世，研究著作主要分为以下几类：

---

① 任淑坤：《五四时期外国文学翻译研究》，北京：人民出版社2009年版，第7页。
② 田禽：《中国戏剧运动》，上海：商务印书馆1946年版，第35页。
③ 同上注，第85页。
④ 任淑坤：《五四时期外国文学翻译研究》，北京：人民出版社2009年版，第8页。

1. 追本溯源的时段勾勒。如罗新璋编《翻译论集》（商务印书馆，1984），马祖毅《中国翻译简史——"五四"以前部分》（中国对外翻译出版公司，1998），陈玉刚主编《中国翻译文学史稿》（中国对外翻译出版公司，1989），臧仲伦《中国翻译史话》（山东教育出版社，1991），李亚舒、黎难秋等《中国科学翻译史》（湖南教育出版社，2000），王向远《二十世纪中国的日本翻译文学史》（北京师范大学出版社，2001），方华文《20世纪中国翻译史》（西北大学出版社，2005），孟昭毅、李载道主编《中国翻译文学史》（北京大学出版社，2005），马祖毅等《中国翻译通史》（湖北教育出版社，2006），查明建、谢天振《中国20世纪外国文学翻译史》（上、下卷，湖北教育出版社，2007），秦弓《二十世纪中国翻译文学史》（五四时期卷，百花文艺出版社，2009），陈福康《中国译学史》（上海外语教育出版社，2011），孟昭毅等《中国东方文学翻译史》（昆仑出版社，2014）等。这些著作有通史，有断代史，涵盖的时间长，跨度大，注重史料的挖掘和史实的追溯与澄清，纵横捭阖，有史有论。通常会以年代为主线，辅以翻译类别、翻译家、国别、社团等线索组织各个时期的史料和著作内容。

2. 视野宽阔的跨领域研究。涉及文化史、思想史、译介学、比较文学、国别文学等，如王锦厚《五四新文学与外国文学》（四川大学出版社，1996），王克非编著《翻译文化史论》（上海外语教育出版社，1997），王秉钦《20世纪中国翻译思想史》（南开大学出版社，2004），谢天振、查明建主编《中国现代翻译文学史（1898—1949）》（上海外语教育出版社，2004），平保兴《五四译坛与俄罗斯文学》（青海人民出版社，2004），张中良《五四时期的翻译文学》（秀威资讯科技股份有限公司，2005），廖七一《中国近代翻译思想的嬗变：五四前后文学翻译规范研究》（南开大学出版社，2010），韩一宇《清末民初汉译法国文学研究（1897—1916）》（中国社会科学出版社，2008），卫茂平《德语文学汉译史考辨：晚清和民国时期》（上海外语教育出版社，2004），蒙兴灿《五四前后英诗汉译的社会文化研究》（科学出版社，2009），苏畅《俄苏翻译文学与中国现代文学的生成》（社会科学文献出版社，2013），廖七一《20世纪上半叶文学翻译散论》（科学出版社，2020）等。这些著作的关注点不是译作和原作两相比较以衡量译作相对于原作的相似度和得失，而是关注翻译历程中翻译思想的演变和发展，影响因素和译作的文学效用、文化效用以及社会效用。关注"如何忠实原作，准确理解，顺畅表达"固然重要，但"更要看它在文化交流上发生的作用和影响"，"从翻译文化史角度看，译本的忠实程度与该译本在文化沟通上的作用之大小并无绝对的正比例关系"。[①]

3. 关注焦点的专题研究。包括传统译论及其发展和现代阐释、翻译论争和翻译现代性等。相关著作如沈苏儒《论信达雅——严复翻译理论研究》（商务印书馆，1998），王宏志《重释"信达雅"：二十世纪中国翻译研究》（东方出版中心，1999），陈福康《中国译学理论史稿》（上海外语教育出版社，2000），王宏志编《翻译与创作——中国近代翻译小说论》（北京大学出版社，2000），王宏印《中国传统译论经典诠释——从道安到傅雷》（湖北教育出版社，2003），平保兴《五四翻译理论史》（中国文史出版社，2004），王向远、陈言《二十世纪中国文学翻译之争》（百花洲文艺出版社，2006），赵稀方《翻译现代性：晚清到五四的翻译研究》（南开大学出版社，2012），赵稀方《翻译与现代中国》（复旦大学出版社，2018），李春《文学翻译与文学革命：早期中国新文学作家的翻译研究》（中央编译出版社，2019）等。作为中国传统译论的最高峰，"信达雅"言简意赅，留有充裕的解读空间，在现当代依旧充满魅力。很多传统译论都有类似的特点，虽然几部著作的写法和对以"信达雅"为代表的传统译论阐释不尽相同，但在力求为有争议的问题提供新的研究角度，深入了解、继承和融合传统译论，有扬有弃，创立和发展现代翻译理论方面是一致的。20世纪关于文学翻译的论争，经过系统梳理、总结和评述，使得论争双方翻译的观点更加清晰，但"学术问题很复杂，常常不是一个简单的是非曲直、非此即彼的问题，论争双方都

[①] 王克非编著：《翻译文化史论》，上海：上海外语教育出版社1997年版，第6页。

持有'片面的真理',论争才能持续下去"①,这也使得对翻译论争的评述免于偏激。翻译现代性问题的研究关注不同的翻译现代性路径与文化重建的关系,尤其挖掘出被历史和翻译大潮所掩盖的如《学衡》所提供的那种"完全脱离了我们的视野"的"现代性方式"。②这也恰恰可以推断:"也许单一的'现代性'并不存在","西方的众多语言参差不一,其实暗示出西方的科学、风格和价值系统也是多元和驳杂的","有赖不同与不断的翻译,才能露出端倪"。③

4. 以翻译主体为单位的研究。包括对翻译家群体的研究和对翻译家个体的研究。(1)对翻译家群体的研究:如杨丽华《中国近代翻译家研究》(天津大学出版社,2011),方梦之、庄智象主编《中国翻译家研究(民国卷)》(上海外语教育出版社,2017),涂兵兰《民初翻译家翻译伦理模式构建及其影响研究》(知识产权出版社,2020)等。《中国近代翻译家研究》通过叙述严复、梁启超、林纾、马君武和鲁迅五位翻译家的生平译事、译论和分析译本,研究翻译家拟译文本的现代取向、翻译策略选择、翻译文体生成、制约翻译的规范以及近代翻译家对中国文学文化的现代转型的影响。《中国翻译家研究》分为历代卷、近代卷和当代卷三卷本,其中民国卷共收入34位翻译家。通过述评翻译家的生平、翻译活动、翻译思想、著译作品和翻译影响,以个案研究的形式,全方位、多角度梳理我国传统译学的发展脉络,重塑我国翻译家群像。《民初翻译家翻译伦理模式构建及其影响研究》考察民初翻译家在翻译文本、翻译语言及翻译方法的伦理抉择中形成的伦理模式——牧师型、贱民型和探索型——并分析伦理模式对中国现代文学和文化结构的影响。对于翻译家群体的研究,虽然是以个案的形式呈现,但旨在呈

---

① 王向远、陈言:《二十世纪中国文学翻译之争》,南昌:百花洲文艺出版社2006年版,第10页。
② 赵稀方:《翻译与现代中国》,上海:复旦大学出版社2018年版,第168页。
③ 王德威:《翻译"现代性"》,王宏志编:《翻译与创作——中国近代翻译小说论》,北京:北京大学出版社2000年版,第281页。

现翻译史的整体概貌或翻译史上具有共性的问题。

（2）对翻译家个体的研究：对鲁迅翻译研究的专著较多，如刘少勤《盗火者的足迹与心迹——论鲁迅与翻译》（百花洲文艺出版社，2004），王友贵《翻译家鲁迅》（南开大学出版社，2005），李寄《鲁迅传统汉语翻译文体论》（上海译文出版社，2008），吴钧《鲁迅翻译文学研究》（齐鲁书社，2009），顾钧《鲁迅翻译研究》（福建教育出版社，2009），冯玉文《鲁迅翻译思想研究》（中国社会科学出版社，2015），陈红《日语源语视域下的鲁迅翻译研究》（浙江工商大学出版社，2019），骆贤凤《鲁迅的翻译伦理思想研究》（商务印书馆，2020）等。对鲁迅翻译的研究，一方面从宏观上关注鲁迅一生的翻译活动和译作，进行梳理、分期（分类），并辅以翻译选材、翻译方法、文本分析、译作传播和影响、预设读者、翻译与创作的关系等，深化主题；另一方面则从鲁迅一生的翻译活动中撷取某一时期或翻译的某一层面进行具体而深入的挖掘，比如鲁迅留日前期、留日后期和民国初年的传统汉语翻译文体变化，鲁迅的翻译伦理思想等。

关于作为翻译家的周作人的研究，专著包括王友贵《翻译家周作人》（四川人民出版社，2001），刘全福《翻译家周作人论》（上海外语教育出版社，2007），于小植《周作人文学翻译研究》（北京大学出版社，2014）等。几部著作侧重点各异，或"通过对周氏大量的翻译作品的具体分析，试图探察周作人的翻译文学和翻译活动在文学史上的意义，以及与周氏自己思想和文学观发展之间的相互作用"[①]，或从周作人翻译日本文学、希腊文学、被损害民族文学、西欧文学及其他类别作品的成就，凸显"周作人翻译研究之于文学史与翻译史研究的意义和价值"[②]，或探寻周作人的语言观、翻译观、文化观，分类研究其小说翻译、诗歌翻译及与日本文化和希腊文化的渊源。

研究胡适翻译的专著，包括廖七一《胡适诗歌翻译研究》（清华大学出

---

① 王友贵：《翻译家周作人》，成都：四川人民出版社2001年版，第4页。
② 刘全福：《翻译家周作人论》，上海：上海外语教育出版社2007年版，第171页。

版社，2006），赵文静《翻译的文化操控——胡适的改写与新文化的建构》（复旦大学出版社，2006）等。《胡适诗歌翻译研究》以胡适的译诗为个案，描述五四运动前后中国文化环境与译者主体意识之间的张力，"体现了当时中国文化和诗学转型的艰难过程，然而在强调转型期主体文化内部需求对翻译制约和操控的同时，也清楚地描绘出胡适作为翻译主体在他译诗中'留下的痕迹'"[①]。《翻译的文化操控》分析胡适改写和翻译的作品，描述当时的社会文化背景与胡适翻译活动及其作品经典化之间的关联。两部著作都通过胡适的翻译个案研究，昭示了西方译论的适用性和局限性。比如，意识形态不总是作用于翻译活动："在五四运动前后赞助系统中意识形态（ideological component）、经济（economic component）和社会地位（social status）彼此分离的时期，传播媒介所发挥的积极作用，可以说是近代中国历史上任何时代都不能相比的，这是胡适译诗的幸运，也是新文化运动的幸运。"[②]同时，意识形态也不仅仅表现在社会政治方面，文艺、哲学、道德、宗教都是意识形态的表现形式，因而意识形态和诗学观念不应该作为并列的控制因素。[③]

对郭沫若的翻译研究，包括傅勇林等的《郭沫若翻译研究》（四川文艺出版社，2009），丁新华《郭沫若与翻译研究》（上海交通大学出版社，2014），谭福民《郭沫若翻译研究》（上海交通大学出版社，2014）等。总体而言，对郭沫若的翻译研究包括梳理郭沫若的翻译理论和实践活动，总结其翻译思想、翻译策略、翻译影响，揭示其翻译、研究和创作的联系等。对茅盾的翻译研究有王志勤《跨学科视野下的茅盾翻译思想研究》（四川大学出版社，2019），梳理了茅盾翻译思想的成因和发展变迁，分析了茅盾翻译思想与实践的互动，并揭示其现实启示。

5. 以媒介和团体为单位的研究。五四时期刊登翻译作品的刊物和报纸很

[①] 廖七一：《胡适诗歌翻译研究》，北京：清华大学出版社2006年版，第54页。
[②] 同上注，第177—178页。
[③] 赵文静：《翻译的文化操控——胡适的改写与新文化的建构》，上海：复旦大学出版社2006年版，第62—69页。

多,但目前的研究主要集中在《新青年》和《小说月报》,如潘艳慧《〈新青年〉翻译与现代中国知识分子的身份认同》(齐鲁书社,2008),李建梅《文学翻译规范的现代变迁:从〈小说月报〉(1921—1931)论商务印书馆翻译文学》(四川辞书出版社,2012),石晓岩《重构与转型:〈小说月报〉(1910—1931)翻译文学研究》(社会科学文献出版社,2014)等。《〈新青年〉翻译与现代中国知识分子的身份认同》以《新青年》的翻译为个案研究,旨在探讨《新青年》翻译与现代中国知识分子身份认同和建构之间的逻辑关联和表现形态,并探究中国现代文学的发生与知识分子的身份认同之间的互动关系。《文学翻译规范的现代变迁:从〈小说月报〉(1921—1931)论商务印书馆翻译文学》以《小说月报》1921—1931年的翻译文学为考察对象,展示现代翻译规范的形成历程,并考察同一时期商务印书馆新文学丛书呈现的文学翻译规范,力图揭示当时商务印书馆现代翻译文学的规范特征。《重构与转型:〈小说月报〉(1910—1931)翻译文学研究》考察域外文学进入中国的方式与途径,以及域外文学向翻译文学转换过程中编者、译者民族意识及文学观念对译本选择和接受的影响。

对社团翻译的研究,主要集中在文学研究会和创造社。如石曙萍《知识分子的岗位与追求:文学研究会研究》(东方出版中心,2006)和潘正文《"五四"社会思潮与文学研究会》(新星出版社,2011),均设有章节介绍文学研究会的译介贡献。关于创造社的翻译研究,如咸立强《译坛异军:创造社翻译研究》(人民出版社,2010)梳理了创造社的译介活动,以及创造社与文学研究会、胡适和鲁迅的翻译纠葛与分歧,并分析了创造社翻译的互文性。相较之下可以看出,专门研究社团翻译的著作较少,而从文学角度研究社团的著作,其译介活动并非重点。

6. 关注影响和接受的译作研究。研究译作的著作,如邹振环《影响中国近代社会的一百种译作》(中国对外翻译出版公司,1996),王建开《五四以来我国英美文学作品译介史:1919—1949》(上海外语教育出版社,2003)等。《影响中国近代社会的一百种译作》不仅包括《玩偶之家》《茵梦湖》

《少年维特之烦恼》《莎乐美》《苦闷的象征》《共产党宣言》《查拉图斯特拉如是说》《浮士德》等在中国近代历史上产生广泛影响的文学作品和文艺理论作品，还包括社会科学和自然科学著作，如《代数学》《万国公法》《天演论》《原富》等在中国历史上发挥了重要作用的译作。《五四以来我国英美文学作品译介史：1919—1949》则将文学翻译回归到其产生的历史语境中，系统研究了五四以来我国英美文学作品译介的态势与成因，现代文艺期刊对译介的推进、接受背景与选择方式，对英美文学的不同评说与选取以及英美文学译介倾向的语境成因。作者在充分占有资料的基础上，归纳、发现了五四以来英美文学译介中的独特现象。

（二）论文类

研究五四时期外国文学翻译的论文包括博士论文、硕士论文和期刊论文，按照研究内容，可以划分为以下几类：一是理论视角的研究，使用较多的理论，包括多元系统理论、目的论、改写理论、翻译伦理模式、后殖民主义理论、互文性理论以及文化资本理论等。二是对某一类别或文体，或国别文学的翻译研究，包括对弱小民族文学、儿童文学、诗歌、戏剧、小说的翻译研究以及德国、俄国、日本等国的文学翻译研究，其中也包括对某类文学单篇代表性作品的翻译研究。三是以译者或被译介者为单位的研究，包括对鲁迅、周作人、茅盾、胡适、刘半农、陈独秀、易卜生、泰戈尔等的翻译研究。四是对比研究，包括茅盾与郭沫若、鲁迅与梁实秋、五四时期与"文革"时期、文化激进与文化保守、新文化人与林纾等的对比。五是影响研究，主要涉及外来文学对白话文的影响以及对中国现代文学的影响，翻译对创作的影响，翻译对中国思想、文化与政治的影响，其中也包括现代性问题。六是对文学翻译的选材、翻译方法、翻译标准、翻译批评、刊物和团体等的研究。对五四时期外国文学翻译方方面面的研究，足以显示出学界对翻译史研究的重视，也足以显示翻译史研究成果的丰富多彩。

三、研究述评

本书侧重对译本整体和系统的观察与研究，属于译作研究和专题研究相结合的范畴。目前此类研究的侧重点和倾向如下：

（一）侧重理论视角的研究，对翻译本体的关注尚需加强。

从以上对研究现状的归类和各类研究的大致数量可以看出，对翻译史上的译作，也即文本的研究数量较少。以五四时期外国文学翻译为研究时段和论题的专著并不多。论文则以理论视角居多，加之篇幅限制，只能关注某一部作品的翻译文本，或对有共性的两个译本进行比较。使用理论做论文框架时，往往会出现按照理论需求选取译例，理论框架之外的译例则被有意无意地忽视和遗漏。

（二）侧重对个别译本翻译方法的研究，对一个时期译作的系统、整体研究不足。

关注翻译史上译本的研究往往侧重对某一文本不同译本之间的比较。如某一时期的译本侧重归化、某一时期的译本侧重异化；或者是对何时采用归化好、何时采用异化好等翻译方法的探讨，同样受到篇幅限制，很难就五四时期大量译本中呈现出的普遍翻译现象进行宏观考察。

（三）侧重对言说的挖掘，对实践的观察及其与言说关系的研究不足。

对于言说的重视和言说与实践关系一致性的默认，使得人们对这一时期译作的印象往往是"直译"和"忠实"。但对于实践与言说不一致的种种表现，却被忽略和无视。五四时期的翻译方法除直译之外，意译甚至"曲笔"

无处不在。比如刊载在《新青年》1918 年 4 卷 6 号上众所熟知的《娜拉》，胡适与罗家伦并未按照自己的言说将"*A Doll's House*"进行直译，而是将女主人公的名字作为剧名。诸如此类的例子不胜枚举。"翻译"和"忠实"的概念在各个历史时期的含义并不完全相同，五四时期的言说与实践并非总是保持一致，其逆向的关系也应该得到关注。

四、研究对象

本书以五四时期外国文学翻译的言说与实践为主要研究对象。

"言说"方面：一是导向言说，包括胡适、钱玄同、刘半农等新文化人发表的对翻译有直接导向作用的文本；二是理论言说，包括鲁迅、郭沫若、茅盾等提出的涉及翻译方法、翻译目的、翻译标准等方面的言说；三是经验言说，指五四译者在序、跋等文本中介绍的翻译缘起、翻译难点、译本选择等与具体的翻译行为直接相关的言说；四是批评言说，涉及译者自己或外界对翻译的评价，包括正面和负面的评价等。"实践"主要指当时面世的译作，包括刊登在报纸刊物上的译作和单行本。

本书的研究以考察翻译实践与言说的关系为出发点，以大量的原始刊物、文学译作、回忆录、文集、资料汇编等作为主要资料来源，建构研究框架，研究五四时期外国文学翻译的言说与实践，分析言说与实践关系中出现的矛盾和偏差，揭示导致五四时期译者言说与实践产生矛盾和偏差的复杂成因。对实践与言说关系之研究，稍不留意就会落入实践一定与言说一致的主观设想模式，并认为实践一定会遵循言说所倡导的规范或达到言说所倡导的标准，研究就会在"言说指导或引领实践、实践反映言说"中不断循环，而对遏制翻译实践使其难以达到理想状态的种种特殊因素、对翻译追求与原本完全一致但却难以达到与原本完全对应或等值的特性忽略不计或加以指责。

改变对实践与言说关系的主观臆断，其必要条件和研究基础是对五四时期的译本进行系统考察：第一，观察翻译实践中出现的现象及其与言说的真实关系；第二，揭示译者遵从或违背言说规范的影响因素，以及译者为何抉择不同的翻译方法和策略，在主流的言说引导下如何产生了多元的实践；第三，判断五四时期外国文学翻译中实践与言说的逆向关系是该时期的特殊现象还是具有普遍性等。

五、研究范围

本书聚焦的是五四时期的外国文学翻译，其中包含"五四时期""外国文学""翻译"三个要素。然而，对这一时期外国文学翻译的研究不可能是孤立存在的，无论是从研究时段、译作分类、研究方法上，还是从观察的层面上讲都是这样。因而，对五四时期外国文学翻译的研究仍旧会不可避免地联系到五四前或五四后的翻译状况；对翻译作品的统计，也只有以非翻译作品作为观照，才能了解译作相对于非译作所占的分量，译作与非译作如何进行思想沟通和内容关联，非译作如何帮助译作在中国广泛传播；对文学翻译的考察或多或少地会涉及非文学翻译；对翻译史的关注，不仅仅是梳理清楚史实，对翻译问题的思考和认识有所深入，更重要的是以史为鉴，对解决当今社会面临的翻译问题有所助益。对五四时期外国文学翻译的研究，考察的是"译入"的问题，五四时期外国文学和文化大规模的"译入"，其推广路径和传播模式也能为当今的"译出"带来一些启示。

本书在研究过程中，关联的五四时期的"非译作""非文学翻译"及其他时期的外国文学翻译，扮演的只是参照物的角色，不会也不可能遮蔽对五四时期外国文学翻译的研究，而只能是彰显这一时期翻译及译作传播的特色。这些参照物或者以文字或数字的方式存在，又或者仅仅存在于研究者心中，只是在研究和判断时才发挥着约定俗成或无言的参照物作用。正如虽然一切物体都处在运动之中，但只有默认地面是静止的参照物，才能判断其他物体的相对运动关系。以处于不同状态的物体作为参照物，判断结果就会截然不同。以路边的树木作为参照物，公路上行驶的汽车是在运动，但若将公路上行驶的汽车作为参照物，则树木在运动。参照物的重要性也在于此。在五四这个知识分子以笔墨为武器、以创作或翻译作为战斗方式的特殊时期，文字作品内容丰富，数量可观，单就资料阅读和整理而言，工作量已经增大了数倍。这也注定这项研究走的是一条艰辛的路。

六、学术价值

言说与实践的一致性是言者、听者和读者所预设、期待和默认的，而言说与实践的差异问题则往往处于"隐身"状态，被忽略、隐藏和掩盖。五四时期，直译成为翻译主流后，如何消解译文中的陌生感，译者为何抉择不同的翻译方法，在主流的言说引导下如何产生了多元的实践，这些问题都有必要得到系统的考察。而爬梳、细读这一时期的大量译本，无疑是发现翻译理论和实践多元化、实践与言说存在差异的重要条件和路径所在。进一步研究和思考上述问题，对当今的翻译实践、翻译理论和翻译批评的认识亦不无裨益。本书的学术价值体现在以下三个方面：

（一）对言说与实践矛盾关系的发现

言说与实践之间不仅仅是众所期待的"言行一致"，往往也会出现偏差和矛盾。然而在翻译研究中，言说与实践的一致性得到更多的关注，对两者的差距甚或矛盾的关注则不足。实践多元性在研究中的隐身一方面是对言行一致的期待和默认，另一方面则是由对五四时期译本的陌生感造成的。系统考察这一时期的译作和非译作,将弥补这一不足。

(二)对翻译中辅助信息转移和信息量守恒的发现

通过对比观察晚清与五四时期的译作,以及五四时期的译作和非译作可知,晚清时期,隐匿在译本中帮助读者理解译文的大量非译作信息,在五四时期倡导"直译"和"忠实"的译作中已经发生转移,转移到非译作中名正言顺地存在。从更广泛的范围内,在系统观察译本而又能脱离译本思考时就会发现,这些转移的非译作信息依旧发挥着帮助读者接受或深入了解译作的作用。这就是说,辅助信息发生了转移而信息量却未变。在翻译实践中,译者的学识修养、翻译家之外的身份、审美期待、语言能力、专业知识、对翻译舆论导向的接受程度等直接决定译者会产出什么样的译本。与此同时,译者对读者接受能力的预判,译者所期待的读者的学养,以及非译作中存在的辅助信息量的多少,社会对翻译中的非本土因素的熟悉情况,也是产生不同译本的原因。

(三)对当今认识翻译问题的启发

以言说与实践关系作为考察五四时期外国文学翻译的切入点,对当今翻译理论、翻译实践和翻译批评的认识亦有裨益。在翻译教学甚或专业知识探讨中常常会听到"理论无用"的抱怨,在翻译批评的范畴内也常常有"自说自话"或"各执一词"的争吵,这往往是源于对理论效用范围、翻译理论与实践关系的误解,源于对或理论或实践或某一方法的单方偏执。对五四时期外国文学翻译言说与实践关系的考察,无疑会帮助我们更客观地看待这些问题。

七、学术创新

本书的创新之处体现在以下几个方面：

一是研究视角的突破。在对翻译史的研究中，往往以言说为依据，默认翻译实践与言说的一致性。然而，在五四时期专一的导向言说之下，实践却是多样化的，在新的视角下，言说与实践的多样关系将不再"隐身"。

二是对译本的系统考察。将五四时期的译本作为一个系统和整体，便于发现那一时期翻译实践中的普遍现象和规律性的文字转换处理办法、实践与言说的关系变化、五四时期与其前后历史时期翻译的差异与关联，以及造成五四时期翻译现象的原因。

三是对中国文学走出去的反向观察。对翻译史的研究，立足点是过去，着眼点却是现在。五四时期大量外国文学作品传入，其多元的翻译方法，其辅助信息的覆盖面和出现方式，以及其传入的途径及影响因素，都对当今中国文学走出去有借鉴意义。

第一章　五四时期的译作与非译作关系探源
——以《新青年》为中心

五四时期很多刊物和报纸都刊登翻译作品，作为新文化的代表性刊物，《新青年》具有典型性。本章以《新青年》为例，统计并观察其刊载的译作和非译作，揭示它们之间的关系和其中存在的普遍翻译现象。

第一节　《新青年》刊载的译作与非译作

《新青年》在中国历史上的地位极高，被赋予"天下第一刊"的美誉。1915年9月在上海创刊，名为《青年杂志》，从1916年9月起改名为《新青年》。由于主编陈独秀就职地点变化和时局动荡，《新青年》编辑部几经变迁。1917年《新青年》编辑部由上海迁至北京，1920年为躲避军阀政府迫害迁回上海，1921年，由于社址被法巡捕查封，《新青年》编辑部又迁往广州。作为刊物，《新青年》在很多方面都有开创之功，如从1918年1月起改版，使用白话文和新式标点；十月革命后大力宣传马列主义；至于宣传民主和科学、反帝反封建更是众所周知的事实。从1920年9月的8卷1号开设"俄罗斯研究"栏目，到1921年4月的8卷6号，每一期该栏目中都刊登和俄罗斯有关的文章，这些文章多数都是翻译而来。"俄罗斯研究"栏目的开设，与其上海共产主义小组机关刊物的身份相吻合。1922年7月至1923年

6月《新青年》处于休刊期。从 1923 年 6 月起改为季刊出版，大量刊发宣传马克思、列宁主义和无产阶级革命运动的文章。自 1925 年 4 月改为月刊，但出于种种原因不能按期出版，实际成为不定期刊物，次年 7 月停刊。无论是月刊、季刊还是不定期刊，《新青年》在出版期内，每一期都刊登译作，可以说《新青年》自始至终都与翻译密不可分。无论是译作还是非译作，其承载的思想都或多或少与翻译有关。

《新青年》之所以能成为天下第一刊，在于其创始人有丰富的主办刊物的经验，有高资质、高水准的作者和译者队伍，更在于其"敢为天下先"的勇气。从翻译的角度看，扭转翻译风气，借助外来思想和文化解决现实中的问题。《新青年》虽并非专门登载译作的刊物，但除了名之为"译"的作品之外，其他作品亦或多或少和"译"相关。可以说，"译"的因素、"译"来的思想和文化贯穿《新青年》始终。相对于晚清随意发挥严重又不注明译者或译作的现象，《新青年》的表现则严谨得多。尽管如此，对《新青年》中译作和非译作数量的统计仍旧遇到不少问题，比如，有少量作品没有注明是译作还是创作，这种现象通常出现在非文学类的作品中。还有一些变译类的作品，归入译作或非译作中都有道理。因而，根据研究需要，确定统计原则非常有必要。

一、《新青年》刊载译作与非译作的统计原则

《新青年》刊载的译作很多，就统计分类而言，可以根据文学与非文学的分类来统计，也可以根据译作所属的学科，比如文学、哲学、政治等统计，还可以根据原作的语言或国别来统计，或者以译者为中心统计每位译者刊登译作的数量，等等。本书根据研究需要，按照译作和非译作的划分来进行统计，统计将遵循以下原则：

第一，考虑到五四时期对待翻译的态度日益严谨，以及对假翻译之名在

译本中行创作之实的晚清翻译的厌恶，再加上变译作品的复杂性，统计时将明确标注是"编译""译述""述译"的都归入非译作一类。还有相当数量的作品，其作者并未将其归入"编译""译述""述译"的行列，只注明是参照一篇或几篇外文原作所写，与研究综述相似，尽管其中包含"译"的成分，但都计入非译作中。当然，这并不是说五四时期标明是翻译的作品中就不含有译者主观阐释的成分。

第二，为了能标示出在不同卷期中译作与非译作的数量对比，连载的作品按照连载期数分别计数。基于同样的原因，又由于本书的统计并未按"小说""诗歌""戏剧"等体裁区分，而有些诗歌又过于短小，仅有两行，如果每首诗歌都分别计入统计，其数量之大就会误导读者。因而《杂译诗二十三首》《杂译日本诗三十首》等译诗都按一篇计数。

第三，目录中有所遗漏，但正文中出现的作品，也计入统计数据。如 6 卷 2 号中的译作《蜡烛》、7 卷 6 号中的非译作《英国的劳动组合》等。

第四，《灵霞馆笔记》《藏晖室札记》中有节选的或短篇的翻译，未计入统计数据。创作的作品中有引用外文作品的段落或诗节，虽然文章作者已经将其翻译为中文并注明了出处，也没有计入统计数据。

第五，6 卷 6 号中《奏乐的小孩》是中英文对照，并同时刊登了两个译本，按 1 篇计数。除《奏乐的小孩》外，《新青年》中另有 25 篇中英文对照的作品，英文和对应的中文都按照 1 篇计数。

第六，同一期刊物"随感录"一栏中多篇随感如为同一作者，则记为 1 篇。同一期刊物"诗"一栏的原创诗歌如多篇为同一作者，按 1 篇计。

第七，"国内外大事记""通信""读者论坛""讨论""编辑室杂记""书报介绍""革命日志""什么话""燃犀录"等栏目的作品未计入统计数据。当然，这些栏目中也不乏有影响力和真知灼见的作品，但若区别对待，取舍的标准难于把握，故不做统计。

第八，由于时代的局限性和对待不同文类作品的态度不同，又因为当时的署名有笔名、化名等，有些非文学类的作品难以区分是创作还是译作，也难以区分作者是中国人还是外国人。对于这类作品，在未见有确切研究资料证实的情况下，暂遵循"疑惑处从无"的原则，计入非译作。

二、《新青年》刊载译作与非译作的数量关系

《新青年》1至9卷是月刊，但因为主编陈独秀被捕、《新青年》脱离群益书社、编辑部被法租界巡捕房查抄等，多次出现延期现象。后作为季刊和不定期刊发行。《新青年》存续期间，共出版63号，其中刊载的译作和非译作数量如下（见表1、表2）：

表1 《新青年》刊载的译作数量统计表

	1号	2号	3号	4号	5号	6号	合计
1卷	4	6	4	4	4	6	28
2卷	3	4	3	2	3	1	16
3卷	2	2	1	3	3	1	12
4卷	2	2	1	2	2	3	12
5卷	1	4	6	2	2	2	17
6卷	3	4	3	4	2	4	20
7卷	4	3	6	3	3	3	22
8卷	6	10	14	19	12	9	70
9卷	3	4	3	4	6	4	24
季刊	5	5	7	8			25
不定期刊	4	2	1	2	4		13
合计	37	46	49	53	41	33	259

表 2 　新青年刊载的非译作数量统计表

	1号	2号	3号	4号	5号	6号	合计
1卷	6	5	8	10	9	8	46
2卷	7	7	9	9	10	11	53
3卷	8	9	8	11	7	10	53
4卷	6	8	9	8	14	2	47
5卷	11	9	10	11	12	6	59
6卷	11	12	9	9	13	9	63
7卷	13	11	8	8	14	24	78
8卷	13	7	5	9	9	6	49
9卷	13	8	10	9	11	10	61
季刊	10	11	5	7			33
不定期刊	11	5	7	9	8		40
合计	109	92	88	100	107	86	582

从以上表格中的数据可以看出,《新青年》从创刊到停刊共刊载译作259篇,非译作582篇,非译作数量约为译作的2.25倍。以《新青年》刊载的非译作作为参照,可以将《新青年》刊载译作的发展历程分为四个时期。

下面的曲线图能更直观地看出译作与非译作的数量关系变化。

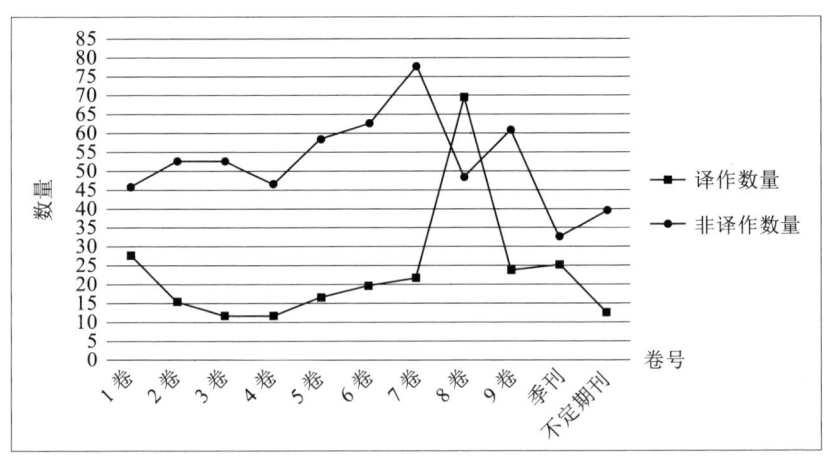

图 1 　新青年刊载译作与非译作数量统计图

（一）1至3卷：译作与非译作数量成反比的时期

这一时期译作的数量渐少，到第3卷达到最低谷，只有12篇，平均每期刊物只有2篇。而非译作的数量则在逐渐攀升，到第3卷形成一个小高潮，达到53篇。

陈嘏是这一时期翻译的主力军，发表译作12篇，译作数量遥遥领先。其次是陈独秀。1至3卷共刊登译作56篇，这叔侄两位的就达到18篇，约占3卷总量的32.1%。从第2卷起，胡适和刘半农也加入了翻译的队伍，在2至3卷上各发表了3篇译作。薛琪瑛、马君武、刘叔雅、孟明发表译作的数量都达到3篇或以上。这6位译者的译作数量共21篇，占3卷译作总量的37.5%。也就是说，8位译者完成了约69.6%的译作。另外16篇译作分别来自14位译者。这足以说明，《新青年》前3卷就已经有比较稳定的译者队伍，但规模并不大。

（二）4至7卷：译作与非译作数量成正比的时期

这一时期，译作和非译作的数量都在平稳上升。非译作的数量经历了从第3卷到第4卷的一个小幅回落后也逐步攀升，到第7卷达到《新青年》历史上的最高峰，共78篇。

4至7卷共发表译作71篇，周作人替代陈嘏成为翻译的绝对主力，一人发表译作25篇（其中两篇署名"起明"），约占全部译作的35.2%。另有陶履恭发表译作5篇，鲁迅、刘半农、胡适、沈性仁、高一涵均发表译作4篇，这6位译者共发表译作25篇，约占全部译作的35.2%。7位译者约完成4至7卷全部译作的70.4%。这个占比和1至3卷的情况非常接近。另有19位译者共完成21篇译作。这些数据表明，虽然主力译者发生了变化，但译者队伍的规模与前期相当，变化不大。

(三) 8 至 9 卷：译作与非译作数量的急剧变动期

第 8 卷译作的数量第一次也是唯一的一次超越了非译作，形成了倒挂现象。这大幅度激增的译作数量，主要来源于对与俄罗斯相关的各类文章的译介。从 8 卷 1 号起增加了"俄罗斯研究"栏目，不遗余力大量翻译和刊登关于俄罗斯各方面情况的介绍，每期和俄罗斯相关的译作都非常多。第 9 卷则只有第 3 号的《新青年》出现了"俄罗斯研究"栏目，且只有 3 篇文章，2 篇是翻译。因而第 9 卷译作的数量相对于第 8 卷急转直下，译作与非译作的数量对比重新回归。1922 年 7 月第 9 卷 6 号出版之后，《新青年》月刊休刊。

震瀛（袁振英）是这一时期新晋的中流砥柱，共发表译作 33 篇，绝大多数译作都和俄罗斯有关，涉及俄罗斯的劳动组织、学校教育、社会教育、经济政策、女子问题、婚姻制度、领导人物等。8、9 两卷共发表译作 94 篇，震瀛一人的译作约占总数的 35.1%。周作人继 4 至 7 卷后，在 8、9 卷中延续主力作用，发表译作 10 篇。在这两卷中发表译作较多的还有雁冰（7 篇）、李达（5 篇）、张崧年（4 篇），另有鲁迅、张慰慈、杨明斋、汉俊各 3 篇。以上提到的 9 位译者共发表译作 71 篇，约占全部译作的 75.5%。另有 20 位译者共发表译作 23 篇。

(四) 季刊和不定期刊：译作与非译作数量回归反比

《新青年》从 1923 年 6 月起改为季刊，迁至广州重新出版发行。季刊共出 4 期，这 4 期是刊载译作和非译作数量最为接近的时期，译作 25 篇，非译作 33 篇，译作约占刊文总数的 43%。1925 年 4 月至 1926 年 7 月停刊，其间《新青年》不定期出版，共出 5 期。译作数量明显下降，接近历史最低，而非译作的数量呈上升的趋势。

《新青年》季刊和不定期刊共发表译作 38 篇，其中 34 篇有署名的译者，还有 4 篇译作未注明译者。这个时期最主要的译者是郑超麟，发表译作 9 篇，约占这个时期全部译作的 23.7%。蒋光赤发表译作 4 篇，仲武 3 篇。3 位译者共发表译作 16 篇，约占全部译作的 42.1%，与前三个时期相比，主力译者刊发译作的比例降低了不少。这个时期刊登的文学翻译作品极少，只有文虎翻译的两首诗歌《革命》《进行曲》和曹靖华翻译的独幕趣剧《狗熊》。其余的译作涉及列宁主义、国际共产主义运动、民族与殖民地问题、亚洲的觉醒、工人运动、辩证法与逻辑等。

三、《新青年》刊载译作的数量变化及影响因素

28-16-12，12-17-20-22，70-24，25-13，这 4 组数字是《新青年》各卷的译作数量，将其分组排放在一起，很容易发现除了第二阶段译作数量逐渐上升外，其他三个阶段译作数量都是下降的。46-53-53，47-59-63-78，49-61，33-40，这 4 组数字是《新青年》各卷的非译作数量，我们也很容易发现在各个阶段，非译作的数量都是上升的。译作与非译作的数量变化情况基本稳定，影响这种数量变化规律的因素主要包括以下四个方面。

（一）翻译与创作人员的身份重叠

综观《新青年》的作者和译者队伍，他们通常都是翻译兼创作。晚清以来的留学热潮以及国内的外语教育使越来越多的人具备了外语能力。很多读者写信给《新青年》，就某些文章或观点进行探讨，其中也包括对翻译的探讨和尝试，因而在"通信"栏目中也常常会发现夹杂外文单词的现象。5 卷 3 号的"通信"中还刊登了读者 Y. Z. 寄给《新青年》的六首诗，其中三首是自己模仿、尝试用白话创作的，另外三首《不过》(Only)、《赠君玫瑰》、《两个女子》则是其姊姊 S. Z. 所译。这也说明了读者群体的外语能力和对翻译的热情。双语甚或多语能力在作者和译者群体中表现得就更为明显，既做翻译也搞创作，两方面都很出色，因而译者和作者的身份是重合的，如陈独

秀、胡适、刘半农、鲁迅、周作人、刘叔雅、高一涵、陶履恭、袁振英、朱希祖、张崧年、任鸿隽、雁冰、张慰慈、瞿秋白、郑振铎等，这个结论不仅仅适用于《新青年》，还可以推广至其他刊物和整个时代。但身份重合带来的问题就是，无论是译者还是作者，一方面，在局势动荡中谋生以及处理其他各类必需的事务占用了大量的时间，用在翻译和写作上的时间是有限的；另一方面，如果在翻译上多分配了时间和精力，则创作上占用的时间和精力就会减少，反之亦然。胡适曾经回复读者说："我们一般同志都是百忙中人，不能译长篇小说。我们最喜欢翻译短篇小说，也是因为这个原故。戏剧的长短介于短篇小说与长篇小说之间，所以我们也还可以勉强腾出工夫来翻译他。"① 这也从一个侧面反映了译者和作者群体关于时间和精力分配的问题。同时，通过翻译，对外来思想和文化的选择、复制、模仿、消化和吸收，会深化和拓宽对本土文化的思考，这也是由人的认识规律和事物发展的规律决定的。这样的思考体现在文字上就是非译作数量的逐步上升。

（二）编辑地点和思想倾向的变化

译作与非译作数量的变化，还与刊物编辑地点、思想倾向的变化有关。1915 年陈独秀在上海创办《新青年》（时名《青年杂志》）。1917 年 2 月，陈独秀受聘为北京大学文科学长，当时正值第 2 卷 6 号出版。从第 3 卷起，《新青年》开始在北京编辑。陈独秀任职北京大学，身处中国高等学府，周边都是学富五车的知识分子和追求新知的青年学生，从稿源的角度看，《新青年》自然是具有了得天独厚的优越条件。因而，《新青年》中的非译作数量在第 3 卷达到自创办以来的第一个小高潮。相比之下，译作的数量却跌到低谷。除了前文提到的译者和作者的身份重合外，《新青年》并非专门刊载译作的刊物，无论是在作者和译者队伍中，还是在普罗大众中，能用母语写作的人一定多于能翻译的人。具有双语或多语能力的译者，一般来说母语的运

---

① 《通信·胡适答 T. F. C.〈论译戏剧〉》，《新青年》1919 年 3 月 15 日第 6 卷 3 号。

用能力也高于外语的应用能力。这也解释了为什么除了在第 8 卷出现倒挂现象外，非译作的数量在任何一个时期都要高于译作的数量，非译作在全部刊期中的刊文总量是译作的两倍多。

第 3 卷 6 号出版（1917 年 8 月 1 日）后，《新青年》暂时休刊，直到 1918 年正月十五出版第 4 卷 1 号。从第 4 卷起采用同人轮流编辑的制度。也是从第 4 卷开始，无论是译作还是创作的文章数量都开始稳步上升。和第一阶段相对温和的改良思想相比，这一时期的思想倾向逐渐激进。从《新青年》上发表的文章题目也可以看出一些端倪。2 卷 5 号上胡适发表《文学改良刍议》，2 卷 6 号陈独秀发表《文学革命论》，3 卷 2 号陈独秀发表《俄罗斯革命与我国民之觉悟》，3 卷 3 号刘半农发表《我之文学改良观》、陈独秀发表《旧思想与国体问题》等。可见在这个阶段，还仅仅是大而化之地谈文学改良或革命，注重对国人思想觉悟方面的启蒙。第二个阶段，从第 4 卷起，则从注音字母到世界语推广甚至取代汉字，戏剧革命等各个层面全面铺开，甚至引发大讨论。钱玄同在 4 卷 1 号和 4 卷 3 号发表《论注音字母》，4 卷 3 号上吴敬恒致信《新青年》讨论注音字母问题；4 卷 2 号上钱玄同发表 Esperanto，回应陶履恭在 3 卷 6 号"通信"栏目中对自己关于世界语问题的批评，并引发了 4 卷 4 号上由孙国璋、钱玄同、陶履恭及胡适共同参与的讨论。关于世界语的介绍、提倡和反对，并非始于第 4 卷，在这之前业已存在，只不过话语较为温婉："近年以来，沪上颇有以世界语号召国人者。读《新青年》之主张，及新闻之所报道，青年学子，颇有风向之势。最近蔡子民先生返国，提倡斯语，既不遗余力。而钱玄同先生，辩护世界语之功用，预测世界语之将来，尤属言之成理。（见《新青年》第三卷第四号'通信'栏中）其能辟吾国文士之旧思想，钦佩无似。履恭不敏，对于世界语，夙抱怀疑之观。"[①]世界语的倡导遇到反对的声音，则激起了辩论的热情，并向相反的方向走得更远，发声也愈加激昂。也正是在这样的气氛中，"则欲废孔

---

① 《通信·陶履恭来信》，《新青年》1917 年 8 月 1 日第 3 卷 6 号。

学，不可不先废汉文。欲驱除一般人之幼稚的野蛮的顽固的思想，尤不可不先废汉文"①的激进之语才脱口而出。五四时期思想活跃，言辞激烈，可谓语出惊人。钱玄同的观点，应和者有之，反对者有之，因而，关于中国文字和世界语的讨论不但不会就此停止，还会继续扩大。此后的5卷2号刊登朱我农《革新文学及改良文字》和区声白、孙国璋关于《论Esperanto》的来信以及胡适、陶履恭、陈独秀的回复；5卷5号刊登张月镰《汉文改革之讨论》和姚寄人、胡天月《中国文字与Esperanto》的来信，并附有钱玄同的答复；6卷1号刊登区声白《中国文字与Esperanto》的来信与钱玄同的答复；6卷2号刊登周祜Esperanto和凌霜《Esperanto与现代思潮》的来信及钱玄同的答复。在这个过程中，无论是关于文学革命还是关于改造汉语，反对的声音或者说阻力实际上起到了催化问题的作用。刊登在《新青年》第4卷3号，在翻译史上值得一提的双簧信，也是因为文学革命的反响不如人意，新文化人在寂寥中自导自演的。"王敬轩"对林纾的推崇，对其文学翻译的赞美，恰恰就是站在文学革命的对立面，催化和扩大文学革命影响的作用。

1920年上半年，陈独秀为躲避军阀政府的迫害，离开北京，《新青年》编辑部与之同行，迁回上海。从第8卷1号起，《新青年》增设"俄罗斯研究"栏目，译作数量直线上升，并达到《新青年》的历史最高峰。然而在政局动荡中，上海也并非栖身之地，陈独秀的寓所被租界的巡捕查封，《新青年》编辑部不得不迁往广州。《新青年》第9卷译作的数量也急转直下，回归到24篇，与第7卷的22篇基本持平。"俄罗斯研究"栏目仅在第9卷3号中出现了一次，且仅有3篇文章，包括李大钊写的《俄罗斯革命的过去及现在》，李达译的《劳农俄国底妇女解放》以及"P生"译的《劳农俄国底电气化》。勉力支撑到1922年，《新青年》月刊休刊。1923年6月，《新青年》季刊第1期出版，出到第4期之后，季刊也难以为继，又不定期出版了5期。其革命倾向决定了这一时期刊发文章的倾向，虽然没有了"俄罗斯

---

① 《通信·钱玄同〈中国今后之文字问题〉》，《新青年》1918年4月15日第4卷4号。

研究"栏目,但对俄罗斯政治经济概况、列宁主义的介绍并没有停止,同时还大量刊发关于世界各国的革命运动以及中国的国民革命运动、工人运动的文章,直到1926年停刊。

(三)主撰(译)人员的稳定与队伍的扩大

这里的主撰(译)人员指的是在《新青年》发稿较多的作者和译者。《新青年》的创办者陈独秀是安徽人,因而第1卷的主撰者多是安徽人,第2卷向非安徽人扩展,第3卷迁到北京编辑后,主撰人员队伍扩大的趋势更加明显。第3卷的作者群中新增了不少北大人或与北大有着千丝万缕联系的人,包括蔡元培、章士钊、吴虞、二十八画生(毛泽东)等,另有胡哲谋、胡以鲁、方孝岳等北大人参与"读者论坛""书报介绍"等栏目。到北大编辑的《新青年》,从2卷6号到3卷6号暂时休刊,新增作者23位,且有些作者成为稳定的稿件输送者,如吴虞、陶履恭、李寅恭、李张绍南等,他们的名字在《新青年》2卷6号以后的目录中经常出现。

相比之下,译者队伍的扩大速度和程度远远落后于作者队伍。从2卷6号到3卷6号,新增的译者只有6位,且每位译者仅发表了1篇译作。这就是说,《新青年》在1至3卷这个阶段,译稿的来源相对稳定,但是译者群体的扩大比较缓慢。到了4至7卷,译者队伍的扩大就比较明显了。这4卷中涉及26位译者,其中胡适、刘半农、高一涵、刘叔雅、陈独秀、震瀛6位译者在1至3卷都发表过译作,在4至7卷中,胡适、刘半农、高一涵各发表4篇译作,刘叔雅、陈独秀和震瀛各有1篇译作发表。可以看出,在4至7卷发表的译作中,多数是新增的20位译者的作品。在新增加的译者中,周作人、陶履恭、沈性仁比较稳定,其余译者多是只发表了1篇译作。从这些数据不难看出,在这个阶段,译稿的来源依旧稳定,译者队伍增速明显,但稳定的译者数量并没有增加。

8至9卷中的译者,在1至7卷中已经出现过的有震瀛、周作人、鲁迅、沈性仁、高一涵和孙伏园,震瀛是8至9卷中新晋的主力,周作人则持续高产，有 10 篇译作发表。在 8 至 9 卷的 29 位译者中，新增译者有 23 位。算一算不难发现，4 至 7 卷平均每卷增加了 5.75 位译者，而 8 至 9 卷平均每卷增加了 10 位译者。因而，无论是绝对数值还是相对数量，这一时期译者群体的范围是最广泛的，且新增加的译者中有 6 位译者发表译作在 3 篇以上。和前两个时期相比，无论是译者群的稳定程度还是扩大程度都有提高，尤其值得关注的是，稳定的那一部分译者数量也在扩大。这些数据也与单卷译作数量在这一时期达到历史最高峰的数据相吻合。这也充分说明，稳定的译者群体扩大是译作数量提升的一个重要因素。季刊和不定期刊因处于风雨飘摇中，出版的期数有限，所以单看其 25 位译者发表 38 篇译作的数字，与前三个时期每卷都出满 6 期的数据对比是不公平的，因而具体的统计数据从略。

《新青年》出版的这四个时期，有个非常醒目的共同特点，就是每个时期都有稳定的几位译者发挥着主力作用。笔者统计了在《新青年》发表译作 3 篇（包含 3 篇）及以上的译者，他们也是各个时期的主力军。1 至 3 卷的主力译者有 8 位：分别是陈嘏（12 篇）、陈独秀（6 篇）、薛琪瑛（5 篇）、马君武（4 篇）、孟明（3 篇）、刘叔雅（3 篇）、胡适（3 篇）、刘半农（3 篇），他们完成了第一个时期 56 篇译作中的 39 篇；4 至 7 卷的主力译者有 7 位：分别是周作人（起明）（25 篇）、陶履恭（5 篇）、鲁迅（4 篇）、刘半农（4 篇）、胡适（4 篇）、沈性仁（4 篇）、高一涵（4 篇），他们完成了第二个时期 71 篇译作中的 50 篇；8 至 9 卷的主力译者有 9 位，分别是：震瀛（33 篇）、周作人（10 篇）、雁冰（7 篇）、李达（5 篇）、张崧年（4 篇）、鲁迅（3 篇）、张慰慈（3 篇）、杨明斋（3 篇）、汉俊（3 篇），他们完成了第三个时期 94 篇译作中的 71 篇。季刊和不定期刊的主力译者有三位，分别是：郑超麟（9 篇）、蒋光赤（4 篇）、仲武（3 篇），他们完成了 38 篇译作中的 16 篇。每一个时期的主力译者多是不同的，能在两个时期中都担当主力的只有第一时期和第二时期的胡适、刘半农，第二时期和第三时期的周作人、鲁迅。虽然出于各种各样的原因，主力译者们无法一以贯之地在《新青年》发表译作，但他们付出的努力为《新青年》扩大影响起到积极作用。这个现象也说明，在《新青年》的任何一个时期，都倚仗核心人物和主力译者，他们的中坚作用是不可或缺的。

（四）刊物的知名度与发行量

《新青年》并不是一创办就立刻成名的，其间经历了很多困难和挫折，和任何刊物一样，经历了成长和发展的过程，并逐渐壮大。《新青年》生逢乱世，对传播新思想的刊物，各方的阻挠增加了《新青年》生存的难度。刘半农曾在回复读者的信中说："但求《新青年》能够长寿，将来第六七八九……卷的第六号，总有一本是'Tagore号'。"① 这也从一个侧面反映了办刊物的艰难，是对《新青年》未来的希望和可能遭遇困难的预测。刊物的知名度越高，吸引的稿源越多，发行量越大，赚取的利润也越多。只有刊物的经济状况足以维持甚至有结余，才能扩大刊物的规模，发表更多的作品。《新青年》刊物的厚度直观地反映了这一现实，《新青年》发表译作与非译作的数量也印证了这个判断。《新青年》前6卷厚度没有太大的差别，但从第6卷4号起，字号都从以前的大字号调整为小字号，在厚度不变的前提下，字号缩小明显是增加了刊文数量或刊文的长度。第7卷不仅是小字号，厚度还几乎翻了一倍。第8卷和第9卷也明显厚于前6卷。前文的统计数据也印证了这一点，1至5卷的刊文总数分别是74、67、65、59、76篇；6至9卷的刊文总数则为83、100、119、85篇。刊文数量增加，则纸张、印刷费用一定会增长。但"《新青年》愈出愈好，销数也大了，最多一个月可以印一万五六千本了（起初每期只印一千本）"②，自然也不必为出版费用发愁了。可见，即便是在文化刊物的生存中，经济基础依然是出版发行乃至繁荣的重要影响因素。《新青年》的第二阶段4至7卷，是刊物知名度和发行量

---

① 《通信·刘半农答Y. Z.〈对于《新青年》之意见种种〉》，《新青年》1918年9月15日第5卷3号。

② 汪原放：《回忆亚东图书馆》，上海：学林出版社1983年版，第32页。

上行的时期，四个阶段中也只有在这个阶段，译作数量与非译作数量共同呈现出上升的趋势。

《新青年》知名度的增加，无疑会扩大稿源，从其接收稿件的态度与方式也可管窥一斑。从创刊时的"社外撰述尤极欢迎。海内鸿硕倘有佳作见惠，无任期祷"①，"来稿无论或撰或译，皆所欢迎。一经选登，奉酬现金，每千字自二元至五元"②，到1918年第4卷1号起取消投稿章程，不再另购文稿，所有或撰或译的文章均由编辑部同人完成，"此后有以大作见赐者，概不酬资"③。从1915年9月创刊，到1918年正月十五《新青年》第4卷1号出版，不过两年多时间，《新青年》的发展可谓迅速。稿源的丰富和充足，也部分地解释了译作和非译作数量上的变化。

第二节 《新青年》刊载的译作与非译作之关系

译作和非译作之间并非毫无关联，更非对立的关系，译与作之间有时甚至界限模糊，若非注明则难于判断。通过对《新青年》刊载作品的观察可知，"译"的因素并非只体现在译作中，非译作中也处处充斥着"译"的因素，对译作起了很好的阐释、补充、印证、延伸作用。除了明确标明"编译""译述""述译"等的作品外，另有关于欧美国家的介绍和外国的作家、政治家、经济学家、文学流派、学说、思潮、团体、活动等的介绍性文章，这些文章中记载的少数是作者亲历的事和交往的人，多数作品都是根据外文

---

① 编辑部：《社告》，《新青年》1915年9月15日第1卷1号。
② 编辑部：《投稿简章》，《新青年》1915年9月15日第1卷1号。
③ 编辑部：《本志编辑部启事》，《新青年》1918年3月15日第4卷3号。

资料写就的。非译作的文章中，外来的人名、地名、作品名、概念、名言、观点、学说等几乎无处不在。此外，很多当时创作的文学作品，尽管写的是中国的人和事，文中也不像《新青年》中的多数文章那样夹杂外文或涉及外来的人和事，但无论是取材还是写法，都和外国文学作品有着千丝万缕的联系。如鲁迅的白话小说《狂人日记》，就与俄国作家果戈理的同名小说有难以割裂的关系，从题目、体裁、人称、结尾等都可以见到诸多关联之处。因而从对《新青年》刊载作品的数量统计，辅以对内容、语言和形式上的观察可知，译作与非译作之间有着相互助益的关系。

一、《新青年》刊载译作与非译作的内容关联

《新青年》刊载作品的观点或主题往往有多人、多篇文章、多种形式参与论证或论争。刊登在专号上的观点和主题比较容易识别，比如《新青年》4卷6号"易卜生号"，其中不但刊登了译作——易卜生的剧作《娜拉》《国民之敌》和《小爱友夫》，还刊登了非译作——胡适的《易卜生主义》和袁振英参考国外的易卜生传记所作的《易卜生传》，这无疑对读者了解易卜生、理解其剧作起到引导作用。此后，5卷4号以"戏剧改良"为主题，发表多篇原创文章。戏剧改良针对的是中国的"旧戏"，要学习的是西洋诸如易卜生剧作的"新剧"，"戏剧改良号"与"易卜生号"之间的关系、相关译作与非译作之间的关系也就不言自明了。

然而，有些主题贯穿刊物的某个阶段或某些阶段，甚至在刊物存续期间始终存在，译作和非译作在刊期上相对比较分散，其关系就不那么容易辨识。以贯穿《新青年》始终的主题"青年"为例。笔者统计了《新青年》中冠以"青年"之名的译作和非译作，发现其中的关联仍旧是存在的，且非常紧密。《新青年》中共刊载了三篇冠以"青年"之名的译作，一篇是"中国

一青年"所译《青年论》,分两期刊登;一篇是鲁迅译武者小路实笃的《一个青年的梦》,分四期连载;一篇是孟明译小酒井光次的科普作品《青年与性欲》。按照本书的统计原则,连载的文章按连载期数统计,则标题涉及"青年"的译作共7篇,非译作23篇(包含题名中有"青年团"的作品,不包含题名中有"《新青年》"刊物的作品)。另有11篇分散在"读者论坛""通信""国外大事记"栏目中,但译作和非译作数量统计表中没有进行统计。

表 3 《新青年》所刊题目中包含"青年"的篇目表

题名	作者/译者	刊期	类别	列入统计
青年论	马克威・斯密士/中国一青年	第1卷1、3号分载	译作	是
青年与性欲	小酒井光次/孟明	第1卷5号	译作	是
一个青年的梦	武者小路实笃/鲁迅	第7卷2、3、4、5号连载	译作	是
敬告青年	陈独秀	第1卷1号	非译作	是
共和国家与青年之自觉	高一涵	第1卷1、2、3号连载	非译作	是
日本全国之青年团	记者	第1卷2号	非译作	否
德国青年团	谢鸿	第1卷3号	非译作	是
青年与国家之前途	高语罕	第1卷5号	非译作	是
青年之敌	高语罕	第1卷6号	非译作	是
战云中之青年	易白沙	第1卷6号	非译作	是
青年与欲望	陈圣任	第2卷1号	非译作	否
时局对于青年之教训	王涅	第2卷1号	非译作	否
新青年	陈独秀	第2卷1号	非译作	是
青年与工具	吴稚晖	第2卷2号	非译作	是
新青年之家庭	李平	第2卷2号	非译作	否

续表

题名	作者/译者	刊期	类别	列入统计
欧洲战争与青年之觉悟	刘叔雅	第2卷2号	非译作	是
法国青年团	谢鸿	第2卷2号	非译作	是
欧洲飞机阵中之中国青年	记者	第2卷3号	非译作	是
哀青年	李张绍南	第2卷6号	非译作	是
青年之生死关头	李次山	第3卷1号	非译作	否
青年与老人	李大钊	第3卷2号	非译作	是
青年之自己教育	朱如一	第3卷4号	非译作	否
说青年早婚之害	郑佩昂	第3卷5号	非译作	否
青年学生	罗家伦	第4卷1号	非译作	否
新青年之新道德	陶履恭	第4卷2号	非译作	是
读武者小路君所作《一个青年的梦》	周作人	第4卷5号	非译作	是
告青年	郭仁林	第5卷1号	非译作	否
文学革新与青年救济	邓萃英	第5卷1号	非译作	否
青年体育问题	陈独秀	第7卷2号	非译作	是
敬告新的青年	朱希祖	第7卷3号	非译作	是
妇女、青年、劳动三个问题	费哲民、陈独秀	第8卷1号	非译作	否
青年底误会	陈独秀	第9卷2号	非译作	是
悲哀的青年	汪静之	第9卷6号	非译作	是
中国社会主义青年团第一次全国大会纪略	记者	第9卷6号	非译作	是
列宁与青年	任弼时	不定期刊第1号	非译作	是

注：根据统计原则，"国外大事记"中的文章不列入统计，因而第1卷2号上《日本全国之青年团》因其置于此栏目中而未列入统计。因刊登位置和撰述性质的差异，另外几篇关于青年团的文章则列入了统计。

译作与非译作在内容上是相互呼应的。是编辑者、作者提出观点在先，还是因为受到译作的启发而产生了非译作，在没有当事人言谈或记述证实的情况下，仅从刊期、发稿的先后顺序无法做出判断，但译作与非译作之间存在相互呼应的关系是无法否定的。为叙述清晰起见，下文以"青年"主题的篇目为例，以译作为基点，观察非译作与译作之间内容关联的几种方式。

（一）正论阐述

非译作正面论述和阐发译作中的观点。译作《青年论》认为青年时代是人生的重要时期，青年的素养直接影响着社会的发展。因而青年人要读书充盈自己，勤勉上进，与良师益友相伴，在心中播下"正谊""高洁""良知"[①]的种子。陈独秀在《敬告青年》中也同样指出，青年是人生最宝贵的时期，青年之于社会犹如人体的鲜活细胞，青年并不仅仅表现于年龄和身体，而是存在于头脑中的思想是鲜活的而非陈腐的。青年要认识到自身的价值和责任，勇于奋斗，做自主的、进步的、进取的、世界的、实利的、科学的青年。[②]陶履恭的《新青年之新道德》论述青年人应具备新道德的三个特征，即创造的、进取的和智识的。每个个体都是社会的组成部分，每个个人都对社会道德的沦落或进步负有责任。[③]朱希祖则鼓励青年"志趣总要放得大，脚跟总要踏得实。与其零零碎碎革命，不如从根本上革命；与其革他人的命，不如对于自己先革命。对于自己不能革命，要想对于社会上做革命的事业，总是空谈，不能发生实力的"[④]。

[①] 〔美〕马克威、斯密士著，中国一青年译：《青年论》，《新青年》1915年9月15日第1卷1号、1915年11月15日第1卷3号。
[②] 陈独秀：《敬告青年》，《新青年》1915年9月15日第1卷1号。
[③] 陶履恭：《新青年之新道德》，《新青年》1918年2月15日第4卷2号。
[④] 朱希祖：《敬告新的青年》，《新青年》1920年2月1日第7卷3号。

（二）反论劝诫

非译作驳斥译作观点的反面，抑或否定对立面，劝诫青年走正路。译作《青年论》中鼓励青年要勤勉，同时也提出"偷惰"是"极危之事"。非译作也反论惰性的危害，还揭示了我国教育不利的一面。高语罕的《青年之敌》认为，惰性是青年乃至国人公敌，人的思想、言论、举动，莫不受惰性所鞭笞。"将就""敷衍""得过且过""过了一天是一天""今朝有酒今朝醉"都是惰性的表现，又分析了来源于家庭、社会、政治方面的惰性对青年的影响。若惰性不除，则后果严重："一切外界之敌，若邻国之侵陵也，神奸之蠹国也，其他若恶社会也，恶风俗也，恶国家所遗留之旧思想也，日包围吾人而降之戮之，未有能幸免者也。"①《青年论》教育青年要"善读书"，李张绍南的《哀青年》则认为，我国的教育、宗教、语言、农林等各项事业无统一管理，我国的人民往往因贫困无受教育机会。富裕略有学识之家又往往目光短浅，青年很难不受影响。既少受教育，则能力缺乏，难以与西方匹敌。女子受家庭和社会的束缚更甚，更让人哀叹。②

（三）补充例证

《青年论》以美国富豪柯乃力万达壁（1794—1877，Cornelius Vanderbilt，今译"科尼利厄斯·范德比尔特"）为例，讲勤勉、胆识、品行对人的重要作用。《新青年》2卷3号对朱允章的报道，可以说是补充了一个励志故事。朱允章是东方汇理银行经理朱志尧的二公子，在第二次赴法留学学习飞行期间正值一战，毅然加入法国飞行军团，担任保护侦察机的任务，技术娴熟，机智英勇，在执行战斗任务过程中两度受伤，经法国司令部提请，法国政府批准，授予朱允章少尉军衔，并颁发勋章，其事迹登载入《法国国民军官

---

① 高语罕：《青年之敌》，《新青年》1916年2月15日第1卷6号。
② 李张绍南：《哀青年》，《新青年》1917年2月1日第2卷6号。

报》。① 本书为了统计的数据更为集中、更有说服力，只是从题名有相同字段的文章进行考察，若从内容看，《艰苦力行之成功者卡内基传》等亦属于这类作品。

（四）观点对照

非译作与译作的观点形成对照关系。译作提醒青年反思战争带来的灾难，如何才能捍卫和平，非译作鼓舞青年的斗志和保家卫国的决心。第一次世界大战给很多国家造成了深重灾难，战争结束后的1920年，《新青年》刊登了鲁迅译武者小路实笃的《一个青年的梦》。这部剧作表达了对战争的恐惧、厌恶与无奈，对战争中牺牲者的同情，对和平的热爱，对人类命运的担忧。然而只要有国家的存在，在人类的思想尚未进化到一定程度，战争又是难以避免的。只有"人人都是人类的相待，不是国家的相待"，才能安享太平，但这事"非从民众觉醒不可"。②《新青年》第1卷和第2卷接连刊登了几篇青年与战争的非译作，如《战云中之青年》《时局对于青年之教训》《欧洲战争与青年之觉悟》等，教育和鼓励青年在内忧外患的局势下，要担负起自己的责任，珍惜光阴，"救父、抗国、保赤子、践然诺而已"③。要从欧洲战争中汲取教训，看到国弱必被欺凌的事实，看到白种人对黄种人的敌对。要学习科学知识，认识到其重要性，"科学精者其国昌，科学粗者其国亡。精科学者生，不精科学者死。而自然科学，尤为国家生存发展上第一要素。盖不能征服自然之民族，必不能征服敌国，终为他人之所征服也"④。

（五）主题引申

五四时期注重科学和民主精神的传播，即便是中国文化中禁忌的话题也

---

① 记者：《欧洲飞机阵中之中国青年》，《新青年》1916年11月1日第2卷3号。
② 周作人：《读武者小路君所作〈一个青年的梦〉》，《新青年》1918年5月15日第4卷5号。
③ 易白沙：《战云中之青年》，《新青年》1916年2月15日第1卷6号。
④ 刘叔雅：《欧洲战争与青年之觉悟》，《新青年》1916年10月1日第2卷2号。

敢于涉猎。孟明译小酒井光次作《青年与性欲》就是这样一篇为青年人讲授生理知识的科普文章。从这一主题中引申的非译作包括《说青年早婚之害》《青年与欲望》《新青年之家庭》。早婚之大害在于"损精神""伤身体""荒学问""害国计""弱种族"①，并举例欧美诸国近世适婚年龄是男二十五岁、女二十岁以上，认为我国的结婚年龄偏早。《青年与欲望》既不同意康德的"禁欲说"，也不赞同尼采的"纵欲说"，不求青年"窒欲"，也不愿青年"纵欲"，唯愿他们能集中精力于良欲和高尚之欲，并举例说明运动欲和名誉欲为良欲，"深望我辈青年，勿便气馁，增其高尚之欲望，促成向上之志向，以不断之奋斗，为国家争命脉也"②。其中亦提到放纵物欲、性欲者"放辟邪侈，无所不为"，其祸甚于"窒欲"。同时引用了中国的圣贤孟子、告子的名言，鱼和熊掌皆为所欲时要有所取舍和替代。内引外联，将中外思想加以总结和关联。《新青年之家庭》则与西方对照，列出26条关于家庭结构、管理、财务、日常生活习惯等方面的建议，大到家庭对于国家的责任、一夫一妻制、子女教育等，小到家宅位置、屋居陈设等。③

（六）相互印证

译作《青年论》强调青年人的勤勉与自立，举凡德意志皇族少年亲贵，必学一门手艺，"以能善自工作为度。诚以世变无常，未来之事，渺不可测，为人生自立计，则自储贰以至亲王。是宜令其具有自食其力之能，以求生存于大地也。似此良法，举世所应则效矣"④。非译作《青年与工具》一文中明确使用物质文明和精神文明的提法和分野，作者认为自己并非物质主义者，但承认物质文明对于精神文明的重要作用。"古之青年，负箧于外，略具自

---

① 郑佩昂：《说青年早婚之害》，《新青年》1917年7月1日第3卷5号。
② 陈圣任：《青年与欲望》，《新青年》1916年9月1日第2卷1号。
③ 李平：《新青年之家庭》，《新青年》1916年10月1日第2卷2号。
④ 〔美〕马克威、斯密士著，中国一青年译：《青年论》，《新青年》1915年11月15日第1卷3号。

治之能力者，其箧中必有小剪，有缝针，有修脚刀，或有铁锤。今之青年则有进，于上数者之外，又有裁纸削笔之刀，有开瓶之钻，有起钉之凿，甚而至于有剖孔之螺钻。"①作者认为，仅此还不足够，以代表西方物质文明的蒸汽机、刨床、钻台等精密工具为例，认为西方的富足来源于工具的先进与丰富。我国青年，不仅仅是工科的青年，要养成自己动手的好习惯，培养制作精神。推广机器制造，传布实业主义，注重科学教育都是这一需求的间接表现。十二三岁以下者以玩具（toy）为主，十三四至二十岁者有模型（model）。这种做法深入人心，连日耳曼车夫家里也有工场（workshop），各种工具齐备，倡导青年人重视自己动手制作工具的能力。

二、《新青年》刊载译作与非译作的语言通约

"通约"指不同元素间趋向于"互相识别、互相理解、互相交融的共同特性、共同价值或共同标准以及共同尺度"②。本书中的语言通约主要关注译作和非译作中共同存在的外文元素，辨别它们是如何跨越语言和文化障碍，融入译语甚至译作和非译作中，加入外文与中文、译作与非译作对话的行列。

五四时期在译文中夹杂外文或音译的现象十分普遍。译音现象多见，不同译者因发音或选择汉字的不同而造成了译名的差异与混乱。陈独秀曾就译名的统一做过相关研究，分别给出了外文发音相对应的指导性译音，包括单独字母的译音、拼合字母的译音、清辅音和浊辅音译音的区别（陈独秀称为"柔音""刚音"），以及某些字母发音在普通文本和宗教文本中的区别。其

---

① 吴稚晖：《青年与工具》，《新青年》1916年10月1日第2卷2号。
② 昝加禄、昝旺：《生命文化要义》，北京：人民军医出版社2013年版，第49页。

中也提到了一些译音本不合适，如 chi 译为"支"，don 译为"顿"。但在翻译实践中，有些人名、地名如 Washington 译为华盛顿，Milton 译为弥尔顿，Boston 译为波士顿已经被大家广为接受，若强行改变势必会引起一些混乱和不便，因而"久有定名，只得仍其旧也"①。

钱玄同读了陈独秀的《西文译音私议》，并结合蔡孑民、李石曾的《译名表》，俞凤宾的《对于译音之商榷》，认为他们几位虽然提议的方法各不相同，但统一译音的目的是一致的。但他认为外文发音多变，组合万端，难以按照所定发音一一对应翻译，即便对应译过来，也会引发新的问题。如 Kropotkin 按照陈独秀的指导性译音，则应翻译为"'克罗坡特□'（尊表于 Kin 字空不填字）。依蔡、李之表译，则当作'克老卜脱坎'。又一般所译，或作'苦鲁巴特金'，或作'克若泡特金'，还是不能讨好，何如别想他法，不拘拘于译音之正确与否乎"②。这样译名不但"噜苏麻烦"，并且译音也还是不准确。为此，钱玄同提出两点建议：一是不翻译，直接在译文中夹用原文；二是如若译音，务必简短易记。在这个问题上，钱玄同与陈独秀有一个看法一致的地方，就是都认为已经广为人知的译名，不必再刻意改变。

对于在译文中加入外文原文，周作人也表达过类似的观点："外国字有两不译：一、人名地名。二、特别名词，以及没有确当译语，或容易误会的，都用原语（用罗马字作标准）。"③ 钱玄同和周作人提倡在译文中夹杂外文，共同的原因是外文词语尚未有恰当译语，而译音不准确，容易产生误会。周作人在很多时候也是这样实践的，他的译本中夹杂外文的情况非常多见。《古诗今译》发表时，《新青年》还是大字号排版，译文一共两页半，大约 1000 字，夹杂外文有 13 处之多。

陈独秀、钱玄同、周作人的言论既是对已经发生的翻译实践的总结和思

---

① 陈独秀：《西文译音私议》，《新青年》1916 年 12 月 1 日第 2 卷 4 号。
② 《通信·钱玄同来信》，《新青年》1917 年 5 月 1 日第 3 卷 3 号。
③ 周作人：《〈古诗今译〉前言》，《新青年》1918 年 2 月 15 日第 4 卷 2 号。

考，也是对未来翻译实践的导向，共同反映了这一时期译名的现状、困境和问题。《新青年》这样的中文刊物中比比皆是的外文，生动地显现了译者面对外来文化的新概念、新名物进行翻译时不得不妥协的处理方法。当然这与文化名人的引导也有一定的关系，不仅仅是在言论上的引导，他们的译作和非译作中也是大量地夹杂外文。无论比比皆是的外文，还是各行其是的译音，对于读者来说都是阅读的障碍。读者阅读时如何能跨越障碍，正确捕捉到外文或译音的所指呢？既然无论是普通译者还是文化名人，都无法推出一定之规或找到行之有效的办法让译名统一，又要让读者能够顺利获取所需的信息，那么，只有两种可能，一是读者懂外文，二是有其他信息辅助。除了越来越多的归国留学生精通外文外，在国内的小学、中学也开设外语课程，程度高低不好说，但只要是受过学校教育，至少是粗通外文的。钱玄同建议在译文中直接用外文原名，也是基于这一事实提出的："因凡在中学毕业之人，无论如何，决无不懂西文拼音之法者。既懂西文拼音之法，则人名、地名，写了原文，一样能看，无须移译。虽然，外国人名如华盛顿、拿坡仑、达尔文、瓦特、奈端之类，外国地名如伦敦、柏林、纽约、巴黎、格林威治之类，国民学校教科书便须讲到，此则不能不乞灵于译音。高等小学中虽有英文，然程度极浅，发音变化，也还讲不了多少，故高小中学教科书，仍不能不译音。（惟中学教科书于译音之下，当兼注原名，小学则可不必。）"①

但即便是懂外文，也不见得能懂多种外文，而作品中夹杂的外文是否就是读者所通的那门外文也不一定，因而辅助信息就十分必要。说到辅助信息，最容易想到的就是译作中添加的注释。在五四时期的译作中，注释依旧存在，但通常篇幅并不大，多是寥寥数语。五四时期的译作和非译作中都添加大量外文元素，但还能让读者接受，除了在译文中夹注外，其奥秘在于译作和非译作互为注解。以俄国大文豪"托尔斯泰"的中译名为例。"托尔斯泰"的译名在《新青年》中出现的时候已经相对统一，出现这个中译名的

---

① 《通信·钱玄同来信》，《新青年》1917年5月1日第3卷3号。

地方，多是采用这四个字，倒是其外文名出现时拼写并不总是一致。拼写不统一的外文人名及其音译名能在译作和非译作中互通，并能通过译作和非译作在中国广泛流传，并不仅仅涉及人名本身，而是与其所指代的人物生平、作品、主张、人物形象相关联的。《新青年》中托尔斯泰的名字通常以如下几种形态出现：(1)直接用中文译名，或中文译名＋氏，如：托尔斯泰、托尔斯泰氏、利奥·托尔斯泰氏；(2)中文译名＋外文名，如：托尔斯泰（Tolstoy）、利奥托尔斯泰（Leo Tolstoy）；(3)简称，如托氏；(4)直接用外文原名，如：Tolstoj、LjovTolstoj。可见，对于外文姓名在中译文中出现的形态，即便是已经相对统一的名人姓氏，也并没有一定之规或约定俗成的标准，全凭译者自己对翻译的理解和态度来处理。这样不同的表现形式读者是如何进行识别，如何将文字的姓名和指代的人物联系在一起，尤其是出现在不同文本中的外文拼写并不一致的情况下，如何将 Tolstoj 等同于 Tolstoy 和托尔斯泰，将 LjovTolstoj 等同于 Leo Tolstoy、利奥托尔斯泰和托尔斯泰呢？这依靠的是关于人物的多种信息的多次重复。

托尔斯泰的名字并不仅仅和文学相关，翻检《新青年》就会发现，他的名字还和战争、道德、宗教等联系在一起。《托尔斯泰之逃亡》(*Tolstoy's Flight and Death*)称其为"俄罗斯大文学家、道德家"，托尔斯泰视军国主义如洪水猛兽，"使托氏学派再假以时日，流传播布，熏陶人心，今日欧陆之大战争，可以不作"①。《托尔斯泰之平生及其著作》高度评价其不但为"俄国之文豪"，更是"革命家""道德家""足以为万世之师表者"②，并罗列了包括《战争与和平》在内的多种著作。《启发托尔斯泰的两个农夫》开篇点明托尔斯泰的主张是"泛劳动主义和改良宗教"③，并阐述这两个主张分别受到彭达留甫与苏达欧甫的影响。《时局对于青年之教训》则直接肯定托尔

---

① 汝非译：《托尔斯泰之逃亡》，《新青年》1915年10月15日第1卷2号。
② 凌霜：《托尔斯泰之平生及其著作》，《新青年》1917年6月1日第3卷4号。
③ 〔日〕昇曙梦著，邹诩译：《启发托尔斯泰的两个农夫》，《新青年》1919年11月1日第6卷6号。

斯泰的主张对于和平的重要作用："俄国文豪托尔斯泰主张无抵抗主义者也，其具体之运动，为万国平和主义。军备废止问题，国际仲裁条约，数十年来武装平和，幸保无事者，依是之功。"① 周作人则将托尔斯泰的艺术归入写实派，将其道德归入无抵抗主义，认为《空大鼓》是他"非战的宣言"②。

通过多篇文本的阐释、重复、衔接和关联，无论是使用托尔斯泰、托氏、利奥托尔斯泰还是 Tolstoy、LeoTolstoy，抑或是 Tolstoj、LjovTolstoj，读者都能通过文本中的信息将名字和所指代的人物正确地连接在一起。《新青年》1 卷 4 号封页上甚至登载了托尔斯泰的画像。当然也不能否认，托尔斯泰的译名及其作品的广为接受和晚清打下的基础也不无关系。早在 1903 年，《新小说》中出现的谜语就和这位大文豪有关："凭君传语报平安　西儒名一"，公布的谜底是"托尔斯泰"③。这也就不难理解，为什么托尔斯泰译名用字在五四时期已经相对统一。多种多样的形式会使托尔斯泰的名字和人物形象在读者心中更加清晰。周作人在其《读武者小路君所作〈一个青年的梦〉》中谈及几位外国的作者 Tolstoj、Andrejev、Kuprin 和 Mahon，都直接使用外文名。如果读者并不熟悉 Tolstoj 这个外文名，至少可以通过文本内给出的信息"俄国"的"Tolstoj 提倡无抵抗主义"，作"反对战争的小说"，以及相关文本中常见的拼写形式 Tolstoy 与周作人文本中 Tolstoj 的相似性，判断 Tolstoj 是托尔斯泰。另有俄国作家 Andrejev，文中提及其作品《红笑》《七个绞刑犯》，可以判断是安德列耶夫；Kuprin，通过"俄国顶有名的战争小说，或者可算 Kuprin 的《圣母的花园》"判断其为库普林。而 Mahon，文中仅仅提到其写过"歌颂战争的论文"，在《新青年》和其他五四时期的刊物中也并不常出现这个名字，因而读者极有可能判断不出所指，或许是法国元帅麦克－马洪（Mac-Mahon），抑或是另有其人。

---

① 王涅：《时局对于青年之教训》，《新青年》1916 年 9 月 1 日第 2 卷 1 号。
② 周作人：《〈空大鼓〉译后记》，《新青年》1918 年 11 月 15 日第 5 卷 5 号。
③ 灯谜丛录，《新小说》1907 年第 7 期。谜面登在《新小说》1903 年第 6 期，第 7 期公布谜底。

可见，语言的通约依靠的不是背诵外文的单词或者强行记下某个人名或其译名，而是通过多文类文本的重复和关联，使读者能在阅读中将同一人名的不同译名或原文名正确地联系在一起。多文本指的并不仅仅是翻译的文本，非翻译的文本也在其列，因为非翻译的文本中"译"的因素俯拾皆是，非译作对译作在译入语中的接受和传播起到了积极作用。在翻译中采取什么样的方法，是直译、意译，还是音译，是否需要加注，是受多种因素影响的。在五四的翻译大潮中，对于在不同文本中反复出现的名、物、概念、信息，即便是直接使用外文名，用零翻译的方法，也同样行得通，读者能够判断其所指，不会有难以逾越的障碍。非译作中的这些"译"和"写"的因素，对两种文化的通约、两种语言的通约、译作与非译作的通约起到积极作用。译作与非译作不仅可以存在内容上的关联，语言也同样能够通约。语言的通约是以内容的关联为基础的，并非硬生生地在译文中加入音译词或外文原词，或是让读者无厘头地记住外文发音或原词。

虽然我们难以判断是译作在呼应非译作还是非译作在呼应译作，刊物的编辑者、作者和译者是否有意而为，但《新青年》中的非译作与译作在内容和语言上相互关联、相互通约是既成事实。非译作在很大程度上起到了晚清翻译中"按语"的功能。这样与译作分离的"按语"，值得我们关注和思考，对中国文化走出去也有启发意义。从宏观的角度看，非译作与译作内容关联和语言通约的过程，也正是非译作助力和加速译作传播和其所包含的思想在译入语中接受的过程。从微观的角度看，直译能够在五四时期成为主流，离不开非译作的辅助之功。若没有这些因素的存在，直译的作品极有可能在接受过程中受挫。一部直译的《域外小说集》，在晚清首次出版，共售出40本，而在五四时期却可以再版风行。这也说明，时代翻译风潮的发生是和多种因素联系在一起的，并非译者个人随心所欲的选择可以单方面促成的。

第三节　从晚清到五四：译作和非译作关系的形成

要想廓清五四时期译作与非译作内容关联和语言通约的奥妙之处，就有必要回顾晚清的翻译，在比较中，很多问题才能由模糊变得明了。译作和非译作的内容关联和语言通约，是从译本中夹注外文开始的。因而，译作中出现外文，是译作和非译作关联的起点。虽然，外文词在译本中的出现往往和"忠实""直译""音译""零翻译"联系在一起，似乎和晚清翻译的"不忠实""改写""豪杰译""过度翻译""删改"等印象毫不相干，但若放弃成见，客观地看待和观察晚清的译本，就不难发现在"豪杰译"法之外，也有通过夹注外文的方式努力贴合原文的痕迹。这些点滴的痕迹，为五四时期"直译"大潮的来临做了铺垫。

一、晚清译作中的附注外文

阅读晚清译作可知，在文学作品和报刊文章的纪实性作品中，译者附注外文的处理办法是有区别的。为了避免不同译者个性化处理的差异，此处以同一译者不同类别的文本作为观察和分析对象。

（一）晚清小说翻译中的附注外文

翻译中常常会遇到一种语言中有而另一种语言中无的词汇，或者两种语言中都有，但却不对等、不相同或不完全相同的情况。在英汉翻译中也是这样，这不仅仅是晚清译者要面对的问题，也是各代译者要面对的翻译难题之一。译者通常采用创造新词、音译（包括音译附注外文原词）或直接使用外文词汇的办法。无论是哪种处理办法，给读者带来的冲击和陌生感都是不言而喻的。为了了解晚清译者如何引导读者理解陌生的词语，消解异域文化带来的陌生感或部分陌生感，本书将观察的对象集中到翻译成中文的词语附注外文原词或直接使用外文原词的现象。统计的样本来源于周桂笙所译的11篇小说，读本的版本是伍国庆编选的《毒蛇圈（外十种）》（岳麓书社，1991）。

《毒蛇圈》共220页，3处夹注外文；《八宝匣》共37页，7处夹注外文；《失舟得舟》共26页，4处夹注外文；《左右敌》共96页，0处夹注外文；《海底沉珠》共40页，2处夹注外文；《红痣案》共15页，0处夹注外文；《妒妇谋夫案》共17页，0处夹注外文；《窃毁拿破仑遗像案》共18页，1处夹注外文；《含冤花》共41页，1处夹注外文；《飞访木星》共16页，6处夹注外文；《猫日记》共9页，0处夹注外文。这些在译文中夹注的外文词汇，多是在现实或历史中有所指代的人、地、物、河流等，另有虽难以目测但已有科学证实的星体等，还有外文原文中杂有的异语诗歌。小说虽然是虚构的，但其发生的背景往往会有一定的真实性，镶嵌在现实中的虚构情节让作者和读者更为入戏。夹注外文的词语通常属于现实的而非虚拟的部分。其中包括：

城市（镇）名："荷兰之罗多旦（Rotterdam）""格陆斯德（Gloster）""恩斯德旦（Amsterdam）""孛利斯多（Bristol）""利芝（Leeds）""芝加哥（Chicago）""孟敦（Mendun）""可朋（Coburn）"

港口名："候尔（Hull）""哈昧口（Har Wich）"

人名："项东南（Anminette）""马利亚（Maria）""密确儿（Michael Angelo）""赖柴洛夫（Melchier Lazarolf）""拓跋子谷（Troubet Zkoy）"

官殿名:"休蒙故宫（Chatean de Chaumont）"

河流名:"淡水河（River Thames）"

商埠名:"安维儿（Anuers）"

花名:"福改脱米拿脱（Forget-Me-not）"

星体名称:"陨石（Aerolitics）""木星（Planet Juidter^①）"

机器名:"电气之机（Dynamo）"

航船名:"天鹅（Swan）"

书院名:"大书院（College Nabadeus）"

异语诗歌:"Ny cnar, ny destrier,"

（非车非马,干戈是将）

"Rien que, mon bras."

（克敌致果,我武孔扬）

为了便于读者接受,对于这些名物,译文中通常会有足够的上下文信息,或者添加同位语表明这是人名、地名、动物名或是物品名,抑或在译作中添加按语和点评,引导读者去理解或接受这些外文元素。

对于这些名物,从周桂笙的译文中,我们可以发现一些常用的处理办法。

1. 译名本身具有提示信息

比如:"大书院（College Nabadeus）""盖彼欲逃赴大陆,则不难至哈昧口（Har Wich）乘夜轮宵遁也。""休蒙故宫（Chatean de Chaumont）""余闻之,爽然若有所失,而转顾彼异国之人,则方从事于生发电气之机（Dynamo）,举止失措,形极慌张。""然按诸星象,则大约必为诸行星中之木星（Planet Juidter）耳。盖此星所居之方向,即为我所欲往之处也。"

书院、故宫、电机、（港）口、木星都是译名本身就具有提示意义的

---

① 原文如此,或为 Jupiter 之误。

词语。

2. 译名前后的介词和（或）动词具有提示意义

"余方自荷兰之罗多旦（Rotterdam）买棹言旋。归至候尔（Hull），英国东北海滨之一大港口，舍轮登岸。"

"我将径归格陆斯德（Gloster）耳。"

"吾辈将先至孟敦（Mendun），然后起行也。"

"我意此次将行抵可朋（Coburn）略停耳。"

地名前后的"自……归""径归""先至""行抵"清楚地标示出附有外文的是地名，虽然读者无法感知这些地名更详细的方位和其他信息，但知道这是一个地名，是小说中人物的居住地或出行的目的地等，对小说的理解就不会出现障碍，进而不会影响阅读。对于这类词，译者可以不再另做特殊处理，只是在译名后附注外文原词。（当然，如果译者认为有必要，即便有了提示地名的介词，依旧可以同时采用其他方法，如候尔（Hull）加了小字号注释"英国东北海滨之一大港口"。）

3. 同位语的提示意义

"英国商轮，有名天鹅（Swan）者，盖三十年之老物也。"

"且余自利芝（Leeds）故乡出发至此之时……"

"赖柴洛夫（Melchier Lazarolf）者，俄罗斯唯一著名之大探险家也。"

"但问参将拓跋子谷（Troubet Zkoy）便悉也。"

商轮、故乡、探险家、参将都是同位语起到为其同位词语提供辅助信息的作用。其中也不乏两种或三种办法并用的现象，比如"利芝（Leeds）"前后的介词和动词"自……出发"与同位语"故乡"共同起到提示作用。

4. 译文行文中添加小字号注释

如："安维儿（Anuers，比国巨埠）""福改脱米拿脱（Forget-Me-not，西国花名）""恩斯德旦（Amsterdam，荷兰首府）""孛利斯多（Bristol，在伦敦之西）""芝加哥（Chicago，北美合众国东北部之一名城也）""其人于淡水河（River Thames，方庆周译《电术奇谈》，作点士河，盖地名人名，皆译音，此盖从粤音者也，兹从江南音，译作淡水，于字面似略雅驯，伦敦之有此河，犹粤之有白鹅潭，沪之有黄埔滩，所以界一地为二域者）南岸，声名藉甚"①。

在译名或其他方式不能提供足够信息时，或虽已有其他提示方式，译者认为有必要时，会添加注释，补充必要和相关的信息。比如"福改脱米拿脱（Forget-Me-not）"，若是读者不识外文，单凭音译名和附注的外文，难以猜透这竟然是花的名称。

5. 上下文有详细介绍信息

"……法国女皇项东南（Anminette）陛下。这位女皇，便是法皇路易十六世的皇后，号叫马利亚（Maria），容貌绝美，而素行不正。后于一千七百九十三年之顷，为国民所斩。"②

"既而算毕，瞪目视余，目光炯炯，恍若闪电，猝然问曰：'君亦颇知陨石（Aerolitics）之理乎？'余对曰：'略有所知。'余言犹未已，彼复突然言曰：'妙！妙！然则汝其听余言之。夫陨石者，其初本皆空中之流星也，其性质往来无定，好为流动，专于空间求其同类，有时亦意为所得，同聚一处。然往往有不幸而坠于吾地球之上者，吾人呼之为陨石，或曰陨星。在昔人民知识锢闭，偶然见之，诧为异事。且有以灾祥之说附会之者，在今日则毫不为奇矣。吾尝取而验之，见其中杂质颇多，而以磁石为最多数，可见其极有吸引之能力者也。顾所以常有坠于吾地球之上者，则实因其拒离力太巨，过于其同质星球所实有之吸引力之故，以致参差凌乱，偏重一面，遂致失坠。所谓过犹不及，故天下万物，皆贵持平也。……'"③

上面第一段引文中，关于法国女皇的信息，如地位、容貌、品行及最终的结局等，在之后的叙述中都做了介绍。第二段引文，借助对话者之口，详细解释了陨石之为流星，及其轨迹、坠落的原因、传说附会以及人生启示。

---

① 〔法〕鲍福著，周桂笙旧译，伍国庆选编，《毒蛇圈（外十种）》，长沙：岳麓书社1991年版，第460页。

② 同上注，第390页。

③ 同上注，第519页。

这种情况，虽是新名词，已经无须额外注释。

6. 译者之外的国人点评

"Ny cnar，ny destrier，"

（非车非马，干戈是将）

"Rien que，mon bras."

（克敌致果，我武孔扬）

该作品的上文中已经交代，诗句是刻在戒指宝石上的文字。下文有解释："前半句是日耳曼文，后半句是法兰西文。"并通过小说中的人物"陈家鼎"的心理活动猜测这两句诗的渊源："这必是那失落戒指那人的祖宗古时所受的封号。观其语气，不是古名将战胜后的自负语吗！此人既以此语自负，后来国王论功行赏，封以爵号，就把此语作为勇号，勒如勋章，也未可知。以后子孙世世遗传，保守弗失，以此为荣，于是遂将此语镌诸约指，绣入巾帕等类，这也是贵族子弟们的习气，不足为异。"[①]这两句诗旁有周桂笙的好友吴趼人的点评："十六言可成开国诗经一类。"

7. 添加中国元素作为比对的辅助信息

《毒蛇圈》中有这样一个情节，法国雕刻师瑞福与故人之子白路义初见，相谈甚欢，谈及雕刻行业的先祖"密确儿（Michael Angelo）"。这个音译名与中国人名的相似度不高，于是译者添加了类似的中国元素帮助读者了解"密确儿"的行业地位："就犹如中国木工祭鲁班，马夫敬伯乐，鞋业祀孙膑，星家拜鬼谷的意思。"[②]同时，还认为中国人敬先祖有夸张成分，两相比对，认为小说中的人物敬先祖是追念精神，而己方敬先祖过于注重外在形式。如对着偶像磕头，把先祖刻画成三头六臂，给先祖冠以"大帝""工部尚书""伯乐"的称号。音译和附注原文的"密确儿（Michael Angelo）"，虽

---

① 〔法〕鲍福著，周桂笙旧译，伍国庆选编，《毒蛇圈（外十种）》，长沙：岳麓书社1991年版，第205页。

② 同上注，第32页。

然有同位语"远祖先师",但译者还是在行文中用中国木工、马夫、鞋业和占星行业的祖师爷做了类比,并指明差异。

由于时代的局限性,晚清译文中的信息,有时候我们很难判断哪些是原文中所有,哪些是译者所添加。以上第 7 类中因为"中国木工祭鲁班,马夫敬伯乐,鞋业祀孙膑,星家拜鬼谷"的表述,很容易判断是译者所添加,可见译者也并不避讳这一点。但诸如法国女皇项东南的"容貌绝美,而素行不正"的介绍就难以做出判断。但有一点是可以肯定的,这些信息是不可或缺的,至少当时译者认为是读者阅读和理解译文所需要的信息。如果原文没有,译者有必要进行处理。以上的方法,不总是单一、孤立使用的,有时候会同时采用两种或三种。

《毒蛇圈(外十种)》,据版权页显示共 390000 字,除去编者的前言、后记等,11 部小说 30 余万字中夹杂 24 处外文标注。这个夹注外文原词的比例应该说是非常小的。这主要是由当时"豪杰译""译意不译词"的翻译风气所致,又由于小说本就有虚构的成分,因而并不看重词汇翻译得是否准确,对于虚构的人物、地点甚至故事情节的删、改、添、创等都是常事,人名、地名也不总是这样严谨地翻译成汉字并注上英文,小说中人物的名字摇身一变而成中国味十足的"陈家鼎""顾如兰"等的现象十分常见。即便如此,故事发生的地点,真实存在的国家、城市、名人的名字等还是保留下来,成为最早确定并统一的译名。比如美国、英国、英吉利、纽约、伦敦、罗斯福、拿破仑等我们现在沿用的译名,在晚清的译作中已经非常常见,且比较统一。

尽管晚清外国文学翻译中出现的附注原文占比很小,但这很小比例带给读者的陌生感,依旧需要诸多的办法来辅助消解,这让我们不由得疑惑,五四时期的"直译"大潮一边带来数倍于晚清译本的陌生感,一边弃用了不少晚清消解陌生感的办法,但还能让译本在读者中广为接受,这是如何做到的?正是带着这样的疑问阅读五四时期的译作和非译作时,才能发现非译作作为译作辅助信息的奥秘。

（二）晚清报刊文章翻译中的附注外文

从上文可以看出，小说翻译中虽然也有译者努力贴合原文传达准确信息的痕迹，但数量比例微小。而翻译报刊上随笔、时政、新闻等类的文章，则是另一种景象。周桂笙的《新庵笔记》其一、二两卷分别命名为"新庵译屑上""新庵译屑下"。译者在《弁言》中指出，这些译作多来源于英法丛报，并无一贯的宗旨和条理，只是个人"所选小品之有味者"[①]。这些译自报刊的文章中夹杂外文的现象和小说相比就要多得多，从数字中能更清晰地看出这一倾向。如果将《毒蛇圈（外十种）》按 300000 字计，则附注外文的比例是 0.008%，即平均每 12500 个汉字中有 1 处附注外文。而"新庵译屑上""新庵译屑下"共 98 页，版面字数共 42042 个字，出现了 21 处附注外文，附注外文的比例是 0.050%，即平均每 2002 个汉字中就有 1 处附注外文。报刊文章中附注外文的概率是小说的 5 倍多，排除时代的翻译风尚和译者个性的差异，数字比例差异充分体现了译者对待不同文体或文本的不同态度，对于虚构情节与现实事物的不同态度。《新庵笔记》前两卷"新庵译屑上"和"新庵译屑下"中出现的附注外文包括以下几类：

1. 地名

"合众国之西南部，有地名亚里崇拿（Arizona）者，美之一州也。"[②]

"伦敦之西，有都邑曰奥斯福（Oxford）者，日本人译为（牛津），盖以意为译者。其地最富于宏壮瑰丽之建筑物，而英国盛名鼎鼎之大学，亦在于是。"[③] 牛津既是地名，又是校名，这段话中既有音译，又有英文，还有日本的译法。

"摩纳哥（Monaco）者，法兰西境内一世袭小侯国也，在地中海沿

[①] 周桂笙:《弁言》,《新庵笔记》卷一，上海：古今图书局 1914 年版，第 1 页。(《新庵笔记》共分为四卷，卷一和卷二为报刊文章的翻译，卷三和卷四为随笔，四卷之间不连续编页。)
[②] 周桂笙译:《鹊能艺树》,《新庵笔记》卷一，上海：古今图书局 1914 年版，第 13 页。
[③] 周桂笙译:《英美二小说家》,《新庵笔记》卷二，上海：古今图书局 1914 年版，第 58 页。

岸，法国东南，与意大利边界相近处。全国疆土不过八十英方里，人口十二万六千，全国军队，一百二十六人。有市镇三处，曰摩纳哥，曰公大孟，曰孟脱加六。孟脱加六（Monte Carlo），地形狭长，东西可三英里，南北半之。"①

"英国某乡，有小村落，名脱来尔（Trail）者。一家四男，与一家四女同时结婚，村人传述，播为美谈。"②

因所译文本来源于报刊，篇幅较短，具有真实性。小说的阅读有赖于情节的发展和铺陈，读者在阅读中可以消解一部分陌生信息，但报刊文章的阅读对上下文的依赖减弱。所以对地名的介绍，可以说是直截了当，开门见山地介绍"地名"亚里崇拿（Arizona）、"都邑"奥斯福（Oxford）、"小侯国"摩纳哥（Monaco）、"市镇"孟脱加六（Monte Carlo）、"小村落"脱来尔（Trail）。在关键信息后是否需要更详细的信息，则依靠译者的判断和原文的详细程度等决定。比如对于 Oxford 不但给出音译名并附注英文，还给出日本的译名作为参考，但对于"小村落"脱来尔（Trail）则点到为止。

2. 人名

"麦德温（Mark Twain）者，美洲合众国之大著作家也。"③"麦德温"这个笔名出现的频率要远远高于其真名"克来门"，因而笔名也充当注解："美国现代小说巨子克来门，即人称麦德温（Mark Twain）者也。"④

"至于普国郡主之所以命名爱林（Irene）者，因德语爱林，犹言太平。故用以纪念和局云。"⑤

"蒙按索拉，字爱弥（Emile Zola），法兰西之大文豪也。"⑥

---

① 周桂笙译：《世界中之赌国》，《新庵笔记》卷二，上海：古今图书局1914年版，第28页。
② 周桂笙译：《八人成四双》，《新庵笔记》卷二，上海：古今图书局1914年版，第42页。
③ 周桂笙译：《逃学受绐》，《新庵笔记》卷二，上海：古今图书局1914年版，第10页。
④ 周桂笙译：《英美二小说家》，《新庵笔记》卷二，上海：古今图书局1914年版，第58页。
⑤ 周桂笙译：《代父代母》，《新庵笔记》卷一，上海：古今图书局1914年版，第18页。
⑥ 周桂笙译：《索拉》，《新庵笔记》卷一，上海：古今图书局1914年版，第22页。

"美洲合众国,新浙西州,忒伦顿城,有韩斌者(A. Herpin),历十年不寐,为徒来未有之奇病。"①

"初发明雷锭者,为法兰西大科学家(居礼)博士,号比爱(Peere Curee),为巴黎(苏而部纳)大学之科学教习,其夫人亦邃于科学,才学与博士相伯仲。"②

"李士德(Liszt)亦匈牙利之著名琴师,兼工画术。始见巴牙尼尼之乐器,而改良洋琴之构造,声名藉甚。"③

对于人名的介绍,除了沿用小说中使用同位语的方法,也使用"某人(者)+为(是)+身份+(也),(字),(号)"这样的句式,帮助读者抓取人物的关键信息,与使用同位语的目标和效果一致。其中字、号的介绍,显然是用中国的命名方式来对应外国人名,目的无非就是便于读者理解和记忆。当然,和小说翻译一样,并非所有人名都会附注外文原名,如对匈牙利小提琴家约瑟夫·约阿希姆(Joseph Joachim)的介绍,译者的处理方法就非常中国化:"乔庆,字若瑟,今世界最著名之胡琴师。一八三一年,七月十五日,生于泼雷斯堡。泼雷斯堡者,匈牙利国中之一小村落也。"④无论是否注外文原名,人名翻译的用字都常常选用中国姓氏。

3. 礼拜寺名(源于希腊的万神庙)

"故人虽云亡,追思弥笃。因相率提议,欲将索氏灵輀,移入邦戴翁(Pantheon)陈设。邦戴翁者,巴黎之大礼拜寺也。凡大人物之有功于社会者,苟得国民同意许可,例得将灵柩移入寺中供奉,盖不朽之盛举也。"⑤

---

① 周桂笙译:《十年不寐之奇病》,《新庵笔记》卷二,上海:古今图书局1914年版,第21页。
② 周桂笙译:《雷锭发明家》,《新庵笔记》卷二,上海:古今图书局1914年版,第26—27页。
③ 周桂笙译:《附乔庆轶事二则》,《新庵笔记》卷二,上海:古今图书局1914年版,第6页。
④ 周桂笙译:《今世界第一大琴师乔庆》,《新庵笔记》卷二,上海:古今图书局1914年版,第5页。
⑤ 周桂笙译:《索拉》,《新庵笔记》卷一,上海:古今图书局1914年版,第22页。

译名本身没有提示意义，但紧随名称之后就有同位语"大礼拜寺"以及其相关具体用途的介绍。

4. 书肆名

"索拉少时以贫故，为人佣工，年薪不过六百佛郎。嗣不愿，乃弃去。然闲居无可存活，不得已复佣于巴黎大书肆（Hachette）。初在发行所，肆主见其读书綦勤，尤留意各种小说，乃延之入编辑所。"① 大书肆的译名本身具有提示意义。

5. 称谓

"欧人大都崇奉新旧景教，旧教即天主，新教基督也。凡教徒无贫富贵贱，生子女三朝后，必至教堂行领洗礼，而因以命名焉。行礼时，则以亲友中之贵显而有德望者为证人，虽常人亦必择稍有声望者为之，男者谓之代父（Godfather），女者谓之代母（Godmother）。"②

代父和代母的译名本身具有提示作用，同时在译名前亦有详尽介绍。

6. 河流名

"讷耳逊毕生战绩，以尼尔（Nile 在埃及北部地中海沿岸）役为最著。"③ 河流名后附有注释作为提示信息。

7. 物品名

"（Cement）译言物之有黏性而能胶固者也。昔有人发明一种矿灰，色微青，以水和之，可以胶砖涂瓦，干即坚硬如石，因锡此名，果有大用于世。流入中国，市贾肖其音而译之曰水门汀，其实亦未尽吻合也。**西人**初亦不过用以平治道路而已，盖砖石所砌之处，更以此灰和水涂泽之，则其地便平坦如砥。厥后愈推愈广，功用至不可弹述，浸假且有以之制器者（如阴沟水管以及各色方砖、枕木之类，尤为筑路之大宗云），浸假而能造屋矣。**中国各处所需**

---

① 周桂笙译：《索拉》，《新庵笔记》卷一，上海：古今图书局1914年版，第22页。
② 周桂笙译：《代父代母》，《新庵笔记》卷一，上海：古今图书局1914年版，第18页。
③ 周桂笙译：《讷耳逊轶事》，《新庵笔记》卷一，上海：古今图书局1914年版，第19页。

此品，初皆来自外洋，今直隶、湖北亦已设厂制造。种类颇繁，惟尚须讲求推广行销之策耳。但西人进步之速，月异而岁不同。于此品外，复已别有所发明，即所谓考拿喇脱者也。考拿喇脱（Conolite），西人称之为（木材之新替代）。其原料以木屑为君，而以一种白色水泥为佐，药水和之，状如水门汀泥，用法亦相同，惟一则宜于厨屋沟渠，而此则厅堂绣阁，无施不可，无论木石砖砌之地，皆可以之涂泽。比燥，即光滑和润，坚如铁石。其性似刚而实柔，仿佛如木，故能履之无声，击之不碎。第发明伊始，价值略昂（**铺设之费，每一方码厚不逾寸者，约需规银二两余**），故仅得于寓室见之，他不多睹也。"①

这篇关于Cement和Conolite的介绍，行文中的"中国各处所需此品，初皆来自外洋，今直隶、湖北亦已设厂制造。种类颇繁，惟尚须讲求推广行销之策耳"显然是作者添加的，讲源于西方的材料在中国的使用情况。屡次提到"西人"如何，关于"西人"的信息至少有一部分是译者的阐释，"西人"这种说法似乎也并不是西方人的自称，而是译者为了区别于国人而创设的。关于新兴材料Conolite的价格，在括号中注释其与中国银两的换算，助益读者的恰当理解和定位。

8. 术语

"然所获之蚌，未必尽皆有珠。有今日虽无，而他日或有者。有今日虽少，而他日或多者。有今日虽小，而他日或大者。若所获之蚌，不问大小有无，而一一剖之，以定去取，则未免可惜。盖死者不复生，今日之所无者，他日亦不能更有矣。于是西人又殚精竭虑，思得一法。用新发明之爱克斯光（X-Rays），即俗所谓透骨镜者，渔人备有此物，获蚌以后，珠之有无，不难于壳外照之。有珠者取之，无珠者舍之。从此无宝之蚌，不至罹杀身之祸。"②

---

① 周桂笙译：《考拿喇脱》，《新庵笔记》卷二，上海：古今图书局1914年版，第59页。引文中的粗体系笔者所加。
② 周桂笙译：《吊蚌珠之新法》，《新庵笔记》卷二，上海：古今图书局1914年版，第36页。

"雷锭（Radium）者，乃一种新发明之原质也。提炼甚难，故其价极贵，每两值至英金五万六千镑，亦云巨矣。然功用殊神，中上之家苟藏得相当之一小方，置诸食厅中，无论严冬奇寒，可以不炉而燠，且可永远不坏。雷锭之性极透光，中隔金钱十数枚，视之如无物；较之爱克斯透光镜能照见人肺腑者尤神。在医学界之功用，尤莫可殚述，且瞽目能使复明。如他日出产能广，提取较易，则世界一切燃料，殆可尽废。发明者之功，亦伟也。"①

　　对于 X-Ray 这样难以直接用肉眼观测，不借助仪器无法观看的物质，以及 Radium 这种普通人难以接触到的新型元素，除了用具有提示作用的译名"透骨镜"和直接定位其为"新发明之原质"外，主要是通过介绍其功用让读者对新发明有所了解，还对 X-Rays 与 Radium 的功用进行了对比。

　　从对报刊文章译文的观察可知，译者小说中用来消解读者陌生感的方法，在报刊文类的译文中仍旧使用。唯一的不同就是，报刊文章中附注外文的频率远远高于在小说翻译中的频率。这体现了不同文类文本翻译的差别和译者对待不同文类的不同态度。译者对待报刊上的文章，谨慎程度远远高于翻译小说等有一定虚构成分的体裁。文章中辅助读者理解外文因素的信息除了用小于译文正文的字号、加括号，或标上"按"字外，很多文字直接交融于译文中，难以区分是来源于原文，还是译者所添加，这仍旧体现出晚清亦作亦译、亦庄亦谐的翻译风格。周桂笙的《新庵谐译初编》曾标明"戏译"，对待翻译的认识和态度可见一斑。即便是中英对照的译名，也充满了中国人名的色彩。《新庵笔记》第二卷末附有"英国近三十年中最著名小说大家表"②：

　　Charles Dickens 狄更始

---

① 周桂笙译：《雷锭发明家》，《新庵笔记》卷二，上海：古今图书局 1914 年版，第 26 页。
② 周桂笙：《英国近三十年中最著名小说大家表》，《新庵笔记》卷二，上海：古今图书局 1914 年版，第 66—68 页。

W. M. Thackeray 谭格廉

Hall Caine 寇恩

Miss Marie Corelli 高兰丽女史

Walter Scott 史高德

Bulwer Lytton 赖顿

Rudyard Kipling 纪伯麟

J. M. Barrie 鲍礼

Mrs. Humphry Ward 华德夫人

Robert Louis Stevenson 司徒文生

Arthur Conan Doyle 陶高能（著福尔摩斯侦探案者）

Stanley Weyman 魏猛

Charlotte Bronte 白朗德

Anthony Trollope 杜禄博

I. Zangwill 陈惟尔

Mrs. Henry Wood 狐突夫人

Charles Reade 李德

Charles Kingsley 经斯利

Henry James 吉姆斯

George Meredith 米力田

Thomas Hardy 哈田

Miss Braddon 白雷同

E. F. Beson 彭生

上文 23 位小说家的中文译名具有以下特点：

第一，所有中文译名都是中国姓氏，虽然狐、经、吉等几个姓氏并非百家姓中的大姓。狐突这个译名直接借用了春秋时期晋国大夫之名，成就了一位外国女士的中文译名。

第二，字数符合中国人命名的特点，多是两个字或三个字，复姓则可以达到四个字，如司徒文生。

第三，用字符合中国人命名的特点，如生、猛、德、禄、博、丽、麟、利等，都体现了命名者的期待和美好愿望。可见在译名中，即便是音译，也试图与中国人名相近，寻找共同点，降低陌生感。

总体而言，晚清译作中附注外文的比例还是很小，多数地方都是直接用中文译名，如："摩根者，美洲合众国之豪富，人称为托辣斯大王者也。"① "摩根"显然是人名，而"托辣斯"，文中并没有进一步的解释。笔者查阅20世纪初年的报章，发现这个音译名在当时比较常见，因而译者既不附注外文，也没有添加任何辅助信息。在创作中，附注外文的形式几近于无。《新庵笔记》的第三卷和第四卷是周桂笙创作的文章，两卷中仅在《禁烟不制药》一文中出现一处外文："英人呼阿芙蓉曰（Opium），而'鸦片'二字，殆粤人之译音也。故苟效粤音读之，其音原近，反是则去之远矣。"②

二、五四时期的附注外文和零翻译

到了五四时期，附注外文的情况无论在哪一种文体的翻译中，和晚清相比，数量都直线上升。不仅如此，在创作的文章中，因其与西方千丝万缕的联系，也大量夹杂外文单词甚或句段。无论在文学类还是其他类的文章中，译为中文的词语、名物或诗句、谚语等附有对应外文的情况可以用"铺天盖地"来形容。

除了夹杂外文的数量更多外，五四时期的文本中夹杂外文和晚清相比有

---

① 周桂笙：《摩根》，《新庵笔记》卷二，上海：古今图书局1914年版，第61页。
② 周桂笙：《禁烟不制药》，《新庵笔记》卷三，上海：古今图书局1914年版，第13页。

两点变化：一是不仅译作中夹杂外文，非译作中也夹杂大量外文；二是不仅在汉语翻译后附注外文，还出现了直接使用外文，"不译"的现象。

（一）既出现在译作中，也出现在非译作中

五四时期译作中附注外文的数量已经远远胜于晚清，不仅如此，本该用来解释和说明译作行文中难解之处和陌生信息的按语中也开始夹杂大量外文。这就意味着，要用陌生的信息来解释陌生的信息，读者阅读的难度要远远大于用熟悉的信息来比对陌生信息的做法。《新青年》第2卷3号刘半农译《欧洲花园》涉及葡萄牙人和摩尔人的阿尔加司克伯尔之战，属于历史事实的描述。译者通过"按"的形式补充了史实，并对人名、地名、战役名等附注外文原词："按，Moors（摩尔人）居非洲北岸，为阿剌伯（Arabian）及巴巴利（Barbarian）人之混合种，不信耶教。千五百五十七年，葡王约奥三世（King Joao III）薨，其孙撒拔司孝（Sebastiao）嗣位，只三岁，王伯祖摄政。至千五百六十八年，王十四岁，归政。王年少英敏，耆运动及冒险之事，又笃信宗教。亲政既十年，恶摩尔人之无化，集国中兵万四千人，于千五百七十八年六月二十五日，自葡京里斯朋（Lisbon）发，渡海征摩尔。八月四日，战于阿尔加司克伯尔（Alcacer Kebir），兵败，王死乱军中。万四千人及从征诸贵族，或死或俘，无生还者。平事，有得王尸者，见其身受数十创，血肉模糊。衣冠类王外，无从辨别真伪，遂自西班牙运回葡萄牙，葬于白仑寺（Convent of Belem）。寺盖王曾祖马诺欧王（King Manoel）所建者也，然后世史家，每多聚讼，谓归葬者实非王尸，王之死，不在战场，而在见房于摩尔之后。孰信孰妄，至今尚无定论。说见倍尔氏（A. F. G. Bell）所撰 *Portugal of the Portuguese* 书中。"[①] 虽然这个按语的目的是要澄清或解释事实，但和具有虚构成分的文学作品情节相比，其中附注外文的几

---

① 〔葡萄牙〕席尔洼著，刘半侬（农）译：《欧洲花园》，《新青年》1916年11月1日第2卷3号。

率高于正文。与此判断相一致，译作前或后的"译者识""译者附志"也是这样，越是关于事实的描述、越是专业性的描述，附注外文越多。虽然这个情况是在小说和报刊文章翻译中发现的，但扩大观察的范围可知，在其他文体中，这一判断同样适用。

除了译者按、译者识和译者志外，文后注释也会附注大量外文。五四时期的文后注释和参考文献，与当今的标注形式已经很接近，只是文后注释并非常态，形式也不统一。如前所述，书名、人名、出版社名亦是译者难于翻译的。而注释和参考文献恰恰多与这些名谓有关。陈独秀译《现代文明史》后所列注释多达 130 个①，主要包括：行文中汉语译名的外文原名，包括人名、书名、议会名等；对名、物、概念的解释；翻译方法的使用，尤其刻意强调直译的方法。有些译词和非直译互为参照，或是和日本的译法互为参照。陈独秀是《新青年》的创办者，也是一位严谨的译者，他翻译《亚美利加》②的歌词，文末也加了相当多的注释。注释没有编号，一眼望去，满目外文。有对作词者 Samuel F. Smith 的介绍，有对歌词语言和内容的解释。一些非译作的注释也是这样。《国家非人生之归宿论》③一文，需要注释的地方都在正文中标了序号，在文末相应的序号后有注释，共 20 个，主要是标明观点或引文的出处以及文中汉语译名的外文原文。在这 20 个注释中，以汉语出现，并和中国的人或著述相关的只有两个。其余的或者是外文原文，或者是外语著作的汉译本。

如果说，译作中附注外文和翻译之难有关，是译文难以和原文完全一致的妥协，那么创作中附注的外文，则是作者对外来概念、名物的尊重，同时向读者表明其来源。以下所引关于戏剧的论述，行文通顺可读，但作者依旧

---

① 〔法〕薛纽伯著，陈独秀译：《现代文明史》，《新青年》1915 年 9 月 15 日第 1 卷 1 号，1916 年 10 月 1 日第 2 卷 2 号。
② 〔美〕Samuel F. Smith 作词，陈独秀译：《亚美利加（美国国歌）》，《新青年》1915 年 10 月 15 日第 1 卷 2 号。
③ 高一涵：《国家非人生之归宿论》，《新青年》1915 年 12 月 15 日第 1 卷 4 号。

附上了原文:"谬子君把'抽像''假像',混做一谈,其实这两名词,绝不是一件东西。'抽像'对于'具体'而言,'假像'对于'实像'而言,'假像'对于'实像',是代表的作用(Representation);'抽像'和'具体',一个是'总'(Universalis),一个是'单'(Particula)。谬子君当做一件事,看的人就不能明白了。况且'抽像'必须离开'具体','体'(Concrete)不曾脱去,如何说得上'抽'(Abstraction)?一拿马鞭子,一跨腿,仍然是'具体',不是'抽像';曹操带领几个将官,几个小卒,走来走去,仍然是'具体',不是'抽像';拿张蓝布当城墙,两面黄旗当车子,更无一不是'具体',更无一算做'抽像';上马是一种具体的像,一拿马鞭子,一跨腿,又是一种具体的像;……两件事更没有'总''单'的作用。若说这样做法,含有 Symbolic 的意味,所以可贵(张谬子君说的'假像'据我揣度,或者指 Symbolism。我想不出中文对当名词,暂用原文)。其实 Symbolism 的用处,全在'视而可识,察而见意',中国戏的简便做法,竟弄得'视而不可识,察而不见意'。这不过是历史的遗留,不进化的做法,只好称他粗疏,不能算做假像。"①

这段文字中,除了 Symbolic 和 Symbolism,作者直言是因为想不出中文对应词语,不得不暂用原文,其余附注在括号中的外文均使用了中文对应的汉语译词。这是傅斯年回应张厚载《我的中国旧剧观》所作的文章,双方都引用了外国戏剧中的一些概念。比如张厚载用到了三一律,翻译为"三种的联合(Three Unities),就是做作的联合、地方的联合、时间的联合(Unity of action,Unity of place,Unity of time)",傅斯年提到了"时间、地位的齐一(Unities of time and place)"。傅斯年的回应更是以西方"抽象""具体"概念为依据,认为张厚载为中国传统戏剧辩白不严谨,甚至是谬误。越来越多的创作文本,因其主题和西方对应领域相关,附注外文非常普遍,可以看出当时中国引入外来文化潮流的汹涌,以及新文化人对外来文化的尊崇。

---

① 傅斯年:《再论戏剧改良》,《新青年》1918 年 10 月 15 日第 5 卷 4 号。

（二）不仅附注外文，还出现了"不译"现象

在汉语词汇后附注的外文，只是对汉语译词的补充，起的是辅助作用，而"不译"的出现，使得外语词汇乃至外语的句、段独立存在，这也是译作和非译作语言通约的开始。不译即"零翻译"，主要涉及名、物、概念等，这种现象除了出现在译作的行文中外，在按语、译者识和人物传记中较为多见。

1. 译作行文中的"不译"现象

"亚里斯多德以一切高等热血动物之具四足者，归四足动物类 Tetrapoda。及曲越儿更推广其范围，谓两足之鸟及人类，亦归此类。因其内骨架本起原于四足。人类之双手，鸟类及蝙蝠之双翅，本为四足动物之二前足所变成，定其名为 Ouadrepeda。"① 亚里士多德（Aristoteles）为四足动物命名，曲越儿（George Cuvier）将人类、鸟类及蝙蝠也归入其中，并为这些特殊的"四足动物"定了一个专门的名称"Ouadrepeda"。首次命名具有开创性，其他语言没有对应词，因而马君武采用了不译的办法，但从行文中可以判断这是一个名称，不影响阅读的连贯性和对内容的理解。

2. 译作按语中的"不译"现象

"'吾观彼赤云，酷似克利阿泊托喇（按，Cleopatra，埃及女王也，从凯撒之罗马，纪元前四十四年凯撒死，复归埃及。越三年，遇安陀尼于 Cilicia 州，备获宠爱，相从与 Augustus 帝战，俘于罗马，卒年三十有九，时在纪元前三十年），往寻安陀尼（按，Ontony，生于纪元前八十三年，卒于纪元前三十年。继其舅凯撒之遗业，任罗马执政官，旋败走小亚细亚，遇克利阿泊托喇于 Cilicia 州，偕往埃及，嗣复回罗马，昵克利阿泊托喇如己

---

① 〔德〕赫克尔著，马君武译：《赫克尔一元哲学》，《新青年》1916 年 12 月 1 日第 2 卷 4 号。（该译作在《新青年》第 2 卷 2 号到 2 卷 5 号四期连载，2 卷 2 号首发时题为《赫克尔之一元哲学》，其余几号为《赫克尔一元哲学》。）

妻。后为政敌所败，出奔 Alexandria，次岁卒，年方五十有三）时，所乘金船紫色之帆。'吾曹默然，未有以胜之。姑娘复问曰：'安陀尼其时年几何乎？'马烈威斯克伯爵曰：'必甚幼无疑。'美达罗甫亦附和其说。吕辛则曰：'吾记确在四十以上。'姑娘微瞥学士之面而言曰：'殆交四十一。'余随即还家。吾观彼美，确有所钟情，第所昵者究何人欤？"① 以上这段文字，有一半篇幅是按语，几乎与译文同长。按语中直接使用的外文词汇主要是人名与地名，三个人名中，Cleopatra 和 Ontony 的译名"克利阿泊托喇"和"安陀尼"已经出现在译文中，Augustus 后添加了同位语"帝"，因而虽不译，但其身份已明。地名 Cilicia 后添加了同位语"州"，Alexandria 前的动词"奔"都可以帮助读者判断出其为地名。

3. 译者识中的"不译"现象

刘叔雅为其所译《美国人之自由精神》②写的"译者识"中，包含很多英文原词："Edmund Burke" "Dublin" "Trinity College" "William Hamilton" "Rockingham" "Warren Hastings" *"Vindication of Natural Society" "Reflections on the Revolution in France" "Thoughts on French Affairs" "Conciliation with America"*。不算标点，"译者识"共 140 字（单词），其中有 27 个英文单词，包括人名、地名、校名、著作名、演说题名。其篇幅不长，但夹杂外文很多，因而单语读者只能得到一些模糊的、粗略的印象：英国某地的某人，幼时在某校求学，后曾在宰相等两位要人身边工作，曾经弹劾过某人，有四部著作问世，有一篇演说辞受到称颂。至于外文原文反映出的细节，若不懂外文，则很难领悟到。不得不说，翻译中"不译"的初衷，除了难于翻译之外，也是为了"忠实"，但终究免不了顾此失彼，在忠实的外貌下很多细节难以呈现。前文提到的辅助读者理解的提示方法依旧使用，

---

① 〔俄〕屠尔格涅甫著，陈嘏译：《初恋》，《新青年》1916 年 2 月 15 日第 1 卷 6 号。
② 〔英〕Edmund Burke 著，刘叔雅译：《美国人之自由精神》，《新青年》1916 年 2 月 15 日第 1 卷 6 号。

如用中国的官职名称"宰相"做同位语,提示校名的"学于其地……"等。

译者识中出现的外文多,并不是个例,且其中人名、书名、地名等多"不译"。陈嘏译《弗罗连斯》前也有译者识:"按,作者生平擅喜剧,悲剧流传甚鲜,若《萨乐美》(*Salome*)其最著者也。是篇版行,作者已不及见。其遗稿原有阙散,自商人希莫烈登场,始乃真作者之手笔。其前一部分,盖诗人 Thomas Sturge Moore 氏所补也(Sturge Moore 亦有名戏曲家)。一九〇六年 Literary Theatre Club 开演此剧,作者之遗稿管理人 Robert Ross 氏;宣言于报纸曰:'一八九五年四月,王尔德受破产宣告时,预召余保存其未出版诸著作原稿。余先检察官而往,及理其稿,则悲剧《弗罗连斯》及 *Duchess of Padua*、*The Portrait of Mr W. H.* 三种,并散失不知去向,意有人先余至怀之去矣。厥后留心侦窃稿之人,卒无朕兆。就中悲剧《弗罗连斯》一篇,作者尝为余道其梗概,并曾细读其原稿,故其中情节及对话,余俱稔知。王尔德既殁,其律师将彼平日简札及书物稿本,悉送于余。余清理之,于其中发见脚本草稿一件,不图即《弗罗连斯》之原稿,然开始一部分卒不可得。Thomas Sturge Moore 氏应 Literary Theatre Club 之请,照原作旨趣,补而完之,乃得排演云。'"[①]

陈嘏所撰的这段译者识中除了诗人兼戏曲家 Sturge Moore、王尔德遗稿管理人 Robert Ross 的名字外,还有王尔德所撰的剧作名,以及演出剧场 Literary Theatre Club 的名字。无论是识外文的读者还是不识外文的读者,一读之下记忆这一系列的外文几乎是不可能。翻译,无论采用何种方法,必定是有所得有所失,没有万全之策,这也是译者不得不面对的事实。

4. 非译作中的"不译"现象

《大飞行家谭根》中对谭根的介绍也充斥着外文:"试演水面飞机居世界第一高度之谭根君,原籍隶广东省开平县道祥乡,生长于世界最大共和国亚美利加 California 省之 San Francisco 市,幼嗜机械之学,毕业高等学校后,

---

[①]〔英〕王尔德著,陈嘏译:《弗罗连斯》,《新青年》1916 年 9 月 1 日第 2 卷 1 号。

贫不能得资，复不愿求助戚友，遂佣工于某机器厂，秘究飞机之理。年余，颇有所得，旋以California省高等学校校长某君之介绍，至军用飞行实验家某君处，任司机之职。"① 这篇非译作介绍的是在美国的华裔飞行员，其中"不译"的地名都加同位语"省""市"。

以上列举的文本中夹杂的外文仅仅涉及人名、地名、校名、剧院名等名谓，虽然有时数量多，但并不影响读者对原文大意的基本理解和阅读的连贯。而小说中根据情节需要设置的大段英文，直接嵌入中文原创作品中，对单语读者的冲击不可谓不大。苏曼殊创作的小说《碎簪记》中涉及西洋剧，剧中人物的大段台词是以英文形式出现的。《碎簪记》的男主人公庄湜与家人、友人一同观看西洋剧，剧中一乌衣子弟登台说："What the world calls Love, I neither know nor want. l know God's love, and that is not weak and mild. That is hard even unto the terror of death; It offers caresses which leave wounds. What did God answer in the olive-grove, when the Son lay sweating in agony, and prayed and prayed: 'Let this cup pass from me?' Did he take the cup of pain from his mouth? No, child, he had to drain it to the depth."② 为庄湜等人翻译的莲佩，身处爱情旋涡中，为西洋剧中台词所动，难以自持，停止翻译，呆若木鸡。《碎簪记》中包括她在内的一男二女，又何尝不是为爱所动、所扰、所困、所伤，甚至为爱而放弃生命。这大段台词，没有翻译，虽然单语读者难以感知具体内容，但根据情节和下文"余与庄湜俱知莲佩尔时深为感动"可以判断，担任翻译角色的莲佩之所以停止翻译，是因为该段台词让她感同身受，与爱恋有关。

通过对《新青年》中文学作品、非文学作品、译作、非译作、译者识、译者附记、注释等夹杂外文的观察，可以看出夹杂外文有一些大致的倾向：

第一，非文学译作夹杂的外文往往多于文学译作。这仍旧和译者对待写

---

① 记者：《大飞行家谭根》，《新青年》1916年2月15日第1卷6号。
② 苏曼殊：《碎簪记》，《新青年》1916年12月1日第2卷4号。

实与虚构情节的态度和认识有关。对于真实存在的事物、人物、思想等更为重视并帮助读者获取确切信息，而对于虚构的人名、地名等则不那样严格地翻译并注释。

第二，文学译作中，歌曲、诗歌注释的外文往往多于小说和散文。诗歌翻译向来被认为是文学作品翻译的难中之难，形式、意义、修辞、美感等往往顾此失彼，又因诗歌字数、韵律等的限制，语言往往更为简约，很多文本的背景知识需要读者自己补足，因而，译者往往会在注释中添加这一部分信息，帮助读者了解外国的知识和文化背景，读取言外之意。

第三，译者按、译者识、译者附记中夹杂的外文往往多于正文。译者识和译者附记常常会涉及原作者简介，包括人名、地名、校名、书名以及真实的人生经历，这部分若没有约定俗成的译名，译者通常直接用外文或对中文译名添加外文附注。

三、五四时期附注外文和零翻译的原因

（一）两种语言差异给翻译带来的困难

中文和外文的差异给翻译带来很多困难，尤其对于一些外语中有、汉语中无的概念、现象、物品名等，或者创造新名词，或者音译，或者不译。新名词因为其新，读者必然有一个熟悉和接受的过程。如音译因为发音的差异或选字的不同，经常造成译名不统一，在音译名未能通行之前，译者往往会附注外文或添加注解，以免引起混乱和误读。无论在晚清还是五四，译作中都存在夹注外文的现象，但五四时期的规模更大、程度更深。不仅如此，五四的创作和翻译中都出现了零翻译的现象，直接使用外文单词、句或段落的情况时有发生。在译文中夹杂原文既是翻译之难的表现，同时也是担忧翻译效果不如译者之

意，担忧读者会曲解或不解。其实，即便是夹杂了外文，读者依旧可能曲解或不解，只不过减少了因为译者的操作而引起的曲解或不解而已。

（二）直译和忠实的需求

直译的极致就是不译，对忠实的追求使得译者不敢轻易下笔，无论译成什么，总是和原文有一定的差距。翻译难以达到完美的境地，无论译者多么努力，也只能是顾此失彼，难以面面俱到。对忠实的极致追求，也使得不译的现象增多。当然，翻译的本质决定了其必须有文字转换这一要素存在，直接使用外文只能是局部的存在而不可能是整体。但出于对忠实的追求和担忧，使得附注原文成为刊物登载译作的一种形式。仅在《新青年》中，就有中英对照的译本26篇（其中《意中人》分5期刊载，按照统计原则计为5篇）。

陈望道曾在为李达所译《从科学的社会主义到行动的社会主义》的译后记中写道："山川先生底原文，本想翻成罗马字文刊在志末，但因为时间底关系，就省却了。而且李达先生底译文，已很忠实，不附原文似乎也没有甚么妨害。"[①] 可见，夹注外文或中外对照的本意是追求忠实，避免对译文的误解和对原文的误解。

（三）懂外语的人越来越多

五四时期译者队伍的扩大，得益于出国留学的热潮和国内的外语教育，懂外语的人越来越多，这也为汉语译文中夹注外文和直接使用外文提供了条件。1872年第一批留美幼童拉开了近代中国留学教育的序幕，甲午战争之后的留学热潮扩大了留学的队伍，越来越多的国人具备了阅读和使用外文的能力。国内的外语教育也重视外文的学习，小学、中学都设有外文课程。但

---

① 〔日〕山川均著，李达译：《从科学的社会主义到行动的社会主义》，《新青年》1921年5月1日第9卷1号。

凡在国内接受了学校教育,或有出洋留学经历的人,都懂外文。因而,对于文章中夹杂的外文词汇,无论是附注了外文,还是直接使用了外文,只会影响阅读的流畅度,不会成为绝对的阅读障碍。

(四)对外文的崇拜和对汉字的鄙薄

目睹晚清面对列强欺凌毫无招架之力的情形后,除了制度、军事和经济力量等方面的原因外,新文化人将国家的落后归结于科学、思想和文化的落后,因而不遗余力地传播新知,传播科学与民主思想,甚至不惜牢狱之苦。而对中国传统文化,则是不遗余力地颠覆,并将思想文化的落后归咎于汉字,认为汉字是记载旧文化愚民的工具,是帮凶,认为汉字字形奇怪,识读困难,不利于普及文化知识。因而钱玄同在1918年率先提出废除汉字,这一提议得到了当时诸多文化名人的赞同和认可,陈独秀、吴玉章、刘半农、蔡元培、傅斯年、瞿秋白、胡适、鲁迅等都在其列。[1]但是经过悠悠岁月磨砺,承载着数千年文化的汉字,又怎能说一无是处,说废就废?于是采用了较为温和的策略,先简化汉字,推广白话文,同时探讨使用注音字母或推广世界语。在这个过程中,不难看出新文化人对西方文化乃至字母文字的推崇,这种推崇也体现在翻译中。在外译的过程中,新文化人难免会觉得汉字落后、文言落后,难以表达新意,因而在可以避免的情况下也刻意附注外文或直接使用外文词汇的现象时有发生。

---

[1] 艾星雨编著:《汉字传奇》,太原:山西教育出版社2015年版,第196页。

第二章　从晚清的"译中作"到五四的"作中译"

从第一章的论述可以看出，五四时期的翻译和晚清时期的翻译既有传承的关系，也有背离的关系。晚清的翻译因其所处的历史时段、对翻译的认识、对读者的期待、对自我的衡量等，译者擅自删改、添加内容的现象时有发生。到了五四时期，鲁迅、周作人、胡适等大力倡导直译，这并非一时兴起，更非头脑发热。直译之所以能在五四时期成为主流，能够在实践中探索、推广、盛行，是因为当时具备了或创造了这样的条件。晚清的译作中擅自添加的隐性"按语"部分，在五四时期并没有消失，而是发生了转移，转移到了非译作当中。所谓名正则言顺，译、按的分离避免了因翻译之名进行创作而带来的批评。五四时期一方面为翻译正名，一方面继续在"忠实"和"直译"的旗帜下将翻译当作工具，进行思想、文化、文学、语言等方面的借鉴和传播，以改变国内相应领域中某些方面的不如人意。本章将聚焦五四时期的译、按分离，译、作分离和"作中译"现象。

第一节　五四时期的译、按分离

需要说明的是，这里的按语是广义上的，包括那些擅自添加在译文中的隐性按语。译、按的分离并不是说不能在译作中添加注释，而是将一部分按语的功能，尤其是隐性按语从译作中分离出来。译、按分离首先是将编译、摘译、节译、选译、择译等和翻译区分开。也就是说，晚清被笼统称为"翻译"的，在五四时期分化为翻译、节译、选译、择译、编译、译述等。翻译的概念从晚清到五四逐渐窄化、细化和严肃化了。

一、译作与节译、摘译、选译、择译、转译等的分离

翻检《新青年》我们可以发现，一部分译作标注"某某译"，一部分文本标注为某某"节译""选译""择译""转译"等。这就为非全译本选择部分有倾向性的观点或者是译者青睐的情节等提供了合情合理的解释。虽然当时对这些概念并没有进行明确定义，但事实上的区分已经充分说明，五四译者对"翻译"的认识，相对于晚清，已经发生了明显变化。

（一）节译

节译的原因，一是原作中有译者不认同、不接受的部分，译者求其所需，仅翻译符合自己认知和意愿的部分；二是原文中反复、冗余的部分，在译语中没有必要全部出现；三是译者认为原文信息过于细致，没有必要告诉读者细节，一言以蔽之则可。刘半农的节译，基本属于第二和第三种情况。他在《倍那儿》序言中说："近又于本年（一九一七）二月号之 McClure's 月报中见所撰《今世女界第一伟人》一文，乃绪（叙）述倍那儿之人格艺术、思想事业，而仍以人生问题为归宿者。兹以原文过冗，节译大要如次。"[①] 此后，在这个节译本中他又反复告知读者："（**以下四节半，详述马丹在美国各处演剧时大受欢迎状况，并详记所得金钱之数，均琐屑不必译**。惟记其在纽

[①] 〔美〕麦费德著，刘半侬（农）译：《灵霞馆笔记：倍那儿》，《新青年》1917年8月1日第3卷6号。

约演《加米尔》'Camile'一剧［是剧原名'*La Dame aux camélias*',小吕马所编。小吕马注见后］,第三幕毕,叫幕十七次。全剧告终,叫幕二十九次。出剧场时,迟于门外,欲与握手者,多至五万人。又总计在美国演剧,凡一百五十六次,得资五十三万三千五百二十金元,平均每次三千余元。在世界艺术史中,均为从古未有之成绩云。)""(**原文每节之下,均有评语,今删去。**)""马丹在美时,余静候至四日之久,始能见之于旅馆中,谈话可一小时。然余甚以为幸,因谒见马丹者,日必数百人。马丹按次延见,往往有候至十数日,而谈话不过数分钟者。(**此下删去原文十四行,均言其延见宾客忙碌之状。**)""(**此下删去原文二十余行,乃无关紧要之谈话。**)""又有一次,乃马丹受伦敦某剧院之聘,准备登台之第一夕,妆已上矣,忽病发,晕仆于后台化妆室者凡三次。而绣幕既启,马丹依旧登场,观者均大满意而去。凡此所述,马丹自谓得力于'无论如何'四字,余则因之证明一定理曰'人心万能'。(**此节原文为四节二十九行,兹仅节译大意如此。**)""乃历举其成绩,谓一八七七年,刻一《风清雨过图》(*After the storm*),经法国 Paris salon 赛会给予优等奖章;后二年,又以云马石刻此图,形较小,鬻于伦敦,得价二千金元(美金);又有油画一幅,绘一妙龄女郎,手持棕榈数枝,独立作微笑状。英国莱顿勋士(Sir Frederick Leighton)盛称之,后为比国李奥朴特亲王(Prince Leopold)购去云(**以上三节,原文占一 Column 有半,凡一百五十余行,兹仅译其大意**)。""(**此下删去原文一 Column 又三之一,凡一百三十余行,所记均起居琐事。**)"①

虽然已经说明是节译原文,但刘半农仍旧将具体的删节之处、删节的主要内容和篇幅告知读者,给读者充分的知情权。将删节摆到明处,也是对原著者和原作的尊重。删节是译者的行为,若不说明,会让读者误以为是作者所为。可以说,译者依旧拥有操控原作的权利,但操控得光明磊落。但并非所有节译都将作者的写作内容和译者的写作内容分得这样清楚。有些译作虽然也注明

---

① 引文中的粗体系笔者所加。

是节译，在此概念的护佑下，译者有权利进行发挥，但发挥之处，除非对照原文，否则读者难以辨明。

《新青年》第7卷4号上刊登署名为"T. S."的作品《人口论底学说变迁》。开篇即列出文章的各部分标题并注明："（一）马尔塞斯《人口论》要领（节译河上肇底论文）；（二）《人口论》出版当时底反对论（节译福田德三底论文）；（三）马尔塞斯以后底人口论（节译米田庄太郎底论文）；（四）新马尔塞斯主义（节译神户正雄底论文）。"一篇文章分为四个部分，每一部分都来源于不同作者的不同论文。节译过程中的夹叙夹议部分，难以区分是源于作者还是源于译者。对于其中"我"的真实所指，就结论部分而言，已有研究者做出判断："译者基本从客观立场上介绍新旧马尔塞斯主义，资料性强。文后有译者编写的结论，除一些普遍性的论点外，还归纳了其他一些学者的观点……"① 可见，虽说都是节译，但"T. S."的节译和刘半农的节译差别很大。刘半农把删节的部分或简化翻译大意的部分都告知读者，而"T. S."则将删节后留下的部分译出，告知读者来源，至于删节的是哪些，自己发挥和议论的是哪些，没有一一点明。在没有底本对照的情况下，难以断言不同做法的原因，就目前读到的信息揣测，《倍那儿》原文本发表在《Mcclure's月报》，篇幅应该不是特别长，除去注明删减的部分外，刘半农都译出了。而"T. S."的原文本有四篇论文，因而删除的是绝大部分，也无法一一指明。又由于这篇节译本是四篇论文的合体，因而译者少不了要从中糅合贯通，因而也就出现了译和作你中有我、我中有你的状态。

《新青年》季刊第3期阿多那斯基著《马克思主义辩证法底几个规律》也注明"石夫节译"。还有一些作品虽然是节译，但并没有用这个概念，如：周佛海译《生产方法之历史的观察》："这一篇是译于罕德曼底《社会主义经济学》（H. M. Hyadman: *The Economies of socialism*）之第一章《生产方法》

---

① 陈永生编著：《中国近代节制生育史要》，苏州：苏州大学出版社2013年版，第46页。

（Methods of production）。"①虽然表述中没有出现"节译"，但所做说明足以表明译者对"部分翻译"与"翻译"的区分已经形成。

（二）摘译、选译、择译

摘即"选取"，与此意相关的词包括"摘编""摘登""摘录""摘要""摘引"等。选取的目的则体现在词组的第二个字，或选取以刊登，或选取以得主要内容，或选取以引用。摘译自然是选取一部分原文进行翻译。从这个意义上讲，摘译和"选译""择译"具有同等的意义。

高一涵译《选举权理论上的根据》，在著者和译者之后又特别注明"摘译二月号中央公论《选举权扩张问题》的第二章"②。马君武译《赫克尔之一元哲学》首先介绍了赫克尔的地位、成就和著作，并注明："予今摘译此书，以介绍赫克尔之学说于中国。"③不同的著译者选用了不同的概念来表述这一现象，《马克思学说之两节》在题名后标注"赭选译"④，蒋光赤所著《在伟大的墓之前》中，"择译沙度维叶夫《俄罗斯》二节""择译卡金《列宁》一段"，还有一节诗注明："译自俄国某诗人《哀列宁》之一节。"⑤虽然几位著译者使用的概念并不相同，但表明当时已经有了区分全译和部分译的意识，只是各人的命名不同而已。

（三）转译

《列宁底妇人解放论》注明"李达转译"，开篇便交代了这篇文章的来源和相关信息："去年列宁公布一本小册子，题为《劳农俄罗斯中劳动底研

---

① 〔英〕罕德曼（H. M. Hyndman）著，周佛海译：《生产方法之历史的观察》，《新青年》1924年8月1日季刊第3号。
② 〔日〕吉野作造著，高一涵译：《选举权理论上的根据》，《新青年》1919年4月15日第6卷4号。
③ 〔德〕赫克尔著，马君武译：《赫克尔之一元哲学》，《新青年》1916年10月1日第2卷2号。
④ 〔德〕贝尔著，赭选译：《马克思学说之两节》，《新青年》1922年7月1日第9卷6号。
⑤ 蒋光赤：《在伟大的墓之前》，《新青年》1925年4月22日不定期刊第1号。

究》。这一篇就是其中的一节，可以窥见列宁对于妇人解放思想和施设底一斑。"① 虽然仅注明是"转译"，但就其陈述内容可以看出，显然既是转译也是节译。

震瀛译的《俄罗斯》也注明："这篇文章是丹麦著名老评论家白兰特氏所著，登于丹麦首都（Copenhagen）《政治学报》（*Politiken*，是有产阶级办的），讨论列国对俄的封锁政策和干涉内政，他对于这两件事都极不赞成。他的结论对于苏维埃俄罗斯的性质说尽有变迁的余地，这也是俄罗斯研究的一重要问题。这篇文章是由'*Soviet Russia*'转译的。"②

摘译、节译和转译等概念的出现和使用，为非全译本、译作的结构因变化、削删、底本不一致而导致译本与原作的差距等，提供了合理的解释。如果说，节译、摘译、选译、择译、转译也仍旧注重译文形式与原文一致的"译"上，那么编译、译述、述译、记述、综述等则更强调对外来文本的语言和思想的梳理、总结、整合，不再关注文本与原作的语言和形式对应。

二、译作与编译、译述、述译、记述等的分离

文本冠以编译、译述、述译、记述、综述之名后，译者可以堂而皇之地在翻译中表明自己的观点、发表评论，也可以将原语国家和中国的国情、思潮、源流等进行比对。这种介于翻译和创作之间的文本，因译者的解说、观点的添加、与读者熟悉的中国国情的比对，更容易得到读者的理解。在分化出来的这些译作类别中，译者的添加部分更为自然、顺畅，译与作融为一体，可以看作一种更为广阔范围内的按语，对直译带来的阅读障碍和传播

---

① 李达转译：《列宁底妇人解放论》，《新青年》1921年6月1日第9卷2号。
② 〔丹麦〕白兰特著，震瀛译：《俄罗斯》，《新青年》1921年4月1日第8卷6号。

受限进行消解。从这个意义上来说,五四译者和晚清译者的做法并无不同,五四译者的高明之处在于,将这些非严格意义上的翻译文本从笼统的"翻译"中分离出来,从而免于被诟病,这就是所谓名正言顺的道理。

(一)编译

《新青年》第1卷1号到2卷4号(2卷1号除外)的"世界说苑"栏目,分别介绍了德国、比利时、法国、英国方方面面的信息,包括都城、宫殿、公园、标志性建筑、交通、军队、国民性、风土人情等。1卷1号"世界说苑"栏目后明确注明是"李亦民编译",剩余的几期都不再注明。但1卷2号的内容接续第1号讲德国的社会党、柏林之战捷纪念塔,因而必是"编译"无疑。后几期的文章风格与前几期相同,分别讲到比利时的王宫和审判厅,法国的费耳塞尤王宫(凡尔赛宫)、凯旋门、卢布尔博物馆(卢浮宫)、巴黎之寺院等,大英帝国的构造、英国人的运动和交际等。如前文所述,编译、译述、述译、记述、综述的自由度较大,译者名正言顺地拥有操控文本的权利,不再拘泥于原文的结构、形式、表述等,也可以自由添加自己的阐释、资料和观点,阅读的障碍远小于与原文对应程度较高的翻译。

1卷1号的"世界说苑"介绍德国曾立法禁止决斗,其中类比了我国禁烟禁赌的情况:"惟尚武好斗之积习,不易根本革除,特不敢公然比赛耳。警吏查察此等事故,亦实阳禁而阴纵之。凡决斗场,必置女仆于门首,供守望之役。倘有巡警入内,则敲钟以为报告。巡警但未亲见,必不根查。某日场内决斗正酣,巡警适至,守望之女仆,忘却敲钟,巡警叱之曰:汝在此执何役耶?女仆连敲数四,而后巡警入内,则已掩(偃)旗息鼓,毫无所见。巡警曰:善哉!余固知适才所得报告之必非事实也。掩耳盗铃,何与吾国烟赌禁令酷肖哉。"①因为"编译"的缘故,添加读者熟悉的信息引导其领悟外来的信息,也不会被诟病为"任意添加"。2卷3号讲"英国人

---

① 李亦民编译:《世界说苑·德人关于决斗之取缔》,《新青年》1915年9月15日第1卷1号。

之游戏运动狂""伦敦之交际社会""英人统治印度之成迹",其中关于英国对运动的投入也与中国的收入和支出情况进行了对比:"依表总计,则英人关于游戏之永久投资,为四万六千六百十三万二千五百元,消费年额,为四万四千七百七十五万四千五百元。合计之,超过吾国总岁入约三倍。其销费年额,约与吾国总岁出相埒,不可谓非惊人之事。"① 此外,《新青年》季刊第1号《世界革命中之农民问题》在目录中即用大字注明"亦农编译"。可见,当时已经有了明确的"编译"概念。

可以看出,"编译"带给编译者相对于译者更多的自由,不必顾虑原文的语言特征、编排顺序,也不必事无巨细地将原文信息一律呈现给读者。编者在相应的地方,加入了中国的情况加以对照。政府禁止决斗,革除积习,本是好事,而代表正义的警察却"阳禁而阴纵",不免让人困惑。以熟悉的禁烟做比,则困惑自然也"豁然开朗"。就货币而言,"四万六千六百十三万二千五百元"对读者来说只是抽象的数字,与我国的"总岁入约三倍"做比,使读者能够有一个总体印象,感知钱币数字代表的价值大小,数量多少。编译过程中德国的钱币单位已经悄然换为中国的"元"。当时并未有太多理论支撑翻译,但翻译中体现出的读者意识可以说是与译俱来的。读者意识是从译者的感同身受而来,译者自己所费解的地方自然也是读者费解的地方,译者借助读译文前已经获知的信息或译的过程中获取的额外信息才能理解的地方,往往会多加解释,以不同的方式引导读者。所以翻译的方向,若无特别说明,默认是从外语输入母语,这也许并非仅仅虑及译者的语言能力,对读者的了解程度也是因素之一。

(二)译述

译述和述译中的"述"强调了译者用相对灵活的语言和方式叙述和再现

---

① 李亦民编译:《世界说苑·英国人之游戏运动狂》,《新青年》1916年11月1日第2卷3号。一为"消费年额",一为"销费年额",原文如此。

原文内容的特征，命名本身显示出摆脱原语语言束缚的动机。

陶履恭的《法比二大文豪之片影》分为两部分，一是"梅特林克之'死者'观"，二是"福禄特尔（Voltaire）之讽语"。两部分均用文言。每一部分开篇都有对所译述作品的简单介绍，第一部分开篇介绍梅特林克并注明是译述："比利时之梅特林克（Manrice Maeterlinck），今世文学界表象主义（Symbolism）之第一人也。曩读其剧本 *Mary Magdalene* 以《新约》之马利为是剧之中心人物（马利见《路加福音》第七章三十六节及以下）。其中之一节，加一罗马人之口吻述出，余特好之。尝录出，备再读。今译述其意如左：……"①译述的内容放在当时的引文符号『』之中。文末添有译述者的评论："右辞简而意颇深，诚属一种达观之人生观。梅特林克盖深信死后生活论者也。"第二部分也是类似的情形，开头有简介，因伏尔泰遗笔 *Micromégas* 的行文是天狼星巨人 Sirius 和地球上的哲学家对话的形式，所以没有像上一篇那样，把译述的内容全部放于引号之中，但可以清楚地辨析哪些是译述者的话，哪些是伏尔泰的作品。全文文笔流畅，文意清晰。事实上，并非所有的译述都这样"译""述"分明，另一篇译述作品《共产主义之文化运动》就是"译"与"述"融于一体。

《共产主义之文化运动》开篇的"溪浈女士志"明言这是一篇"译述"："共产国际第四次世界大会（一九二二年十一月），曾讨论及此一问题。兹取当时之教育回（问）题委员德国代表项莱（Hernley）及俄国代表克鲁朴斯嘉（Krupskaga，列宁夫人）之演说，译述如下，以见共产主义之文化运动的意义。"②这篇译述由"项莱之演说"和"克鲁朴斯嘉女士之演说"两部分构成，语言生动流畅，可读性强，除了不多的附注外文和偶尔出现的译名不一致（多数地方是"马克思"，有两处是"马克斯"）外，几乎看不出翻译的痕迹，这也是译述功用的体现。生动流畅的语言和对共产主义文化运动的宣传相得益彰，

---

① 陶履恭：《法比二大文豪之片影》，《新青年》1918年5月15日第4卷5号。
② 溪浈女士译述：《共产主义之文化运动》，《新青年》1923年6月15日季刊第1号。

如文中所说:"有一大哲学家曾经说过,天下最精之艺术,莫若用极简单之语言以述极深奥之事。大多数共产党之鼓吹者都要表同情于这句格言。这本来是极难的事:要用十分简单的普通语言以发表马克思主义的科学理论及其政治情势的研究,又要留心党外的漠视政治的群众之偏见及成见。"① 用简单的语言,表达深刻的道理,以成就共产主义的伟业,这篇译述是极好的范本。

(三)述译

《德意志哲学家尼采的宗教》一文为"凌霜"述译,译者志的内容十分丰富:"德意志学者,群以此次大战,为'生存竞争'不免之结果,且借 Darwin 之说,以文其非。Kropotkin 反对之,以生物及社会之进化,由互助而不由残杀,由诚正而不由骗诈。英国学者多然其说,于是将其所著之《互助为进化之一要素论》(*Mutual aid: A Factor of Evolution*)重印而广播之。李石曾先生以此次战争,为帝国与民国之争,实含有革命性质。德胜,则帝国主义必横行于世界;德败,则世界之帝国主义,虽尚未绝,而大势已去(说见《旅欧杂志》第二期《欧战论》)。其言可谓深中肯綮。顷见本年一月二十三日美国 *The Outlook* 周刊,有《尼采的宗教》(*Nietzche's Religion*)一篇,执其说而驳其谬。爰为之述译。"②

虽然是一篇普通篇幅的译者志,但所述内容层次分明,能给读者以清晰的阅读线索。(1)德国发动战争,学界的看法不一:德国的学者美化其恶,用达尔文的"适者生存"正其非。俄国学者克鲁泡特金反驳德国的美化说,认为互助才是进化的要素,英国学者认可并追随克鲁泡特金的观点。中国李石曾先生则认为这次战争是帝国和民国两个阵营的博弈。(2)稿件来源:美国 *The Outlook* 周刊刊登的《尼采的宗教》,是一篇"执其说而驳其谬"的文章。(3)点明译述此篇文章的目的和自己的观点。(4)点明此篇是"述译"而非翻

---

① 溪浈女士译述:《共产主义之文化运动》,《新青年》1923 年 6 月 15 日季刊第 1 号。
② 凌霜述译:《德意志哲学家尼采的宗教》,《新青年》1918 年 5 月 15 日第 4 卷 5 号。

译。虽然篇幅不长，但译者志在很大程度上消解了一部分阅读障碍，让读者在读正文之前已经明了述译者和原作者的观点，而其余所有材料的组织都是为这个观点服务的。对"述译"的强调也避免了因行文问题而引起的纠缠。

和前文陶履恭的"译述"一样，这篇"述译"也将述译者的观点和引导放置于"译者志"中，而没有直接掺杂于行文中。不仅如此，述译者还很严谨地将一些重要概念和学说附注了外文，很多人名直接使用外文。因而阅读时还是能感受到翻译的痕迹以及述译者的拘谨。可见，虽然冠以"述译"之名，不再按照原文的字句一一移译，但不论是原作者的观点还是述译者的观点仍旧一目了然。述译或译述中"述"的含量并不一致，述译者（或译述者）的观点和阐述以何种形式出现是述译者（或译述者）自己控制和把握的。

（四）记述

李大钊的《"五一"运动史》是一篇记述，在文末有这样的记载：

> 我这篇纪述，是根据下列诸书作成的：
> 1. Morris Hillquit—*History of Socialism in The United States*, P. 209-221
> 2.《解放》创刊号山川菊荣著《五月祭与八时间劳动的话》
> 3.《改造》大正八年九月号新妻伊都子著《致不真面目的劳动论者》和山川菊荣著《答新妻氏》
> 4. Karl Liebknecht—*The Future belongs to The People*. P. 126-128。[①]

这篇作品吸收了多种外国著述或资料，其中亦有节译的部分，如文中讲到1906年英国社会党刊行的小册子《五月一日万国联合示威运动》，并"节

---

① 李大钊：《"五一"运动史》，《新青年》1920年5月1日第7卷6号。正文中题名为《"五一" May Day 运动史》。

录如左",节录中两次在括号中注明"中略"。还有工人罢工时合唱的歌曲歌词,也是节译而来的。文中还翻译了华盛顿劳工会议对八小时工作制的四项规定,分甲、乙、丙、丁四条进行了翻译。虽然我们难以判断,这几段译文究竟来源于所列参考书目中的哪一部,但这确定是译文无疑。在记述中,述的比例要远超于译,这也是为什么在本书中,此类作品中虽然有译的成分,却不再计入译作,而是归入非译作。

虽然术语使用并不统一,但"编译""译述"等术语在五四时期已经时常出现,除了在题名后、译者志、译后记中告知读者外,书目广告中也明确注明。《新青年》第1卷6号刊登《中学校用数学教科书》广告,其中《算数之部》《代数之部》《几何之部》《三角之部》都分别注明"某某编译",而相应的《算数之部问题详解》《代数之部问题详解》《几何之部问题详解》则是"某某著"。同页的广告词上还有"译编":"此数书皆日本近年最通用之教本。本社译编为中学校数学教科书。其主旨在体例整严,取材简括,使教者于教授时,有讲演发挥之余地,又别编各部问题详解,以备教者学者参考自习之用,尤为便利。"①这样区分于"翻译"的命名,不只局限于《新青年》,其他刊物亦是如此。《解放与改造》第四期要目分为"论说""社会实况""译述"和"文艺"四个类别,其中"译述"之下包括两篇文章《近代欧美妇女解放运动》《广义派之研究》。②

可见,当时对于"著""译编""编译""译述""翻译"已经有了明确的区分,只不过概念的使用不是十分统一。也就是说,晚清的一个"翻译"概念,到五四时期已经分化为翻译、节译、摘译、选译、择译、转译、编译、译编、译述、述译、记述等多个概念。也正是通过这种分化,才使译作和创作得以分离。

---

① 广告:《中学校用数学教科书》,《新青年》1916年2月15日第1卷6号。
② 广告:《〈解放与改造〉第四期要目》,《新青年》1919年11月1日第6卷6号。

第二节 译作与创作的分离

晚清的"豪杰"译，处在当时的特殊环境中，其合理性自然也无可置喙。但随着翻译作品的增多，对外来文学了解的增进，学习外来文学渴望的加剧，以及对外来思想引入的急切，这种译法已经无法满足当时社会的诸多需要，其弊端也逐渐显现。五四对晚清翻译的批判可谓不遗余力，相比之下，周作人对晚清的翻译评价算是比较温和的。他同情著作被翻译到中国的外国作家"多是不幸"。不幸的根源在于两种语言的差异造成的"不能传本来的调子"，更在于"翻译名家用古文一挥"，"把外国异教的著作，都变作班马文章，孔孟道德"。第一被同情的是丹麦作家安徒生，"因为他独一无二的特色，就止在小儿一样的文章，同野蛮一般的思想上"，但这特色经由古文的演绎存留不多，令后世译者遗憾。①

周作人不止一次提到用古文进行翻译的遗憾："《罗刹因果录》是八种短篇，用古文译成，称为笔记小说，删改的地方也多全失了著者原来的义旨：也是极可惜的事。此外短篇译载各报上的，无从知悉——因为融会贯通得太厉害，又每每不署原著者姓名，所以难于查考。我曾在什么月报上，见有《路西恩》一篇小说，仔细看来，原来就是 Tolstoj 的 Lucerne。这样被人错认为中国大文豪著作的，想必自然还多。"② 这是将外国著者与中国作家混为一谈的。另有外国作家之间张冠李戴的情况也时有发生："中国又有一

---

① 周作人:《随感录》,《新青年》1918 年 9 月 15 日第 5 卷 3 号。
② 周作人:《〈空大鼓〉译后记》,《新青年》1918 年 11 月 15 日第 5 卷 5 号。

部历史小说，名《不测之威》，题托尔斯泰著；但这是 Aleksej Tolstoj 所作《银公爵》（Knjaz Serebrjannyj）的译本，并非 Jasnaja Poljana 老预言者 Ljov Tolstoj 的手笔。中国人时常并为一谈，所以顺便说及。"① 还有任意改变原作情节的现象："例如，硬教农妇和助祭做了姊弟，不使大 Klaus 杀他的祖母去卖钱；不把看牛的老人放在袋里，沉到水里上天去，都不知是谁的主意；至于小 Klaus 骗来的牛，乃是'西牛贺洲之牛'！《翰思之良伴》（本名《旅行同伴》）中，山灵（Trold）对公主说，'汝即以汝之弓鞋为念！'这岂不是拿著作者任意作耍么？"②

五四译者深恶痛绝的翻译现象，在自己的翻译中自然要尽力避免。因而，晚清在翻译行文中添加自己的看法、随意删减或改动原作的风气在五四时期得以扭转。五四时期译作和创作的分离，体现在以下几个方面。

一、注明作者和译者

通常会在目录或标题后或译者志、译者附记中注明或说明作者和译者。虽然标注作者和译者、创作和译作的方式并不十分规范和整齐划一，但总体而言，都是尽力在区分，有一部分在目录中明确标明，还有一部分能从前言、后记中区分出来。

（一）标注在目录中

在目录中标注作者和译者，并不是从一开始就出现的，《新青年》1915 年创刊时，目录中并不标注译作的原作者，而是在相应位置直接标注译者的

---

① 周作人：《〈空大鼓〉译后记》，《新青年》1918 年 11 月 15 日第 5 卷 5 号。
② 周作人：《随感录》，《新青年》1918 年 9 月 15 日第 5 卷 3 号。

名字。仅从目录看,则难以判断作品是译作还是创作。如果说,译作仅仅标注作者而忽略译者是译者没有地位的体现,那么在晚清和五四的部分时期,译者的地位似乎得到了莫大提升,《新青年》从1卷1号至4卷4号,目录中都是只标译者而不标作者。目录中直接以译者代作者的情况,在《新青年》第4卷5号中得到改变,在这一期目录中,《贞操论》后标注了"日本与谢野晶子 周作人译"的字样,《我行雪中》后标有"印度Paramahansa 刘半农译"的字样。但这种标注方法并不连续,第4卷6号又恢复了以译者代作者的标注法,其后又不断反复和变化。为明了起见,将《新青年》目录中的译者是否得以体现的情况进行统计(见表4),便于观察其变化。

表4 《新青年》目录中译作作译者的标注形式

卷期	目录中的标注形式	举例
1卷1号—4卷4号	以译者代作者	妇人观 陈独秀
4卷5号	作者国籍+作者名+译者名+译	我行雪中 印度Paramahansa 刘半农译
4卷6号—5卷1号	以译者代作者	小爱友夫(Little Eyoff) 吴弱男
5卷2号—6卷3号	作者国籍+作者名+著+译者名+译	改革 瑞典A. Strindberg著 周作人译
6卷4号	译者名+译	选举权理论上的根据 高一涵译
6卷5号(共2篇译作)	译者名+译(1篇)	俄国革命之哲学的基础(下) 起明译
	以译者代作者(1篇)	马克思的唯物史观 渊泉
6卷6号(共4篇译作)	作者国籍+作者名+著+译者名+译(3篇)	文艺的进化 日本厨川白村著 朱希祖译
	作者名+著+译者名+译(1篇)	奏乐的小孩 A. Dobson著 沈钰毅译
7卷1号—7卷5号	以译者代作者	齿痛 周作人

续表

卷期	目录中的标注形式	举例
7卷6号（共3篇译作）	作者国籍+作者名+（译者名）+译（1篇）	职工同盟论　俄国 S.A.P（C.S.）生译
	以译者代作者（1篇）	俄罗斯苏维埃联邦共和国劳动法典　李泽彰
	通告译文附有国内各团体的答复文未标译者（1篇）	对于俄罗斯劳农政府通告的舆论（附录）　记者
8卷1号	译者名+译	新闻记者　沈性仁译
8卷2号—9卷1号（共66篇译作）①	作者名+著（作）+译者名+译（17篇）	梦与事实　罗素著　张崧年译
	译者名+译②（44篇）	玛加尔的梦　周作人译
	作者国籍+作者名+著+译者名+译（4篇）	西门底爸爸　法国莫泊三著　雁冰译
	作者名（1篇）	从科学的社会主义到行动的社会主义　山川均
9卷2号—9卷5号（共17篇译作）	以译者代作者（15篇）	无产阶级政治　成舍我
	作者名+著+译者名+译（1篇）	劳农俄国底妇女解放　山川菊荣著　李达译
	作者名（1篇）	对于太平洋会议的我见　山川均
9卷6号（共4篇译作）	以译者代作者（2篇）	俄罗斯革命和唯物史观　C.T
	译者名+译（1篇）	马克思学说之两节　赭译
	作者名+译者名（1篇）	俄国的新经济政策　布哈林　雁冰

---

① 第8卷4号共有19篇译作，目录中遗漏了1篇，因为是观察目录中译者的标注方法，因而按18篇计。
② 有些篇目在标题中已经体现是译作，如《杂译诗二十三首》，或在译作标题后加括号注明，如《被幸福忘却的人们（译剧）》则直接标译者名字。这种情况也归入了"译者名+译"一类。

续表

卷期	目录中的标注形式	举例
季刊 1 期（共 5 篇译作）	未标词曲作者，也未标译者（1 篇）	国际歌
	作者名（2 篇）	俄罗斯革命之五年　列宁
	译者名＋译（2 篇）	东方问题之题要（共产国际第四次大会之议决案）　一鸿译
季刊 2 期（共 5 篇译作）	作者名＋著＋译者名（4 篇）	狗熊（剧）　柴霍甫著　曹靖华
	译者名＋译（1 篇）	俄罗斯无政府党宣言　张国焘译
季刊 3 期（共 7 篇译作）	作者名＋著＋译者名（5 篇）	辩证法与逻辑（蒲列哈诺夫著）① 郑超麟
	以译者代作者（1 篇）	生产方法之历史的观察　周佛海
	未标注（1 篇）	社会主义苏维埃共和国联邦条约及宣言
季刊 4 期—不定期刊 1 期（共 12 篇译作）	译者名＋译＋作者（11 篇）	民族与殖民地问题（蒋光赤译）　列宁
	译者名＋译（1 篇）	第三国际第二次大会关于民族与殖民地问题的议案　光赤译
不定期刊 2 期	作者名	西欧农民运动的前途　马丁诺夫
不定期刊 3—5 期	译者名＋译＋作者	马克思主义者的列宁（郑超麟译）布哈林

从以上表格梳理的目录信息看，目录中译作有这样几种标注形式：

1. ××（译者名）
2. ×国×× 　　××译
3. ×国××著 　　××译
4. ××译
5. ××著 　　××译
6. ××（作者名） 　　××（译者名）

---

① 以小字号在括号中标注作者，原目录如此，下同。

7. ××著　　××（译者名）

8. ××译　　××（作者名）

9. ××（作者名）

在这 9 种方式中，第 1、第 6 和第 9 种方式，读者难以在目录中直观地判断是创作还是译作，其余 6 种方式，无论是仅标注"某某译"，还是有作者信息的"某某著　某某""某某著　某某译"以及"某国某某著　某某译""某某译　某某"的标注形式，基本能够区分是著作还是译作。第 1 种直接标注译者的名字，且没有"译"字的方式，主要体现在 1 卷 1 号至 4 卷 4 号、4 卷 6 号至 5 卷 1 号以及 7 卷 1 号至 7 卷 5 号。第 6 种是标注作者名和译者名，两个人名只是并列或先后关系，难以区分是合作翻译还是合作撰写，或者一个是译者一个是作者，在《新青年》中这样标注的仅有一篇文章（9 卷 6 号）。第 9 种直接标注作者名，主要体现在不定期刊第 2 期。不同的标注方式，也直观地体现了作者和译者地位的变化情况。

（二）标注在正文前后

对于在目录中难以确定是作还是译的文章，通常在正文中会找到明确信息。或者将作者和译者名标注在译文标题后，或者在译者志、译者附记中有所说明，常常包括且不限于作者的国籍、生卒年、主要作品、性格和观点等要素，如陈嘏译《弗罗连斯》(《新青年》第 2 卷 1 号），译文前介绍王尔德擅长做喜剧，《弗罗连斯》作为王尔德为数不多的悲剧作品，其后一部分是王尔德的真迹，前一部分是王尔德去世后他人补做。震瀛译《结婚与恋爱》(《新青年》第 3 卷 5 号），文末介绍了作者"高曼女士"的国籍、政治主张、政治成就、现任职位、著述等。周作人译《童子 Lin 之奇迹》，在开篇处介绍了著者的基本信息，还特别介绍了 Sologub 对于文本和作者"本意"的看法：

Sologub 著作，意义多隐晦。或造访之——彼素不见客，唯此次出见云——问其意，答言读者可随意立解，无法说明。其言曰："吾之'自我'，今称 Sologub 者，正是历代遗传影响之合体。谁能就吾书中，辨别孰为吾自我，孰为吾祖先之思想耶？吾但能以言文发表吾之感情，而此感情者，又为若干代以来逐渐养成之物。吾之不愿解释隐晦辞意，非不愿，实不能耳。情动于中，吾遂以诗表之。吾于诗中，已尽言当时所欲言。且复勉求适切之辞，俾与吾之情绪相调合。若其结果，犹是隐晦不可了解。今日君来问我，更何能说明？当时之事，已事过情迁，久忘之矣。"①

除了译者志、译者附记外，也有用做尾注的方式介绍作者的。所以，译者和编辑者并非贪天之功，有意隐去作者，只是标注的方式不那样规范和整齐划一。如《现代文明史》在《新青年》分两期连载，第一期登载时在标题后注有"法国薛纽伯著　陈独秀译"，开篇是译者识："薛纽伯（一）为法国当代第一流史家，本书乃欧土名著之一。今为篇幅所限，择要译之。"②"（一）"指的是第一个注释，译者在文末为作者做了一个注："Ch. Seignobos, 法国文学博士，巴黎文科大学教授，生于一八五四年。"

（三）字号、位置对译者和作者的区分

《新青年》中也不总是在目录或正文中彰显作者和译者，有少量篇章不标作者或不标译者，有时候甚至难以区分是创作还是译作。如《新青年》不定期刊第 3 期《印度民族革命运动与工人阶级的奋斗》目录和正文中都只是署名"梳罗达古"，我们难以从命名的特征或名字字数的多少或文章题材主观判断这是译作或创作，当时很多作者和译者都有笔名，且不只一个。毛主

---

① 〔俄〕Sologub 著，周作人译：《童子 Lin 之奇迹》，《新青年》1918 年 3 月 15 日第 4 卷 3 号。
② 〔法〕薛纽伯著，陈独秀译：《现代文明史》，《新青年》1915 年 9 月 15 日第 1 卷 1 号。

席曾以"二十八画生"为名在《新青年》发表《体育之研究》。还有译者以字母为自己命名，如 C. T. P 生等。因而，对于"梳罗达古"这类的署名，难以判断译者国别，也难以区分是作者还是译者，文章其他部分也未能提供有效判断信息。在未有确切资料或研究确定是译作的，均按照非译作对待。这类作品数量不多，并不影响判断五四时期译作和创作分离的主流。仔细观察在目录或正文中标注了作者和译者的篇章，就会发现其字号或出现位置也表现出译者和作者地位的变化。

在《新青年》早期的目录中，作者的名字是不出现的，仅出现译者的名字，且并不出现"译"字，所以仅看目录，会误认为这是创作的作品。中期虽然标注形式并不统一，但已有将作者的国籍、名字体现在目录中的现象，作者与译者的名字是同等字号。当时《新青年》的目录都是竖排，通常作者的名字在上，译者的名字在下，或者是作者的名字在前，译者的名字在后。到了后期，出现将作者或译者的名字放在括号中或其中一方的名字用小字号，又或者既用括号也用小字号。也有作者或译者的名字分开不并置的，其中一方的名字紧跟在标题后的括号中，另一方的名字放在通常作者名字的位置上。《新青年》目录中作者与译者的名字出现与否、放置的位置、字号的大小，都反映了译者和作者地位的变化过程。

在《新青年》的正文中，通常作者和译者的名字放在标题后，但后期出现了将译者的名字放到文末，或放在文末括号中的做法。若非阅读全文，则难以发现译者的名字。若是作者的名字翻译得比较中国化，且在中国的知名度不高，则不读到文章结尾看到译者的名字，读者是难以判断是创作还是译作的。更有甚者，译者的名字从单独出现，到和作者一起出现，最终还有不出现的情况。比如，《新青年》季刊 1 号中共有 5 篇译作，其中 1 篇是《国际歌》，既没有标词曲作者，也没有注译者。另有两篇没有标注译者，只有作者，作者分别是列宁和洛若夫。还有两篇是会议决案，分别标注了"一鸿译"和"陈独秀译"。作者与译者标注的位置、前后关系、是否标注等，反映了对作者或译者重视程度的变化。作者或译者的知名度、是集体作者还是独立作者也影响他们名字出现的位置或出现与否。

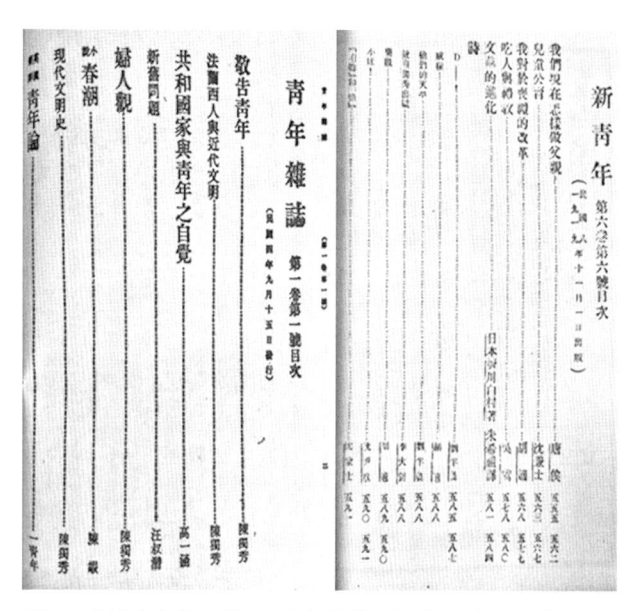

图 2 《新青年》1 卷 1 号（译作只标注译者的名字）和 6 卷 6 号（作者和译者名都标注）目录

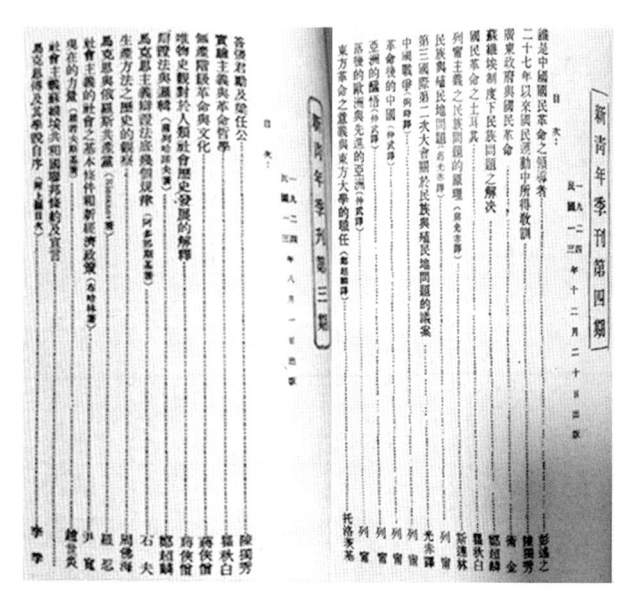

图 3 《新青年》季刊 3 号（作者名字以小字号标注在标题后括号中）和 4 号（译者名字以小字号标注在标题后括号中）目录

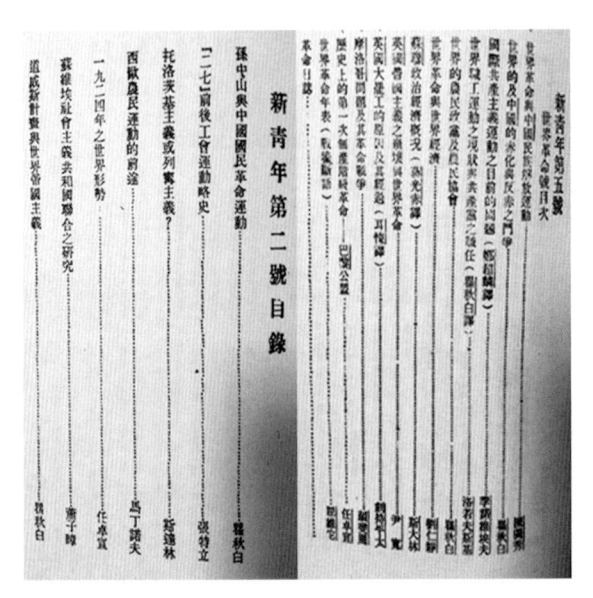

图 4　不定期刊 2 号（只标注作者）和 5 号
（译者名字以相同字号标注在标题后括号中）目录

图 5　不定期刊 2 号《西欧农民运动的前途》的开篇
（左：在标题后大字号标注作者名字）和结尾
（右：文末括号中与正文同等字号标注译者名字）

（四）影响标注的因素

1. 译者的责任

虽然五四时期的译者纷纷强调自己的主观愿望是提供忠实的译本，也在方法上极尽直译之能事，但翻译的复杂性决定了主观愿望和现实之间总是有一定的差异，因而标注译者的名字以明责任。如周作人曾评价自己所译的《牧歌》："《牧歌》原文本'高'，译的不成样子，已在 Apologia 中说明，现不再说。"① 刘半农也曾说："我译的诗，不妥之处很多。你是能看原文的，请你相信原文，不要相信我的译本。"② 这个责任不仅仅是翻译之"过"，也包括翻译之"功"。陶履恭曾经因为胡适改作的译名《遗扇记》而特意在文中说明并致谢。

2. 文体类别

从文类看，《新青年》刊载的译作中，在目录和正文中都没有注明译者的，多是非文学类作品。在笔者统计到的 14 篇作品中，仅有两篇是文学作品，分别是 6 卷 2 号目录中遗漏的 Sologub 所作《蜡烛》和季刊 1 号中的《国际歌》歌词。其余 12 篇关于国际会议、俄国革命等的文章均属于非文学类作品。从第一章的译作篇目统计可知，《新青年》共刊载译作 259 篇，没有注明译者的文学作品约占这个总数的 0.77%，而非文学类作品则占到了 4.63%。除了未标译者的译作外，在其他译作中对于文学作品的标注自始至终体现出了与非文学作品的区别。观察《新青年》刊载的译作可知，相较于非文学作品，文学作品的作者和译者的信息通常都足够详细，足够充分，足够明确。尤其对诗歌和戏剧在文类方面的标注也受到格外的重视，或者在题目中体现是"译诗"，或者专门在括号中注明。如 8 卷 3 号周作人所译《被幸福忘却的人们》在目录中标题后的括号中注明"（译剧）"。7 卷 1 号任鸿

---

① 《通信·周作人答张寿朋〈文学改良与孔教〉》，《新青年》1918 年 12 月 15 日第 5 卷 6 号。
② 《通信·刘半农〈答 Y. Z. 君〉》，《新青年》1918 年 12 月 15 日第 5 卷 6 号。

隽所译《路旁》则在标题后注明"（译诗）"。另有 5 卷 3 号刘半农的《译诗十九首》，8 卷 3 号周作人的《杂译诗二十三首》，根据标题就能对文类有所了解。

3. 翻译类别

从翻译类别看，相较于笔译，口译员的标注更容易被忽略。如，杜威来华的演讲录分四期登载，均只标注"××记"，口译员的名字自始至终没有出现，在 7 卷 1 号第一次刊载《杜威讲演录》时，目录中标注"高一涵"，正文中标注"高一涵记"。口译员胡适，只在胡适所作的引言中提道："杜威先生的讲演是我翻译的，是我的朋友高一涵笔记的。这一次所登，都是一涵的记稿。杜威先生现在正要把他的原稿修改成一部书，书成时我要译成汉文。将来那部书的英文中文可以同时出世。这一次所登载，已经一道口译，又经一道笔述，一定有许多不狠恰当的地方。这是一涵和我都要请读者原谅的。"①7 卷 2 号连载时目录和正文中只注明"高一涵"，连"记"都省略了。7 卷 4 号《杜威讲演录》目录中标"孙伏园"，正文中标"孙伏园记"。8 卷 1 号再次登载时则目录和正文中均标注"孙伏园记"。和记录者（按胡适的说法，是"笔述"者）相比，口译员的名字出现的次数是少之又少。当然，这也不排除将演说文稿进行翻译的笔译活动的影响，如季刊第 1 期的列宁演说《俄罗斯革命之五年》仅标注了作者，这虽是演说，但译者极有可能是按照演说文稿进行的笔译，而非借助口译。（见表 5）

表 5 未标译者的译作统计表

卷期	标题	目录中标注	备注
2 卷 5 号	中国童子军	康普	英汉对照，但没有标注译者姓名
2 卷 5 号	童子军会报告	康普	正文中标注"主席康普 书记希来会记罗宾生"

---

① 〔美〕杜威著，胡适口译，高一涵记稿:《杜威讲演录》，《新青年》1919 年 12 月 1 日第 7 卷 1 号。

续表

卷期	标题	目录中标注	备注
6卷2号	蜡烛	目录中遗漏此篇	正文中标注作者名"Sologub",一说译者为周作人
7卷1号	杜威讲演录(附录)	高一涵	正文中标题为《杜威博士讲演录:社会哲学与政治哲学》,"高一涵记"
7卷2号	杜威讲演	高一涵	正文中标题为《杜威博士讲演录:社会哲学与政治哲学》,"高一涵"
7卷4号	杜威讲演录	孙伏园	正文中标题为《杜威博士讲演录:社会哲学与政治哲学》,"孙伏园记"
7卷6号	对于俄罗斯劳农政府通告的舆论(附录)	记者	正文中标题后有"通告译文"字样。正文结尾有"署名者劳农政府外交委员喀拉罕(Karakhin)"字样
8卷1号	杜威演讲录(前三次刊载标题中都是"讲演")	孙伏园记	正文中标题为《杜威博士讲演录:社会哲学与政治哲学》,"孙伏园记"
9卷5号	对于太平洋会议的我见	山川均	正文中注明了作者的国籍"日本山川均"
9卷5号	太平洋会议	堺利彦	正文中注明了作者的国籍"日本堺利彦"
季刊1期(前9卷为"号")	国际歌	无	本期刊登了《国际歌》歌词,刊末附有配曲版,前言中讲到"歌曲本不必直译,也不宜直译"
季刊1期	俄罗斯革命之五年	列宁	正文中注明这是列宁在一次大会上的演说
季刊1期	共产主义之于劳工劳动	洛若夫斯基	前言中注明是"节译"
季刊3号	社会主义苏维埃共和国联邦条约及宣言	无	即1924年苏联宪法

4. 标注方式的调和与平衡

五四时期诸多观点虽然现在看来显得激进，但这并不妨碍在另一些方面的调和与平衡。《新青年》中有多篇文章提到调和。在作者与译者的标注方面，也可以看到调和与平衡的思想。

目录中作者和译者标注的情况前文中已有所涉及，在9卷1号之前的《新青年》目录中，无论何种形式，译者的名字都会出现，作者的名字则时有时无。而正文中作者和译者的标注形式正好对目录中的标注做了调和与平衡。在正文中，标题后通常是作者名在前而译者名在后，通过先后关系突出作者的地位，与目录中突出译者的标注方式调和。还有一部分译作，虽然标题后仅标注了"某某译"，但一开篇的译者志中会说明作者是谁，并对作者做多方位介绍，通过字数和信息的多寡突出作者的地位。在目录中时隐时现的作者，在正文中得以突出，对目录中的不周到之处进行补偿。

从9卷1号起，目录中出现了只标注作者而忽略译者的现象，作者的地位无论是从目录看，还是从正文中看，都得到了重视和提升。如果说，在第9卷中只标作者不标译者还只是偶然现象，发展到不定期刊第2期目录中全部译作都只标注作者名而不出现译者名的标注形式，则是有意使之成为常态。而在正文中，从4卷3号起，出现了标注译者在前，作者在后的情况，这主要体现在鲁迅、周作人和周建人三兄弟的译作中。虽然不是同一期中目录与正文标注关系的平衡，但总体上是一种此消彼长试图保持平衡的姿态，也是作者和译者地位逐渐变化的过程。通过目录和正文中的标注形式以保持作者和译者地位的平衡也有被打破的时候。《新青年》季刊出版期间，正文中作者和译者的标注形式基本形成了译者在前、作者在后的格局。目录中作者和译者的标注形式却在不断调整之中。《新青年》季刊第2期和第3期的目录，作者的名字用小字号标注在标题后的括号中，也就是说，无论是在目录还是在正文中，译者都占据更为显要的位置。这一局部的不平衡很快得到调整，季刊第4期的目录中，被以小字号放到标题后括号中的则是译者的名字。即正文中是译者在前，作者在后，而在目录中，译者名字的字号是小于作者和标题字号的，是被弱化的。这一变化，昭示了在作者和译者之间保持平衡的协调过程。不定期刊出版期间，正文中译者的地位完全被弱化，标题后仅标注作者，译者的名字被调整到全文末的括号中。不定期刊第1期的目录中，译者的名字放到标题后的括号中，用大于标题和作者的字号。第2期的目录中仅有作者的名字，译者的名字消失。其后的3期则同第1期一样，译者的名字用大字号置于标题后的括号中。

虽然，就标注形式看，编辑者一直在努力保持平衡，但将前期和后期的标注形式对比可知，正文中译者的名字从标题后的显要地位挪移到文末，目录中从省略点后的作者位置挪移到标题后的括号中，译者的地位和作者相比已经退而居其次。这种地位一直稳定维持到现在，没有发生变化。

二、强调尊重原著的主观诉求

五四译者强调"忠实"与"直译"，表达尊重原著的主观诉求，这也是把翻译当作翻译对待，区分译作和著作，实现译作与创作分离的表现。李季曾强调："本书几全用直译，希望借此保持原文的精神。不过中西文法不同，有时须加些字句，才能显出原文的真意思，译者对于自由加入的字句，均用方括符【】作标记，以明责任。……本书对于原著一切文字均很忠实地译出，半点不敢遗弃，唯对于原著第三版所附加的检查表，因比较不甚重要，故暂时从略。"[①] 也有译者在强调直译的同时承认译本"不及原本"，认同直译产生的副作用，"不像汉文"，但这缺点也"正是翻译的要素"，"如果同汉文一般样式，那就是我随意乱改的胡涂文，算不了真翻译"。[②] 周作人认为，但凡

---

① 李季：《马克思〈通俗资本论〉序言》，《新青年》1926年3月25日不定期刊第3号。
② 周作人：《〈古诗今译〉前言》，《新青年》1918年2月15日第4卷2号。

翻译，难以避免"不及原本"和"不像汉文"这两个特点，如果要求译文与原文一样好，只能请作者学会中文，用中文重新来写。但如果外国的作者都能用中文创作，自然也就无须翻译了，这也是翻译中的悖论。五四译者是务实的，也是乐观和谦虚的，对于当时翻译主张的局限性和翻译中的不如意之处，译者往往寄希望于未来："倘若日后想出更好的方法，或有人别有高见的时候，便自然从更好的走。"①

对于所译的作品，译者往往有所感，但又不能不"忠实"地"直译"，于是便在译文前或后添加专门篇幅畅抒己见。张崧年译罗素的《梦与事实》，在译文前添加了一节"罗素的人生观"，并在此节后注明"译者·二月二十二"，其中驳斥了杜威对罗素的误解。虽然都是抒发译者所感，但五四译者选择将自己的观点、文字与作者的明确区分，而晚清译者则在译本中直接糅合，从而被后世所诟病。如同时代的很多译者一样，张崧年也在这节末告知读者自己是"全文直译"："而且罗素这篇文章的结束是：人非敢看他真实在世界的地位，不能解脱恐惧；人非肯看自己的小，不能得他能胜的大。杜威只提了小，没说到大，恐令人误解，吾所以把全文直译出来，登在此地。"②直译在译者心中的分量和对时代的整体影响由此可见。

忠实的直译不仅仅局限于语言和内容，也包括标点符号。我国古代没有系统的标点符号，古书中普遍不加标点，这为阅读增加了难度，也容易引发歧义，闹笑话，如著名的"夔一，足"还是"夔，一足"的故事。近代的一些书面文字虽有标点，但千篇一律地使用"。"断句。五四时期胡适、钱玄同等多次讨论引入和使用新式标点，并提请教育部颁行。在翻译过程中，译者也很重视西式标点的使用和介绍，因其与中式标点的差异，因而译者做注非常详细，无论是直接挪用，还是有所变通，都会加以说明。虽然使用的术语与今天不同，但体例已经与现今非常接近：

---

① 周作人：《〈古诗今译〉前言》，《新青年》1918年2月15日第4卷2号。
② 〔英〕罗素著，张崧年译：《梦与事实》，《新青年》1920年10月1日第8卷2号。

译例

●原书上用了草书（Italic）以引起读者特别注意的地方，就在旁边加了的符号①。

○非固有名词，而原书上用了大体字（Capital），以表示其有主要的意义，或用如固有名词了的地方，就在旁边加了○的符号。「」、『』都是原有的，或是说话，或是引起读者特别注意的。②

这就是说，译作的标点也显示出与创作的区别。

三、注明差异与不认同

即便译者尊重原作，尽最大努力"忠实"地译出，也难免对作品的内容或其他方面有难以认同之处。另有原作的疏漏之处、费解之处，译者也会注明，而不是直接改正，表现出译与作分离的郑重和谨慎。比如，鲁迅在翻译《三浦右卫门的最后》时，发现其中描述有难于解释的地方："但这一篇中也有偶然失于检点的处所。右卫门已经绑上了——古代的绑法，一定是反剪的，——但乞命时候，却又有两手抵地的话，这明明是与上文冲突了，必须说是低头之类，才合于先前的事情。然而这是小疵，也无伤于大体的。"③以上是译者认为原作存在瑕疵的情况。在翻译的过程中，也有原作晦涩，译者难于解释或译者难以确定作者之意与自己之意是否吻合的时候，这种情况也常常会注明。周作人翻译 Sologub 的《童子 Lin 之奇迹》时，认为作者

---

① 原文如此。似是遗漏了波浪线符号，文中将原书名放在译名后的括号中，译名加波浪线标示。
② 〔德〕伯伯尔（Bebel）著，汉俊译：《女子将来的地位》，《新青年》1920年9月1日第8卷1号。
③ 〔日〕菊池宽著，鲁迅译：《三浦右卫门的最后》，《新青年》1921年7月1日第9卷3号。

的思想一如既往"意义多隐晦","译者虽自有见,然此见地究合于Sologub自我之思想,或其祖先之思想与否,仍不自知,故复不为立解也"①。他署名"起明"译英国Angelo S. Rapport的著作时,也在译者附记中说明翻译其著作的原因及对作者的不认同之处:"这一篇论文,原是两年前的著作。因为他说俄国革命思想的过去的历史,很觉简截明白,在现在还有价值,所以翻译出来,绍介与大家了。至于著者的批评,译者却颇有不能同意的处所:譬如论中太重现实而轻理想,到后来理想成了事实,那批评便也难于存立。即如他以为断不会有的德国革命,现在居然实现,便正是一个极显的例了。一九一九年三月三十一日,译者附记。"②

虽然译者认为原作有瑕疵,或难于理解原作的晦涩之处,或者对于晦涩之处有自己的理解,但出于对原作的尊重和审慎,译文中依旧保留原作的"瑕疵""晦涩",同时译者也用明确区分于作者的文字说明自己的看法。这也充分表现出五四译者将译作与创作分离的决心和努力。创作中作者可以充分表达自己的意愿、看法,避免不当之处,对作品有充分诠释和最终解释的权利,作者是作品的创造者,当然也被认为是解读作品的权威。然而对于译作,译者只是在尽力表达作者的意愿,也只能通过文字来揣摩作者原意,对于费解之处或有异议之处,不再拥有"随意"删减、添加、修正的权利。但这并不是说,译者就不再删减、添加和修正。以下是一些例子。

四、注明删减、修改之处

译作与创作分离是五四时期翻译的总趋势,忠实是译者的追求和时代的

---

① 〔俄〕Sologub著,周作人译:《童子Lin之奇迹》,《新青年》1918年3月15日第4卷3号。
② 〔英〕Angelo S. Rapport著,起明译:《俄国革命之哲学的基础(下)》,《新青年》1919年5月第6卷5号。

要求，直译也顺理成章地成为追求忠实的翻译方法。因而，很多译者都声明自己是"忠实"地"直译"原文，但这并不妨碍译者在翻译中对原作的删减，只不过删减之处常常会注明。删减有时是译者主动的选择，有时是编辑者的意愿。这也说明，在翻译中，无论多么尊重原著者和原作，译者也实际拥有或获取了部分类似于原作者的权利。区别只在于是主观愿望还是客观需求，是自己的愿望还是赞助者的愿望，是告知读者还是隐瞒读者，是主动为之还是不得已而为之。

《新青年》刊载的作品中，若有删减，译者似乎并不讳言，甚至提议有些书中不适合的内容翻译时应该删节，做成净本，尤其是作为教学用的资料。胡适就曾经提出过"净本"的主张，并援引柏拉图 *Symposium*（现常译为《会饮篇》）的翻译既有"全本"也有"节本"的事例。① 之所以要洗净的版本，是因为全本与需求有不符的地方。通常我们认为五四是一个极其尊重原作的年代，但读者需求、教学需求仍旧高于对原作的尊崇。或者说，五四译者之所以尊重原作，是因为原作符合他们的期待和需求，一旦原作中有部分内容与需求发生矛盾，删减同样会发生。当然，如果原作全然不符合译者及读者的期待与需求，它就失去了作为译本出现的机会。"忠实"是有条件的，是原本在形式、内容、思想等层面可以作为学习、模仿的对象，是有传播思想、开启民智、改变现状、超越自我的用处时，译者欲求取模本时发生的。从五四人的著述看，翻译选材具有需求原则（如上文所述的教学用途等），可译原则（或惬意原则，周作人认为原本很好但不好译，因而落选），靶子原则（反面典型，批判的对象），契合原则（译者与作者的思想契合）。

删减、修改的做法，不仅仅在译者翻译过程中时有发生，在编辑、校对时也不能避免。或者是因为原译与原作有出入，或是认为原作有瑕疵。张崧年校对李季的译本时，对其做了修改："这种稿子本是吾友李懋猷所译，经

---

① 胡适：《中学国文的教授》，《新青年》1920年9月1日第8卷1号。

吾对原文草草改了一过，所以与原译有些不一样。说明，以明责任。张崧年。十月十七。"①删、改现象不仅仅涉及不同语言间的翻译，在同一语言的文本阐释与翻译中也存在。胡适也曾在高一涵所撰《罗素的社会哲学》一文中附记："这篇文章是高先生从东京寄来的。我同张崧年先生看了一遍，删去了一部分。因为路远，不能先得高先生的同意，故声明一句。"②胡适用白话文翻译张籍的《节妇吟》时，也做了删减，张籍是唐朝人，自然无法告知作者，只好告知读者。胡适认为"妾家高楼连苑起，良人执戟明光里"的诗句未能完全脱去《陌上桑》的俗套，于是就将其删去了。③

五四时期对翻译作品的选择、删减和修改往往涉及以下几种情况：

1. 以作者和原文为参照："改正"译文

之所以说"改正"译文，是因为每一个修改者，无论是译者本人还是校对者、编辑者，都认为自己的修改相较于前一稿次的译文是一种进步，认为修订后的译文会更准确、更恰当或更接近原文，也只有这样才会对译文进行修正。与读者见面的译本实际上是译者、校对者、编辑者等多次"改正"和打磨的结果。然而读者并不见得知晓这个过程，通常情况下，读者是把译本当原著来读的。但译本和原本的距离并不确定。一般情况下，我们会认为修改的稿次越多，离原文越近，或者说修订者对译文的满意度会提高。当然，也不能绝对排除修订的译文与原文谬之千里的情况。

2. 以译语读者为参照：删减原文

虽美其名曰以读者为参照，读者本人并不见得会参与这个过程。译者以自己所设想、所理解的预设读者对文本的期待和理解力为参照，在翻译过程中对原文的表述、情节、结构等进行调整，以符合读者可能的阅读需求、阅读习惯和阅读能力。胡适关于"净本"的叙述，就是以读者需求为参照的。当然，

---

① 〔英〕罗素著，李季译：《能够造成的世界》，《新青年》1920年11月1日第8卷3号。
② 高一涵：《罗素的社会哲学》，《新青年》1920年4月1日第7卷5号。
③ 胡适：《译张籍的〈节妇吟〉有跋》，《新青年》1920年11月1日第8卷3号。

对于学生来说，他们也许并未明了自己的需求，所以，这种情况下，读者的需求，其实是教育管理者、施教者、译者心目中的"读者需求"。

3. 以译作目标语言为参照：承认不完美或放弃翻译

由于不同语言间的差异，尤其是汉语与英语等字母文字差别较大，相较而言，英汉语对的翻译难度大于英法、英德、法德等语对之间的翻译。即便是日语、汉语这样有密切关联的语对，也不能排除有难于翻译的篇章。周作人不止一次提到这个问题："我选译这些诗歌，只因为他们的思想美妙，趣味普遍，而且也还比较的可以翻译，并非说诗歌中只有这几篇是最好。"[①] "这并不是正式的选粹，只是随意抄译；有许多好诗，因为译语不惬意，不能收入，所以仍旧题作杂译诗。"[②] 可见，许多作品非常优秀，作为读者的译者非常欣赏，但作为译者，也会因为"译语不惬意"而放弃。一些文本被选中成为翻译的文本，原因之一只是语言"还比较的可以翻译"。

五、注明翻译中的顺序调整

有些翻译作品使用的底本不一，底本之间有差异，译者翻译时往往交互参照，对原文的顺序做出调整："按，此篇先登在伦敦出版的'Nation'周刊，连登四期；纽约'Nation'登载的名为'Soviet Russin-1920'，连登两期，共六章，章的先后，和伦敦'Nation'不同。傅君译过第一二两章登在《北京晨报》，即是从伦敦'Nation'译的，我现在继续译的便是依着伦敦'Nation'所标次序，共三，四，五（第五国际地位章，纽约'Nation'，列在市镇与乡村章之前，我未及见七月三十一号以后的伦敦'Nation'，不知有

---

① 周作人：《杂译诗二十三首》，《新青年》1920年11月1日第8卷3号。
② 周作人：《杂译日本诗三十首》，《新青年》1921年8月1日第9卷4号。

没有此章。不过看全篇的意思，国际地位一章应在末，所以便移了一下）三章。另有一章'列宁、杜洛斯基、哥尔基'，伦敦'Nation'不列游俄感想之内，另题，我看于全篇文义亦没有什么贯串，故把他放在最后。又纽约'Nation'第一章首尾尚有四五节，话都不重要，傅君原译依伦敦'Nation'无，现在也不替他加上去了。"① 调整顺序的原因包括与主题关联不密切、"于全篇文义亦没有什么贯串"，另有原文中"尚有四五节"因其"话都不重要"，因而不出现在译文中。当然，并非所有的顺序调整都是因底本而起，翻译过程中调整原文顺序的情况并不鲜见，原因也多种多样。

六、注明来源与出处

注明翻译底本的来源很重要，对于转译的文本，注明出处和来源就更为重要。这一方面是对原作者和原作、中间译者和其译作的尊重，另一方面也可以更准确地判断译作中出现的问题或与其他译本的差异是由何种原因引起。五四时期的译作对此很重视，如译作《女子将来的地位》是"德国伯伯尔（Bebel）所著《社会主义与妇女》（*Der Sozialismius und die Freatt*），英译本有几种，此文乃是列文（Daniel de Leon）所译题名 *Woman under Socialism* 的第三篇（*Woman is the Future*），一九一七年纽育出版"②。

不仅如此，篇章中某些观点也倾向于注明出处。《女子将来的地位》这篇译文中的四个注释都和来源有关。"（注一）《妇人底权利和义务》（*Frauenrecht und Franenpflicht*）。这是修顿伯希女士对于纽瓦德底书简对于

---

① 〔英〕罗素著，雁冰译：《游俄感想》，《新青年》1920年10月1日第8卷2号。
② 〔德〕伯伯尔（Bebel）著，汉俊译：《女子将来的地位》，《新青年》1920年9月1日第8卷1号。

女子的可否（Fuer und Widerdie Franen）的覆书。""（注二）谢夫列博士 Dr. Schaeffle 在其所著《社会体底组织和生活》（*Bau und Leben des Zoziialen*）内说：'把离婚的困难解除了，使夫妇间的结合松懈，的确不是好事。这违反人类配偶的伦理主旨，这对于人口保存，儿童教育也是有害。'""（注三）这一段话，是在吓克尔（Halckel）底《自然的天地创造史》（*Natuesliche Schopfungs Geschichte*）内引出的。""（注四）莫尔干著《古代社会》（*Ancient Society*）。"①

以上例子是德语原本经由英语转译成汉语的。刘半农则是将俄文原本经由英语译为汉语的。其《译诗十九首》刊登在《新青年》第 5 卷 3 号上，其中的两首《狗》（*The Dog*）和《访员》（*The Reporter*）的原创语言是俄语："以上俄国 Ivan Tuegeuev 所作散文诗二首，依英人 C. Garnett 译本译出。（半农）"②

张崧年译《梦与事实》也注明了原文出处："原文分两章，先登在去年一九一九西月十八和二十五两号的伦敦'*The Athenaeum*'周刊上。新又在今年二月号的纽约的'*The Dial*'新改月刊转载出来。去年七月的纽约'*Current Opinion*'月刊也有过介绍（题 *A Philosophical Flight Above the Cloud-Banks of Conviction*）。"③ 这和晚清时期的许多作品分不清是著作还是译作、不注明作者更不注明出处的情况相比，已经有了很大的改观。注明原文出处在五四时期几乎成为通行的做法，这与注明作者、译者，强调忠实和直译，注明不认同、删减、调整等变动之处共同成就了翻译与创作的分离。

译作与创作分离的各种迹象都在表明译者尊重原作的主观愿望，都在

---

① 〔德〕伯伯尔（Bebel）著，汉俊译：《女子将来的地位》，《新青年》1920 年 9 月 1 日第 8 卷 1 号。
② 刘半农：《译诗十九首》，《新青年》1918 年 9 月 15 日第 5 卷 3 号。
③ 〔英〕罗素著，张崧年译：《梦与事实》，《新青年》1920 年 10 月 1 日第 8 卷 2 号。

克制翻译中创作、主观解读或否定原作的冲动。当然，任何翻译都有译者主观解读的成分，无法做到百分之百的客观，这也是由语言和翻译的特性决定的。本书中的主观解读指的是有意游离于原文意义之外的情况。译者可以主动消解自己的权利，不再拥有随意操控译本的权利，但只要他们愿意，随时可以重新拥有操控译本的权利。因而，虽然译者的主观愿望是尊重原作，但在原作与现实需求发生矛盾时，仍旧有删减、调整之处，只不过这一切都摆到明处，给了读者充分的知情权，告知读者删减或调整的理由，以及选择文本的原因、文本的来源等。

翻译中被译者克制住的那部分情感和语言挪移到非译作中。浏览五四时期的非译作，发现其中不无翻译的痕迹，除了从翻译中分离出的编译、译述、记述等作品中有无处不见的"翻译"，原创的作品当中也不乏"翻译"的影子。如果将晚清在翻译中添加创作的现象命名为"译中作"，那么五四时期在创作中添加翻译可以命名为"作中译"。

第三节　五四时期的"作中译"

从翻译、转译、节译、编译等到创作，其中译的成分在逐渐减少，作的成分在逐渐增加。即便创作的成分逐渐增加，但处于链条最左端的翻译中仍旧存在译者主观阐释的成分，链条最右端的创作中依旧穿插"译"的成分。在创作中翻译的现象在五四时期十分醒目和突出，这和晚清在翻译中添加创作的情况形成鲜明对照。在创作中杂糅翻译的情况有以下几种：

一、翻译关键词和题目

陈望道在上海女子体育师范学校所讲《文章底美质》①，以文稿的形式刊发，其中关键词都翻译成英文加括号附在其后。作者认为，文章之美在于明了（Clearness）、遒劲（Force）和流利（Ease），分别讲述了明了要具备的条件是周到（Precision）和显豁（Perspicuity），遒劲是要从思想和词句方面用力，流利则要特别注意自然的语气（Movement）和谐和的声调（Rhythm）。作者层层分析和剥离，在周到、显豁、思想、词句、语气、声调每一个条目下又细加讲述，必要的地方同样附注外文，如"前名（Antecedent）""专词（Special term）""斗鸡眼的结构（Squinting Construction）"等。这样做的好处首先在于打通中西，对于懂外文的读者，读外文文章时若遇到Antecedent，Special term 或 Squinting Construction 等字眼，自然更便于理解其意义，也更容易想到中文的对应词。《文章底美质》中的"译"，也不排除作者是先看了外文，遇到过这些英文概念，写作时加以翻译和应用，同时回译附注英文的情况。无论作者是将英文概念翻译成了汉语，还是写作时将汉语翻译成了英文，对于中英文的关联和打通都有益处。其次，当同一外文词语以不同的中文翻译出现在不同的文章或不同的刊物中时，加注英文更方便读者识别，而且汉语的概念所指也因为英文的辅助更为清晰。

翻译关键词在创作中并非个例，如："'为什么'的求法就同我们猜灯谜是一样的。把那个假面，排列又排列，分别又分别，看他是什么地方一致，是什么地方不同，有什么关系，猜他一个总括的道理。在我们科学上，就是 Hypothesis。有人译做假说，因为是假定；有人译做臆说，因为是测

---

① 陈望道：《文章底美质》，《新青年》1921年5月1日第9卷1号。

猜。不管那一种译法，我可以晓得，这个提出来的道理，是没有一定不错把握的。所以全靠把他来解释别样关系，看他对不对。"① 如果说，陈望道《文章底美质》中关键词的翻译我们还不能确定是将自己创作中的汉语词汇译成了英文，还是在创作时将英文译成汉语并附注了外文，那么，以上引文中的 hypothesis 显然是借用了外来词语，并列出两种不同的汉语译文。当然，并非所有关键词使用时都会列出不同译文，但通常借用的词语会有一种译文，如："我们晓得宇宙是有一致，所以我们的'为什么'包括得愈广，愈加有力，愈近于真，成立的或然率 Probability 也愈大。"② 虽然我们阅读的是用中文创作的文章，而且中文在前英文在后，但显然这是英译汉的结果。

除了翻译关键词外，翻译标题也很常见，如《"是什么"和"为什么"》(*What and Why*)、《平民政治与工人政治》(*Democracy and Ergatocracy*)③、《性之生理学》(*Physiology of Sex*)④，还有直接用外文写就的文章 *On Education*⑤。对于翻译标题的动机，我们并不知晓，也没有找到作者的任何言语说明。参照译本的情况分析，译作的标题也有附注外文的，如：《新闻记者》(*The Editor*)、《海青赫佛》(*Hyacinth Halvey*)、《瓷狗》(*The China Dog*)、《欧洲花园》(*Jardin da Europa*)、《现代文明史》(*Histoie de la Civilisation Contomporaine*)。我们揣测，因为标题是一篇文章的题眼，是读者第一眼就接触到的，无论是创作还是译作，双语的标题都更加清晰明了。比如《新青年》第 5 卷 1 号和 3 号刊载《动的新教授论》⑥，若仅看标题，当

---

① 高铦:《"是什么"和"为什么"》,《新青年》1921 年 9 月 1 日第 9 卷 5 号。目录中标题后没有英文，正文中标题为:《"是什么"和"为什么"》(*What and Why*)。其他几篇带有英文标题的文章也是这样的编排。
② 高铦:《"是什么"和"为什么"》,《新青年》1921 年 9 月 1 日第 9 卷 5 号。
③ 李守常:《平民政治与工人政治》,《新青年》1922 年 7 月 1 日第 9 卷 6 号。
④ 高铦:《性之生理学》,《新青年》1921 年 8 月 1 日第 9 卷 4 号。
⑤ Wen Tsung-yao（温宗尧）: *On Education*,《新青年》1916 年 9 月 1 日第 2 卷 1 号。
⑥ 邓翠英:《动的新教授论》,《新青年》1918 年 7 月 15 日第 5 卷 1 号和 1918 年 9 月 15 日第 5 卷 3 号。

今的读者会不知所云，只有读了正文才会明白是和教学法相关的文章，若附有外文标题，或许一部分读者就会明白文章的要旨。对于创作作品而言，相应的外文题名也直接标示了其与外来知识文化的关联。

二、翻译片段或主要论题

在创作的文章中，从词汇到段落，从文字到思想，处处可见翻译的内容。对此，作者也并不讳言。《〈新青年〉之新宣言》一文开篇就是取自《浮士德》中的内容：

> 我将创造成整个儿的世界，
> 又广大，又簇新；请几万万人
> 终身同居住，免得横受危害，
> 只希望我自己的自由劳动……
> 我终身看得见奇伟的光辉内
> 那自由的平民，自由的世界。
> 那时我才说：唉，"一瞬"，
> 你真佳妙！且广延，且相继！
> 我所留的痕迹，必定
> 几千百年，永久也不磨灭。
> ——葛德之《浮士德》（Goethe, "*Faust*"）[①]

借歌德的《浮士德》言志，表明《新青年》的立场、破除旧礼教伦常的

---

① 陈独秀：《〈新青年〉之新宣言》，《新青年》1923年6月15日季刊第1期。

决心，以及大庇天下寒士，让人民享有自由平等的生活和劳动的希望。新文化人期待的革命，求取的是外来文学、文化和思想的助力，因而也就不难理解为什么创作的文章中充斥着外文与翻译而来的学说和思想。

《新青年》季刊第 1 期是"共产国际号"，主要论题当然是共产国际、共产主义与世界革命。因而"共产国际""国际""巴黎公社"等都附有外文。目录页上印有创办"共产国际号"的原因："共产主义派的社会运动是现代最新进最革命的一派无产阶级思想之代表。此派之政治的组织就是各国共产党，他们联合而成共产国际（Communist International），存在已经四年。《新青年》此次重加整顿，特为出一特号，以资研究。"这期刊物第 1 篇是《〈新青年〉之新宣言》，其后就是《国际歌》的歌词，其前言中特别讲到"国际"一词在歌曲中的翻译，因为"国际（International）"一词在欧洲各国语言中的发音基本相同，译为汉语时也就用音译保留了其发音，译为"英德纳雄纳尔"，这也出于歌唱时与曲调相配的需要。各国都有《国际歌》的译本，语言不同，但歌唱时的声调是相同的，可谓"异语同声"，是"世界大同"的前兆。① 译作的前言和非译作配合，将这期主要论题的关键词用中英文呈现给读者。

高铦《"是什么"和"为什么"》一文中摘录了几个人类尚未破解的难题：

> 我们真个要知理，要识物，是要灭绝了迷信奇迹，全破了形式论，把我们的理性养进，要顺理性的路去追求，去信仰，看清了"是什么"，立定了"为什么"才是我们的真理。我们追源上去，到后一定到说不成"为什么"，那就成了宇宙之谜。留几个问题不可解。我把那七不思议抄来看看。
>
> 1. 物质与力之性质。

---

① 据说译者是瞿秋白：《国际歌》，《新青年》1923 年 6 月 15 日季刊第 1 期。

2. 力之起源。

3. 生命之起源。

4. 自然界之预定安排。(即秩序系统一致等,与我们理性同。)

5. 感觉及意识之起源。

6. 合理的思想及言语之起源。

7. 意志自由的缘故。①

作者说是"抄来看看",我们难以确定是从外文书上直接翻译而来的,还是从中文译本中摘录过来的。无论是哪种情况,这7个"宇宙之谜"以汉语的形式出现在文章中都是翻译的结果。

我们判断一段文字的来源时,除了作者的说明、文中附注的外文外,从其中翻译的痕迹也可看出一些端倪。如"七不思议",省略了量词"个",这和英语中没有量词有很大的关系,译者翻译时为了和原文对应而省略量词。此类现象不只出现在这篇文章中,其他文章中也常常会遇到,如《六时间之劳动》②。这样的表述与外文结构一致,但在汉语中就略显不合时宜。对双语读者来说,并不难看出创作中外文的影子,类似的表述是直接翻译而来,也可以说是经由翻译进入到创作当中的。以周作人《杂译日本诗三十首》中的两首为例:

二 科科的一瓢

我知道了,恐怖家的心,悲哀的心,——
言语与行为不易分离的唯一的心,
想用了行为替代被夺的言语来表示意思的心,
将我和我身去投掷敌人的心,

---

① 高铦:《"是什么"和"为什么"》,《新青年》1921年9月1日第9卷5号。
② 陶履恭:《六时间之劳动》,《新青年》1920年10月1日第8卷2号。

但这又是真挚的热心的人所常有的悲哀。

无结果的议论之后，

喝著冷的科科的一瓢，

尝了那微苦的味，

我知道了，恐怖家的，

那悲哀的，悲哀的心。

三　激论

我不能忘记那夜的激论，——

关于新社会里"权力"的处置，

我知**同志**的一人，少年经济学者 N 君的中间

无端的惹起的那继续**五时间的激论**。

"你所说的完全是煽动家的话！"

他终于这样说；

他的声音几乎是咆哮了。

倘若没有桌子在这中间，

恐怕他的手已经打在我的头上了。

我看见了他**浅黑的大的脸上**，

涨满了男子的怒色了。

五月的夜，已经是一点钟了。

有人起立，打开了窗门的时候，

N 和我中间的烛火动摇了几回。

病后的，愉快的微热的我的颊上，

感到带雨的夜风的爽快。

但是我也不能忘记那夜的

在我们会里唯一的妇人 K 君的柔美的手上的指环。

伊去掠上那垂发的时候，

或是剪去烛心的时候，

他在我的眼前闪烁了几回。

这实在是 N 所赠的订婚的指环。

但在那夜我们议论的中间，

伊当初便是我的与党。①

诗题《科科的一瓢》和其中的诗句"喝著冷的科科的一瓢"和日语原文结构相似度很高。另有"……的……的＋中心词"的表述，如："浅黑的大的脸上""病后的，愉快的微热的我的颊上""在我们会里唯一的妇人 K 君的柔美的手上的指环"，就是余光中所说的"的的不休"，在白话文尚不成熟的五四时期，在许多作家的作品中屡见不鲜。②《激论》中"同志的一人""五时间的激论"也是如此，尤其是"五时间的激论"和"六时间之劳动"相似度极高。这种现象不仅仅出现在字数有所限制的诗歌中，在可以相对自由地控制字数的小说中，翻译的痕迹依旧清晰可见："他开始向著到他母亲的屋子的那条路去的时候，他的同学们正在低声地议论，而且把儿童们的恶意的没心肠的眼注视著他，含著卑贱的嘲笑，渐渐儿逼近来，简直把他围住了。"③"把……的眼注视著他"，显然是迎合了外文的表述。这篇小说中还有"随来了一个深深的静""你也没有一个爸爸""有的。我有一个"等和外文表述高度契合的句子。追求"直译"和"忠实"的五四译者对原语的尊崇已经到了一定的高度。这种尊崇也带到了非译作中，经过时间的洗涤，一部分表述和知识被接受，还有一部分则遭到了淘汰。

---

① 周作人：《杂译日本诗三十首》，《新青年》1921 年 8 月 1 日第 9 卷 4 号。粗体为笔者所加。

② 参见余光中《白而不化的白话文》和《论的的不休》，收入《余光中谈翻译》，北京：中国对外翻译出版公司 2002 年版。

③ 〔法〕莫泊三著，雁冰译：《西门底爸爸》，《新青年》1921 年 5 月 1 日第 9 卷 1 号。

三、"整合翻译"多种外文资料

《新青年》中的非译作也和外来语言、文学、学说和文化有千丝万缕的联系，其主题包括外国人物介绍、传记、文学思潮、政治思潮、哲学学说、生物学学说、团体和组织、欧洲战争、俄国战争、西洋教育、欧洲的政体、欧洲的宗教、读外国书籍的札记等。这些作品不是对某一篇和某一部作品的翻译，而是作者在阅读多篇或多种外文文献的基础上，将其内容整合，在可以操作的情况下，不再迁就和顾虑原作的语言，采用心仪的表述阐述自己学到、读到或消化吸收的内容。之所以强调"在可以操作的情况下"，是因为即便不再受单篇文本语言形式的限制，即便是转述和整合，仍旧有很多不容易用汉语表达的地方。在这些篇章中，依然能发现附注的大量外文词汇和直接用外文而不进行翻译的情况。

雁冰的《哈姆生和斯劈脱尔》比较典型，他在文中介绍了1919和1920年度的诺贝尔文学奖获得者——挪威文学家哈姆生和瑞士文学家斯劈脱尔，整合翻译的资料都来源于英语文献："哈姆生在俄国极负盛名，斯劈脱尔在德国也极受欢迎，在国外的名誉正亦不差，却是英国人对于这两位文学家却比较的少人说起，直至诺贝尔文学奖金消息披露，才引起一般人的注意，哈姆生的著作接连着翻译出来了。我国国内对于这两个名字自然亦不大熟，我个人对于两位文学家本亦没有研究，但看了英文报上好几篇论说，觉得他讲得还详细，所以抽辑译出，成了这一篇，或者权可充'饿时'的'藜藿'也未可知；说得不对的地方，还望大家指教。"① 作者并不讳言文章中存在由"好几篇论说""抽辑译出"的部分，也承认其中有自己的观点，因此才会担

---

① 雁冰:《哈姆生和斯劈脱尔》,《新青年》1921年5月1日第9卷1号。

心有"说得不对的地方",恳请"大家指教"。作者在文末郑重地列出了5篇外文参考文献,因而也就不难理解这篇《哈姆生与斯劈脱尔》中含有诸多翻译的成分:

> 本篇参考以下诸篇:
> Amer. *Nation*: *The Nobel Prize Poet*. (1920, Dec.15)
> Amer. *Bookman*: *Knut Hamsun*. (1921, Jan.)
> Amer. *Nation*: *Knut Hamsun*. (1920, Dec.8.)
> Amer. *Time's Book Review*. (1920, Dec.8.)
> Lod. *Times Titterary Supp*. (1920, Dec. ……)①

事实上,并非所有糅合了外文资料的整合翻译都列出外文的参考文献,也有以汉字形式出现的外文文献,即便作者参考的是中文译本,归根结底也是整合和翻译的结果,其区别只在于作者和参考文献译者是否为同一人,即作者和参考文献译者的身份是否重合。雁冰和所参考文献的译者可以认为是同一人,虽然译者只是就自己所引用和转述的部分进行了整合翻译。李达的《马克思派社会主义》文后所列的参考文献均为外国作者的作品,但作者名和书名均以中文出现:

> 本文参考书如左:
> 拉金的《马克思派社会主义》
> 列宁的《国家与革命》
> 柯祖基的《民治吗?专政吗?》
> 列宁的《劳兵会论》

---

① 雁冰:《哈姆生和斯劈脱尔》,《新青年》1921年5月1日第9卷1号。

室伏高信的《列宁主义批评》①

虽然难以确定李达是参考的这些外国著作的中文译本,还是只在列参考文献时将作者和书名进行了翻译,但可以确定的是,这篇非译作是整合翻译的结果。《马克思派社会主义》夹杂的外文并不多,不足10处,且每处都是一两个单词。和同类文章相比,数量不算多。文章将马克思主义分为五类,分别是正统派社会主义、修正派社会主义、工团主义、组合社会主义和多数主义。除分类外,还交代了各个派别的代表人物、主要主张、不足之处等,同时提出了自己的看法,多次强调"我觉得……""我特地……""但是据我看来……""所以我说……""但是我相信……"等。全篇既有整合翻译的资料,也有立论和结论,并未因为整合翻译而掩盖其创造性,语言流畅自然,毫无生硬之感。

相较于单篇外文文献在创作中的翻译应用,整合翻译阅览了多篇文献对相关问题的理解和阐述,对前因后果了解得更加全面、更加清楚,而且整合翻译部分只是作为文本资料或论据的一部分,并非严格意义上的翻译,不受原文语言形式的制约,作者亦可自由阐述自己的看法,对资料中的观点或同意或不同意,或深入阐释或删繁就简,或盛赞褒扬或激烈贬斥,或修正发展或辨伪舍弃,全凭作者的感受与喜好,不会因为"翻译"偏离了原本而受到批判。将这类文章和晚清掺杂了译者诸多个人见解的翻译文本相比,就会发现因为对其"定位"不同,对文章的评价也大相径庭。整合翻译的文章中对资料的梳理、解释、说明、阐发等无疑都发挥了降低翻译带来的陌生感和难度的作用,但如果放在创作的文章中,是文之正道,而放在译本中,则会为人所诟病。

---

① 李达:《马克思派社会主义》,《新青年》1921年6月1日第9卷2号。

四、"描述翻译"现实世界

将用外文叙述的故事,抑或是发生的事实整理、凝练、翻译,从而升华为中文文学作品,这种现象本书称为"描述翻译"。陈衡哲的《人家说我发了痴》就是这样一首诗。这首诗以一位误入她病房的外国女士的遭遇为素材,描述翻译为汉语诗作。作者在诗作前讲述了这篇作品的缘起:

> 一九一八年六月的上旬,藩萨女子大学举行第五十三次的卒业礼。其时我适在病院中。有一天,正取著一张校中的半周刊,看他预告卒业的盛礼,和五十年前的老学生回来团叙的快乐新闻,忽然房门开了,走进一个七十余岁的老太婆,手舞脚蹈的向我说话。我仔细听了他一点多钟,心中十分难过。因此便把他话中的要点写了出来,作为那个半周刊的背影。
>
> 一九一八年六月中旬,衡哲[①]

这首诗以第一人称的口吻,讲述了一位七十多岁的妇人,去母校藩萨女子大学参加妹妹的卒业礼,却被当作疯子送进了医院。这个故事足够离奇和荒诞,我们无须追究这是真实的存在还是一个患有痴癫病的妇人在杜撰故事,但有一点可以肯定,妇人在作者的病室用一个多小时的时间絮叨遭遇是事实,妇人讲的是外语,而作者用汉语记录了这个故事,在创作的过程中描述翻译了来自现实世界的事件。妇人试图向作者证明自己并未痴癫:

---

① 陈衡哲:《人家说我发了痴》,《新青年》1918 年 9 月 15 日第 5 卷 3 号。

痴子见人便打，见物便踢。
我若是痴子，
你看呀——我便要这样的把你痛击！

此外，还非常细心、设身处地想到了儿子得知自己发了疯的感受和处境：

他们又打电报给我的儿子，
说我智识没有了，叫他立刻就来。
我儿子他在林肯的西方一千里，离开此地共是
二千五百里。
可怜那个电报定要把他吓死。
况且他又如何能立刻赶到这里？

妇人回忆了离开家乡时无数亲朋羡慕和送别的场景，以及希望她归来时能讲讲外面新鲜事的嘱托：

"你东去潘萨真是福气。
你须把各种的新闻，一一牢记。
回来我们可要细细的问你。"
我说，"这个自然。"
那里晓得我的大新闻，
就是说我自己忽然变了一个痴子！
明天我回去了，
少不得要说几句谎话。
不然，岂不要被他们笑死。

妇人的辩解、担心、尴尬、圆谎，都合乎情理、合于逻辑，不像是痴人痴语。作者之所以将其描述翻译并创作成诗歌也是有感而发，同情妇人的遭遇。据作者在前言中记载，这件事发生在 1918 年 6 月上旬，因为听得"心中难过"便将这件事写了下来，同月中旬已经成诗。这是来源于异语和异域的创作素材，和来源于同一语言环境中的创作素材比，创作过程中多了一个描述翻译的环节。其中有译的成分，也有创作的成分，但其与字比句对地翻译某一个文本又有很大差别，这是从英语口语到汉语书面文字，从英语的生活语言到汉语的诗化语言，并非单纯的口译或笔译，也非单纯的记录和翻译讲话者的语言。诗歌是第一人称口吻，并未添加作者的任何评论，基本属于对事实的描述。当然，将一个多小时的口语讲述转化为四十多行诗句，从时长和篇幅上看，作者一定是对来源于生活的素材做了整理和艺术加工，这是毋庸置疑的。

五、潜移默化的"渗入翻译"

《人家说我发了痴》这首诗，如果不看作者置于诗之前的缘起，仅从文中"藩萨""林肯"也可以判断故事发生在异域，而胡适为朋友倪曼陀所作的悼亡诗则源于地道的中国素材，即倪曼陀本人创作的两首诗歌。但从胡适的用词可知，其中亦有翻译的成分。在中国文化中，"死"是禁忌语。由于死亡不可抗拒、难以阻挡，人类面对生命的逝去，既无可奈何又不能不面对，因而对死亡这一现象的描述也往往止于委婉。但胡适在短短的一段序言中，用了五个"死"字："我的朋友程乐亭、胡逸坡死后，我都为他们作传。只有郑仲诚、倪曼陀死了五六年，我想替他们做的传还没有做成，至今记在心里。今年曼陀的家人把他做的诗文寄来，要我替他编订。他的诗里有《奈何歌》二十首，情节狠凄惨，都是情诗。内中有几首我最爱读。昨夜重读一遍，觉得曼陀的真情有时被他的词藻遮住了。故我把这里面的第十五、十六两首的意思合起来做成一首白话诗。曼陀少年早死，他的朋友都痛惜他。我初听说他是吐血死的，现在读他的诗，才知道他是为了一种狠为难的爱情境地死的。我这首诗也可以算是表章哀情的微意了。"①

这段话中接连出现的"死"，并非中文的表达习惯，今天读来，仍觉得突兀。中文中讲究死者为大，对亲人朋友的离世，更不会直接用"死"。若用"死"，则往往暗含了对死者的厌恶，或事不关己，或中立，或冷漠的态度。胡适对母语文化中的禁忌自然不会不知，其用词更多是受西方文化的影响，是对"die"的汉语翻译。胡适所用的"死"更多代表的是英语的表达习惯，是"die"在英语中的含义。对"死"毫不忌讳的使用，不仅仅出现在《新青年》中，也不仅仅体现在这一篇序中。他给清末民初杰出的外交家、法学家伍廷芳写的悼词，也是这样直言不讳："伍廷芳（1842—1922）死了。他的死耗传出之后，无论南方北方，无论孙派陈派，都对他表示一致的敬意与哀悼。"②五四时期的其他刊物、其他作者的行文中对"死"的直接使用也不少。唐性天译《游客夜歌》有简短的前言："歌德由八十二岁的生日，感觉到他的死期已近，所以这首诗的意思就是他死的安慰。"③郁达夫为《茵梦湖》所写的序引中谈及《茵梦湖》的作者和其好友为其作传的事："须斋博士做了施笃谟传之后，竟在施笃谟之先死了。千八百八十八年的七月十四，施笃谟死在故乡的哈戴马儿染（Hademarschen）的家里。"④文学研究会会员胡天月病逝的讣告中也未回避这个字："本会会员胡天月先生，已于五月十五日犯肺病死于常熟。现在我们谨将这个可悲痛的消息，报告给各地会员及胡君的朋友。"⑤外语学习者对母语和对外语的敏感度是不同的，一句

---

① 胡适：《〈应该〉有序》，《新青年》1919 年 4 月 15 日第 6 卷 4 号。
② 胡适：《伍廷芳悼词》，《努力周报》1922 年 7 月 2 日第 9 期第 1 版。
③ 〔德〕歌德著，唐性天译：《游客夜歌》，《文学旬刊》1921 年 11 月 1 日第 18 号。
④ 郁达夫：《〈茵梦湖〉的序引》，《文学旬刊》1921 年 10 月 1 日第 15 号。
⑤ 讣告：《文学旬刊》1922 年 6 月 1 日第 39 期。《文学旬刊》1—25 为"号"，第 26 期起改为"期"，注释按照原刊期号标示。

话或一个词、一个字，若来源于母语则感受更深刻，若来源于外语则感悟往往逊色甚至产生偏差，远没有对母语理解得准确和深切，通常对母语的理解会更多地倾注相应的情感，而对外语或译语所表达的情感，则远没有直接来源于母语的词汇那样深入骨髓。

中国人内敛、委婉，往往羞于表达爱恋，但英语中"dear""love"却随处可见，口语中也是常常挂在嘴边。汉语中难于说出口的"爱"，用英语说则并不困难。小品《桥》中，男主人公向心上人表达爱意时用了外语"I love you"，但被要求说中国话时，却表现出了犹豫、尴尬和羞涩，需要极大的勇气才能说出口。当然，随着时代的变迁与开放，"亲爱的""我爱你"在汉语中出现的频率也高于过往，但其蕴含的情感未必有红着脸说不出口的字、词、句更深厚凝重。这和时代的演进、文化的交流、语言间的翻译不无关系。这样的翻译，是潜移默化和逐渐渗入的结果，并非与某一文本中某一特定词直接对应，也可以说，是没有特定原文本的翻译。

序言中不断出现"死"和《应该》一诗中反复出现"爱"都是"渗入翻译"的表征：

> 他也许爱我，——也许还爱我，——
> 但他总劝我莫再爱他。
> 他常常怪我；
> 这一天，他眼泪汪汪的望着我，
> 说道："你如何还想着我？
> 你想着我又如何对他？
> 你要是当真爱我，
> 你应该把爱我的心爱他，
> 你应该把待我的情待他。"
> 他的话句句都不错；
> 上帝帮我！我"应该"这样做！

总共 11 行的诗歌，其中 4 句中包含了 6 个"爱"字，可谓直白浅近，毫无遮拦。这首诗是根据倪曼陀的《奈何歌》中第十五和十六两首诗的意思用白话重新创作的。据胡适所言，倪曼陀陷于三个人的情感纠葛，处于一种很为难的爱情境地。口口声声谈"爱"，将爱外化，也并非汉语的习惯。相似的境地，中国诗中有"还君明珠双泪垂，恨不相逢未嫁时"，全诗也谈爱恋，却并无一个"爱"字。这就是诗歌的含蓄蕴藉、意在言外，如司空图《二十四诗品·含蓄》中所讲"不著一字，尽得风流"。当然，开门见山地直抒胸臆未必就不好，只是表达情感的方式不同而已。相比而言，胡适在纪念倪曼陀的诗中表达情感的方式更西方化。这首诗的素材来源于倪曼陀，情感来源于倪曼陀，是用胡适的语言表达倪曼陀的情感。根在中国文化的胡适，有留学海外的生活经历，有迫切学习和引入外来文化的动机，有借他山之石以攻玉的条件，因而在文学创作中进行翻译，既有有意而为之的一面，也有受西方文化熏染不自觉翻译的一面。

这样高调"示爱"的诗歌并不少见。如《弥洒月刊》1923 年第 2 期有署名"心心"的 6 首诗，其中 3 首是译诗，3 首是创作诗。其中 1 首创作诗名为《我们爱着罢》，从题目也能看出诗歌表达方式的直白。这首诗中的"爱"，已经不仅是狭义的男女之爱，也可以是人与人之间、人与万物之间、人与宇宙星体之间的和谐共生。但这种直白的"爱"的表达，和胡适的《应该》异曲同工。而且三首译诗——《一件纪念品》（无名氏的 *A Souvenir*）、《剑与歌》（H. W. Longfellow 的 *The Arrow and the Song*）以及《夜有千眼》（F. W. Bourdilon 的 *The Night Has a Thousand Eyes*）——也表明，"心心"懂英语，这也部分地印证了"渗入翻译"的判断。

冯至创作的诗歌中有一首题名为《问》[①]，也是以"爱"为主题的。诗歌分为四节，以问和答的方式说爱。第一节中"他"问至爱的人"你爱我吗"？

---

① 冯至：《问》，《创造季刊》1923 年 5 月 1 日第 2 卷第 1 号。创刊时标为"号"，第 2 期标为"期"。

后三节分别追问"你为什么爱我?""你怎样的爱我?""你爱我,要怎样?"恋人也分别回答"我是爱你的""我为爱你而爱你,人间只有你是我所爱的""我是爱你的,无条件的爱你!——与爱我的生命一样"。对于最后一个问题,恋人无法回答,于是"被快乐隐去的泪,一起流出来了"。这首208个汉字的诗,"爱"字多达15个。

  以上所举胡适、"心心"和冯至,都懂外语,既可以直接阅读外文,又可以做翻译,具有"渗入翻译"的便利条件。即便是不懂外语,也有可能因为时代风尚的影响而间接地"渗入翻译"。浏览当时的期刊报纸,能真切地感受到外来思想文化和文学对中国文学的直接或间接的影响。可以说,除了大量冠名为"译"的篇章外,以创作的名义而存在的作品依旧带有"部分翻译"和"渗入翻译"的痕迹,翻译的因素在当时的期刊报纸中无处不在。"死"和"爱"的现象并非唯一,但翻译而来的"死"和"爱"的使用习惯是昙花一现还是融入汉语被广为接受,却并非译者所能决定,这是一个潜移默化的过程,也是语言使用者自然选择的过程。现在"死"在汉语中依旧还是禁忌,而"爱"的使用频率却逐渐攀升。

第三章 翻译言说：导向 批评 理论

前两章是对五四时期翻译实践的观察，本章将重点探讨五四时期的"言说"，第四章将着重梳理言说与实践的关系。本书中涉及的翻译"言说"，包括导向言说、理论言说和批评言说三类。这样的划分，只是为了论述的方便和清晰，有些言说有重合的部分，比如对林纾的批评，既是批评言说，也是导向言说。

第一节 导向言说：从文学导向到翻译导向

导向言说主要包括对一个时代的翻译趋向有引导作用的言论，如译什么和怎么译的重大问题。言说者往往或学识渊博，或胆识过人，或在一定范围内具有影响力、话语权等。当然若能几者兼备，则引导效果更好。本节将侧重阐述五四时期从文学导向到翻译导向的变化及关联。

文学革命的标志性文本——《文学改良刍议》《文学革命论》《建设的文学革命论》等指明了文学革命的方向，同时也指明了翻译的发展趋向。可以说，这些冠以"文学"之名的文本或多或少都和翻译有关。在《文学改良刍议》一文中，胡适提出文学改良需从"八事"入手，其中多次提到用白话作文的重要性以及学习西方文学的意图。而学习西方文学除了直接浸淫于西方文化中或直接阅读原文外，还有一条重要的途径就是翻译。所以，用白话翻译西方文学是成就文学改良乃至文学革命的关键因素之一，这也是为什么五四领袖都在不同场合反复强调需用白话进行翻译。

一、文学导向关键词：破旧立新，参照西学

文学革命的倡导者往往将意欲改良的领域与西方的相关领域比对并将后者作为参照，包括文学创作的语言、文学的主题、叙事手法等。因而文学革命和翻译发生关联也往往体现在这几个相应的方面：一是以西方用各民族语言创作和翻译代替拉丁文文本的史实为依据，倡导言文合一，用白话文取代文言文。中国文学史上用白话创作的作品也随之水涨船高，《水浒传》《西游记》《红楼梦》《儒林外史》等被判定为上流的文学。二是学习西方文学的主题，抒发真情感，反映真生活，倡导新道德，作活的文学和人的文学。因而，《官场现形记》《老残游记》等描写社会情状的作品被标举为"真正文学"。三是学习西方文学的创作手法、修辞法和体例。《二十年目睹之怪现状》因其第一人称"我"的视角叙事，突破中国旧小说中第三人称的全知视角，被称为"诸不全德的小说中独为最上品"[①]。胡适在《文学改良刍议》中所提的"八事"，至少有"三事"是直接以世界"第一流"小说和西方文学传统为参照的。

"八事"中的第二事为"不摹仿古人"，作者标举白话小说为"真正文学"："吾每谓今日之文学，其足与世界'第一流'文学比较而无愧色者，独有白话小说（我佛山人、南亭亭长、洪都百炼生，三人而已）一项。此无他故，以此种小说皆不事摹仿古人（三人皆得力于《儒林外史》《水浒》《石头记》，然非摹仿之作也），而惟实写今日社会之情状，故能成真正文学。"

[①] 《通信·钱玄同来信》，《新青年》1917年8月1日第3卷6号。

第四事为"不作无病之呻吟",直接以德国和意大利的文学家、哲学家作为学习的榜样:"吾惟愿今之文学家作费舒特(Fichte),作玛志尼(Mazzini),而不愿其为贾生,王粲,屈原,谢皋羽也。"第八事"不避俗语俗字",则高度赞扬元代的文学作品,赞为可传世的不朽之作,其原因也是中国文学在彼时最接近言文合一,白话几乎成为文学的语言。胡适断言,若不是这一条理路发展受到明朝八股取士的阻遏,应当已成但丁、路德的伟业:"欧洲中古时,各国皆有俚语,而以拉丁文为文言,凡著作书籍皆用之,如吾国之以文言著书也。其后意大利有但丁(Dante)诸文豪始以其国俚语著作。诸国踵兴,国语亦代起。路德(Luther)创新教,始以德文译《旧约》《新约》,遂开德文学之先。英法诸国亦复如是。今世通用之英文《新旧约》乃一六一一年译本,距今才三百年耳。故今日欧洲诸国之文学,在当日皆为俚语。迨诸文豪兴,始以'活文学'代拉丁之死文学;有活文学而后有言文合一之国语也。"①

简言之,"八事"是希望中国文学界用白话俗语,按照一定的文法,创作新时代的文学,抛弃风花雪月、辞藻华丽、言之无物、无病呻吟的套路文学。文学改良所参照的模板是西方的文字变革和文学样式,其途径之一就是用白话翻译出可供国人借鉴的作品。胡适的用词温婉,用了"文学改良",而陈独秀则直接标举了"文学革命",称胡适为"急先锋",自己则"甘冒全国学究之敌,高张'文学革命军'大旗,以为吾友之声援"。文学革命的"三大主义"与胡适文学改良的"八事"相互呼应,主张"建设平易的抒情的国民文学""建设新鲜的立诚的写实文学""建设明了的通俗的社会文学"。

《文学革命论》梳理了中国传统文学的文风沿袭,提出自己的三大主张,文章开篇即盛赞欧洲革命的成果:"今日庄严灿烂之欧洲,何自而来乎?曰,革命之赐也。欧语所谓革命者,为革故更新之义,与中土所谓朝代鼎革,绝不相类。故自文艺复兴以来,政治界有革命,宗教界亦有革命,伦理道德亦

---

① 胡适:《文学改良刍议》,《新青年》1917年1月1日第2卷5号。

有革命，文学艺术亦莫不有革命，莫不因革命而新兴而进化。近代欧洲文明史，宜可谓之革命史。故曰今日庄严灿烂之欧洲，乃革命之赐也。"以对欧洲文学家的敬佩收尾，广邀同道，向旧文学开炮："欧洲文化，受赐于政治科学者固多，受赐于文学者亦不少。予爱卢梭、巴士特之法兰西，予尤爱虞哥、左喇之法兰西；予爱康德、赫克尔之德意志，予尤爱桂特郝、卜特曼之德意志；予爱倍根、达尔文之英吉利，予尤爱狄铿士、王尔德之英吉利。吾国文学界豪杰之士，有自负为中国之虞哥、左喇、桂特郝、卜特曼、狄铿士、王尔德者乎？有不顾迂儒之毁誉，明目张胆以与十八妖魔宣战者乎？予愿拖四十二生的大炮，为之前驱。"①

可见，陈独秀与胡适除了在文学革新上看法一致，在革新途径上也保持着一致，就是以西方文学和文学家作为参照对象，作为学习的楷模。对于"先锋"们个人来说，熟谙外文，且有如胡适者当时就身处西方文化语境之中，自然有学习西方语言、文学、文化、思想的便利，而对于更多人来说，对于大众来说，翻译则是扩大西方文学影响，为我所用的更宽阔的通途。

胡适文学改良、陈独秀文学革命的主张，在"通信"一栏可见读者的讨论与反应，有对具体主张的认同："左右所提倡文学实写主义，一扫亘古浮夸之积习，开中国文学之一大新纪元，无任钦佩。"也有异议与质疑："至于非古典主义，仆窃有所疑，敢质诸左右。……古哲先贤所作文字，虽未必尽合现今时势，然确有独到之处。仆谓不必多刻求古深，惟绝对的不用古典，则为过甚。即西洋文学，亦未必全非古典。"②更有热切鼓励者："万望鼓勇而前，勿为俗见所阻。仆久欲作《予之中国近二十年文学观》一文，因循未果，然他日终必质之足下以评论之。"③钱玄同也积极发声以示支持："顷见六号《新青年》胡适之先生《文学刍议》，极为佩服。其斥骈文不通之句，及

---

① 陈独秀：《文学革命论》，《新青年》1917年2月1日第2卷6号。
② 《通信·陈丹崖来信》，《新青年》1917年2月1日第2卷6号。
③ 《通信·程演生来信》，《新青年》1917年2月1日第2卷6号。

主张白话体文学说最精辟……具此识力，而言改良文艺，其结果必佳良无疑。惟选学妖孽、桐城谬种，见此又不知若何咒骂。虽然得此辈多咒骂一声，便是价值增加一分也。"① 陈独秀在复信中回应，钱玄同作为声韵训诂学大家而提倡通俗的新文学，加入文学革命阵营的意义在于树立了榜样，"何忧全国之不景从也？"

在第 2 卷 5 号和 2 卷 6 号刊登了胡适、陈独秀的檄文后，第 3 卷 1 号"通信"栏目刊登了钱玄同关于文学改良的商榷，其建议改良的幅度更甚于胡适。自此，第 3 卷和第 4 卷几乎每一号上都有关于文学改良和新文学建设的文章，钱玄同、刘半农、傅斯年等都加入讨论。文学革命由胡适、陈独秀首倡和呼应后，《新青年》自然也就成了文学革命的阵地，频繁刊发探讨文学改良、文学革命的文章。下文表 6 是对《新青年》1917 年 3 月到 1918 年 6 月间刊发相关文章和通信的粗略统计。说是粗略统计，指的是仅统计了文学改良和革命这一话题的篇章，没有包括和其直接相关的其他篇目，如关于应用文的教授与应用、白话文的建设、是否应用新式标点符号的讨论以及文学改良的创作成果，刊发的白话文学《狂人日记》等也没有统计在列。

表 6 《新青年》第 3 卷和第 4 卷刊载有关文学改良的篇目

刊期	作者	题名（主题）
3 卷 1 号	钱玄同	致信陈独秀，商榷文学改良问题
3 卷 2 号	方孝岳	我之改良文学观
3 卷 3 号	刘半农	我之文学改良观
	胡适	历史的文学观念论
	余元濬	读胡适先生《文学改良刍议》
	胡适	致信陈独秀，探讨中国文学的分期
	陈独秀	回复胡适的信

---

① 《通信·钱玄同来信》，《新青年》1917 年 2 月 1 日第 2 卷 6 号。

续表

刊期	作者	题名（主题）
3卷4号	钱玄同	致信陈独秀，商榷文学是否无用，可否用世界语翻译
	胡适	致信陈独秀，就3卷1号钱玄同信中所提问题的回应
3卷5号	刘半农	诗与小说精神上之革新
	易明	改良文学之第一步
	沈藻墀	致信《新青年》，讨论文学分类问题
	钱玄同	致信陈独秀，拟应用文改革大纲十三事
3卷6号	钱玄同	致信陈独秀，建议《新青年》改为左起横行、使用西式标点、用白话作文，及中西文学比较等问题的探讨
		致信胡适，讨论对一些中国作品的评价
4卷1号	傅斯年	文学革新申义
	胡适	论小说及白话韵文
	钱玄同	新文学与今韵问题
4卷2号	钱玄同	《尝试集》序
	沈兼士	新文学与新字典
4卷3号	俞慧殊	新文学之运用
	王敬轩	文学革命之反响
	刘半农	回复王敬轩的信
4卷4号	胡适	建设的文学革命论
	林玉堂	论"汉字索引制"及西洋文学
	钱玄同	回复林玉堂的信
4卷5号	盛兆熊	论文学改革的进行程序
	胡适	回复盛兆熊的信
4卷6号	张厚载	新文学及中国旧剧
	胡适 钱玄同 刘半农 陈独秀	回复张厚载的信

这些文章在肯定文学改良的必要性方面是基本一致的（除钱玄同化名王敬轩的信之外），有分歧而需要商榷的是文学改革的具体问题，如中国文学的分期、对中国文学作品的评价等。同时，打破旧文学后如何建设新文学的问题、新文学改革与其他领域的关联也引起学人的关注，如《论小说及白话韵文》《新文学与今韵问题》《〈尝试集〉序》《新文学与新字典》《新文学之运用》《建设的文学革命论》《新文学及中国旧剧》都属于这方面的成果。经过倡导与实践，新文学建设也开始结出果实，胡适的《尝试集》、鲁迅的《狂人日记》就分别是新诗和白话小说创作的代表。

文学改良、文学革命的声势有多浩大、探讨有多热烈，对引入西方文学的渴望就有多强烈，对翻译的期待就有多殷切。这强烈的渴望和殷切的期待也促成了翻译趋向的改变。

二、翻译导向关键词：破旧译新，引入西书

从文学改良到文学革命，破旧立新的大方向已经明确，从"革命"一词也能看出其力度和决心，"革命"也在一定范围内得到认可。用词温婉的胡适，在1918年的文章中也改用"文学革命"来命名这次革新。而革新传统文学需要借他山之石，于是"国语的文学，文学的国语"成为建设新文学的唯一宗旨。实现这一宗旨的工具是白话，方法是翻译，胡适的语气急迫："赶紧多多的翻译西洋的文学名著做我们的模范。"① 因而，文学翻译成为致力于建设新文学的五四主将们关注的中心。在一定的时间和空间范围内，翻译作品数量已经超过了创作的数量。刘半农在回复《新青年》读者来

---

① 胡适：《建设的文学革命论》，《文学运动史料选》（第一册），上海教育出版社1979年版，第69页。

信时说:"《新青年》少文学的创作,固然是一个缺点。但是创作的多不多是一个问题,创作的好不好又是一个问题。据我想,与其多了不好,还不如不多之为妙。如今跌低一步,取一个譬喻:前三四年,上海的各种小说杂志极盛的时候,内容大都是做的一半,译的一半。那译的一半,虽然大都是'哈葛德''柯南达里'诸公的名作,却还究竟可以算得一种东西;那做的一半,起初是风花雪月、才子佳人,后来竟一变而为'黑幕'一流的文字了。所以《新青年》的少创作,正是自己谨慎,并不是贪懒。"① 虽然刊物并未登载 Y. Z. 君的信件,按其要求作为私信处理,但从刘半农的回信可知,读者认为《新青年》多翻译,少创作。这也从一个侧面反映出翻译在当时的重要地位,以及五四主将对文学创作的更高期待和评价标准,不愿意沿袭旧的,而要创作好的、新的、大量的作品还要假以时日,还需要引进外来文学作为学习的素材,翻译也是学习的一种途径,而创作则宁缺毋滥。因而,胡适除了急切希望"赶紧多多的翻译西洋的文学名著"外,又提出两条原则:"一、只译名家著作,不译第二流以下的著作。……二、全用白话。韵文之戏曲,也都译为白话散文。"②

对于胡适翻译外国文学的原则,罗家伦、傅斯年等都积极响应。罗家伦发表《今日中国之小说界》,拟定了中国人作中国小说,中国人译外国小说的若干原则。中国人译外国小说的四条原则:一是选择所译的作品要能反映现实社会生活,写出人类的天性,能够改良社会的。二是用白话而非文言进行翻译。其理据是欧洲近世小说都是用白话而作,日本人译西洋小说也用白话。三是译小说者若不懂西文则应有好的搭档;译者若略通西文,则应多查字典,不能不懂的就忽略不译。四是译小说"不可更改原来的意思或者加入中国的意思"③。其中前两条原则可以说直接呼应了胡适所提的用白话

---

① 《通信·刘半农〈答 Y. Z. 君〉》,《新青年》1918 年 12 月 15 日第 5 卷 6 号。
② 胡适:《建设的文学革命论》,《文学运动史料选》(第一册),上海教育出版社 1979 年版,第 82 页。
③ 罗家伦:《今日中国之小说界》,《新潮》1919 年 1 月 1 日第 1 卷 1 号。

译名著的倡导,后两条则是针对林纾的翻译。胡适、罗家伦倡导的大方向事关翻译的选材和翻译语言,傅斯年则在此基础上谈到选材的标准和翻译的方法,相比于胡适和罗家伦的倡导,更具体、更具操作性。这里所说的选材标准并非指从文学角度判断作品是"第一流"的"名家著作",而是以其是否"有用"为主要判断依据。傅斯年认为应"先译门径书""先译通论书""先译实证的书""先译和人生密切相关的书""先译最近的书","同类书中,先译最易发生效力的一种","同类著作者中,先译第一流的一个人","专就译文学一部分而论,也是如此"。就"译书的方法",他提到三点,一是用直译的笔法,二是用白话,三是"二等以下著作"用"提要"的方法,不必全译。①

以白话作为翻译语言,以直译为方法翻译名著,尤其是以有用的名著为典范,帮助中国文学摆脱传统的因袭,建立新文学。在新文化人的倡导下,这一改革思路影响逐渐扩大,相关原则有愈加细化和扩宽两种趋向,译者的翻译理念开始发生改变,用白话直译名著成为潮流导向。这一思路影响的扩大,社团及其刊物功不可没。前文提到的罗家伦、傅斯年都是新潮社成员,在刊物《新潮》上发表文章呼应文学革命。1921 年文学研究会成立,接手《小说月报》并发表宣言:"《小说月报》行世以来,已十一年矣,今当第十二年之始,谋更新而扩充之,将于译述西洋名家小说而外,兼介绍世界文学界潮流之趋向,讨论中国文学革进之方法。"② 对于选登来稿的类别重新进行划分,包括论评、研究、译丛、创作、特载和杂载。在这六类文稿中,第一类"论评"指的是"同人观察所及愿提出与国人相讨论者",第四类"创作"指的是"新文学之创作"。其余四类则涉及"西洋文学""西洋名家著作""西洋专论文艺之杂志""海外文坛消息"。从这些关键词可以看出,《小说月报》刊登译作、与翻译相关文章、海外文坛信息的数量很多,也可看出

---

① 傅斯年:《译书感言》,《新潮》1919 年 3 月 1 日第 1 卷 3 号。
② 茅盾:《改革宣言》,《小说月报》1921 年 1 月 10 日第 12 卷 1 号。

文学研究会和《小说月报》这一时期宣传翻译和创作理念的力度。

相比文学革命的开山之作,各团体和刊物的宣传和倡导愈加具体,在笼统的"西洋文学"条目下,文学研究会和《小说月报》强调对于西洋文学的引进,"不限于一国,不限于一派;说部,剧本,诗,三者并包";"研究文学哲理介绍文学流派虽为刻不容缓之事,而移译西欧名著使读者得见某派面目之一斑,不起空中楼阁之憾,尤为重要"。相较于文学革命的檄文,文学研究会的改革宣言更具有包容性:"……写实主义在今日尚有切实介绍之必要,而同时非写实的文学亦应充其量输入,以为进一层之预备。""即不论如何相反之主义咸有研究之必要。故对于为艺术的艺术与为人生的艺术,两无所袒。必将忠实介绍,以为研究之资料。""中国旧有文学不仅在过去时代有相当之地位而已,即对于将来亦有几分之贡献,此则同人所敢确信者,故甚愿发表治旧文学者研究所得之见,俾得与国人相讨论。"① 此外,《小说月报》改革宣言中还力倡文学批评,以介绍西洋的批评主义为先导,但并不为批评主义所囿:"我国素无所谓批评主义,月旦既无不易之标准,故好恶多成于一人之私见;'必先有批评家然后有真文学家',此亦为同仁坚信之一端;同人不敏,将先介绍西洋之批评主义以为之导。然同人固皆极尊重自由的创造精神者也,虽力愿提倡批评主义,而不愿为主义之奴隶,并不愿国人皆奉西洋之批评主义为天经地义,而改杀自由创造之精神。"

从《小说月报》的改革宣言可以看出,文学研究会积极提倡引进外来文学,重视翻译,翻译的目的在于通过对外来文学和文学批评主义的学习,有朝一日创造出自己的作品,引进的最终目的是创造。在此基础上提出不仅要引进文学作品,还要有关于作家、流派、文坛信息的引入;重视研究,不仅包括对外来文学作品、流派、理论的研究,对本国旧文学的研究也是必要的;不仅仅引入和学习现实主义文学、为人生的艺术,也要学习为艺术的艺术;提倡批评主义,但不为批评主义所禁锢。《小说月报》的发行量增

---

① 茅盾:《改革宣言》,《小说月报》1921年1月10日第12卷1号。

大，扩大了文学革命的影响，巩固了文学革命的成果。文学研究会接手《小说月报》一年之后，在国内"政治的扰乱，经济的恐慌，教育的搁浅，处处都呈不安"的状况下，"尚销数日增，在社会上些微有点影响，这不是本来应该悲观的，反倒成为可以乐观么"？① 同《新青年》一样，因为译作多创作少，《小说月报》被读者质疑"蔑视创作"。茅盾认为，文学搜寻和反映的是"永久的人性""共同的灵魂"，"要消灭人与人之间的沟渠，要齐一人与人间的愿欲"，这并非一国、一人可以完成的，需要无数文学家的共同努力，也因为如此，"翻译文学作品和创作一般地重要，而在尚未有成熟的，'人的文学'之邦像现在的我国，翻译尤为重要；否则，将以何者疗救灵魂的贫乏，修补人性的缺陷呢"？②

倡导言说的特点是高占位、大方向、宽视界。虽然倡导言说貌似只涉及文学与翻译，但背后的出发点却并非仅限于此。翻译是文学革命的途径，用胡适的话说是"方法"，文学革命则是革新思想、开启民智的途径和方法，而革新思想、开启民智为的是改变国家积贫积弱、内忧外患的境地，让民富而国强。五四领袖急切地要文学革命，并认为："中国现在没有一件事情可以不改革。政治革命，晓得的人较多，并且招牌上也居然写了'共和'两个字了。伦理革命，先生已经大加提倡，对于尊卑纲常的旧伦理痛加排抵，主张完全改用西洋新伦理。至于文学革命，先生和适之先生虽也竭力提倡新文学，但是对于元明以来的中国文学似乎有和西洋现代文学看得平等的意思。……现在中国的文学界，应该完全输入西洋最新文学，才是正当办法。"③ 可见，文学革命并非孤立存在，和翻译潮流的导向、伦理革命、思想革命甚至政治变革不无关系，这也决定了文学革命的定位不仅仅是书斋里的变革，而是志存高远，牵一发而动全身的变革，文学革命、翻译趋向的变

---

① 记者（茅盾）：《一年来的感想与明年的计划》，《小说月报》1921年12月10日第12卷12号。
② 同上。
③ 《通信·钱玄同来信》，《新青年》1917年8月1日第3卷6号。

化，注定难以与政治、伦理、教育等截然分开。也正因为这样，曾经承诺"不谈政治"的《新青年》无法与政治划清界限，不时越界谈政治，这也使得原本属于书斋的知识分子走向社会，参与政治，成就了五四一代胸怀天下的知识分子。

有读者指责《新青年》"一卷之文重学说，二三卷之文重时事。述学说者，根本之图也。评时事者，逐末之举也。教诲青年，当以纯正之学说巩固其基础，不当参以时政，乱其思想也"①。陈独秀则认为，政治是人类生活重要的组成部分，只有政治进化了，教育实业才有可能发展："本志主旨，固不在批评时政，青年修养，亦不在讨论政治，然有关国命存亡之大政，安忍默不一言？政治思想学说，亦重要思想学说之一，又何故必如尊函限制之严，无一语拦入政治时事范围而后可也？德意志、俄罗斯之革新，皆其邦青年学生活动之力为多。若夫博学而不能致用，漠视实际上生活之凉血动物，乃中国旧式之书生，非二十世纪之新青年也。"② 这也直接决定了文学革命和翻译的导向与政治革命、伦理革命等紧密相关，直指中国的文化和文学传统，指向流畅而不忠实的翻译，倡导破旧立新和破旧译新。虽然，一些观点在今天看有过激之处，但想想当时的社会状况，我们就能理解五四前辈渴望革新的急切心情和做法；想想他们为挽救民族危亡牺牲个人的安逸生活，甚至不惜牢狱之灾，就明白所谓的激进与焦灼无不与他们的社会责任感息息相关。若没有他们的革新和倡导，则很多领域的现代化进程都将迟滞若干年，翻译也是这样。

---

① 《通信·顾克刚来信》，《新青年》1917年7月1日第3卷5号。
② 《通信·陈独秀答顾克刚》，《新青年》1917年7月1日第3卷5号。

第二节　批评言说及其偏执性

批评言说包括对过去和当时翻译者、翻译文本、翻译方法和翻译效果等的评论，既包括导向性的评论，也包括对文本的微观评论。导向性评论和第一节的导向言说相关但不相同。导向言说属于正面倡导，本书的导向性评论归入批评言说，是指与正面倡导相对应的反向的评论，主要体现在胡适、罗家伦、傅斯年等对严复、林纾等老一辈翻译家的诟病。但"批评言说"中的批评不仅仅指负面和不敬的评论，也包括正面评论和褒扬。

一、始于双簧终于独角戏的翻译批评

文学革命要破旧立新，破的是传统文学，是"桐城"、是"选学"，是贵族文学、古典文学和山林文学；立的是与之相对的国民文学、写实文学和社会文学。翻译则是为了配合文学革命的需要，引进西学作品，为"立"中国新文学服务。就翻译方法而言，破的是晚清以来的"豪杰译"，是对原作大刀阔斧的删、添、改；立的则是在细节上更忠于文学作品原貌的直译。晚清翻译负有盛名的是严复和林纾，严复翻译的多是社会科学作品，林纾翻译的多是文学作品。作为为文学革命服务的翻译倡导者，五四人选择了林纾的翻译作为反面典型和主要批判的对象。对林纾的批判始于钱玄同和刘半农恶作剧般的双簧信，钱玄同化名"王敬轩"，以林纾崇拜者的身份写信给《新青

年》。信中充满了对传统伦理纲常的留恋和对妇女解放、文字改革、西式标点、白话新诗等的不屑。"王敬轩"高度赞扬林纾译作,刘半农则对之加以反驳和批判,以这样的方式将林纾及其译作推出作为批判的靶子,扩大正面导向言说的影响力。两封信虽然都出自文学革命阵营的同人之手,但其将翻译的两种倾向、两种态度摆在了读者面前。一种是语言流畅,带有中国传统文风的译文,代表人物是"能以周秦诸子之文笔达西人发明之新理,且能以中国古训补西说之未备"①的严复和以唐代小说神韵、国文风度移译外洋小说,虽所叙皆西人之事,但能使阅者几忘其为西事的林纾;另一种是文风言辞欧化,甚至佶屈聱牙,读者阅读有陌生感,但与原文更接近的译文。这类译文被"王敬轩"鄙为"文气不贯""断断续续""塞涩之译笔",代表人物是周作人。文学革命既然要破旧立新,则严复和林纾的周秦诸子文笔、唐代小说神韵、外加用古训同化外洋的作品,自然是新文化人所不齿的,而欧化的文风和语言恰是他们所追求和学习的。因而,在《新青年》《新潮》等新文化人的阵地上,严复和林纾都受到了言辞激烈的批判,以周作人为代表的直译方法则得到大力提倡。

《新青年》同一期刊登了刘半农对王敬轩的回应文章,指出林纾翻译的三宗罪:一是原稿选择不精;二是谬误太多,三是不能保留原作的神韵。林纾不懂外文,因而对于原稿的选择和谬误,刘半农并没有细数,但对其译文中的唐代神韵颇有微词,并以为这才是林纾翻译中最大的问题。刘半农列举了译经大师鸠摩罗什译《金刚经》和玄奘译《心经》的例子,讲直译的渊源及这种译法的好处:无论何时读这两部经书,都能感受到西域的气息,而不是译作产生时代的"晋文"和"唐文"风格。用译经的例子说明输入外国文学改造中国文学的合理性。刘半农在信中认为林纾的译作"半点儿文学的意味也没有",若当作"闲书"读则无可厚非,但若要用文学的眼光进行评论,则必在攻击之列。批评林纾的译作没有文学味,更确切地说,是没有西洋文

---

① 王敬轩:《文学革命之反响》,《新青年》1918年3月15日第4卷3号。

学的文学味,这正是文学革命所需要的。因而林纾受到批判的主因也很清楚了,在于以林纾为代表的晚清译风是"输入外国文学使中国文学界中别辟一个新境界"的障碍。可见,对林纾的批评与文学革命、翻译潮流的导向是直接相关的。若无此需求,则当作"闲书"读的林译丛书依旧可以在一定时限内保持使得洛阳纸贵的势头,新人也未必如此嫉林译如仇。

此后,胡适在《建设的文学革命论》中将"国语的文学,文学的国语"作为建设新文学的唯一宗旨。文末拟定两条翻译外国文学的原则:一是只译名家著作,二是全用白话,韵文之戏曲也都译为白话散文。他将哈葛得的作品归入二流以下,归入在当时不值得翻译的行列;判定林纾"真是莎士比亚的大罪人",证据是其"把Shakespeare的戏曲,译成了记叙体的古文"。① 就翻译而言,把莎士比亚的"戏曲"译成记叙体的古文和把"韵文之戏曲"译为白话散文并无本质的不同,只是因所处时代和翻译目的的不同,使用翻译语言和翻译方法的不同,对译文评判的标准和译本的地位的不同,使得判断结果也殊异。五四时期,将韵文之戏曲翻译成白话散文是胡适所倡导的翻译正宗,而将莎士比亚的"戏曲"翻译成记叙体古文则罪不可恕,其区别仅在于翻译语言不同,前者倡导的是白话,后者用的是古文;在晚清风靡华夏大地的林译,"译才并世数严林"的林纾,在五四时期却成了翻译批评中人人喊打的老鼠,这是译者和译本地位发生的变化。但就对林纾的译本评判而言,最关键的不是翻译语言、翻译方法、翻译的准确性,而是时代的需求,林译的语言和方法已经无法满足五四时期文学革命的需要。不得不说,我们所期待的公允的批评言说具有时代性、针对性、目的性和偏执性。胡适的多重身份——北大教授、留美博士、文学革命的发起人,任何一个都具有十足的魅力,足以引起青年的崇拜,他的言论对学生、青年,甚至同辈来说都有引导性。因而,这个阶段部分批评言说具有从众性。

罗家伦、傅斯年等对林纾的批评基本上都是在重复或引申胡适的观点。

---

① 胡适:《建设的文学革命论》,《新青年》1918年4月15日第4卷4号。

罗家伦于1919年1月发表《今日中国之小说界》，借美国人芮恩施（Paul S. Reinsch）之口，批评林纾的翻译。罗家伦引用芮恩施的话，批评林纾所译皆如"Scott，Dumas，Hugo"诸人的著作，"……中国虽自维新以来，对于文学一项，尚无确实有效的新动机，新标准。旧文学的遗传还丝毫没有打破；故新文学的潮流也无从发生。现在西洋文在中国虽然很有势力，但是观察中国人所翻译的西洋小说，中国人还远没有领略西洋文学的真价值呢"①。借芮恩施之口，批判晚清译作"多半是冒险的故事，及'荒诞主义'矫揉造作品"。但樽本照雄对照了芮恩施的原文"Credit is also due (to) Sin Chin-nan, a fellow provincial of Yen Fu, for his admirable rendering into Chinese of the novels of Scott, Dickens, Dumas, Hugo, and other western writers"②，认为芮恩施的本意是要赞扬林纾，罗家伦是有意误读了芮恩施的本意。虽然罗家伦说林纾是前辈不便攻击他，但在文章末尾提出的翻译工作的四条原则，几乎每一条都是针对林纾。他在阐述翻译要怎么做和不能怎么做时，不能怎么做的例子都与林纾有关。如不要选择"Scott一派中古式小说，不必问他的文笔像中国的太史公不像呢"；更不要像林纾那样"竟把俄国乡间穷得没有饭吃的农人夫妇，也架上'幸托上帝之灵，尚留余粮'的古文腔调来"；与人对译小说要找西文程度好的，"千万不要请到一位'三脚猫'"，译外国小说不能用中国的"思想""风俗习惯"等来代替外国的，还加入中国式评语。

《新潮》的另一位编辑是傅斯年，他发表的《译书感言》在翻译史上具有一定的地位，是新文学运动后"第一篇译学专论"③。他承袭了胡适"赶紧多多的翻译西洋的文学名著做我们的模范"的紧迫感，认为与西方400年左

---

① 罗家伦：《今日中国之小说界》，《新潮》1919年1月1日第1卷1号。引文中有部分拼写错误，原文如此。
② 〔日〕樽本照雄著，李艳丽译：《林纾冤案事件簿》，北京：商务印书馆2018年版，第48页。
③ 陈福康：《中国译学理论史稿》，上海：上海外语教育出版社2000年版，第209页。

右的差距可以通过"学习外国文,因而求得现代有益的知识,再翻译外国文的书籍,因而供给大家现代有益的知识"来赶齐,这是一条捷径,"若真能加紧地追,只须几十年的光阴,就可同在一个文化的海里洗浴了"。对于国内译书的情况,他认为:"论到翻译的书籍,最好的还是几部从日本转贩进来的科学书,其次便是严译的几种,最下流的是小说。论到翻译的文词,最好的是直译的笔法,其次便是虽不直译,也还不大离宗的笔法,又其次便是严译的子家八股合调,最下流的是林琴南和他的同调。翻译出的书既然少极了,再加上个糟极了,所以在中国人的知识上,发生的好效力极少。"①这种把译作按"流"划分的方式,似乎也承袭于胡适"不译第二流以下的著作"的风格。傅斯年的《译书感言》中主要批评了严复及其译作,认为他有负作者,只对自己的声名和地位负责任。他认为这种译法在目前已经没有市场,读英文、法文的人愈来愈多,各种错误都很容易被发现。举例同学"汪君""罗君"发现马君武翻译的《复活》有删改,傅君自己五六年前就发现林纾将 Ivanhoe 中"离去"译成"死去"的错误。

可以看出,这些翻译批评言论基本是针对严复和林纾等老一辈翻译家,原因只在于他们久负盛名,是一个时代翻译的旗帜和典型。在严复和林纾之间,林纾受到的批评更甚。他的翻译方法、翻译的语言和翻译选材与新时期用白话直译名著的时代需求相左,因而也成为翻译批评的标配。新的翻译潮流快速形成需要立和破双头并进,因而选定反面的典型成为必要,而一旦批评对象确立,则他们译作中的优点也被一笔抹杀,被判定为一无是处的译本,无论是译者还是译本,都成为新文化人口诛笔伐的靶子。其实,林纾的翻译在引入西学、开启民智方面发挥了重要作用,他的译作中也不乏名著,他虽然未用也不可能用直译的笔法,但他的译作同样带给读者陌生感和新鲜感。对于这些事实,五四新文化人有意忽略,使得不懂外文的林纾百口莫辩。他的回应,也往往是对于文言的维护和辩白,就翻译而言,可以说五四

---

① 傅斯年:《译书感言》,《新潮》1919年3月1日第1卷3号。

人唱的是独角戏。以林纾为代表的"豪杰译"法退潮，用白话直译名著的新潮成为主流。多年以后，钱钟书经过对林纾译作的细致研究断言："林纾译书所用文体是他心目中认为较通俗、较随便、富于弹性的文言"，林纾的译文并非"笔达"，而是有很多"欧化"成分。像是懂外文而不甚通中文的人"硬译"出来的，不符合汉语的字法、句法，"既损坏原作的表达效果，又违背了祖国的语文习惯"。对于人云亦云、主观地认定林纾的翻译选材非名流，钱钟书也调侃道："哈葛德在西方文坛地位渐渐上升……，水涨船高，也许林译可以沾点光，至少我们在评论林译时，不必礼节性地把'哈葛德在外国是个毫无足道的作家'那句老话重说一遍了。"①

对严复、林纾等老一辈翻译家批评的偏执在前文已有所涉及，无论是挑起事端的双簧信这种方式，还是批评其翻译的论点，抑或是言辞都存在有失公允和庄重的地方。将老一辈的翻译归入"次下流""最下流"的行列，称力量不足的对译者为"三脚猫"，这样的言辞、语气都是在严肃的翻译批评中不应该出现的。经过时间的磨砺和沉淀，曾经斗志昂扬、言辞激烈的新文化人，也对自己当时的评判有了新的认识。胡适就曾经说："我们晚一辈的少年人只认得守旧的林琴南而不知道当日的维新党林琴南；只听见林琴南老年反对白话文学，而不知林琴南壮年时曾做很通俗的白话诗，——这算不得公平的舆论。"②他在1922年作《五十年来中国之文学》时，对林纾的评价与发起文学革命时已经有了很大差别："平心而论，林纾用古文做翻译小说的试验，总算是很有成绩的了。古文不曾做过长篇的小说，林纾居然用古文译了一百多种长篇小说，还使许多学他的人也用古文译了许多长篇小说，古文里很少滑稽的风味，林纾居然用古文译了欧文与迭更司的作品。古文不长于写情，林纾居然用古文译了《茶花女》与《迦茵小传》等书。古文的应用，

---

① 钱钟书：《林纾的翻译》，罗新璋编：《翻译论集》，北京：商务印书馆1984年版，第721页。
② 罗志田：《林纾的认同危机与民初的新旧之争》，《权势转移——近代中国的思想、社会与学术》，武汉：湖北人民出版社1999年版，第266页。

自司马迁以来，从没有这种大的成绩。"① 卸下战斗的盔甲，心平气和的胡适开始承认林纾的功绩：他的翻译开启了用古文译长篇小说的先河；他的翻译引领了时代翻译风尚，许多人学他译长篇小说；他用古文译的长篇小说可写情可滑稽，开拓了古文应用的新领地。发起文学革命时新文化人对林纾译作的指控，比如译文中错误多，有随意添、删、改的现象，这些都是事实，后期心平气和时赞扬林纾翻译的功绩，同样也是事实，两方合在一起才是对林纾翻译完整的、客观的评价。就五四新文化人对林纾的批评来说，批评者发起批评时并非只意识到被批评者的过，而是为了达到文学革命对"旧"宣战的目的，因而选择性地张扬了林译一部分特性而隐蔽了另一部分特性。彼时的林纾处于很尴尬的地位。我们对《迦茵小传》引起的风波一定还记忆犹新：林纾出版了《迦茵小传》的全译本而被寅半生咒骂，只因为全译本披露了"蟠溪子"（杨紫骥）和"天笑生"（包天笑）译本中有意隐去的情节（迦茵未婚先孕，这是当时中国的婚恋观念不能容忍的）。综合胡适所讲维新党的林纾和写白话通俗诗的林纾可知，新文化人所塑造的顽固守旧林纾形象并不是他的全部，他处在两个时代接榫的特殊时期，是一个亦新亦旧、亦保守亦开放的人物，是旧派嫌弃的新派，也是新派嫌弃的旧派。从翻译的角度讲，林纾的译作中虽然有很多讹错，但翻译本身所秉持的是一种开放的态度，翻译在客观上是带来新和异的行为。虽属"豪杰译"，但无论是从文学体裁看，还是从译本的内容看，林纾的译作都给读者和文学界带来了新知。公允的翻译批评应该能够避免也应当尽力避免以偏概全造成林纾式的尴尬。

---

① 胡适：《五十年来中国之文学》，《胡适文集》（4），北京：人民文学出版社1998年版，第345页。

二、学理与意气掺杂的翻译批评

除了新文化人对老一辈翻译家的批评外,文学研究会和创造社之间丝缕缠绕的两场翻译批评也在翻译史上留下了痕迹,两次都与郭沫若有关。一是由郭沫若批评唐性天译《意门湖》引起,二是关于郭沫若所译《少年维特之烦恼》中的错误。

1922年,郭沫若在《批判〈意门湖〉译本及其他》中讲自己"……先看了那首铁牢儿地方的民谣",就"不知怎么写下去的好,我不禁大失所望了",他认为唐译民谣中某些单字译得不当,某小节"简直译得令人莫名其妙",某小节"是完全失败了","读了《意门湖》的一首译歌之后,以外的译文再也不想读下去了"。① 除了对歌谣的评论之外,郭沫若又在《意门湖》其他部分中挑出了42个译例,认为唐译不妥。到此为止,虽然"大失所望""莫名其妙""完全失败"这些文字显得主观和刺耳,但终究是拿译例说话,无论评判恰当与否,还在翻译批评的范围之内。然而穿插在批评《意门湖》的两部分文字之间对文学研究会的谩骂,以及主客的对话,都逐渐溢出了正常翻译批评的范围。郭沫若重复《海外归鸿》对文学研究会的判断并继续使用不恰当的比喻:"党同伐异"的"卑陋的政客","鸡鸣狗盗式的批评家",惯用的手段是"藏名匿姓,不负责任""吞吞吐吐,射影含沙""人身攻击,自标盛德""挑剔人语,不立论衡"。而主客对话不仅没有舒缓郭沫若因《意门湖》引起的不快,更加剧了他的着意批判之心,客人的话起到了加剧矛盾的作用,以下是部分对话内容:

---

① 郭沫若:《批判〈意门湖〉译本及其他》,《创造季刊》1922年8月25日第1卷第2期。

（客）我早就在《文学旬刊》上看见过一段介绍的文字了，说是和你们所译的《茵梦湖》，"内容颇有不同"。……究竟还译得怎么样呢？

（主）你请看他一两页罢，我只看了一首民谣，真是令人不敢佩服。

（客）（揭开《意门湖》，把上面所揭的民谣读了一遍）哈哈！这无怪乎是"颇有不同"了！这真胆大妄为，不复知人间有羞耻事！

（主）其实这一类子的译品，上海最近所出的甚么新文化运动的书籍，大抵皆是。能够直接从德文译书的人尚少，就是当年马君武译的《威廉退尔》，也是误译如麻呢。

（客）这种现象总应得有个人出来纠弹一下才好，我们放置不理时，不晓得他们要闹到甚么田地！如今新文化运动的日子还浅，一般好名狂闹下的乱子还不甚深，趁此整作一下，把他们的丑态揭出来昭示众人，对于文化运动的前途，对于国内的年青朋友们，也要算是一场功德。

（主）我也常在这么想，不过我们没有多的时间去作那种无谓的纠缠。

（客）那你却是不能说是"无谓"呢，至少你们也该宣明你们的责任。一种作品同译成一国文字有第三者含糊地批评你们一句，说是"内容颇有不同"，那吗这两种译品中有一种总要算是不负责任的误译了。你们的书出得在早，他们的书出得在迟，那吗在不知德文的读者看来，一定会疑你们是错译了，你们受着这种不名誉的嫌疑，你们难道也不出来辩明一下吗？据我的意见，不说你们还是有干系的人，即使百无干系的读者，受了一种不负责任的著作的欺骗时，也尽有要求书局方面毁版的权利呢！

（主）……他的内容究竟怎么样，我只读了一首歌词也还不敢断定，诗是难懂难译的东西，这首民谣就算是错了，或许别的地方译得很好也不得而知，你等我慢慢地把他的译文和原文来对读一下再说罢。

（客）那是自然。指摘别人，也要自己确有根据才好。①

从主客对话看，似乎文学研究会在《文学旬刊》上对《意门湖》的推广暗含贬低郭沫若译本之意。当时《文学旬刊》出版到第 39 期，郭沫若"去年在上海时，早得见《意门湖》的预告"，外加主客对话的信息，客人"早就在《文学旬刊》上看见过一段介绍的文字了"，难以确定《文学旬刊》对《意门湖》的推荐可以早到何时，笔者从《文学旬刊》第 1 期开始找起，在并不太早的第 36 期"新刊介绍"栏发现了对《意门湖》的推介："这是唐性天君所译，文学研究会丛书之一。与郭沫若、钱君胥二君的译本（即名为《茵梦湖》者）略有不同，篇后附有斯托尔姆（此书作者）的传记一篇，极为详细。商务印书馆出版。"②这篇新书介绍，若非刻意找别扭，应该说并未有贬低郭沫若译本之意。与客人所复述不同的是，文学研究会认为两个译本"略有不同"，而不是"颇有不同"，且在"略有不同"后进一步解释不同为唐译本后附有作者传记。即便"略有不同"并不是指一个译本附有传记而另一个没有，而是说两个译本的译文"略有不同"也很正常，如果两个译本都一样倒是反常了。客人对所谓事实的陈述及其陈述的语气与原文有很大的不同，可见，"转述的事实"已经掺杂了转述者的情感和判断，并非事物本身之事实。"转述的事实"对这场批评起到了推波助澜的作用。从郭沫若的《批判〈意门湖〉译本及其他》看，似乎文学研究会与创造社结怨良久，矛盾难以调和。但令人意外的是，《文学旬刊》其实没少推广创造社的刊物及其成员的作品，且不乏赞美之词。

《文学旬刊》第 1 号"文学界消息"栏目，"国内消息"介绍了郭沫若的《女神之再生》："《民铎》第五号预告有《女神之再生》一篇，听说是郭沫若的作品，郭君的诗，大家听过的想来一定很留一个印象，现在这篇《女神之

---

① 郭沫若：《批判〈意门湖〉译本及其他》，《创造季刊》1922 年 8 月 25 日第 1 卷第 2 期。
② "新刊介绍"栏：《意门湖》，《文学旬刊》1922 年 5 月 1 日第 36 期。

再生》我们都很急切地盼望他早点出来呀。"①《文学旬刊》第2号"文学界消息"栏目,"国内消息"首条还是郭沫若的《女神之再生》:"《民铎》第五号出版,其中文学作品,最好的是《女神之再生》一篇。这是一篇诗体的剧本,用了古代的传说来描写现代思想的价值与缺陷。委实不是庸浅之作。近来国内很有些人乱谈什么艺术,然而了解艺术的人,实在很少。对于郭君此篇我不能不佩服为'空谷足音';然恐不是一般人所能领会,所以写下几句以为介绍。"②第3号发表《处女的尊重》,作者认同郭沫若的观点"处女应当尊重,媒婆应当稍加遏抑",提出应该把新出的作品细心研究一番,通过文学批评的繁荣来"一方面可以增加创作的勇气,并使创作家得到许多有益的指导。而在他方面,又可使普通读者窥见作品的内容与价值,逐渐增高其艺术鉴赏的能力。这样,批评的功效自然比翻译外国文学大得多了"③。第15号刊登郁达夫《〈茵梦湖〉的序引》。第34期刊登张资平的《致读〈女神〉者》。第35期"新刊介绍"栏推荐了创造社成员张资平的作品:"《冲积期化石》这是张资平君的创作。一部长篇的小说。出版处是上海泰东图书局。"④第36期的"新刊介绍"栏除了唐性天所译《意门湖》外,还推荐了创造社的刊物《创造》:"此为创造社郭沫若君郁达夫诸君所组织的不定期出版物。第一期已出版。发行的地方是上海泰东图书局。"⑤

从第37期起,也即《创造季刊》第1卷第1期出刊发表带有攻击意味的文章后,茅盾以"损"为笔名,三期连载《〈创造〉给我的印象》,回应郁达夫和郭沫若。郁达夫在《艺文私见》中抱怨中国没有真正的批评家,不能做出"天才的赞词","目下中国,青黄未接,新旧文艺闹做了一团,鬼怪横行,无奇不有。在这混沌的苦闷时代,若有一个批评大家出来叱咤叱咤,

---

① 玄珠(茅盾):"文学界消息",《文学旬刊》1921年5月10日第1号。
② 玄珠(茅盾):"文学界消息",《文学旬刊》1921年5月20日第2号。
③ 蠢才(胡愈之):《处女的尊重》,《文学旬刊》1921年5月29日第3号。
④ "新刊介绍"栏:《冲积期化石》,《文学旬刊》1922年4月21日第35期。
⑤ "新刊介绍"栏:《创造》,《文学旬刊》1922年5月1日第36期。

那些恶鬼,怕同见了太阳的毒雾一般,都要抱头逃命去呢!"矛头直指《小说月报》《文学旬刊》及其编辑者,认为中国若有一个真正的批评家,"我恐怕现在那些在新闻杂志上主持文艺的假批评家,都要到清水粪坑里去和蛆虫争食物去,那些被他们压下的天才,都要从地狱里升到子午白羊宫里去呢"!① 除了回应指责和谩骂,茅盾还评论了创造社成员张资平、田汉、郁达夫、成仿吾的作品,不讳言其缺点,也大方地认可其优点。他认可郁达夫所描述的文艺界现状:青黄未接、成绩较少、人手缺乏。因为人手少,事情多,自然免不了有粗糙的现象。对于刊物而言,"内容总不免蹶竭",也只能本着"短中取长"的原则,在结尾奉劝创造社成员要有宽广的心胸,与其批评和猜忌别人,不如自己多努力;与其在嘴上自我标榜为天才,不如拿出天才的作品来。

如果再往前追溯创造社与文学研究会的恩怨,其导火索是《小说月报》上刊登了读者谭国棠的信,认为文坛多短篇小说而缺少长篇,为数不多的长篇也不能令人满意:"长篇小说近来发表的像《沉沦》等三篇,亦未见佳,虽然篇中加了许多新名词,描写的手法还是脱胎于《红楼梦》《水浒》《金瓶梅》等等几部老'杰作'。"② 对于这封信中关于《沉沦》的评价,记者雁冰回复:"《沉沦》中的三篇,我曾看过一遍,除第二篇《银灰色的死》而外,余二篇似皆作者自传(据友人富阳某君说如此),故能言之如是真切。第一篇《沉沦》主人翁的性格,描写得很是真,始终如一,其间也是约略表示主人翁心理状态的发展。在这点上,我承认作者是成功的。但是作者自叙中所说的灵肉冲突,却描写得失败了。《南迁》中的主人翁即是《沉沦》的主人翁,性格方面看得出来。这两篇结构上有个共通的缺点,就是结尾有些'江湖气',颇像元二年的新剧动不动把手枪做结束。"③ 从茅盾的回信看,对郁

---

① 郁达夫:《艺文私见》,《创造季刊》1922年3月15日第1卷1号。
② 《通信·谭国棠来信》,《小说月报》1922年2月10日第13卷2号。
③ 《通信·雁冰答谭国棠》,《小说月报》1922年2月10日第13卷2号。

达夫的《沉沦》有欣赏的地方，比如人物性格描写真实，心理描写成功，也有不满意的地方，认为灵肉冲突描写失败，结尾有江湖气。语气平和，没有谩骂，没有人身攻击，都在正常的文学评论范围内。但这评论令创造社很不满，因而也就有了《创造季刊》上《海外归鸿》和《艺文私见》中对文学研究会的谩骂。我们在前文梳理了同是文学研究会编辑的《文学旬刊》从1921年5月1日创刊到1922年5月1日第36期出版，一年间多次刊发对创造社成员作品的推荐文章，对《创造》的推介，甚至包括与文学研究会看法相左更倾向于创造社观点的文章。《小说月报》第13卷2号出版于1922年2月10日，在2月10日到5月1日期间，这种情形还在继续。

从以上史料判断，文学研究会对创造社并无故意的针对与打压，否则不会频繁刊发对创造社文学作品的推介文章和消息。创造社推出《创造季刊》后，其登载的文章却时常明枪暗箭直指文学研究会。如果说，这场是非真的是由《小说月报》的读者来信和编辑回信中有令他们不愉快的内容而起，也只能说创造社的度量实在是不够大，容得下多次赞美与推广，却容不下一两句对作品的批评。一味赞美的文学批评也未必发自内心，任何创作不可能在任何人眼里都十全十美，白璧无瑕。梳理两个团体的恩怨可知，郭沫若发表的《批判〈意门湖〉译本及其他》中已经夹杂了明显的意气，又由于《创造季刊》创刊号上的攻讦，文学研究会发表文章回应。茅盾针对郭沫若的言论，发表《"半斤"VS"八两"》，与郭沫若的言论针锋相对。他澄清用笔名在《文学旬刊》发表文章早有惯例，从创刊就是如此，而且自己的笔名已经尽人皆知，并非"藏名匿姓"；自己的文章并未冠以"批评"之名而是用"印象"，因为一贯认同圣伯韦（Saint Beuve）"不批评同时代人"的主张，对同时代人单篇作品的评论只能叫书评而称不上批评，任何一部作品都难以代表整个时代。其含义已经很明显了，直指创造社成员对自己的作品过于自信。他认为即便创造社成员才华不凡，也未必就已经完美呈现。如若创造社成员的作品是杰作，自己这普通的灵魂未必就能与之对话，若非杰作，则也不可能产生共鸣形成记录。茅盾的回应中的火药味与对创造社成员谩骂式批评的不满已经弥漫在每一个字里。但就言辞来说，虽较平常的文字激烈，但也已经算是克制，只是将"鸡鸣狗盗式的批评家及其他一一璧还"，将"捕风捉影的'空吠'原词奉璧"，并奉劝郭君"容纳一句忠告：'把天才两字放在自己眼里的批评家犹之被告自做律师'"。①茅盾还在同一期的《文学旬刊》"通讯"中致信郭沫若，除了自己已经解释过的笔名，希望他就自己的《〈创造〉给我的印象》"堂堂正正"指出来，哪一句体现了"藏名匿姓，不负责任""吞吞吐吐，射影含沙""人身攻击，自标盛德""挑剔人语，不立论衡"这四条罪状中的另外三条，"因为既然你骂了人，要负解释的责任，因为我尚不当你是官僚丘八一类"②。可见，创造社这种谩骂式的言论的确很出乎文学研究会的意料，也的确让当事者很愤怒。第 36 期（1922 年 5 月 1 日）的《文学旬刊》还在帮助自认为是新文学同道的《创造季刊》做广告，同时就被迟至 5 月 1 日创刊的《创造季刊》③影射谩骂，又被第 2 期的《批判〈意门湖〉译本及其他》直接点名针对谩骂，文学研究会的意外、愤怒可想而知。

郑振铎则在"通讯"栏中致信郭沫若，关于《意门湖》译本的解释文字很少，包括：（1）唐性天的译本早于郭沫若的《茵梦湖》；（2）唐性天翻译时缺少英、日、德等对照校勘的版本。这就是说，郭沫若所说的错误是否因底本引起还不得而知，或者是不是错误也还没有得到确认。郑振铎的通信花了很大篇幅回应创造社批评的态度和语气。一方面是回应对《意门湖》的译者唐性天的谩骂："但批评自批评，于批评中而夹以辱及人格的谩骂，似乎非正当的批评态度，想亦非向不主张谩骂的沫若兄所忍出诸口的。然而'胆大妄为，不复知人间有羞耻事！'虽然是某一位丁君口说的，却是兄写在纸上的，兄至少也应该负些责任！"这段回应既涉及客人丁君，也涉及以转述

---

① 损（茅盾）：《半斤 VS 八两》，《文学旬刊》1922 年 9 月 1 日第 48 期。
② 《通讯·雁冰来信》，《文学旬刊》1922 年 9 月 1 日第 48 期。
③ 《创造季刊》的实际创刊时间是 1922 年 5 月 1 日，刊名为《创造》，为了区别于《创造》（周报），文中用《创造季刊》。关于创刊时间和刊名的溯源，见魏建：《〈创造〉季刊的正本清源》，《文学评论》2014 年第 4 期。

口气骂人的郭沫若，即便这段主客对话真实存在，不经郭沫若之笔也难以传播。此外，郑振铎的信中还回应了对茅盾的谩骂："又同篇文中，你关于沈君的一些话也太过谩骂了些。我很悲哀，到了现在，从事新文艺的人还如此隔膜，如此的不相了解！你往往误会我们的'伐异'以及其他一切，其实我们没有这种心思。我希望大家以后各自努力，不要作无谓的捣乱。批评，是应该做的工作，但应出以诚恳的态度，不谩骂，不作轻蔑的口气。"①如果说，从茅盾的回应中我们感受到了意外和愤怒，那么在郑振铎的回应中，我们更多感受到的是"悲哀"和失望，从结尾那句"愿共勉之！文丐的阴霾还密密的弥漫在一切少年心上呢！"可以看出郑振铎对新文化人团结起来，改变不良文学风气的迫切愿望。

　　回顾两个团体的恩怨可知，郭沫若的《批判〈意门湖〉译本及其他》批判译本并非重点，只是为了给怨气找一个发泄的出口，近乎指名道姓的谩骂使得茅盾和郑振铎不能不回应。对译本批评的回应也已经不是重点，重点已经不可避免地转向批评的态度、语气，澄清是非等。这次看似关于《意门湖》译本的批评，最终以郭沫若将自己的话"收回自用"而结束："'鸡鸣狗盗式的批评家'的一个评语，我是专为藏在一个匿名之下骂人或说俏皮话的人而发的，足下既莫有骂人，足下的匿名又是另一番用意的，那我就算唐突了，我就'收回自用'，我就算空吠了一场罢。其余的辩论我也不用再生枝节了。总之自己的美丑，自己是不晓得的，要有镜子才能知道。我们彼此以后做个不要走样的镜子那就好了。"②

　　创造社与文学研究会关于翻译批评的论辩并不止这一次，另一次是因梁俊青致信《文学周报》，指出郭沫若所译《少年维特之烦恼》中的错误引起的。梁俊青信中有一句"这本书实在不能说是水平线以上"③的论断，遭到

---

① 《通讯・郑振铎来信》，《文学旬刊》1922年9月1日第48期。
② 郭沫若：《反响之反响》，《创造季刊》1922年11月25日第1卷第3期。
③ 《通信・梁俊青来信》，《文学周报》1924年5月12日第121期。

了创造社成员成仿吾的不满。不满的首因当然是这句话贬低了郭沫若的翻译水平，另外一个原因是郁达夫曾经在《艺文私见》中有过类似的判断："世人的才智，大约都是水平线以下，或与水平线齐头的。"① 因而，对郭译本的这句评价很有以牙还牙的意味，这当然令创造社成员恼火。除了郭沫若本人的回应外，成仿吾还致信《文学周报》认为这样评价郭译本是"艺术的良心死灭的一种表现"，是"现在这种不良教育的结果"。② 同时指责《文学周报》的编辑不负责任。梁俊青并非文学研究会的会员，因此郭沫若甚至认为《文学周报》是"借刀杀人"。于是口舌之争又起，你来我往纠缠不清，牵扯的人愈多，纠缠的过往愈久。以翻译批评开始，以骂战而结束，翻译批评成了骂战的导火索。③

三、新秀挑战领袖的翻译批评

从《创造季刊》上发表文章的批评语气和对象可以看出，创造社四面出击，除了与文学研究会的是非纠缠，还主导了一场与胡适因翻译批评而起的论战。《创造季刊》第2期郭沫若的《批判〈意门湖〉译本及其他》引起了创造社与文学研究会的翻译批评论战，郁达夫的《夕阳楼日记》则引起了创造社与胡适的骂战。

郁达夫不认同从英文（英文译本的底本是旧版的德文本）转译而来的《人生的意义与价值》，认为应以德文的最新版本为底本翻译才是正道。"把英文本同中文本对了一读，我才觉得天下的奇事，更没有甚于这一本书的

---

① 郁达夫：《艺文私见》，《创造季刊》1922年3月15日第1卷第1号。
② 《通信·成仿吾来信》，《文学周报》1924年6月9日第125期。报纸上题名为《文学》，为与旬刊区别，注为《文学周报》。
③ 任淑坤：《五四时期外国文学翻译研究》，北京：人民出版社2009年版，第81页。

翻译了",在读了他认为错译的几句后"不得不把他(译本)丢了。若看下去恐怕底下更要错得利害。我下次再也不敢买中文的译书了"。但对译本的批评与纠错都不是论战的主因,胡适被卷入论战的主因是郁达夫抨击中国"新闻杂志界"的人,如同"清水粪坑里的蛆虫",身体肥胖,腹中空空;抨击几个做翻译的人"译来对去"地瞎说便以为是"博学"了;抨击为外国新人物演说做"糊糊涂涂的翻译"①便算是新思想家了。新闻杂志界的人很多,做翻译的人也有很多,真正让胡适对号入座的是陪同外国名人做口译的那几句话。这篇文章虽是1922年发表,但作者在文末标注了写作日期为"一九二一年五月四日夜半"。这个时间来华且影响力大的外国人应该是杜威,陪同并为其做口译的正是胡适,胡适既"博学"又是"新思想家",且郁达夫文章发表的1922年,胡适创办了《努力周报》,既属于"新闻杂志界"的人,又时常做翻译。这种似有所指或实有所指的言辞和文风,郁达夫也不是第一次用,在以往的文章中就已经初见端倪。他曾经抨击中国新文艺"为一二偶像所垄断",而创造社的使命就是打破垄断和"社会因袭",与"天下之无名作家"共同打造"中国未来的国民文学"。②他所抨击的"一二偶像"具体指谁并不确定,但一般认为或者是文学研究会的郑振铎、茅盾,或者是胡适。这次的《夕阳楼日记》除了两次提到所批评的书是"新文化丛书",那段"蛆虫"的比喻已经是明显的"对号"谩骂,读者自然也知其所指。于是便有了胡适的回应文章,就翻译问题,他自然是为余家菊辩护,虽然无法否认余家菊译作中有错的事实,但如果从批评者的改译中找出错误,自然其批评力度就会被大大削弱。因而他一句一句地分析郁译文,认为句句都有毛病,还提供了自己的译文。回应文章的标题是《骂人》,所以虽然大部分篇幅用在分析译文上,但核心问题依然是回应郁达夫"很厉害的教

---

① 郁达夫:《夕阳楼日记》,《创造季刊》1922年8月25日第1卷第2期。
② 郁达夫:《纯文学季刊〈创造〉出版社预告》,《郁达夫文集》(第12卷:译文、其它),广州:花城出版社、香港:生活·读书·新知三联书店香港分店1981年版,第230页。

训",认为"译书"事难,"骂人"事大;无论译书的目的是生计所需还是介绍思想,因为不了解原书译出错误"固然有罪",但"这两种人都可以原谅的"。① 真正有杀伤力的是在文末压轴的比拟:浅薄的创作和出错的译书是同等罪恶,同样都是误人子弟。胡适的回应看似平和,却绵里藏针,实指郁达夫"初出学堂",创作"浅薄无聊"且"误人子弟",文末的两个"彼此"将"清水粪坑里的蛆虫"等骂词回敬给郁达夫。

郁达夫本人很快回应,澄清文章的主旨是德国的哲学书要直接从德语版本译出,而不应该从英文版转译,批评余家菊的译作只是说明这个主旨的例子。郁达夫也十分清楚,胡适的这篇《骂人》是看了"清水粪坑里的蛆虫"那一段"愤激而作",因而一边回应"何尝敢骂胡先生"②,一边再次强调"跟了名人讲演"做翻译的人"英文不通"。这种表面上看似解释,实则火上浇油的论战文字,自然免不了被回击,于是胡适的《尝试集》《中国哲学史大纲》《胡适文存》也被牵扯进来,郁达夫质疑莫非新文化运动以来只有胡适的这三本书不"浅薄无聊"? 胡适的回应手法和郁达夫一致,一边说自己的文章没有针对谁,一边继续针对。他说自己的《骂人》只是针对"错误的"译书和"浅薄无聊"的创作,只是说两样事情是同等"罪过",没有译错和创作不浅薄的人不必在意。对于郁达夫提到的三本书,胡适用以辩护的是《尝试集》,特别提到了其中的译诗:"那几首诗的浅薄无聊正用不着我自己的辩护;但我要声明,我始终不敢叫他们做'创作'。我也羡慕那'创作'二字的尊贵,但我始终没有那胆子,所以只好自居于卑卑的'尝试',始终不敢自居于'创作'之列。浅薄的罪名,我可以受;僭妄的罪名是我要上诉的,至于那几篇译稿自有原著者负内容的责任,我更不必替他们申辩了。"③ 胡适的这段回应,语气已经不那样平和了,也很有"愤愤的"意味。

胡适是名人,他和郁达夫之间的论战显然并不势均力敌。一贯抱团的

---

① 胡适:《骂人》,《努力周报》1922年9月17日第20期第4版。
② 郁达夫:《答胡适之先生》,《中国人的出路》,西安:陕西人民出版社2013年版,第19页。
③ 胡适:《浅薄无聊的创作》,《努力周报》1922年10月8日第23期第4版。

创造社成员没有坐视不理，郭沫若、成仿吾双双为郁达夫助阵。在《反响之反响》中，郭沫若将五句话的英文和胡适译文都一一列出，认为胡适的五句译文中只有两句是对的，其余三句不但错误，还有"全不通"的地方，并认为："如果一切争论仅就英文的译文来你辩我驳，是没有止息的时候，因为是非不能定于一是。欲求是非定于一是，最好是把德文原文来做最终的证人。"因为英文与德文相差甚大，原文一句半到英文中已经成了五句，因而生出许多疑惑争辩来，"可见翻译真是件难事，而译书是不可全靠的了"。①郭沫若认为，无论翻译的动机是什么，都不能随随便便在不了解原书的情况下就开译，了解原书并不难，而翻译得恰当才是最难的。郭沫若的回应主要是从学理、从译文恰当与否上为郁达夫辩解，并和郁达夫保持一致，认为翻译德国书应了解德语原书的内容，从英文转译是靠不住的。而成仿吾《学者的态度》，不但提供了自己的译文，还一句一句评析了胡适的译文，认为"胡先生所译的，差不多句句是大错的"，又花了很多篇幅批评胡适的态度。文中胡适的几宗罪约略如下：第一，胡适抹杀了郁达夫文章的论旨，郁达夫的本意是批评文艺界译书的乱象；第二，胡适"压迫"了他人的言论自由。这里的他人当然是指郁达夫，成仿吾的辩解很有强词夺理的意味，"即如郁君的言论，固然不免是过分的了，然而他的心目中，为的只是我们中国思想界的进步；并且郁君骂了一大批人，与骂人当然又是两样，这一点我们不可不严格地分别"；第三，胡适的这种做法可能会给学术界带来错误的导向，如果大家都这样做，"我们的学术界，一定会热闹起来；大家都带上一副假面孔，不是今天你骂我，就是明天我骂他，这样好看啊！有胡先生做一个总指挥，我们这场把戏，是不愁看不成的。这一点，我们可以放心啊！然而我在这里不能不声明一句，就是，这一切的责任，也是要请胡先生担任的啊！"②总而言之，就是批评胡适的态度不是学者的态度，认为胡适不应该把

---

① 郭沫若：《反响之反响》，《创造季刊》1922年11月25日第1卷第3期。
② 成仿吾：《学者的态度》，《创造季刊》1922年11月25日第1卷第3期。

翻译的论题引向"浅薄无知的创作",郁达夫骂人是昏了头,是为了中国的文艺界,是情有可原,而胡适作为名人、学者,是不能骂人的。

除了胡适,被卷入这场口舌之战的还有戈乐天,他发表《批评翻译的批评》,评析余、郁、胡的译文,认为三位都译得不好,余、郁译"错得太离奇",而胡译则"以适之先生的学问名望,不应该错到如此田地"。① 编辑张东荪在戈文末添加了"附识"②,认为胡适译文的问题在于"呆板",而郭沫若的译文因为"的"字的堆积,呆板程度更甚于胡适。于是张东荪也成为创造社批评的对象。郭沫若不满张用"攻击"和"呆板"来评论自己和自己的译文,因为他在《反响之反响》中已经解释过"为免除误解起见,故意把原文逐字逐句直译",认为张有拉偏架之嫌,"胡氏的译文如何可通之处,你张大主笔也应该把他表彰出来我们才能知道"。③ 张东荪所译《物质与记忆》也被成仿吾选中作为回击的武器。吴稚晖则因为其《就批评而运动"注译"》以引起此次论战的几句翻译为素材说明"注译"法的益处,受到牵连,卷入了论战当中。

挨了名人骂的郁达夫十分郁闷,创作小说《采石矶》④,以其中的人物影射胡适倚仗自己的威名和地位排除异己,欺世盗名。而胡适被"初出学堂"的学生屡次针对也心有不甘,他在谈译书的文章中称"没有闲工夫"去和"一班不通英文的人"⑤辩论。文章其余部分的确没有涉及辩论,只是说明他在翻译《陋巷故事》中不足 3000 字的短篇时遇到的种种困难和修改过程,目的是告诉读者翻译之难,翻译要对原作者负责任,对读者负责任,对自己负责任。但这句"一班不通英文的人"足以让论战继续。成仿吾在批评张东荪所译《物质与记忆》时加以回击,直指胡适是"从美国回来不通英文的博

---

① 戈乐天:《批评翻译的批评》,《时事新报》副刊《学灯》1923 年 3 月 13 日第 1 版。
② 张东荪:《〈批评翻译的批评〉附识》,《时事新报》副刊《学灯》1923 年 3 月 13 日第 2 版。
③ 郭沫若:《讨论注译运动及其他》,《创造季刊》1923 年 5 月 1 日第 2 卷第 1 期。
④ 郁达夫:《采石矶》,《创造季刊》1923 年 2 月 1 日第 1 卷第 4 期。
⑤ 胡适:《译书》,《努力周报》1923 年 4 月 1 日第 46 期。

士",是脸皮厚到"不可救药"的"名人"。① 郭沫若则在反驳吴稚晖的"注译"时,顺便如诗般控诉胡适没有维护"真理"和"正义",而是用北大教授、留美博士的名气"压人""护短"。②

从胡适过往的著述、言论看,他并非烈性、极端的人,他南下养病并读了《创造季刊》第2卷第1期上的文章,或许是出于对文中郁达夫所描述的初出学堂的自己生活困窘、内心愁苦、社会挤兑的同情,或许是对"少年天才"的爱惜和敬意,又或许是对这场笔墨官司的厌倦,成名甚早的胡适放下身架,主动致信郭沫若和郁达夫求和,称他们为"少年天才""新兴的少年同志",希望做他们的"诤友"。信中引用了郁达夫《茑萝行》中的话,显然,胡适是读到了郁达夫的作品有所触动之后写信的。虽然称对方为"少年天才""新兴的少年同志",其实郭沫若只比胡适小1岁,郁达夫比胡适小5岁,年龄相差并不大。只是胡适名气很大,成名又早,所以很不情愿得一个倚仗名气和地位压制年轻人的名号。文中表达了对郭沫若、郁达夫的敬意和对他们文学成绩的肯定。文末诚恳地希望"那一点小小的笔墨官司不至于完全损害我们旧有的或新得的友谊"③。对于胡适发来的橄榄枝,郭沫若和郁达夫分别复信,与胡适互访,这场笔墨官司也算有了一个圆满的结局。作为名人,胡适肯低头、肯下就,有修书一封泯恩仇的气量是值得敬佩的。

回顾这场关于批评的论战,从翻译批评走向"打群架",一开始批评的语气和态度就已经决定了论战的走向。这次翻译批评是从对余家菊所译《人生的意义与价值》开篇几句话的翻译批评开始的,按郁达夫本人及郭沫若、成仿吾的说法,其真正目的是抨击文艺界的乱象,就翻译而言,针对的是不追究原语本意,而从其他语言转译的问题,但真正激起胡适愤怒并反击的是那个"蛆虫"的比喻和影射,因而回复中虽篇幅用在了探讨译文上,注意力

---

① 成仿吾:《喜剧与手势戏》,《创造季刊》1923年5月1日第2卷第1期。
② 郭沫若:《讨论注译运动及其他》,《创造季刊》1923年5月1日第2卷第1期。
③ 胡适:《胡适致郭沫若、郁达夫(稿)》,《胡适来往书信选》(上册),北京:中华书局1979年版,第200—202页。

却在回击那个比喻上。而创造社再回应时，难以释怀的却是"浅薄无知的创作"。翻译批评成了掩盖意气、愤慨和不满的幌子，成了挑战"偶像人物"的途径。如果仅是一篇翻译批评的文章，而非影射了个人，也许这场口舌之争的走向会有所不同。从关于翻译批评的论战中，我们也得到了一些启示：

第一，翻译批评对译文不对人，从学理角度切入，不挖苦、不蔑视、不贬低、不影射、不翻旧账。无论是批评者还是译者，不将批评的当与不当、译文的失误与否等和人的身份、地位相关联。在这场论辩中，郁达夫在意被称为"初出学堂的学生"，而胡适则介怀创造社声称他以学界名人的身份压制后学。不将译文中某个、某些具体的失误和"水平线以下""浅薄无聊""粗制滥造"等对译文或对个体翻译生涯全盘否定的论断联系在一起。

第二，承认译文的不完美，允许不同理解和表述的存在，宽容译文中的失误（当然这宽容的对象并不包括因为不严肃的翻译态度和违反职业道德引起的粗制滥造），尤其是在有歧义、有争议的时候。卷入这场论战，参与翻译与修正译文的余家菊、郁达夫、胡适、郭沫若、成仿吾、戈乐天等对这几句原文都持有不同的理解，后来者都提供了自己的译文。无论是否同一阵营，对译文的理解和对译文的评判都有可能不同。郭沫若认为胡适修改的译文"除第一句和第五句无甚可议之外，其余三句才'几乎句句是大错'，并且还有'全不通'的地方"，成仿吾则认为"胡先生所译的，差不多句句是大错的"。可见，郭沫若和成仿吾对第一句和第五句的评判也是不同的。翻译是不完美的艺术已经成了翻译界的共识，英语中说"to err is human"，将 human 换作 translation 也很贴切，说译无达诂、无译不讹不是没有道理。当然这是从宏大视角观察翻译的结果，并非针对某一句话或某几句话的翻译而言。

第三，从不同层面开展翻译批评，不简单地从一个角度确定"优""劣"，不以偏概全。郁达夫在《夕阳楼日记》中讲到了转译问题，余家菊的译本是从英语译本转译而来，而非以德语的最新版本为底本。对于转译，在五四时期是常态，其原因在于译者群体对不同外文的掌握不均衡。鲁迅也曾经就此写过文章，转译在当时是不得已的举动。如果可以从原语直接翻译当然是最好的选择，也能避免由于二次翻译引起的很多问题。但受当时客观条件所限，对已经成为事实的转译本开展翻译批评时，将转译的问题等同于直接翻译的问题，因而将本该引发对转译问题深入讨论的话题淹没于哪一个译文、谁的理解更符合德文所表述的原始意义之中。急于评判译文对与错、是与非、高与下、优与劣，反而忽视了译本产生的条件、译文失误的原因、评判译文的标准、翻译产生的效果、翻译实现的功用、翻译可能在哪些方面改进、译者翻译操作自由度的限制等，如能从多层面多角度观察和分析译本，翻译批评或许能给批评者和被批评者以及翻译界带来更多的收获。

第三节　理论言说及其针对性

　　导向言说将翻译的方法引向直译，针对的是晚清的"豪杰译"，目的是要将通过直译而来的忠实文本作为范本，革新传统文学，引入新思想。但关注字、句相对应的直译，一旦唯其独尊（至少在导向言说上是这样）、过于拘泥，时间不必太久则弊端自现。因而，对直译的认识也从"直译便真，意译便伪"的论断，到发展出新的翻译方法和理论。

一、吴稚晖的"注译"法

（一）"注译"的含义及适用范围

注译法的提出是由直译和意译（吴稚晖称为"义译"）与"信""达"之

间难以共存的关系引起的。吴稚晖认为，求信的直译常常不能达，求达的义译又常被诟病不能信。在直译与义译之间，吴稚晖更青睐义译。对于直译正面和负面的评价，他看得很透彻："故语法毕肖的佛经和语法毕肖的直译，称赞他，可说是信，说是接近外文，不满意他起来，便是晦涩，更是费解。"① 鉴于此，吴稚晖提出了"注译"法，巧妙避开了直译和意译的争执。注译法的法则包括：一是存原文，二是直译当注，三是译释当疏。简单地说，就是将原文列出，注出相应字的汉语，最后注疏释义。在中国，注译法是吴稚晖首倡，他也对这种方法充满信心："仿着日本人的汉文和读法，定起西文汉读法来，帮辅着我们古人注疏的特长，有什么信达雅不能完全解决呢。"② 吴稚晖认为注译的好处在于：一是因为把原文并列列出，更易发现错误之处；二是因为要加注解，译文不能随笔提供，因而译者会在翻译上用更多心思；三是原书不容易理解之处，也恰好可以曲折地注疏。即便是这样，也不能保证译文没有失误，只是失误应该要少一些。此外，注译法对于学生学习、研读外文和专业研究尤其有益。他认为各国大学之所以要求学生学外文，目的在于认识到并回避译书的短处，让学生能见到外文书的真面目而不必依靠译书。注译的好处也正在于比较容易发现错误，提高译作质量，同时也有助于对外文的研究和学习。但他也承认，注译法只适用于部分著作，无法满足所有作品的阅读需求，至于何种著作适用注译法何种著作不适用，文中并没有涉及。依笔者的理解，按照吴稚晖在文中对义译、摘译的阐述，以及注译的特点，注译适用于那些以学习外文为目的、以了解外文著作内容为阅读需求的读者。而对于那些想要了解和学习外国文学的原貌，从文学性上赏析外国文学的读者，注译法则难以满足其需求。无论是字对字的直译当注，还是以顺达和释义为目的的译释当疏，都只能是管中窥豹，难以满足所有的阅读需求。

---

① 吴稚晖：《移读外籍之我见》，《民铎杂志》1921 年第 2 卷第 5 期。
② 同上。

（二）注译"销行"惨淡

吴稚晖对注译充满信心，期待能给翻译界开辟一片新天地，但"怀了这种见解三四年，逢人便说，有唯有否，总结一句，大家都还牢守成见，不大注意，无非以为事无前例，而且麻烦，故不尝试"①。从吴稚晖的描述中可以看出，注译法未能推广，不被接受的原因包括：一是固守成见。听者更关注的是谈论已久的直译和意译，对注译这种新方法不关注。二是用注译法麻烦。原本对外国字的识读只在脑海中进行，现在既要列出原文，还要给出每个字相应的汉语意思，再来一遍译释，普通的译者，若没有特殊的目的，的确不会这样做。三是印刷不便。当时的出版物多是竖排，将字母文字竖排并将汉语与之对应，虽不是不可能，但多有不便是可以想见的。因而，虽然倡导者吴稚晖逢人便说，积极推广，依旧未能将注译法推广开去。"逢人便说"中的"人"也包括名人胡适。吴稚晖曾经向其建议，文学名著要用注译法："即是前年胡适之先生在六味斋说起，他要介绍一丛刊，专收世界文学名著。我当时就上个条陈，以为文学名著止好注的不好译的，译起来大段要弄到吃力不讨俏的。这就是应注不应译的一类也。"②文学名著不好译是真的，吃力不讨好的现象也是存在的，但当时胡适倡导翻译名著的目的并不仅仅是了解名著的内容，预设的对象也并非学堂的学生，其更直接的目的是学习外来文学作品的创作手法，为中国的文学创作提供灵感，尽快改变中国文学的现状。因而，字对字的直译当注、译释当疏的方法，从文中看似乎并没有得到胡适的回应，至少是没有实践。

吴稚晖还曾进言张菊生："劝彼行之于英文杂志及英语周刊。彼甚赞同，然卒不见实行；宁可西文一句在左，中文一句在右，为变相之华英进阶，亦

---

① 吴稚晖：《就批评而运动"注译"》，《晨报副刊》1923年4月6日第3版。（本文在4月6、7、9、10、11、12日《晨报副刊》分期登载）
② 吴稚晖：《移读外籍之我见》，《民铎杂志》1921年第2卷第5期。

明知读者对勘英、汉两语，寻得何字相当何字，殊非易事，故又于书尾另提难字注之。写者不惮其烦，读者饱受其苦，皆欲避免鄙陋而已。想来对注字义一法，正是式微而在落难之中，如报纸在敲小锣喊卖朝报时代。谁实豪杰，如白话文然，破成见而登诸大雅，彼实能为译界有小小功劳也。"①吴稚晖将注译法看得很重，以白话文做比，"引车卖浆"之语的白话文，经由文学革命登上大雅之堂，盼望注译也能登上翻译界的大雅之堂。注译的雏形，将每字对照汉语的做法，不是不存在，但往往存在于以自学外文为目的的手册之中，"他国鄙陋独修之书，特有为之，我国极无聊之无师自通小册，欲亦为之。惟有高文典册，中外同一顽固，抵死不屑为"②。吴稚晖将注译比为白话文，就是因为字义对照是高文典册翻译不屑为的方法。

（三）"注译"不否定其他翻译方法

在直译和义译之间，吴稚晖更青睐"义译"，他认为"原意真切的义译，不但是达，简直是经营惨淡的信。把直译算信，直是苟且的信"③。既然直译的弊端这样显而易见，为什么时贤还要倡导或者说并"不菲薄""苟且的信"，原因之一在于一个时代有一个时代的文化智识程度，一个时代有一个时代的需求。他举二十年前日本的直译书为例，当时出尽风头，但在二十年之后，只能放在夜市的破篦里一个铜子一册便宜处理。在中国，直译的书也是应时而需："又如现在文化运动的直译本子，何尝在文化运动里，没有绝大效力？那几个与文化运动密切的人，自然观感得不少。惟有那不在这风气里，专门在文字上咬嚼的，有些满不了意罢了。又如三十年前的西学启蒙之类，固属浅陋，然也无特别的短处，不过是个直译。现在看得懂原文的，还要称他语法毕肖。虽他的本身，价值毕竟没有多大，但是当了从前的时代，我们都被他开化出来。所以当时梁卓如先生，也把他列在西学书目表上，看做一时代

---

① 吴稚晖：《就批评而运动"注译"》，《晨报副刊》1923年4月10日第1版。
② 同上。
③ 吴稚晖：《移读外籍之我见》，《民铎杂志》1921年第2卷第5期。

的救急灵丹。"① 所以他认为直译的书籍只有时代价值而没有永久价值，直译之书是应时之需，是权宜之计，是聊胜于无，只有求知欲极强的人在知识饥渴之时，才会不讲究地以此作为知识的源泉。吴稚晖生于1865年，亲历过思想启蒙和新文化运动，也算是直译之书的受益者，是被直译书"开化出来"的那一部分人。虽然他个人并不青睐直译，但依旧能够看到并承认直译的价值。在非此即彼或厚此薄彼的惯性之下，能保持即此即彼或厚此不薄彼的客观和清醒是很难得的。

对于新文化运动所鄙薄的严复译本，吴稚晖也敢于承认其价值，认为对于无强烈欲求而又不通外文者，则应提供语言顺畅的译书，因为"这种学者，也不能看轻，不能开他们的化，在文化运动上，生出绝大阻力，已是紧要；开了他们的化，增出无限的帮忙，关系尤其重大。所以侯官严氏，他个人虽被人嫌他打主义不定，但他那两部译本，支配了那些非达不可的学者，转变了许多高等乂和团。国人终是不肯丢了他的功劳"②。可见，当时吴稚晖已经意识到读者有无学习动机，学习欲望是否强烈，对于译本类型的阅读要求也不一样。对于一部分没有强烈学习欲望，不愿读直译书的人，若不想让他们成为开启民智路上的障碍，则用曲折的译法造就顺达的译本，诱导他们走上开化之路。这和王佐良裹上糖衣的药丸之比喻说的是同一个道理。

二、郭沫若的"风韵译"

（一）风韵译的提出

郭沫若基于个人诗歌翻译的体验，1920年提出风韵译。田汉为助力其

---

① 吴稚晖：《移读外籍之我见》，《民铎杂志》1921年第2卷第5期。
② 同上。

好友宗白华对歌德的研究,翻译《歌德诗中所表现的思想》作为宗白华的研究资料,这是 Shokama 所作《歌德诗的研究》中之一章。既然所论是歌德诗中所表现的思想,其中自然多有引用歌德诗歌。田汉自认为"笔拙学浅,不能译出,以呈白华"①,于是委托郭沫若翻译其中的诗歌。也就是说,《歌德诗中所表现的思想》是田汉和郭沫若合作翻译完成的,叙述部分为田汉所译,诗歌部分为郭沫若所译。在这篇译作后的"附白"中,郭沫若提出:"诗的生命,全在他那种不可把捉之风韵,所以我想译诗的手腕于直译意译之外,当得有种'风韵译'。顾简陋如余,读歌德诗,于其文辞意义已苦难索解;说到他的风韵,对于我更是不可把捉中之不可把捉的了。"② 这是风韵译的第一次提出,言简意赅,认为译诗的方法仅靠直译和意译是不够的,还有言辞和含意不能涵盖的部分,就是诗的风韵,而这游离于言和意外的风韵也恰恰是诗歌最重要的部分。无论是田汉还是郭沫若,对译诗都秉持着谦虚的态度和严格的标准。田汉是戏剧家、诗人、评论家,郭沫若在文学尤其是诗歌上的成就更是有目共睹,但两位都不满足于自己的诗歌翻译,一位不敢译,一位认为自己译得不好,只是为读者平添笑料。因而,风韵译其实是不满足于诗歌翻译中原文词汇在另一种语言中的复制和内容的复述,基于诗歌的特性,对其美感、韵律和独特表现形式的渴求才提出的。

1922 年,在涉及翻译批评的《批判〈意门湖〉译本及其他》中,郭沫若再次提及"风韵":"诗的生命在他内含的一种音乐的精神。至于俗歌民谣尤以声律为重。翻译散文诗、自由诗时自当别论,翻译歌谣及格律严峻之作,也只是随随便便地直译一番,这不是艺术家的译品,只是言语学家的解释了。我始终相信,译诗于直译、意译之外,还有一种风韵译。字面、意义、风韵三者均能兼顾,自是上乘。即使字义有失而风韵能传,尚不失为佳品。若是纯粹的直译死译,那只好屏诸艺坛之外了。"③ 郭沫若提供了不少翻

---

① 田汉:《〈歌德诗中所表现的思想〉译者敬告》,《少年中国》1920 年第 1 卷第 9 期。
② 郭沫若、田汉译:《〈歌德诗中所表现的思想〉附白》,《少年中国》1920 年第 1 卷第 9 期。
③ 郭沫若:《批判〈意门湖〉译本及其他》,《创造季刊》1922 年 8 月 25 日第 1 卷第 2 期。

译界类似的先例作为论据，他引用了泰戈尔翻译自己的诗时所说的话："The translations are not always literal——the originals being sometimes abridged and sometimes paraphrased."又列举了雪莱和歌德的例子。雪莱翻译浮士德悲剧《天上序曲》时用了以直译做注脚的自由译。菲茨杰拉德翻译《鲁拜集》，是用自己的文字将读波斯原文的感兴写出来，因而，和原文相比，诗节有合并也有拆分，但这并不妨碍英译的完美。如果说，在《〈歌德诗中所表现的思想〉附白》中，郭沫若只是提出风韵译作为直译、意译之外的第三种方法，在《批判〈意门湖〉译本及其他》中，他进一步指出翻译中常见的矛盾，即字面、意义和风韵难以兼顾时，宁可舍直译而取风韵。郭沫若列举名家译诗的典范作为论据，说明自己对诗歌的判断以及所提翻译方法的合理性。

由于对新文化领袖和文学研究会的不满，郭沫若不遗余力地批判他们倡导的直译，对于以直译之名而"梦梦然"翻译的现象更是深恶痛绝："最近国人论译诗，有些朋友主张定要直译的，不知是何存心。直译而能不失原意尚可，对于原文在若解若不解之间，或竟至全未了解，便梦梦然翻译，这种态度我觉得可以深自忏悔了罢。"①虽然郭沫若提出了风韵译，不满乱译现象，但在多次的翻译批评中从未以是否再现了原作的风韵作为批评的切入点，在若干次关于翻译批评的论战中，最有力的批评仍旧是对原文理解是否准确，间或有对语句过于直译而行文呆板或不顺的批评。在批判《意门湖》时，文末所附从译本中挑出的例句，多是对词汇或句意的理解问题。这可以说明一些问题：第一，翻译批评关注的最根本的问题仍旧是理解问题，如果在理解原文上有很大偏差，则难以将表述和行文作为评判的标准。不管行文多么流畅和优美，意境多么深远，翻译批评也难以将其归为优秀的译作。这也是为什么对于林纾的译作，虽然现今的翻译批评承认其价值和作用，但不认为其是优秀译作。若对原作没能充分了解和理解，也谈不上翻译方法的运用，无

---

① 郭沫若：《批判〈意门湖〉译本及其他》，《创造季刊》1922年8月25日第1卷第2期。

论用什么方法，无论是直译、意译还是风韵译，翻译批评都难以容忍与原文内容相去甚远的译作。这大概就是皮之不存、毛将焉附的道理吧，脱离了原文意义的译本更接近于创作而不是翻译。五四时期是这样，现今也是这样，虽然解构主义影响逐渐扩大，但以译文与原文语言和意义相似度为评判标准的翻译批评依旧是主流。第二，风韵译是在翻译中原文意义不变的基础上对诗歌文学性的要求。虽然泰戈尔的自译有删减有释义，菲茨杰拉德翻译的《鲁拜集》诗节有拆分有合并，但原作的"意思"不走样。无论是直译还是意译，都是以语言组织为着眼点，以译文语言与原文的对应程度、相似程度作为划分的依据，而风韵译的革命性在于挑战文字的对应，其不对应程度更高于意译，其不对应的幅度由译者掌握。第三，风韵译并没有具体的细则，或操作上的指引，或更加详尽的阐述，因而作为方法的风韵译在很大程度上依赖于译者的语言能力和学养，处于只可意会不可言传的境地。在翻译批评中，若以是否再现了原文的风韵为衡量依据，则只能靠批评者和读者的学养去判断。因而对译者的要求和读者的素养就成为成就风韵译的关键。

（二）风韵译对译者和读者的要求

1923年，在《讨论注译运动及其他》中，郭沫若又一次批评了字句对应的直译，认为这办法不但"呆笨"且在理是"不可能"的。郭沫若论述的理据是字面意思和作家的思想、语言的气势、作品的精神并不是完全对等的，仅仅将字面意思翻译过来，作品的精气神未必就能随之而来："逐字逐句的直译，把死的字面虽然顾着了，把活的精灵却是遗失了。"在字句、意义、气韵之间，他尤其强调和突出气韵："我们相信理想的翻译对于原文的字句，对于原文的意义自然不许走转，而对于原文的气韵尤其不许走转。原文中的字句应该应有尽有，然不必逐字逐句的呆译，或先或后，或综或析，在不损及意义的范围以内，为气韵起见可以自由移易。"[①] 从陈述看，郭沫若

---

① 郭沫若：《讨论注译运动及其他》，《创造季刊》1923年5月1日第2卷第1期。

这里所说的气韵基本等同于过往所讲的风韵。这就是说，即便一种文字中的字句在目标语言中有对应词，但其承载的气势和精神却未必等同。这种气势和精神，郭沫若认为就是英文中所说的 mood，译者翻译时最应该融合和转移这种气势，让译者的精神随作者的精神抑扬张弛，译作才能成为作者思想的载体。

  风韵译成为可能，仰仗的是译者的学养，因而郭沫若详细罗列出译者应具备的条件，归结为四点，即丰富的"语学智识"，对原书"十分的理解"，对作者"彻底的研究"，以及对本国文字"自由操控的能力"。① 这几方面的要求并不陌生，但引人注目的是其中的修饰词"十分""彻底""自由"等，可见这是高标准的要求，也只有译者达到这样的境界，才有可能成就"风韵译"。郭沫若认为，译者要有禀赋和穷年累月的研究才能达到这样的高度。因而，优秀的译者不仅要在语学上用功，还要熟悉相应国家的风土人情；不仅要有语言的功底，原书中所有种种学识都要有所涉猎；不仅要详悉原文作者的外在生活，还要洞悉他的内心世界；不仅要熟谙外语，对于母语文字也要有高超的自由操控的能力。如此这般，译者的译作与创作就无异了。除了要求译者有真学问外，还提到了译者的职业道德，要唤醒其责任心。对译者的要求可谓面面俱到，译者在风韵译中起到的作用也由此可见一斑。

  不仅如此，郭沫若还提出对读者也应有所要求，认为风韵译的读本如果读者也读不懂，只能是自身的智识程度不够："近年我国新文化运动勃兴以来，青年人士求知之心若渴，但因此也不免有许多饥不择食和躐等躁进的倾向。我看见有许多朋友连普通智识也还不充分，便买些很艰深的翻译书来滥读，读得神经衰弱了的正是所在多有。"② 郭沫若的论述清晰地划分了责权，没有将读不懂译作的责任都归咎于译者。郭沫若还希望国内各大书坊多购进海外名著，供可以读外文的读者直接阅读。之所以鼓励青年直接读外文书

---

① 郭沫若：《讨论注译运动及其他》，《创造季刊》1923 年 5 月 1 日第 2 卷第 1 期。
② 同上。

籍，倡议书坊采办海外名著，是因为能做到风韵译的译者并非遍地皆是，翻译的速度与读者的渴求难以成正比，译本产生的速度和数量应该难以达到读者的需求。

（三）风韵译与注译的关系

风韵译与注译有一定的关联。第一，两者都尽量避免因为直译而引起的阅读障碍。郭沫若和吴稚晖对直译的态度是一致的，郭沫若认为一味直译不免成为呆译，吴稚晖认为直译是苟且的，直译的译文终不免有费解之处。第二，两者的追求都高于字句的对应，风韵译的目标是文学性，尤其是诗歌翻译中的音乐性，如格律、韵脚、抑扬等。而注译追求的是原文意义的呈现，因为原义真切也是一种信。为了弥补字句对应上的亏欠，把直译当注。第三，无论是风韵译还是注译，要成就好的译本，都以译者的学养为基础。这也是为什么郭沫若要详尽列出风韵译对译者的种种要求。吴稚晖谈到严复的翻译时说："这就所谓食古能化。借那本书，达那种学理，并非一章一节的中间，没有格格不吐之弊。就把全书合起来，也能不拘原书。前后均就我范围，无自相矛盾，牛头不对马嘴之病，却又失不了原书的真切主义。这大段就是严先生同张先生狭义论达的焦点。这确可但认为达，不必混入于信，但这种达法，一是达的稍亏小信，终究不失大信。其所信的程度如何，全看执笔人的学力。二是那种经营的艰苦，全非直译所可同论。这毕竟是文化程度高着时的现象，不能在我们文化幼稚时代，可自信，可信人的学者，居极少数。把单纯之达，作为普通满意之主张，止望苟有少数人，不恤着艰苦，化加倍的劳力，译些能达的学术书出来，便馨香祷祝。还有说部之类，尽许他增损原本，自由曲达，打起人的兴会，任凭介绍得原义几分，便算几分，不必苛求，也未尝不可。"[①] 吴稚晖这里讲的虽非注译，但译释当疏和他所讲为达"稍亏小信"的晚清"意译"很接近。就此推论，注译做得好不好仍旧

---

① 吴稚晖：《移读外籍之我见》，《民铎杂志》1921年第2卷第5期。

是译者功力的体现,"全看执笔人的学力"。郭沫若也认为注译要求译者有十足的功力:"这种功夫要译者的语学智识充分而且对于原著的研究已经确有把握然后才能办到。这不是如像纯粹的直译可以狐假虎威,也不是如像纯粹的义译可以避人画鬼。"① 无论是风韵译还是注译,都是因不满足于翻译现状而生发,或者高于言辞和意义追求文学性,或者在直译和意译之间进行调和,避开矛盾和死结。但二人对于不完美、不十分忠实的翻译,态度却截然不同。郭沫若犀利批判,吴稚晖却施予宽容,认为即便译本与原本只有几分相似,能在时代所需时发挥一定的作用,也是可以接受的。

虽然风韵译和注译有共同点,有一定的关联,但郭沫若并不认同注译。吴稚晖看作"近乎于理想"的注译,郭沫若却"以为不然",原因之一是注译不像吴稚晖所设想的那样适用于所有读者的需求,原因之二在于注译的好处没有吴稚晖描述得那样大。用直译当注来发现译本的错误基本是个悖论,若能通过直译的文字发现译本的错误,则读者的外文水平已经很高,用不着读译本;若是外文能力不足,即便读注译的文本,也难以发现错误。郭沫若的"以为不然",有客观的成分,也有吹毛求疵的成分,为了批判而批判。吴稚晖关于注译的文章并不多,一篇是《移读外籍之我见》,另一篇就是《就批评而运动"注译"》。虽然他"逢人便说"地推广这种译法,但郭沫若其时正留学日本,未必就会关注到。因而,注译能进入郭沫若的视野,与吴稚晖文中涉及处于风口浪尖的《人生的意义与价值》前五句的翻译有很大的关系。

虽然吴稚晖在文中说只是就这次翻译批评来"运动注译",无意评判余家菊、郁达夫、胡适、郭沫若、成仿吾、戈乐天、张东荪的译文和修正的译文,但既然以其作为素材,其中不可避免有涉及译者的地方,其言辞和语气即便极力保持客观或中立,也有可能出现说者无心听者有意的情况,进而有可能招致所涉者的猜度和不满。郭沫若如此郑重著文反对注译,如果从

---

① 郭沫若:《讨论注译运动及其他》,《创造季刊》1923年5月1日第2卷第1期。

吴稚晖的文中找原因，可归结为以下几点：第一，吴稚晖认为翻译中的理解问题不应都去原作者那里求证，若所有翻译都要作者首肯，那就只有作者亲笔所写"才靠得住。所以无论英译、汉译、直译、义译，叫做一个也免不了'错误'；恐怕就添千百个人动笔，还是一样的焦头烂额而退"①。这就等于否定了郁达夫、郭沫若、成仿吾以德文文本为依据评判译文正误的主张，而在辩论当中，这也是创造社借以为优势的地方。第二，吴稚晖说自己不懂德文，"郭、成两先生虽苦心的引在纸上，译得慢好；老实不客气，两先生的直译，我是似懂非懂；虽说得德文天花乱坠，我是莫名其妙"②。这既是对追究德语原文的否定，也是对直译方法的否定，或者说是对郭沫若、成仿吾译文的否定，虽然他认为七位译者当中六位都是用的直译法，但为了表明注译的重要，单单拿出追究德语原义而没能一一注出的郭、成译文为例子。第三，创造社把胡适、张东荪作为论敌看待，在创造社看来，吴稚晖似乎是倾向于论敌的。虽然他认为七位参与者的译文都在鲁卫之间，但就方法而言，认为张东荪的义译优于直译，并在肯定摘述法时将胡适、张东荪与章士钊、张君劢并称为"高材博学"，肯定他们的"自由摘述政论学说，无不予人以深刻之意影，明快之解喻"。③也就是说，创造社认为胡适得到了各方或明或暗的支援，原因只在于批评者大多"目有名人而无真理"。也正是因为这样，原本井水不犯河水的风韵译和注译出现在同一篇文章中，郭沫若批评注译的同时，也顺便"运动"了自己的风韵译（气韵），提出这种译法对译者的诸多要求。虽然论战的文字中不乏意气作祟，但客观上促进了时人对翻译的思考，敦促了严肃的翻译实践的产生，推动了翻译理论的发展。

---

① 吴稚晖：《就批评而运动"注译"》，《晨报副刊》1923年4月9日第1版。
② 吴稚晖：《就批评而运动"注译"》，《晨报副刊》1923年4月10日第1版。
③ 吴稚晖：《就批评而运动"注译"》，《晨报副刊》1923年4月7日第3版。

三、茅盾的"神韵"与"神似"

（一）神韵与形貌的关系

对于文学性的关注，表现在郭沫若提出的风韵译，也表现在茅盾提出的"神韵"和"神似"。无论是风韵、气韵、神韵还是神似，都是基于对文学翻译中文学性的关注，两人各自阐述自己的"风韵"和"神韵"时都曾以诗歌翻译为例，其中的文学性更为典型。无论是关心译文能否保留原作语言特征的直译，还是关注译文是否流畅的意译，都不能涵盖文学艺术的全部要素。无论是译者还是读者，在诗歌翻译中，关注的都不仅仅是语言和意义，还包括其创造性的表现形式、文学手法、音乐性、意境等。直译在译界取得决定性胜利，但在翻译实践中，由于对直译的理解有偏差或过于拘泥于直译，导致出现译文不流畅，或偏离原文精神的译作。注译、风韵、神韵说也正是在这种背景下产生的。但作为对晚清"豪杰译"的纠正，直译仍旧发挥着五四时期翻译大潮中流砥柱的作用，至少在舆论上是这样。细查郭沫若的文字会发现，他在批判直译时是加了限定条件的，他批判的是"逐字逐句的直译"而最终成为的"呆译"，是"译诗定要直译"这种绝对的论断。茅盾则指出"翻译文学书之应直译，在今日已没有讨论之必要"。在这个前提下，承认直译时会有"形貌"与"神韵"不能同时保留的状况，在难以两全其美时，茅盾选择了"神韵"。这并不是说不要"形貌"，只是在形貌上"有些差异"，之所以做这样的取舍是因为文学中感人的力量多是寓于"神韵"而非"形貌"中。[①] 如果对神韵的叙述就此结束，那神韵就和风韵一样，处于只可

---

① 沈雁冰：《译文学书方法的讨论》，《小说月报》1921年4月10日第12卷4号。

意会不可言传的境地。茅盾调转笔锋，从形貌和神韵在当前实践中不能两全的关系，讲到在理论上，"形貌"和"神韵"却是相反相成的。构成"形貌"要素的"单字"和"句调"也恰恰构成了该篇的"神韵"，单字和句调是神韵所寄托的寓所。因而，要想翻译文学书，就应该从单字和句调上下功夫。他举例说，若一篇文章句调简短、音调单纯，则其神韵大都古朴；若句调长而挺，单字的音调简短而响亮，则其神韵大都属于雄壮。单字和句调与神韵的关系，就如点、线位置和画作整体的关系，不同色彩配合与不同点线位置能表现不同的神韵。单字与句调变化也是同样的道理，它们能成就一篇文章的神韵，也能转移一篇文章的神韵。如果单字与句调的翻译能不走样，能和原作相近，那么，译者翻译时就能得其精神，神韵就自在其中了。译者如欲不失原作的神韵，就应该在"单字"与"句调"上用功夫。

（二）神韵实现的条件

茅盾提出单字和句调两方面的要求来复现原作的神韵：一是单字的翻译正确，二是句调的精神相仿。他引用《文心雕龙》中的话说明单字翻译的重要性："因字而生句，积句而成章，积章而成篇；篇之彪炳，章无疵也；章之明靡，句无玷也；句之清英，字不妄也。"认为这虽然是论作文的方法，但在文学翻译中同样适用，"字不妄"应该成为作家和翻译家的格言。要想做到字不妄，首先要关注那些在另一种语言中没有对译的字，以及在近义词中选择最适合原文分量的字，稍有疏忽，便妨碍了原作的神采与笔力。就文学翻译而言，"字不妄"还要特别注意随着时代变化字义发生变化的字和原文中体现作者用字癖性的字。他认为，以上只是用字的基本要求，若想翻译得更好，还需要注意和人物身份以及地域相关的俗体字、有特殊意义或异义异音的普通字，作者刻意使用的生冷新鲜的字尽所能译出来。茅盾又不厌其烦，将以上所述归结成单字翻译的七个方法："（一）每一个单字不可直抄普通字典上所译的意义，应得审量该字在文中的身分与轻重，另译一个；（二）应就原文著作时的时代决定所用的字的意义；（三）应就原著者用字的癖性决定各单字的意义;(四)尽能译的范围内去翻译原作中的形容发音不正确的俗体字;(五)尽能译的范围内去翻译粗人口里的粗字;(六)因时因地而异义异音的字;(七)照原作的样,避去滥调的熟见的字面去用生冷新鲜的字。这样的试验下去,多少可以使单字的翻译成为正确而不妄了。"① 但凡做翻译的人,对这七条应该有切身的体会,都是具有可操作性的方法,简言之,就是字的意义与时代、角色身份、时间地点都有关系,不能照搬字典的释义,不能简单搞对应。

关于句调的精神,茅盾认为不宜按照句调直译,因为句子的组织排列仅仅是文法上的关系,连形貌也算不上。因而,不必勉强求同。但他同时也认为太不顾原文句调的"昔日林琴南诸氏的意译本,却又太和原作的面目差异,也似不足为训"。综上所述,句调的翻译形貌上尽可能求其相似,但最重要的还是顾及句调的精神。两者发生矛盾时,还是要先保留其神韵和精神。无论是从这篇文章中论"字不妄"和句调精神两部分的篇幅观察,还是从茅盾描述两部分的内容观察,都可以看出对字译的要求更具体化,字译不妄是翻译的基础,也是句调精神的附着体,句调精神的翻译和"单字的翻译是相并的"。

即便将神韵与可以捕捉的字、句翻译联系在一起,实现神韵译仍旧不是容易的事情,尤其是诗歌的翻译,神韵的实现往往还建立在牺牲原作其他要素的基础上。茅盾认为:"诗经过翻译,即使译的极谨慎,和原文极吻合,亦只能算是某诗的 Retold(译述)不能视为即是原诗。原诗所备的种种好处,翻译时只能保留一二种,决不能完全保留。"② 因而,他认为翻译外国诗是"聊胜于无"的工作。在没有万全之策能实现译诗的"种种好处"的情况下,最应当保留的是原作的思想和神韵,而"韵""律"不妨相异。"神韵是超乎修辞技术之上的一些'奥妙的精神',是某首诗的个性,最重要最难传

---

① 沈雁冰:《译文学书方法的讨论》,《小说月报》1921年4月10日第12卷4号。
② 玄珠(茅盾):《译诗的一些意见》,《文学旬刊》1922年10月10日第52期。

达，可不是一定不能传达的。"①

（三）神韵译对译者的要求

茅盾在《译文学书方法的讨论》中指出，做文学翻译，译者必须是研究文学的人、了解新思想的人和有创作天才的人。这三条，已经不是针对译者双语能力、对原作的理解等的基本能力和必备条件，而是在此基础上对译者专业性、思想性和创造力的更高要求和期待。也只有在提高译者素质的情况下，神韵译才有可能实现。否则，即便有了方法，"在低手段的译者是知而不能，在天才的译者反成了桎梏"②。无论哪种方法，都是通过译者之手实现，译者能力的高低，对翻译方法的理解是否准确和灵活，对翻译的态度是审慎还是随意，直接决定着翻译的成败。

茅盾曾经对直译、意译在译者操作过程中发生的偏移做过论述。"看不懂"或"看起来很吃力"的译文常常被人们诟病，认为这是直译之过。实际上，看不懂的译文是"死译"的文字，不是直译的，直译的译文也会顾及全文的文理，也会随机应变，在合适的上下文中选用合适的对应词汇，而不是照搬字典的解释。这和郭沫若所说的字典万能的翻译家是一个道理。"我相信直译在理论上是根本不错的，惟因译者能力关系，原来要直译，不意竟变做了死译，也是常有的事。或者因为轻视直译是极容易的，轻心将事，结果也会使人看不懂。积极的补救，现在尚没有办法；消极的制裁，唯有请译书的人不要把'直译'看做一件极容易的事。"③茅盾认为，直译是带"死译"受过，直译这种方法本身是没有问题的，只因译者或能力不足，或理解不透彻，或不重视，而导致直译成为死译。意译也是同样的道理，如果把控、操作得当，"则神韵十九仿佛，也是意译的"④，但意译若不掌握分寸，就会走

---

① 玄珠（茅盾）:《译诗的一些意见》,《文学旬刊》1922年10月10日第52期。
② 同上。
③ 雁冰:《"直译"与"死译"》,《小说月报》1922年8月10日第13卷8号。
④ 玄珠（茅盾）:《译诗的一些意见》,《文学旬刊》1922年10月10日第52期。

向任意删、改、造的乱译。可见，茅盾赞同在诗歌翻译中所用的意译，不是晚清任意删改的"意译"，而是相对于死译而言的意译。在意译诗歌的三大事项中，他提出的第一条就是对意译的限制，也即意译的分寸问题："但是意译似乎也应该有些制限。（一）要不是节译；任意把原文节删许多，是'不足为训'的。英译的《木兰歌》好虽好了，就可惜犯了'太像节译'这毛病。"[①] 因而，死译并非直译之过，乱译也非意译之过，而是译者掌握翻译火候的问题。对于风韵译和神韵译，更是依赖于译者的翻译水平和文学修养，绝不是查字典搬运文字到目标语中所能实现的。关于翻译方法类似的论述，在郑振铎、周作人等谈论翻译的文章中也时有出现。可见，译者是翻译成败的关键。这也是郭沫若和茅盾不约而同对译者提出要求的原因。译者有足够的功力，风韵译和神韵译才有可能实现。

五四时期是一个理论自觉意识觉醒的时期，理论探讨还涉及可译性问题、翻译标准、翻译功用、国外翻译理论介绍等，在《五四时期外国文学翻译研究》一书中已有涉及，此处不再赘述。

---

① 玄珠（茅盾）:《译诗的一些意见》,《文学旬刊》1922 年 10 月 10 日第 52 期。

第四章　翻译言说与实践的关系

在翻译史研究中，我们通常认为翻译言说与实践具有一致性，五四时期的翻译研究也是这样。对言说与实践一致性关系的默认，以及倡导言说强大的影响力，使得这一时期的翻译往往留给人"直译"和"忠实"的印象。然而，回顾史料和观察译作发现，言说与实践不仅仅具有一致性，同时也具有矛盾性和差异性，只是言说与实践的矛盾与差异往往被忽略。本章将着重探讨言说与实践之间的矛盾和差异。

第一节　退潮与坚守的文言

倡导言说主要针对的是晚清用文言"意译"文学作品的现象，反对的是在翻译中对原文毫无顾忌、随心所欲地删、添、改，追求的是再现外国文学作品的原貌，目的则是要以外国文学为范本改造语言和中国传统文学。但在翻译实践中文言却似退而又非退。一方面，对于白话存在主观上接受和不接受两种情况，则文言和白话必然会同时存在一段时间；另一方面，白话的推广和普及是一个循序渐进的过程，是事物发展的一般规律，即便主观上接受并愿意尝试，也未必一时就能在翻译和写作中全部实现白话，因而也就出现了文白夹杂的行文。

一、退潮的文言

对于白话、西学、新文学的渴望,经由胡适、陈独秀、刘半农、钱玄同等新文化干将的大力倡导,得到很多同道的响应,大家纷纷表达了类似或进一步的想法。即便对此倡导有异议的任鸿隽、朱经农等,也常常使用白话通信或著述。文言,因其与口语的不一致,与普通人的疏离,加之时代的需求和新文化人的倡导,退潮是一种趋势,也是一种必然。但文学革命不仅仅限于形式上用白话替代文言,语言形式与所表达的内容总是相伴而行。除了胡适的"八事"、陈独秀的"三大主义"等代表性主张外,林语堂也曾致信钱玄同,谈及对白话文学的看法。他认为,文学革命除了从文言到白话语言形式上的改变,还要从创作的形式和内容上学习西书,因为西书"论理精密,立断确当",是有规模有段落的文字。他以"Huxley、Buckle、Mathew Arnold、William James"等人为例,阐述说理文的好处在于"lucidity(清顺),perspicuity(明了),cogency of thought(构思精密),truth and appropriateness of expression(用字精当、措词严谨)",并认为这是中国新文学还没有达到的功夫,所以除了形式上的改革(用白话替代文言)外,还应在学习西书这些优点方面努力。通过翻译,让国人看到西文的"好处",为所倡导的白话文学"设一个像西方论理细慎精深,长段推究,高格的标准。人家读过一次这种的文字,要教他不要崇拜新文学也做不到了。这才尽我们改革新国文的义务"。此外,他还强调:"白话为吾人平日所说的话,所以其性质,最易泛滥,最易说一大场无关着落似是而非的老婆话。我们须要戒用白话的人,不要胡思乱写,没有去取。虽是形式上,正如胡适君所说:'宁可失之于俗,不要失之于文'(记不清是胡君说的不是)而意义上,决不容有此毛病也。"① 对此，钱玄同认为，西人文章的优点是应该效法的。新文学自然不仅是改文言为白话，但"惟第一步，则非从改用白话做起不可。因为改用白话，才能把旧文学里的那些死腔套删除，才能把西人文章之佳处输到汉文里来。否则虽有别国良好之模范，其如与腐臭之旧文学不相容何？所以本志同人均以改白话为新文学之入手办法，高明以为何如？"② 就是因为有了这样的决心和倡导，文言才逐渐退潮。《新青年》身先士卒，逐步推进白话文，一直到最终全部采用白话。

二、坚守在白话中的文言

虽然用白话直译外国文学作品成为五四时期倡导言说的主旨，但在现实中，文言作为书面语具有悠久的历史，在中国读书人中地位稳固，很难在统一的时间内让所有人都抛弃文言，传承关系难以说断就断。因而，在一定时间内，虽然白话是倡导的主流翻译语言，但在实践中，文言依旧存在。守旧者坚持使用文言，读者和研究者也不会觉得奇怪；而倡导白话的新文化人使用文言，就会让人有自相矛盾之感。就倡导者自身而言，虽然他们倡导白话，深知言文不一、阅读工具掌握在少数读书人手中对广大民众不公，且会对开启民智造成障碍，但这些领袖和精英却无不饱读诗书，熟谙文言，要想更换已经熟练使用的工具并非易事，因而也就出现了看似矛盾的一边反对文言一边使用文言的现象。曾经与钱玄同合演双簧的刘半农，以"莫笑"为笔名，再次恶作剧般地用白话直译了一封文言信件，恶搞文言，批判其不合理：

---

① 《通信·林玉堂（林语堂）〈论汉字索引制及西洋文学〉》，《新青年》1918 年 4 月 15 日第 4 卷 4 号。
② 《通信·钱玄同答林玉堂（林语堂）〈论汉字索引制及西洋文学〉》，《新青年》1918 年 4 月 15 日第 4 卷 4 号。

言对文照的尺牍
莫笑

仁善的阿哥,合用砚瓦的大的人的脚底下。长久离开了鹿尾巴的教训,时时刻刻很深的跑马般的想念。(仁兄同砚大人足下。久睽尘教,时切驰思。)

现在是筹画的福气长进而且吉祥,道德的鞋子平安而且和气。伸着头望灵芝的相貌,实在很深的水草的颂扬。(辰维筹祺晋吉,道履绥和。引企芝仪,实深藻颂。)

现在开的:有一个破的朋友,要借《古来的文章看完了》一部,听见彰德府的书架子上预备着这一部书。(兹启者:有敝友,欲假《古文观止》一部,闻邺架备有此书。)

可不可以请求在来了又去的第一天,到口口梨树园里回头去看曲子的时候丢下,运气极了,运气极了。(可否请于来复一,至口口梨园顾曲时掷下,幸甚,幸甚。)

专门这样表白意见,恭恭敬敬的请问文章的平安,爬在地上恳求亮晃晃的照着,说不了。(专此布意,敬请文安,伏祈朗照,不宣。)[①]

这封言文对照的书信,主要信息是借《古文观止》及说明交接地点,其余均是谦辞敬语的寒暄,这也正是刘半农对文言的主要嘲讽之处。但对新文化人来说,不得已的事实是一边嘲讽文言,一边还要使用文言。事物发展的规律是循序渐进,即便有废黜文言的主观诉求,在客观事实上也难以一下划清界限,使用文言的惯性也使得迅速在书面语中终止文言是不可能的。

翻看《新青年》中选登的信件,刘半农嘲讽的这些谦辞敬语比比皆是,比如用被翻译为"脚底下"的"足下"称呼收信人,不但来信的读者有时这样用,回信的《新青年》同人也常常用到。在刊登刘半农对照尺牍的同一

---

① 莫笑(刘半农):《言对文照的尺牍》,《新青年》1918年12月15日第5卷6号。

期,"通信"栏目中,称呼收信人有这几种方式:(1)兄:比如陈大齐致信钱玄同,信头称谓便是"玄同兄"。"兄"通常用于具有相似身份的同辈之间,陈大齐与钱玄同分别生于1886年和1887年,一个是北京大学心理学教授,于1917年创建我国第一个心理学实验室,另一个是北京师范学校国文部教授兼任北京大学文字学教授,身份相差无几,故互称为"兄"。(2)君:比如刘半农答读者Y. Z. 君,信头称谓是"Y. Z. 君"。"君"是敬称,相当于"您"。(3)先生:如读者"爱真""莫等"写给陈独秀的信,称其为"独秀先生";孙少荆写给钱玄同的信,称其为"玄同先生",钱玄同回信时亦称其为"少荆先生"。先生是对老师或有一定文化程度的人使用的尊称。(4)不称呼:虽然信件属于私密的个人间交流,但既然写给刊物并刊登出来,其私密性便不存在了,因而《新青年》答读者的信面对的就不只是来信的读者个人。答信版面又是直接安排在读者来信之后,有时候也就没有称谓。如周作人、刘叔雅和陈独秀三人分别答张寿朋来信,都没有称谓。周作人直接以"来信中间,有关于我所介绍的文字者少许,略答如后"开篇。刘叔雅和陈独秀的回复则更是直接入题,毫无寒暄。(5)你:第二人称单数的你,当时基本不用于信头,但在行文中用"你"的并不少,比如刘半农回复Y. Z. 君的信中,很多地方称呼其为"你"。(6)足下:如张寿朋致信《新青年》开头便称"记者足下";王星拱、陈大齐和陈独秀回复读者"莫等"的信都称其为足下;陈独秀回复读者"爱真"关于"骂人"的信件,态度是"有则改之,无则加勉,以达足下的盛意"。就连刚刚恶搞了文言信件的刘半农也难以免俗。虽然在回复Y. Z. 君的信中刻意使用白话"你",但终究难以肃清"足下":"今既得足下之责言,自当转达分任编辑的诸记者,以后关于此栏文字,一定从严抉择便了。"①

可见,即便有不使用文言的主观诉求,在语言有选择余地的情况下,文言也难以一时间完全退去。因而也就出现了一边反对文言,一边使用文言的

---

① 《通信·刘半农〈答Y. Z. 君〉》,《新青年》1918年12月15日第5卷6号。

现象,这自然也成为反对废止文言者批评的切入点。朱经农曾经致信胡适,提到当时文言和白话的存留问题有四种观点,其中两种观点涉及文言是该废止还是该改良的选择,朱经农认为文言不应废止,文言和白话应兼收并蓄,"文学的国语"不应该排斥文言。用文言写就的《春秋传》《史记》一样优秀,其所描述的樊哙、汉高祖、荆轲等人物形象,如白话《水浒传》中的武松、鲁智深、李逵一样鲜活灵动。文言和白话应兼收所长,各用在适合的地方。他犀利地指出,倡导白话的陈独秀和钱玄同,其作品也是半文半白,胡适的作品也非全用白话,必在二者中选一的观点都是"一偏之见"。①

胡适在回信中反对朱经农"文言也是活的文字"的说法,他认为少数人掌握而通俗社会不懂的文字,难说是活的文字,即便存在也如同"死"了一般。胡适所主张"文学的国语",指的是使用中的白话,遵循白话的文法和语法,但并不妨碍在其中使用文言里两音以上的字。因而,这种半文半白的行文,其实是过渡时期饱读诗书的新文化人尝试白话时的一种特殊的行文方式。《新青年》第5卷2号所登载的朱经农、任鸿隽的信件,都是用白话文写的,尽管这两位都是和胡适打过嘴仗,对于废黜文言存有异议的朋友。这也从另一个侧面体现了倡导白话的成就。因而,在新旧更迭时期,文言与白话并存,不仅仅是不同人不同文章的共有特点,甚至在同一人的不同文章中、同一人的同一文章中也会混合使用。

三、质疑与回应

钱玄同在回复朱经农、任鸿隽的信时,就朱经农质疑陈独秀、钱玄同的文章是文言和白话混杂的问题进行了解释:"同人做《新青年》的文章,不

---

① 《通信·朱经农〈新文学问题之讨论〉》,《新青年》1918年8月15日第5卷2号。

过是各本其良心见解,说几句革新铲旧的话;但是各人的大目的虽然相同,而各人所想的手段方法,当然不能一致,所以彼此议论,时有异同,绝不足奇,并无所设'自相矛盾'。至于玄同虽主张废灭汉文,然汉文一日未废灭,即一日不可不改良。譬如一所很老很破的屋子,既不可久住,自须另造新屋?新屋未曾造成以前,居此旧屋之人自不得不将旧屋东补西修以蔽风雨,但决不能因为旧屋既经修补,便说新屋不该另造也。"①钱玄同用破屋与新屋的比喻为文白夹杂的行文辩护,虽然提倡白话文,但文言尚未退出之前,修修补补也还得用,不必因为行文中有文言而怀疑改良文字的初衷和决心。

类似这样的质疑之声,不仅仅指向陈独秀和钱玄同,也指向胡适。胡适因为主张"不摹仿古人""不用典",也曾受到过陈丹崖的质问:"再胡君适既主张非古典,不用陈套语。然细读胡君著作,亦不尽脱离关系。岂胡君'自己无才力不能自铸新辞,故用古典套语,转一湾含糊道去'耶?"这虽然是讲用典,但也和文言直接相关。陈丹崖认为:"盖文字之作用,外之可以代表一国文化,内之可以改造社会、革新思想,纯乎精神的科学也。然精神每凭形式而发现,无高尚优美隽永妍妙之文字,决不能载深远周密之思想。古哲先贤所作文字,虽未必尽合现今时势,然确有独到之处。仆谓不必多刻求古深,惟绝对的不用古典,则为过甚。即西洋文学,亦未必全非古典。想君明达于西洋文学,素有心得,不必多赘。"②陈丹崖的观点可以概括为三点:一是古哲先贤所作的文字"高尚优美隽永妍妙",有独到之处。二是现代人作文字,不必刻意求古深,但也不必全不用典。三是新文化人提倡多多翻译的西洋文学,也有古典的。对此,陈独秀澄清,他反对的不是用典而是刻意用典,古典主义以为刻意用典文字才"高尚优美隽永妍妙"。如果总是刻意因循古人,则无法改造社会、革新思想。"高尚优美隽永妍妙"的

---

① 《通信·钱玄同答朱任两先生》,《新青年》1918年8月15日第5卷2号。
② 《通信·陈丹崖来信》,《新青年》1917年2月1日第2卷6号。

文字，并非古人古语的专利，也非上流社会的专利，"故《国风》《楚辞》，多当时里巷之言也。爱国哀音，与夫以悲天悯人而执笔者，皆世界上可敬之文豪。胡适君所薄无病之呻吟，非指此类"。①

新文化人尽力推广白话，并以不同的方式在尝试，包括用白话"通信，做诗，译书，做笔记，做报馆文章，编学堂讲义，替死人作墓志，替活人上条陈……"胡适说："我们从小到如今，都是用文言作文，养成了一种文言的习惯，所以虽是活人，只会作死人的文字。若不下一些狠劲，若不用点苦工夫，决不能使用白话圆转如意。若单在《新青年》里面做白话文字，此外还依旧做文言的文字，那真是'一日暴之十日寒之'的政策，决不能磨炼成白话的文学家。"②钱玄同也曾经致信陈独秀，赞同胡适的主张和尝试的做法，无论是写作还是通信，都尝试用白话，不但自己这样做，还提议邀请陈独秀、刘半农等都来尝试，但凡在《新青年》撰文的作者，也都应该尝试白话。只要肯尝试，一定有成功的一日。③虽然胡适、钱玄同等新文化人都尝试白话，但事实证明，尝试必然是尝试，难以一蹴而就，无论是胡适、钱玄同，还是陈独秀，对此都很清楚。钱玄同以他人之口描述了尝试的复杂过程，也讲了文白夹杂行文的成因。当时的状况和问题是：（1）没有国语的标准；（2）怎么定标准？（3）谁来定标准？钱玄同的答案是：提倡白话的人勇于尝试，在尝试的基础上才可能制定标准。也正是因为还没有标准，不确定什么样的才是"标准国语"，因而各人依自己的见解尝试，势必会经历"半文半俗"的阶段，而《新青年》就是大家尝试的试验场。④和钱玄同的建议相比，陈独秀对于他人还未能使用文言则相对宽容，虑之周全，并不因为一己之见而用强拒稿："但是改用白话一层，似不必勉强一致。社友中倘有

---

① 《通信·陈独秀答陈丹崖》，《新青年》1917年2月1日第2卷6号。
② 胡适：《建设的文学革命论》，《新青年》1918年4月15日第4卷4号。
③ 《通信·钱玄同来信》，《新青年》1917年8月1日第3卷6号。
④ 同上。

绝对不能做白话文章的人，即偶用文言，也可登载。尊见以为如何？"①

对新文化人文白夹杂行文方式的质疑，不仅仅来自于反对废灭文言的人，新文化人内部对自己的白话尝试也有相互批评和善意的提醒。钱玄同曾致信胡适，对其三年内专作白话诗词的实验深以为然，但这并不妨碍他表达对胡适所作白话诗词的不满意，认为其白话诗"未能脱尽文言窠臼"："如《咏月》第一首后二句，是文非话。《咏月》第三首，及《江上》一首，完全是文言。又《赠朱经农》一首，其中'辟克匿克来江边'一句，以外来语入诗，亦似可商。日前独秀先生又示我以先生近作之'白话词'，鄙意亦嫌太文。"② 钱玄同承认胡适的白话新诗可以担当"新文学"的称号，但依旧认为还有旧文学和文言的痕迹。他认为既然要改革就该尽量采用白话，不该心存顾忌，存留文言的旧污。他也曾在《尝试集》的序里评价胡适的诗，认为有些诗还是用的"词"的句调，有些诗还被"五言"的字数所拘束，不和语言洽和，有些诗的文字还过于"文气"。对于这种善意批评的"诤言"，胡适极以为然，"所以在北京所做的白话诗，都不用文言了"③。也是在这篇"通信"栏的文章中，胡适提及自己在白话中杂有文言的思索过程，他曾经认为，白话即俗话，只要是简洁、明白，夹杂几个"明白易晓的文言字眼"并不为过。

前文已总结新文化人行文中夹杂文言的原因，即使用文言的惯性和实践与理想的差距，胡适对"白话"的释义，也让我们了解到新文化人在尝试使用白话过程中的心路历程，那就是曾经认为白话中可以夹杂文言。尝试使用白话的过程，也是商榷、切磋、质疑、回应、调整、再尝试的过程，现今看起来自然而然的白话文，是经过前辈们艰难探索才成就的。

---

① 《通信·陈独秀答钱玄同》，《新青年》1917年8月1日第3卷6号。
② 《通信·钱玄同来信》，《新青年》1917年8月1日第3卷6号。
③ 胡适：《论小说及白话韵文》，《新青年》1918年1月15日第4卷1号。

四、探讨与让步：白话的教学与推广

从五四时期白话的教育和推广，也能看出文白夹杂的行文在一定时间内存在的可能性。盛兆熊曾经致信胡适，认为改革应自上而下，自大学始。如若大学招生考试要求作白话文，相应地，中小学自然也会随之开展白话教学。对此，胡适认为，这种想法在实行过程中难度很大，原因有三：（1）没有足够的权力将大学的国文考试都定为白话；（2）主观上不愿意用强制的手段实行文学改良；（3）学校的白话教育尚不能与社会需求相匹配。在社会各行业都还广泛使用文言的时候，如果学生只接受白话教育，走出校门就要面临失业，不仅不能进入政府部门，进豆腐店当掌柜都不合格，因店里的"拜年信"都是用文言写成的。胡适否定了盛兆熊的提议，他的想法是循序渐进推行白话文，不用强制的手段，是先产出有价值的国语文学，让民众从心理和意识上接受，"然后可望改革的普及"。①

胡适还认为，白话教育应该从初等学校做起，方法是一律用国语编纂中小学校的教科书。而当时所谓的"国文"，也并不一概废弃，而是更名为"古文"，从三年级以上开始用白话教授讲解。将文言的学习保留在学校教育中，只是更换课程名称为"古文"，这也是白话改革中对文言的让步。而小学的教材，则应多取小说中的材料。胡适本人的切身经验是读千篇古文，不如看一部《三国演义》。但他认可的好小说太少，不够教材的选择。因而提倡新文学是关键，如果没有新文学，连教科书都不容易编纂。在新文学不发达，教科书难以编纂的情况下，救急的办法就是鼓励中小学校的学生看小

---

① 《通信·胡适答盛兆熊〈论文学改革的进行程序〉》，《新青年》1918年5月15日第4卷5号。

说。可见，白话的推广，既无法用强力让守旧者放弃文言，又无法要求尝试者一蹴而就全部使用白话，且无法短时间通过学校教育普及，因而在一定时间内，文言与白话共存成为看似矛盾的存在。

第二节　主流与非主流的直译

经过新文化人的倡导，直译成为五四时期翻译方法的主流，至少在舆论上是这样。但对五四时期翻译实践的考察发现，并非所有的实践都如当时所倡导的那样"直译"而"忠实"。这从文学作品题名的翻译中也可见一斑。更值得思考的是，胡适等曾强烈批判晚清翻译方法的五四领袖，在翻译中也会使用与前辈相近的方法。

本节以题名翻译为例，观察翻译实践中直译的使用情况。所使用的例子，来自于《新青年》中的译作，以及在创作中提及的外国文学作品题名（其中有一部分注明了原文题名，还有一部分虽然只有译名，但可以确定原作的题名）。《新青年》是新文化人刊登文章、发表见解、倡导新知的阵地，是五四时期的代表性刊物。它虽并非专门刊登译作的刊物，但一直不遗余力地刊登译作，发表的创作作品也从多层面与翻译相关联，见证了这一时期翻译语言、翻译风尚、翻译观念转变的全过程，可以说，《新青年》是五四时期翻译外国作品状况的缩影。因而，观察《新青年》刊载的译作题名翻译，可以帮助我们了解当时直译在实践中的施行情况。

一、题名翻译的类别：直译与非直译并存

《新青年》中的外国文学作品题名翻译，大致可分为以下六类：

（一）和所倡导翻译风尚相符的直译，文字也很对应

如《磁狗》(The China Dog)、《红袍》(Robe Rouge)、《富兰克林自传》(Franklin's Autobiography)、《獭裘》(The Beaver Coat)、《七瓴之屋》(The House of Seven Gables)、《决斗》(The Duel)、《天才与勤勉》(Genius and Industry)、《同情》(Sympathy)、《华伦夫人之职业》(Mrs. Warren's Profession)、《人及超人》(Man and Superman)、《恶邮差》(The Wicked Postman)、《匙河集》(Spoon River Anthology)、《村歌》(Village Song)、《狗》(The Dog)、《自叙》(A Personal Statement)、《时鸟》(Bird of Time)、《暴风雨之前》(Before the Storm)、《夏天的黎明》(Summer Dawn)、《遗传的天才》(Hereditary Genius)、《一生》(Une Vie)、《漫游人》(The Rambler)、《结婚与恋爱》(Marriage and Love)、《初恋》(First Love)等。

另有普及学科知识的文章《性之生理学》等也附有外文题名 Physiology of Sex，还有来自外文报纸的新闻稿，英汉对照的《血与铁》(Blood and Iron)都是用直译的方法翻译题名。

（二）音译

这类作品的题名通常是以人名、地名、舞曲名等命名的，如《萨乐美》(Salome)、《韩姆列特》(Hamlet)、《梅吕哀》(Minuet)、《拉塞拉司》(Rasselas)、《刘勃拉》(Ruy Blas)、《菲特拉》(Phedre)、《厄塞》(Essex)、《伊理亚斯》(Ilias)、《德罗夜克斯》(Troiades)、《鲁滨逊》(Robinson

Crusoe)、《堂克诃台》(*Don Quixote*)、《海青赫佛》(*Hyacinth Halvey*)、《加米尔》(*Camile*)等。

另有音译人名、地名加一个名词或形容词构成的题名，如《威匿思商》(*The Merchant of Venice*)、《罗斯马庄》(*Rosmersholm*)、《海德辣跋市》(*In the Bazaars of Hyderabad*)、《玛加尔的梦》(*Makar's Dream*)、《阿尔萨斯之重光》(*Alsace Reconquered*)、《德利安格雷的画》(*The Picture of Dorian Gray*)、《巴巴拉少佐》(*Major Barbara*)、《白璞田太太》(*Madame Baptiste*)、《小爱友夫》(*Little Eyoff*)。

（三）在原有英文名称所传达信息的基础上，添加少量信息

这类翻译主要是让译名更能彰显原作的文体类别、主题，或人物身份、国别等。添加的名词通常包括"诗""论""记""词""传""小史"以及国名等，如《青年论》(*The Youth*)、《放火记》(*The Conflagration*)、《火焰诗》(*The Spark*)、绝命词(*To His Death*)、《空墟记》(*Vanity Fair*)、《民歌论》(*The Popular Ballad*)、《变形记》(*Metamorphoses*)、《婀娜传》(胡适)《婀娜小史》(周作人)(*Anna Karenina*)、《麦克白传》(*Macbeth*)、《英国少年团规律》(*The Boy Scout Law*)、《女子将来的地位》(*Woman is the Future*)；添加的动词除了"咏""赠""寄赠"表明作品的主题和对象外，还有一些表明人物的身份、职业等，如"卖""缝"。如《咏爱国诗人》(*On a Poet Patriot*)、《寄赠玫瑰》(*On the Rose*)、《咏花诗》(*Flower Poems*)、《卖火柴的女儿》(*The Little Match Girl*)、《缝衣曲》(*The Song of the Shirt*)、《奏乐的小孩》(*The Child-Musician*)等。

（四）舍弃部分信息

舍弃的信息不一而足，包括季节、称谓、姓氏、文体等。如《最后之玫瑰》(*The Last Rose of Summer*)、《汤姆之小屋》(*Uncle Tom's Cabin*)、《台斯》(*Tess of the D'Urbervilles*)、《博克曼》(*John Gabriel Borkman*)、《基尔

米而》(*Germinie Lacerteux*)、《弗罗连斯》(*A Florentine Tragedy*)、《美国人之自由精神》(*The Spirit of Liberty in the American Colonies*)、《金钱之功用及罪恶》(*Money: Its Use and Abuse*)等。与上文第三类题名翻译相比较可以看出，原题名中的信息在翻译时是增还是减并没有一定之规，或者说译者之间并没有共识，是按照译者个人的理解、写作或翻译的偏好以及其他情况综合而定的。比如刘半农在《灵霞馆笔记》中将"*The Spark*"翻译为《火焰诗》①，增加表示文体的"诗"，而陈嘏译《弗罗连斯》(*A Florentine Tragedy*)却舍弃表示戏剧文学体裁的"*tragedy*"②。虽然在《新青年》目录上出现了"悲剧"二字，但并非是作为译作标题的一部分而呈现。2卷1号刊载在《弗罗连斯》前面的一篇是"小说初恋"，可见，"悲剧弗罗连斯"中的"悲剧"和其前一篇的"小说"起着同样的作用。

（五）有所添加也有所舍弃

如《遗扇记》(*Lady Windermere's Fan*)、《老洛伯》(*Auld Robin Gray*)、《狱中七日记》(*Within Prison Walls*)、《苔史》(*Tess of the D'Urbervilles*)、《意中人》(*An Ideal Husband*)、《智乐篇》(*Pleasures of Knowledge*)等。这些题名中的"遗""记""伯""篇"等都是译者添加的，而人物的姓氏"Windermere""Gray""the D'Urbervilles"都被省略了。《智乐篇》(*Pleasures of Knowledge*)③舍弃了原文的复数形式。由于英汉两种语言的差异，这种在翻译中舍弃复数信息的做法很普遍，但将复数形式翻译出来的也并不鲜见，如《群鬼》(*Ghosts*)④。

---

① 刘半侬（农）:《灵霞馆笔记：爱尔兰爱国诗人》,《新青年》1916年10月1日第2卷2号。
② 陈嘏译:《弗罗连斯》,《新青年》第2卷1号（1916年9月1日）和第2卷3号（1916年11月1日）分两期刊载。
③ 胡善恒译:《智乐篇》（中英对照）,《新青年》1917年7月1日第3卷5号。
④ 胡适:《易卜生主义》,《新青年》1918年6月15日第4卷6号。

（六）变形幅度较大，甚至脱离原题名

如《娜拉》(*A Doll's House*)、《死耗》(*The Interior*)、《悲天行》(*I See His Blood upon the Rose*)、《割肉记》(*The Merchant of Venice*)、《倚楼》(*In A Latticed Balcony*)、《割爱》(*To His Ideal*)、《关不住了》(*Over the Roofs*)、《齿痛》(*Ben Tobit*) 等。这类题名的翻译，因为出自"直译"最为盛行的五四时期，无疑是几类题名翻译中最引人注目的。值得一提的是，《娜拉》《死耗》《割肉记》《关不住了》均出自胡适之手。第五类中的《遗扇记》虽是沈性仁所译，但这个题名却是由胡适拟定的。陶履恭为沈性仁的译本所写"序言"中说："《遗扇记》日人即按原名直译。现在这个名字，是适之代拟的。应当谢谢他！"①

另有熟谙两种语言者用英文创作的文章，配上中文题名，其变形幅度也已经超越了追求对应的忠实。如 *Our Outlook* 是李寅恭用英文写作的文章，其中文题名为《吾人求学之方针》。翻译时，往往讲究追踪作者原意，译者在语义甚或是文字上的变形也常被认为是有负作者。但如果译者翻译的是自己的作品，这一担忧或束缚应该远小于翻译他人作品的译者，因而对自译作品中的变形研究是非常有意义的。

以上题名的六种翻译类别，也只是一个大致的划分，如果究其细节还可以分出更多类别。如题名零翻译、题名翻译中的语言混杂现象等。《新青年》中的作品，无论是创作还是译作，文内夹杂未经翻译的题名、学科名、人名现象非常普遍。五四时期大量引入西学，但许多物名、人名、题名都没有对应的、成熟的、广为人知的译法，因而时常选择不译。还有一些已经翻译的题名中夹杂外文人名，如周作人在《随感录》里讲到安徒生的童话："此外译者依据了'教室里的修身格言'，删改原作之处颇多，真是不胜枚举，《小

---

① 陶履恭：《〈遗扇记〉序言》，《新青年》1918年12月15日第5卷6号。

Klaus 与大 Klaus》一篇里，尤为厉害。"① 周作人的译作《童子 Lin 之奇迹》也是同样的情况。

二、题名翻译的特点：直译与变形共存

通过对《新青年》中外文作品题名翻译的分类和分析可以发现，其题名翻译具有以下特征：

（一）直译与非直译并存

五四时期是一个直译盛行、格外强调忠实的年代，所以第一类直译的题名和第二类音译的题名，我们非常熟悉，也在意料之中。这类的翻译直接、一目了然，文字的对应程度也很高。很多译名我们今天还在沿用。一些词语在今天看来也仍旧前卫，并能感受到异域的气息，如超人（superman）、性（sex）；另有学科名称生理学（physiology）、初恋（first Love）、恋爱（love）也都成为汉语的一部分，难分彼此。

出乎我们意料的是翻译中的变形，第三、四、五类的适度变形是翻译的常态，那么第六类的变形幅度之大，则是我们没有想到的。由于语言文化的巨大差异以及翻译所涉及的诸多复杂因素，翻译时很难做到完全直译，一字不增一字不减更是难以企及。在题名翻译中出现局部变形并不是新鲜事，不论是研究者还是读者都已经司空见惯。但通过对译名的观察可知，这些增加和删减的信息并非是必须或者不得已的。只要译者愿意，完全可以按照原题名对应成直译程度高、忠实度高的汉语题名。比如沈性仁翻译的《遗扇记》，余光中的现代译名是《温德梅尔夫人的扇子》；比如胡适用女主角的名字娜拉

---

① 周作人:《随感录》,《新青年》1918 年 9 月 15 号第 5 卷 3 号。

做题名代替《玩物之家》(现译名《玩偶之家》)①；与之相反，原作品用主人公名字做题名的《般妥别忒》(Ben Tobit)，周作人用《齿痛》代替原来题名②；另有《关不住了》《割地》《割爱》等，也都是根据故事情节重新拟定题名。

（二）添加中文题名的命名元素

在题名翻译中，译者增加的信息往往是为了与中文命名习惯相一致，符合中文作品的命名特点。中文作品命名时，末字为"史""诗""词""歌""论""经"等的非常常见，如《儒林外史》《木兰诗》《柳絮词》《茅屋为秋风所破歌》《山海经》《诗经》《黄帝内经》等，以"传"或"记"结尾的就更是数不胜数，如《水浒传》《列女传》《岳飞传》《左传》《西游记》《小石潭记》《桃花源记》《核舟记》《史记》《官场现形记》《西厢记》《金锁记》等。回头再审视《新青年》中出现的外国作品题名的翻译，添加"诗""论""记""词""传""小史"等作为译名的尾字也就不奇怪了，而后世译者翻译题名时这一特征已经大大减少。如《放火记》现译名为《火灾》、《空墟记》现译名为《名利场》、《婀娜传》《婀娜小史》现译名为《安娜·卡列尼娜》、《麦克白传》现译名为《麦克白》等。

（三）题名中的人名翻译通常会简化

名字是一个代号，目的是让读者分清谁是谁。中文的名字通常都是二或三字，而英文的人名全名由三部分组成，其姓氏用字通常二至四个音节，用当时流行的音译法翻译出来未免过长，不便于记忆，而且其用字与中文名的差异也很大。比如我们熟知的高尔基，其原名为"阿列克赛·马克西姆维奇·别什可夫"，知道并乐于记忆这一复杂译名的读者并不多，其原因之一就是译名与中文名差异过大，难于记忆。

---

① 〔挪威〕易卜生著，胡适、罗家伦译：《娜拉》，《新青年》1918 年 6 月 15 日第 4 卷 6 号。
② 〔俄〕L. Andrejev 著，周作人译：《齿痛》，《新青年》1919 年 12 月 1 日第 7 卷 1 号。

因而在《新青年》题名翻译中，涉及人名的音译通常会简化。如《鲁滨逊》（*Robinson Crusoe*）、《博克曼》（*John Gabriel Borkman*）、《基尔米而》（*Germinie Lacerteux*），都只保留了名＋中间名＋姓中的一部分。虽然在增删信息方面，译者的处理方式不一而足，但在音译的简化上，译者们的处理却保持了同步。胡适和周作人不约而同地省略了 Tess of the D'Urbervilles 中的 the D'Urbervilles，而仅音译女主角的名 Tess；沈性仁译的《遗扇记》则省略姓氏 Windermere；刘半农省略了 Sarah Bernhardt 中的名，以《倍那儿》为题，尽管在正文开篇就交代了称谓、全名、身份等信息："马丹撒喇倍那儿（Madame Sarah Bernhardt），法国老女伶也。求诸吾国人士，恐千万人中无一人知之者。"①

（四）译名并不追求统一

不同的译者翻译题名，译名自然也不尽相同，因而同一部作品会出现两个或多个译名。如周作人在《空大鼓》的译后记中提到托尔斯泰的小说："Tolstoj 的小说，中国译出的有：（一）《复活》的节本，改名《心狱》；（二）*Anna Karenina*，名《婀娜小史》……"②胡适在 5 卷 3 号的《藏晖室札记》中提到自己"连日读陶斯太（Lyof N. Tolstoi）所著小说《妸娜传》'*Anna Karenina*'。此书为陶氏名著，其书结构颇似《石头记》，布局命意都有相似处。"③但是我们也注意到，译者已经有了让读者能够识别原作和原著者的意识，所以无论是周作人还是胡适，在中文译名之外都附有外文题名。周作人专门提到过不署著者外文名给读者和研究者带来的困扰："因为融会贯通得太利害，又每每不署原著者姓名，所以难于查考。"④同理，不署原题名也会

---

① 〔美〕麦费德著，刘半侬（农）译：《灵霞馆笔记：倍那儿》，《新青年》1917 年 8 月 1 日第 3 卷 6 号。
② 周作人：《〈空大鼓〉译后记》，《新青年》1918 年 11 月 15 日第 5 卷 5 号。
③ 胡适：《藏晖室札记》，《新青年》1918 年 9 月 15 日第 5 卷 3 号。
④ 周作人：《〈空大鼓〉译后记》，《新青年》1918 年 11 月 15 日第 5 卷 5 号。

带来同样的困扰。所以,《新青年》上的文章,无论是译作还是创作,夹杂外文句子,附有外文词句,是极为常见的。

同一译者在不同的场合也会使用不同的译名,以胡适最为典型。胡适讲《织工》与其他文学作品的区别时提道:"读《西柴》者,知卜鲁他所欲何事,亦知高西尼司所欲何事。读《割肉记》(或译作《伟里市商人》'Merchant of Venice')者,知歇洛克所欲何事。读《韩姆列特》者,知丹麦王子所欲何事。独读此剧者,但见模糊血泪,但闻几许怨声,但见饿乡,但见众哄,但见抢劫,但见格斗,但见一般怨毒之气,随地爆发,不可遏抑。"① 他在《归国杂感》中再次提到莎士比亚的这部剧:"看来看去,都是些什么莎士比亚的《威匿思商》《麦克白传》,阿狄生的《文报选录》,戈司密的《威克斐牧师》,欧文的《见闻杂记》……大概都是些十七世纪十八世纪的书。"② 莎士比亚的同一部剧,胡适一人就提到三个版本的译名:《割肉记》《伟里市商人》《威匿思商》。

易卜生的名剧《玩偶之家》当时也有两个译名,一个是《娜拉》,一个是《玩物之家》;易卜生另一剧 The Wild Duck 也是两个译名,《雁》《野鸭》;法国作家都德关于普法战争的小说 La Dernière Classe 被译为《割地》和《最后一课》,萧伯纳的 Major Barbara 分别被译为《巴巴拉少佐》和《巴伯勒大尉》,这样的例子不胜枚举。

三、从题名翻译看实践中的直译:翻译方法"之一"而非"唯一"

对《新青年》中题名翻译类别的划分,以及对其主要特征的分析,可

---

① 胡适:《藏晖室札记》,《新青年》1917 年 1 月 1 日第 2 卷 5 号。
② 胡适:《归国杂感》,《新青年》1918 年 1 月 15 日第 4 卷 1 号。

以引发我们对当时如日中天的直译的思考。五四时期的翻译，因其倡导，留给人的印象是直译并且忠实。但通过对实践的观察可知，忠实仅仅是相对而言。学者对胡适所译短篇小说的考察也显示，"胡适的短篇小说翻译仍有删改"，"胡适的翻译是忠实而流畅的，不过忠实的是意思，而不是文字。从文字上说，即较多译者主观的成分"。① 胡适的翻译实践以及当时的理论倡导，都和当今对直译的理解、对忠实的理解、对直译与忠实关系的理解，是不相符合的。

用数据来反映这个现象则会更直观、清晰、易于表述，但对直译方法使用情况进行数据统计并不容易。以《新青年》为例，虽然它几乎每期都刊载译作，但由于时代的原因转译作品较多。一些作品是经由日语、英语等转译而来，所用底本难以追溯，因此也就无法判断其翻译时所用的方法。另外，即便是直接翻译而来的文本，其中也并非都提供底本信息。再次，即便是直接翻译而来，同时也提供了底本信息，但是由于时间和空间的缘故，其原本也很难寻觅。最后，当时对于直译的理解也不尽相同，有人认为直译就是"逐字译"，有人认为即便是逐字译也要达意，有人认为逐字译要顾虑读者是否能看懂，有人认为直译要保存原文文法的结构，还有人认为直译不能增减原文的意义。这也给翻译方法的统计带来困难，是满足全部条件才能算作直译还是满足哪一部分或哪几部分条件就算是直译，该如何取舍等，难以恰当判断。若是统计中变量太多，对翻译方法的观察过于错综复杂，则对直译方法的运用情况就难以缕析清楚。因而，对直译方法的"取"与"舍"是由译者的主观意念决定的，还是译者迫于语言等现实因素不得已而采用的，都难以做出判断，统计也难以达到预期的目的。因而，本书选取了题名翻译作为观察对象，题名涉及的字数少，句法结构少，则由于语言、文化的不同引起的干扰因素也便减少，更利于分析译者选择直译或不选择直译的影响因素。

---

① 赵稀方：《〈新青年〉的文学翻译》，《中国翻译》2013年第1期。

笔者以《新青年》中的译作题名和创作文章中提及的外国作品题名为观察对象，在目之所及的范围内提取出有原文题名和相应译本题名的例子共132个，按照直译和非直译两类进行了统计。（见表7）

表7 《新青年》中题名翻译方法统计表

翻译方法	题名数量（单位：个）	合计
直译	58	58
非直译	音译29　增译21　减译9　有增有减6　重新命名9	74

从以上数据可以看出，若把直译和其他任何单一翻译方法对比，直译都占有绝对优势，是当之无愧的主流。但若将直译与非直译二元比较，则直译很难说是主流。目前的考察对象仅仅是题名翻译，若将考察的单位扩大到句、段、章甚至更大，将考察的层面从信息的增减扩展到结构和风格等，我们有理由推断，直译的数量还会减少，非直译的数量还会增加。这也是我们说直译既是主流也不是主流的原因。统计数据也说明，即便理论倡导以直译为主流，甚至独尊直译，在实践中不同的翻译方法依旧存在。单一的方法不可能应对翻译实践中的所有情况，因而，无论在哪个时期，直译只能是翻译方法"之一"，而不是"唯一"。对《新青年》中题名翻译的观察也证实了这一点。

五四时期对直译极为推崇。茅盾说："翻译文学之直译，在今日已没有讨论的必要。"[①] 周作人说："我现在还是相信直译法，因为我觉得没有更好的方法。"[②] 周作人面对批评和质疑，回复读者来信时，依然认为最好的翻译是逐字译，不得已时也该退而求其次逐句译，他并不忌讳因此而产生中不中西不西的译文，依然坚定地认为"不必改头换面"[③]；傅斯年更是坚定

---

① 沈雁冰：《译文学书方法的讨论》，《小说月报》1921年4月10日第12卷4号。
② 周作人：《〈陀螺〉序》，罗新璋编：《翻译论集》，北京：商务印书馆1984年版，第398页。
③ 周作人：《文学改良与孔教》，《新青年》1918年12月15日第5卷6号。

的直译支持者，他认为："直译便真，意译便伪；直译便是诚实的人，意译便是虚诈的人。直译看来好像很笨的法子，我们不能不承认他有时有藏拙的用，但是确不若意译专作作伪的用。"①舆论导向的确起到了引领翻译走向，约束译者行为的作用。很多译者主动调整自己的翻译，如凌霜将自己的旧译《田庄与工厂》改直译为《田庄，工厂与手工场》(*Fields, Factories and Workshops*)②；胡适将旧译《割地》改直译为《最后一课》(*La Dernière Classe*)③。

但舆论导向只是针对特定问题提出，不可能解决所有问题。直译成为主要的翻译方法之后，难免会衍生出新的问题。对于新的问题，译者若不能根据实际情况调整对策，只是简单地跟着导向走，势必会出现僵化的翻译，如屡屡被读者和译者所诟病的"死译"；若是抛开导向，灵活使用和寻找解决办法，往往会出现与舆论导向相背离，貌似矛盾的现象，对直译的倡导者来说尤其是这样。比如新文化运动的领袖胡适将 *Over the Roofs* 翻译成《关不住了》，比如直译坚定的施行者周作人将 *Ben Tobit* 翻译为《齿痛》。可见，无论理论倡导哪种方法，翻译实践仍旧呈现出多样性特征。在直译的众声喧哗中，翻译实践中的各种变形仍旧存在，虽然变形的程度不一。可以肯定的是，有一部分变形，并非是译者面对翻译的复杂情况不得已而为之，而是译者自觉选择的结果。这也告诉我们，翻译实践本不该被固化，本应呈现出创造性和多样化，满足多种需求。顺应时代潮流的翻译实践无疑是存在的，但与潮流相逆向的实践同样也应该受到关注，得到理解。

---

① 傅斯年：《译书感言》，《新潮》1919年3月1日第1卷3号。
② 〔英〕罗素著，凌霜译：《工作与报酬》，《新青年》1920年10月1日第8卷2号。
③ 胡适：《论短篇小说》，《新青年》1918年5月15日第4卷5号。

第三节　翻译批评与原则背离

翻译批评是在一定的原则和标准下进行的，无论批评者在进行批评时是否提及了原则和标准。因而，在翻译批评中，翻译原则和标准有可能是显性存在，也有可能是隐性存在。翻译批评的标准也是保障翻译批评在客观、公正、恰当原则下进行的前提。五四时期翻译批评中的偏颇之处，和其对翻译批评标准的把握及对翻译批评原则的背离不无关系。

一、以偏概全地运用选目标准

五四时期对老一辈翻译家的批评并不算公允，对林纾的批评可谓极具代表性。1918—1919年间，钱玄同、刘半农、胡适、罗家伦、傅斯年等联手共同将林纾打造成翻译界反面典型，认为他的翻译原著选择不精，译文远离原文，错误百出，并将林纾归入最末流的译者。胡适在《建设的文学革命论》中曾经拟定翻译外国文学的标准，首要标准即是名家名著。五四人也正是以此为标准来判断前辈的选本。刘半农在回复王敬轩来信时首先提出林译的选稿问题：（1）选择的是消遣之闲书；（2）没有文学价值。刘半农尤其提到"哈氏丛书"，作为"外国极没有价值的著作"[①]的代表。对林纾的指控经

---

① 《通信·刘半农答王敬轩〈文学革命之反响〉》，《新青年》1918年3月15日第4卷3号。

由领袖确认后,跟从者云集。但对林纾的指控果真是事实吗?并非如此。造成翻译批评偏颇的原因之一就是以偏概全。

林纾一生翻译了 163 种作品,另有 18 种未刊印,涉及 11 个国家的 98 位作家。其中,巴尔扎克、狄更斯等第一流的作家也是经由林纾之手首先介绍到我国来的。① 林纾翻译的作品数量多,虽未必种种都是名著,是众所认可的世界一流作家的一流作品,但其中并不乏名家名作。除了上文提到的巴尔扎克、狄更斯外,他的译作中不乏莎士比亚(William Shakespeare)、斯威夫特(Jonathan Swift)、笛福(Daniel Defoe)、菲尔丁(Henry Fielding)、司各特(Walter Scott)、史蒂文森(Robert Louis Stevenson)、柯南·道尔(Arthur Conan Doyle)、欧文(Washington Irving)、斯托夫人(Harriet Beecher Stowe)、欧·亨利(O. Henry)、雨果(Victor Hugo)、小仲马(Alexandre Dumas fils)、大仲马(Alexandre Dumas)、托尔斯泰(Leo Tolstoy)、伊索(Aesop)、塞万提斯(Miguel de Cervantes)、易卜生(Henrik Ibsen)等在世界文学史上占有重要地位的作家和作品。但五四人对这一事实熟视无睹,着力批判林纾大量翻译哈葛德的作品。当时的哈葛德尚未具盛名,五四人便以偏概全地批评林纾翻译的原本都是不入流的。这也是为什么在哈葛德地位飙升之后,钱钟书调侃对林纾的翻译批评"不必礼节性地把'哈葛德在外国是个毫不足道的作家'那句老话重说一遍了"②。对于林纾的译笔,钱钟书也认为超过了原作:"林纾的中文文笔比哈葛德的英文文笔高明得多。哈葛德的原文很笨重,对话更呆蠢板滞,尤其是冒险小说里的对话,把古代英语和近代语言杂拌一起。"③

林纾的翻译中,既有名家名著、名家非名著,也有非名家非名著,翻译批评者枉顾了与自己拟定的标准相一致的选本,而放大了非名家非名著的

---

① 薛绥之、张俊才编:《林纾研究资料》,福州:福建人民出版社 1983 年版,第 403 页。
② 钱钟书:《林纾的翻译》,罗新璋编:《翻译论集》,北京:商务印书馆 1984 年版,第 721 页。
③ 同上注,第 720 页。

选本，若只以当时的翻译批评为参照，会误以为林纾只翻译过哈葛德、柯南·道尔的作品。对林纾的批评，以偏概全之处在选本问题上表现得非常明显。

二、囿于阵营的双重标准

除了以偏概全地批评林纾外，新文化人对老一辈翻译家的译作和对待新文化阵营内的译作，明显地使用双重标准。新文化人对林纾的批评极其严苛，就选本而言，批评林纾选本是二流以下。但无论是新文化人还是老一辈的翻译家，选本一方面考虑社会对文本的需求，读者的可接受程度，同时也虑及个人的兴趣爱好，其中不乏主观的成分。翻看五四时期其他人的翻译，其选本也并非全部都是名家名作，有些译作，其原著、原作者也是鲜为人知。因而，一旦译作没有标出原作者的外文名姓和原作的外文标题，则读者难觅原著确切信息的踪迹。周作人就曾经不止一次地提到自己所译的作品，有的原作并非一流，有的是把很"高"的原作译得不成样。这其中有对客观事实的描述，也有谦虚的成分。他在回复张寿朋的信时说："以前选译的几篇小说，派别并非一流。因为我的意思，是既愿供读者随便阅览，又愿积少成多，略作研究外国现代文学的资料。所以译了人生观绝不相同的 Sologub 与 Kuprin，又译了对于女子解放问题与易卜生不同的 Strindberg，实不觉'徒为悲天悯人，说消极方面的话'。"① 这段话是周作人回应读者质疑时说的，此后，他又多次提到自己选本时所考虑的因素："九月里我从世界语会借到几本世界语（Esperanto）的文选，随意译读，见有几篇诗歌，颇有趣味，便将他们写下。以后又从别处译出若干，合起来共得二十三首，且

---

① 《通信·周作人答张寿朋》，《新青年》1918 年 12 月 15 日第 5 卷 6 号。

在《新青年》上发表一回。我选译这些诗歌,只因为他们的思想美妙,趣味普遍,而且也还比较的可以翻译,并非说诗歌中只有这几篇是最好。又这二十三首的种类及思想,也很不一律,所以我特地标明是杂译诗。"① 从周作人的论述可知,其选择原本的标准并非是"名家名作",而是因为原作有"趣味","思想美妙","趣味普遍",另外还有很重要的一点,就是"比较的可以翻译",其翻译的目的一方面是供读者阅览,另一方面是做文学研究的资料。所以,周作人选本的标准是原作的"好"而非"名",好的作品未必就有名,尤其是对于一些新出的作品,成"名"总是需要一定的时间和机遇。因而,对原本的选择有一些主观的成分。周作人也强调自己的杂译诗"并不是正式的选粹,只是随意抄译;有许多好诗,因为译语不惬意,不能收入,所以仍旧题作杂译诗"②。这也等于为选择无"名"的原作做了辩解和说明。林纾的翻译因为原作无"名"而受到猛烈批判,周作人的译作却并未因原本的"无名"而受到任何影响。翻译批评的态度由此也可见一斑。究其原因,还是林纾和五四人不处于同一阵营,因而人们对其批评也采用了双重的标准。

　　双重标准不仅仅体现对原作的选择上,也体现在译作的翻译文体变化上。就文体而言,"林纾翻译的绝大部分是小说,即使原作是戏剧也以小说的形式译出来,如莎士比亚的《理查二世》等就是如此,只有克列孟梭的剧本《膜外风光》是例外"③。林纾将戏剧的文体改为小说,恰恰也犯了胡适的大忌,西方戏剧正是胡适所高度赞扬和意欲引入用来学习的。胡适认为西洋的散文、戏剧、小说,都可以为中国新文学提供范本,就戏剧而论,其"一切结构的工夫,描写的工夫"要高于元曲,他还尤其提到了莎士比亚:"近代的 Shakespeare 和 Moliére 更不用说了,最近六十年来,欧洲的散文戏本,

---

① 周作人:《杂译诗二十三首》,《新青年》1920 年 11 月 1 日第 8 卷 3 号。
② 周作人:《杂译日本诗三十首》,《新青年》1921 年 8 月 1 日第 9 卷 4 号。
③ 薛绥之、张俊才编:《林纾研究资料》,福州:福建人民出版社 1983 年版,第 404 页。

千变万化，远胜古代，体裁也更发达了，最重要的，如'问题戏'，专研究社会的种种重要问题；'寄托戏'（Symbolic Drama）专以美术的手腔，作的'意在言外'的戏本；'心理戏'，专描写种种复杂的心境，作极精密的解剖；'讽刺戏'，用嬉笑怒骂的文章，达愤世救世的苦心……"① 林纾将戏剧改为小说，西洋戏剧中的种种被胡适所看好的优点，自然也无法传达，与胡适的心意不符。其实西洋小说也是胡适所青睐的，着意张扬其"材料之精确，体裁之完备，命意之高超，描写之工切，心理解剖之细密，社会问题讨论之透切"，以及"近百年新创的'短篇小说'，真如芥子里面藏着大千世界；真如百炼的精金，曲折委婉无所不可；真可说是开千古未有的创局，掘百世不竭的宝藏"。② 但林纾由戏剧而改译成的小说，并非胡适所青睐的西方小说，而是带有中国古文记叙体小说的特征，这自然无法入胡适的法眼，批判林纾"真是 Shakespeare 的大罪人"。但胡适自己"全用白话韵文之戏曲也都译为白话散文"的主张，和林纾的区别只在于翻译语言是白话还是古文。将韵文戏曲翻译为散文，其实质与林纾将戏剧翻译成小说并无二致。这也是当时翻译批评双重标准的体现之一。

三、以原文为权威的"忠实"标准

渴望忠实而实践中又难以达到完全忠实，有时候甚至主观上也偏离"忠实"；追踪作者原意，而又难以确定作者原意；追求"神韵"与"风韵"，但在翻译批评中更多关注的仍旧是"意思"正确。这些方方面面的特征以及言与实的矛盾，都鲜明地体现在五四时期的翻译中。

---

① 胡适：《建设的文学革命论》，《新青年》1918 年 4 月 15 日第 4 卷 4 号。
② 同上。

（一）对忠实的渴求源于忠实的缺失

五四时期对直译的提倡，对忠实的渴求，源于晚清翻译中忠实的缺失。晚清和民初鸳鸯蝴蝶派小说的盛行，使得翻译文学也带有浓厚的"鸳鸯蝴蝶"风味，带有游戏、休闲、娱乐、消遣的特征。即使是西方的严肃文学，也常常以"鸳鸯蝴蝶"的面貌出现。阅览刊登小说的刊物《礼拜六》《小说时报》等，可以看出当时对小说的分类极其繁杂，包括哀情小说、爱国小说、悲惨小说、忏情小说、惨情小说、刺世小说、道德小说、复仇小说、国民小说、诡奇小说、滑稽小说、幻想小说、家庭小说、教育小说、军事小说、记事小说、警世小说、科学小说、苦情小说、历史小说、伦理小说、冒险小说、名家小说、欧战小说、奇情小说、奇侠小说、劝世小说、拾遗小说、实事小说、社会小说、神怪小说、侠情小说、侠义小说、写情小说、游戏小说、寓旨小说、寓言小说、言情小说、艳情小说、侦探小说、哲理小说、札记小说等。无论从刊登小说的数量还是从分类的关键词看，包含"情""艳""侠""怪""奇""诡""滑稽"等关键字词的鸳鸯蝴蝶派文学都在各类小说中占了上风。这一倾向与偏好也体现在文学翻译中，从翻译小说的标题中就可见一斑，如中文译本《冰洋鬼啸》《大侠锦帔客传》《豆蔻葩》《蔷薇泪》《波痕荑因》《噫有情》《血海孤星录》《神枪手》《血印枪声记》《鸳鸯血》《姻缘误》《孝子碧血记》《血海翻波录》《情海洄漩录》《欲海情波》《巾帼须眉》《爱河双鸳》《疗愁花》《恨罗愁织记》《情天历劫记》《红粉英雄》《歌台落花记》《生尸》等。这其中不乏名家的作品，如《噫有情》的原作者是雨果，《神枪手》的原作者是普希金，《血海翻波录》的原作者是大仲马，《生尸》的原作者是托尔斯泰。若仅看题名，则很难判断这是汉语原创作品还是译作，当时有些作品并不标注原作者，若对原作内容不熟悉，则难以判断译作和原书具有关联。又或者说，由于当时规范的缺失和对翻译认识的局限，译者和出版者并不着意向读者展示原作的信息。如上文中《孝子碧血记》的作者和译者信息标注为"（俄）文豪某　瘦鹃"。至于这位俄国文豪到底是谁,是不是存在,则并不确定。瘦鹃曾在自己的小说《断头台上》之后"附识"中提到了这篇《孝子碧血记》:"余为小说,雅好杜撰。年来所作,有述西事而非译自西文者,正复不少。如《铁血女儿》《鸳鸯血》《铁窗双鸳记》《盲虚无党员》《孝子碧血记》《卖花女郎》之类是也。盖移译辄为原文所束缚,殊苦其不自由;自著则又病吾国事情多枯窘乏味,言情之作,直是千篇一律。用是每喜杜撰,随吾意想所至,笔之于书,颇觉醇醇有味。"①

可见,译者仅仅是将原作当作创作素材,他们并不讳言自己对"素材"的处理、加工与重新创作。取材于外国文学作品,只是因为对西人西事感到新奇,区别于已经被译者和读者所熟知的传统小说套路。然而,猎奇的结果依旧没能摆脱套路。周瘦鹃的"'杜撰'小说里,其域外想象更发挥'怪力乱神'的因素,如《鸳鸯血》《铁血鸳鸯》《铁血女儿》《孝子碧血记》等篇,所涉足的无非是战场、情场或刑场,男女主人公卷入爱与恨的漩涡之中,如百川归海,最终奔向刀光枪林、泪飞血溅的目的地,拥抱殉情殉国的高潮"②。既然原作只是素材,除了自己加工、创作的部分,当然也免不了有弃之不用的部分。译者对原作的处理之随心随意,在晚清几乎发挥到了极限。经过这样一个"翻译"过程,原文信息在译作中或许只残留些许痕迹。当然,并非所有译者都不标注原作者姓名从而自由地向壁虚造,也有译者介绍并高度赞扬原文作者和作品,难能可贵的是还提供外文原名。译者并不讳言对原作的修改,但毕竟原作还能在译作中留有十之三四的真容:

> 噫嚱,此法国大文豪嚣俄所著也。嚣俄生平所著小说最佳者计三部,一言社会,一言法律,一言宗教。此三书无一不由绞脑镌肠而出,诚不愧世界之第一小说家矣。三书之名一为《钟楼守》,一为《噫无

---

① 瘦鹃:《〈断头台上〉附识》,《游戏杂志》1914 年第 5 期。
② 陈建华:《紫罗兰的魅影:周瘦鹃与上海文学文化(1911—1949)》,上海:上海文艺出版社 2019 年版,第 389 页。

情》,一即此书。原名为 Les Travail Heurs de la mer, 译其意为《海中之劳动家》, 吾乃定此书, 为人世间第一至情之书, 原名实不足以包括, 因易名为《噫有情》, 情而曰噫可哀亦甚矣。

余生平所见写情小说, 如《茶花女》《红礁画坊录》以及吾国之《红楼梦》等, 美则美矣, 然举不足以尽我心坎之蕴结, 因之常欲自撰一至高尚至沉挚之写情小说以发泄吾胸中固有之至情, 亦即发泄此社会人人胸中固有之至情。不意得读此稿不能不绕屋狂叫唤奈何矣。

余不解西文, 此稿乃购得译就之本, 将原译之文改去十之六七, 所存者仅其大意, 然较之对译, 实觉苦闷异常。且原稿凡属精义之处, 多有不甚可解者, 以是不得不参以鄙意焉。虽于原书之旨或少有出入, 然关于名相哲理之处, 初非率尔操胡, 阅者谅之。平情居士志。①

平情居士虽然高度评价雨果这本《海上劳工》, 为其情所感, 但依旧在存其大意的基础上大量改写, 其中的精义微言只能凭着一己之力去参悟。译本从原本走来已经是一路风尘颠簸劳顿, 其中缺失、变形之处在所难免, 从译本到改译本又经一路风尘颠簸劳顿, 外加再译者随心所欲的加工, 可知改译本与原书已经有很远的距离了。在这种情况下谈"忠实"实在是件奢侈的事。这也是为什么五四人要不遗余力地倡导"直译", 其渴求的就是"忠实", 因为忠实的译本中藏有他们改革的范本和良方。

(二)"忠实"于作者原意

"忠实"可以从多个角度探讨, 五四时期的翻译批评多从是否忠实于原文的"意思"入手。如王独清致郭沫若的信中, 批评耿济之所译《艺术论》, 尤其对其中所含魏伦(Verlaine)《诗的艺术》翻译的不满:"这译的完全不是

---

① 平情居士(狄葆贤):《噫有情》,《小说时报》1910年第7期。

诗，我们倒可以不必管他；先只就意思上说，这第一行就大错特错了……"①可见，是以诗译诗还是以散文译诗，对批评者来说，都还可以接受。但"意思"的对错，却是原则问题。张非怯批评高滋所译《夏芝的泰戈尔观讨论》，认为其"有三个缺陷：(A)字义误解，(B)意义误解，(C)文法误解"②，无论哪一种误解，都造成了"意思"传达的障碍。郭沫若则说翻译是有标准的，翻译批评争的就是错还是没错："错与不错，这是有一定标准的！原书具在，人的良心具在，这是有一定的标准的！我们所争的标准，就在这错与不错！这是显而易明的道理。"③郭沫若反复强调的"一定的标准"，即指"意思"是作者原意，是原文的意思。对与错的标准即译文所表达的"意思"和原文的意思是否吻合。因而，无论是诗歌还是其他类文学作品，文学性特征的翻译往往让位于对作者原意的探寻，探寻其本意是译者和批评者所孜孜以求的。与原文的半点叛离都有可能招致不满，翻译批评者也乐此不疲地寻找译作中的不吻合之处。"意思"的差错，往往比文学味的缺失更具有杀伤力，是译者难以辩驳的硬伤。一旦看走眼出现失误，往往会在很长时间内成为笑柄。

如高滋将 flesh 误作 fresh: The cry of the flesh and the cry of the soul.（高译文：新鲜的呼声与灵魂的呼声）。如郑振铎误将 fingers 看成 figures: Some unseen fingers, like idle breeze, are playing upon my heart the music of the ripples.（郑译文：有些看不见的人物，如懒懒的微飏似的，正在我的心上，奏着潺湲的乐声）。这两处失误，都遭到批评者的讥笑："哈！哈！他把 flesh 看作 fresh 了！新鲜的呼声呵！此处肉的呼声与灵的呼声，是对等字眼，一个人眼看一个 soul，就会联想到 flesh（肉）的，即使他的原文是误印了，高君也应知道 fresh 是一个状词——假若我和他讨论文法——，是不能介

---

① 《通信·王独清来信》，《创造周报》1923 年 9 月 16 日第 19 号。
② 张非怯：《新鲜的呼声》，《创造周报》1923 年 11 月 25 日第 29 号。
③ 郭沫若：《论翻译的标准》，《创造周报》1923 年 7 月 14 日第 10 号。

preposition 'of' 呵！若书上是 flesh cry，我还可原谅他看作 fresh cry！"①郑振铎也同样没能逃脱哈哈大笑的讥讽和鄙视："'fingers' 乃是'手指'的意思，如今郑君译做'人物'真是出人意外了！我倒不敢相信我自己的英文程度了，于是请出《韦伯斯特大字典》来教训我，但是韦先生并没有说'fingers'就是'人物'。其实这倒还不只是翻字典的问题，实在可以说是常识的问题。原诗的意思是把心比做一个乐器；我们只要有一些常识就该明白，在乐器——例如琴——上奏乐的应该是手指。如今郑君说有些'人物'在我的心上奏乐，我不晓得'我的心'该有多大的容量才能容受得了那些'人物'！写到这里，我忽的想起，郑君致错之由，大概是把'fingers'错认为'figures'了罢？哈哈。"② 从这两段评论中诸多的感叹号和"哈哈"的拟声词，读者能深切感受到批评者的得意和对译者的鄙视。这样哈哈大笑中的评论还有不少，如："我的朋友读到此处，把王君的译文看看，他都忍不住大笑起来，他说，真错来不成样子了，今而后才知道大著作家的本事，'his back' 明明是在指那个人的背，那里是指竹叶？'his' 是人称代名词，都能代树木吗？这里并不是 fable 中的话，可以 personified。"③

译 flesh 为 fresh 的失误，也因此成为低劣翻译的代名词，每每在翻译批评中被引用："我觉王君这本《英汉合璧泰谷儿小说》译的错处实在不少，指不胜指，王君其他的译本可以想见了，我希望泰东书局的主人把这类'画室'派'新鲜'派的译文少出版一些，那就功德无量了！"④ 对具体译作的批评，也往往被扩大到整个翻译界："现在中国的译界自然无奇不有，但是还未听见有人批评过王君的佳作，想来绝不是那些译 'drawing-room' 为'画室'、译 'flesh' 为'新鲜'的人可比。"⑤ 而郑振铎更是被多次点名批评：

---

① 张非怯:《新鲜的呼声》,《创造周报》1923 年 11 月 25 日第 29 号。
② 梁实秋:《读郑振铎译的〈飞鸟集〉》,《创造周报》1923 年 7 月 7 日第 9 号。
③ 华清:《读王靖译的〈泰谷儿小说〉后之质疑》,《创造周报》1924 年 3 月 28 日第 46 号。
④ 同上。
⑤ 同上。

"郑君的英文，我是领教过来的，然而这回我因为他有王译可以参考，极希望他不再弄出笑话来，使人齿冷，不料他依旧发挥他的个性，而且错到使人怎么也不能为他辩解。我们的翻译界离林纾的时代已近十年了，倘使我们现在还只能出这样的东西来骗人，我真不能不为我们的翻译界羞了。"① 这些文章不仅仅批评郑振铎个人的译作，连他审校的译作也一起遭殃："把《春之循环》的封面过细一看的时候，'瞿世英译'的旁边，有'郑振铎校'的四个字。我这才知道这部译本倒真是应该大错的了。郑君译的几部书早有人指摘过，瞿君倒请他校，真不知是问道于什么了。"②

但细读充斥着"大错""笑话""齿冷""荒谬"等用词的翻译批评文章和其中的译例，发现并非所有"大错"都是真的有错。以唐汉森评瞿世英译的《春之循环》为例，唐认为瞿译"大错"的前两个例句分别是：

1. How dreadful!

瞿译：这样可怕！

唐汉森认为，"这句应译为'多么可怕！'瞿译不仅在此处没有意思，而且把剧中的情调埋没了"。

2. Where can that vizier have gone to?

瞿译：那国务大臣能到那里去？

唐汉森改译为："到底那国务大臣到那里去了？"③

这两个被称为"大错"的例子，其实也并没有那样大的错。即便 how 与"多么"更对应，"这样可怕"也说不上是大错，更看不出"多么"就比"这样"更有情调。第 2 例，唐译似乎更着重表现出原句的完成时态，但"能到那里去（当时用'那里'指'哪里'）"同样可以理解为国务大臣已经不知去向。究其原因，一方面是批评者刻意要找错，另一方面是批评者将翻译看

---

① 成仿吾：《郑译〈新月集〉正误》，《创造周报》1923 年 12 月 2 日第 30 号。
② 唐汉森：《瞿译〈春之循环〉的一瞥》，《创造周报》1924 年 4 月 27 日第 50 号。
③ 唐汉森：《瞿译〈春之循环〉的一瞥》，《创造周报》1924 年 4 月 20 日第 49 号。（该文分两期连载，例句 1—20 在第 49 号上，例句 21—39 在第 50 号上。）

得过于刻板，原文字词只能对应某个固定的含义，不允许有半点改变。在唐汉森所举的第 11 个例子中，这种刻板的认识也有所体现：

Haven't you noticed the detachment of the rushing river, as it runs splashing from its mountain coae?

瞿译：你不曾注意那急流的河水，当他从山穴中急流出来的支流么？

唐译：你不曾注意那急流的河水的分支，当他从山穴中激发出来吗？

唐汉森批评的理由是："这里的 detachment 一字后来还用了两次，都是分支的意思，暗指创造的作用。在引子中的诗人的议论中，这个字是很重要的。瞿君在这三处却用了'支流''分支''分离'三个不同的字，把原字的一贯的意义全然埋没了。瞿君实在没有把原句看懂。"这判定错误的理由并不令人信服，同一篇文章中三次出现同一个单词 detachment，未必就要译成同一个汉语词"支流"。根据不同的语境选择合适的译入语对等词才是灵活的翻译。

这样的翻译批评，并非唐汉森独有，在其他文章中也很常见。梁实秋曾经批评郑振铎译泰戈尔的《飞鸟集》是选译而非全译。梁实秋不认同选译，并挑出了一些他认为错误的地方。

比如：Her wistful face haunts my dreams like the rain at night.

郑译文：她的热切的脸搅扰着我的梦魂，如雨滴在夜间。

梁点评："原诗的意思是说，她的热切的脸，即如夜雨一般，搅扰着我的梦境。郑君无原无故的把（夜雨）译成'雨滴在夜间'，这样一来，乃是把'她的脸'比做'雨'，'搅扰着'比做'滴'，'我的梦境'比做'夜间'了。这是与原诗的诗意大相左了。我的一个朋友告诉我说：郑君的'滴'字不是动词，'雨滴'乃是一个名词。我更不明白了，假若 rain 可以译做'雨滴'，请教'rain-drop'又该译做什么？"

如果将郑振铎的翻译理解为脸搅扰着梦魂如雨搅扰夜的静谧，似乎也并无不通，如何能肯定哪一个才是作者泰戈尔的原意？翻译批评中，动辄将与自己不同的见解"绝对"地判断为"大错""荒谬"并不是译界的幸事。虽然"有一二批评家措辞时有过激之处，我以为我们也应当谅解"，但若言辞激烈或夸大其词成为翻译批评的常态，恐怕做翻译就会人人自危。也如批评者所言"有能的人的洁身自好，坐视不肯出手"和"无能的人的滥译"，共同造成"翻译品日趋恶劣"。①

类似的还有诸如以下两例：

1. Thick reeds grow round the margins where waterbirds lay their eggs.

郑振铎译：厚的芦苇（的）在岸边四周生长，水鸟藏他们的蛋在里面。

王独清译：茂盛的芦苇生在水鸟们下卵（子儿）的池塘周围。②

成仿吾的点评只有一句话："此处的 lay eggs 是'产卵'的意思，仍以'不容易看懂'的王译文为不错。"评价的话不多，但结论的帽子很大，是作为"郑译的十个大错"之一列出的。

2. The village roads became impassable and marketing had to be done in punts.

王靖译：乡村的路被水淹没不通，市中人都在浮筏上做买卖。

华清译：乡村的道路不通了，买卖的事必须在浅底船上做。③

华清对王靖译文的疑问是："'marketing'是买卖（selling and buying）的意思，怎能译为市中人？"

批评者除了对词义乃至翻译的认识比较刻板外，对翻译方法的使用也秉持着非此即彼的态度。如和"衔玉而生"相类的"衔金勺而生"就遭到了批评。

> Bipin Kisore was born "with a golden spoon in his mouth"……
>
> （王译）卡宾克素儿呱呱坠地的时候口里衔着一个金匙……

---

① 唐汉森：《瞿译〈春之循环〉的一瞥》，《创造周报》1924年4月27日第50号。
② 成仿吾：《郑译〈新月集〉正误》，《创造周报》1923年12月2日第30号。
③ 华清：《读王靖译的〈泰谷儿小说〉后之质疑》，《创造周报》1924年3月28日第46号。

（疑问）"口里衔着一个金匙"在原文上明明加引句符号，照王君的译文，便成为神话了，括符内的话是一句成语，看下文说卡宾用钱如土，亦可以知道大致是"不知稼穑之艰难"的意思，譬如我们四川的土话说张三是"靠着米囤子长大的"，何尝真正是靠着米囤子长大的？①

批评者能够接受"靠着米囤子长大的"代表家境优越，而不能接受"口里衔着一个金匙"代表家境富足。究其原因，对于外文作品中所出现的无汉语对应或不完全对应的比喻，批评者更愿意将其"意思"译出来，而不是直接移植在汉语中。或者说，在这种情况下，更倾向于意译而非直译。

张非怯也曾因高滋所译《夏芝的泰戈尔观讨论》中的音译而颇有微词，认为"有几种含有意义的专词，更须译意才行，否则又令人不懂，失却译书本旨了"。他所举的例子为：

> We of the Brahma Samaj use your word "church" in English.
>
> 高译：我们婆罗门萨马的人，用你们英文中的"教堂"这个字。
>
> Samaj 在彭加利文，意为"敬礼会"（A Worshipping Assembly）。此处应改译"我们婆罗门敬礼会的人"，否则人将当作一个地方的专名了。②

张非怯在这篇翻译批评的文章中所举的第 9 个例子尤其引起了周作人的注意。这个例子涉及一句引文，张非怯认为高译不妥：

> It is our mood, when it furthest from A. Kempis or John of the Cross, that cries, "and because I love this life, I know I shall love death as well."

---

① 华清：《读王靖译的〈泰谷儿小说〉后之质疑》，《创造周报》1924 年 3 月 28 日第 46 号。
② 张非怯：《新鲜的呼声》，《创造周报》1923 年 11 月 25 日第 29 号。

高译：这就是我们自己的情调，从最古的（！）悭比斯或约翰以来便在叫道："因为我们爱这个生命，所以我知道我也是爱死的。"①

　　在高滋译文之后，张非怯加了8行分析，认为高译不对，正确理解应是悭比斯或约翰叫道："因为我们爱生，所以我们也爱死。"对于张非怯的这一判断，周作人并不认可，他撰文《为"悭比斯"讼冤》，文中用翔实的资料证明，这话来源于泰戈尔的《吉檀迦利》，是泰戈尔本人的诗句，而非悭比斯或约翰，张非怯的解释并不正确。周作人还顺便提及了张文中第10个例子，认为张的解释从"文法和意义"上都能看出是错误的。因为张非怯在文末信誓旦旦地说："若说有意开罪，故意吹毛，我情愿受'手责'十下，因为这等事情，是何等伤心的无聊呀！倘不幸，这一批大错，竟被我这样皮毛学者所证实了，那我没有话说，我只得择一块文艺世界的幽僻处，一间冷绝的小房的门后，流几点清泪，并低低的哭道：'呜呼！中国的翻译界！'——你若问我为什么哭得这样低呢？我防他人听见呵！"②周作人对此很反感，在文中讲《戈丹的智人》（*Wise Men of Gotham*）故事，说明很多人做翻译批评都只是看得见别人的错误而看不见自己的错误，还在文章结尾处直接评价了张文过于抒情的部分："张君文中末节六行，说的太是感情的一点了。我并不想窜改一两字拿来回敬中国的批评家，但我希望张君自己要承认甘受'手责'两下，因为'大丈夫一言既出驷马难追'。"③可见，人的认识有涯，而知识无涯，没有谁能断定自己的理解就一定正确，急于用自己的判断去否定他人的判断并非正道，也不明智。

　　如果批评者与被批评者或其所属的团体之间素有积怨，则这种看得见他人的错，看不见自己的错，吹毛求疵，夸大其词的现象就表现得尤为明显。

---

① 张非怯：《新鲜的呼声》，《创造周报》1923年11月25日第29号。
② 同上。
③ 荆生（周作人）：《为"悭比斯"讼冤》，《晨报副刊》1923年12月16日第4版。

鲁迅曾经谈到过创造社对文学研究会的批评："（创造社）既然是天才的艺术，那么看那为人生的艺术的文学研究会自然就是多管闲事，不免有些'俗'气，而且还以为无能，所以倘被发见一处误译，有时竟至于特做一篇长长的专论。"① 若有第三方就批评话题发表评论，也会被认为是为某一方帮腔。而对翻译批评的回应，牵扯第三方的情况还很多见，往往会出现往复纠缠：你说他错了，我说他没错，是你错了；你说他错了，我承认他错了，但你的也错了；我说他错了，你说他没错，是你的判断错了，他就是错的；我说他错了，你也承认他错了，你说你的是对的，我说你的是错的。虽然译者都在追求忠实，都在试图传达原作和原作者的"意思"，但对文本的解读和对语句的理解，会出现有歧义的地方，因而纠缠越来越难以厘清。

细读这些翻译批评的文章，不难发现其中带有几分纠错、几分吹毛求疵、几分讥讽、几分盖棺定论。既然要做翻译批评，至少应该将译作读完，但不少批评者是看一部分就急于下结论。比如王独清批评耿济之："至于那本《艺术论》，后面所引的许多诗，我因没有时间——也实在是不愿——再看，不知如何。但我以前者相推，怕也是不堪考究呢。"② 梁实秋批评郑振铎："截至郑君的'人物'为止，我只是校了郑译的前十首，一共发现了四个错处，我实在再没有耐心校下去了。郑君既然提倡选译主义，我看前面所举四首似乎就该不被选才对。底下的二百几十首里究竟还有多少'人物'我们不得而知，好在即使还有无数的'人物'，想来'对于没有机会得读原文的，至少总有些贡献'！"③

当然，并非所有的翻译批评，批评者和被批评者都这样充满了纠缠和火药味。比如《创造周报》的读者来信，虽然批评了翻译中的不当之处，被批评者也能坦然接受或平和地回应。批评者的翻译批评也很有技巧，表扬在

---

① 鲁迅：《上海文艺之一瞥》，《鲁迅全集》（第二卷），北京：光明日报出版社 2015 年版，第 394 页。
② 《通信·王独清来信》，《创造周报》1923 年 9 月 16 日第 19 号。
③ 梁实秋：《读郑振铎译的〈飞鸟集〉》，《创造周报》1923 年 7 月 7 日第 9 号。

先，商榷在后，于被批评者而言更容易接受。创造社的粉丝田楚侨曾经与郭沫若商榷后者所译雪莱诗，就是奉行这样的方法对《拿坡里湾畔书怀》中的三处译文提出异议。郭沫若在回复中承认一处是误译，一处是自己译的"过于自由，但幸与原意尚无龃龉"，还有一处是批评者"译得又太自由了一点"。批评者、被批评者能这样和谐相处，除了批评者的热心读者身份，还有一个原因，批评者和被批评者有共同的鄙视对象——文学研究会，或者说批评者为了取悦被批评者，于是一同鄙视文学研究会："在浅薄的现在中国文坛，实在只配研究太戈尔，（我不是说太戈尔的诗是 Second hand，值不得我们研究，不过仅求文字上来说，他的诗的确是容易了解）。只配介绍点文坛消息。至于西洋已经论实的，千古不灭的作家，如但丁、弥尔敦等，我们还没有拜读他们译作的梦想；如莎士比亚、歌德、雪莱、摆伦等，亦只有片段的介绍。呵！可怜的现在中国文坛。我因此便联想到创造社，他们在新文坛里，学识和见闻，总算比较的丰富；创作和译品，总算比较的要高人一等。"① 研究太戈尔，发布文坛消息，这些都很明显在影射文学研究会，用"浅薄"和"可怜"评价中国文坛，口气与创造社如出一辙，在批判文学研究会的同时也并不吝惜对创造社的高度赞美。批评者和被批评者的这些共同处，直接保障了批评者和被批评者之间的和谐。虽然批评者和被批评者之间和谐了，但前提是增加了与第三方的纠缠，恶化了与第三方的关系。在这封读者来信中，写信的读者可以说抑扬无度，这种无度连郭沫若也看不下去："文中有几处讼及他人的地方，我替你删削了，想你当不至见怪。"② 这样的读者并不少见，赵景深曾经化名"露明"致信郭沫若："昨夜读《创造周报》no.36—37 张伯符君的《〈乌鸦〉译诗的刍言》甚为快意！他能够对于一个连英文都没弄明白的子岩下那样温和的批评，真使我佩服他的态度！"③ 梁实

---

① 田楚侨：《雪莱译诗之商榷》，《创造周报》1924 年 4 月 5 日第 47 号。
② 《通信·郭沫若答田楚侨》，《创造周报》1924 年 4 月 5 日第 47 号。
③ 露明（赵景深）：《〈乌鸦〉译诗的讨论》，《创造周报》1924 年 3 月 21 日第 45 号。

秋也曾经致信郭沫若,为创造社成员抱不平:"《文学旬刊》有一个姓梁的说仿吾译的《孤独的刈者》里'stop here, or gently pass'一句译错了。其实并未译错,倒是姓梁的没懂原文。我想这简直没有辩论的余地,英文还没学通,就出来骂人译错,未免可怜。"① 站队、抱团式的翻译批评使得原本就不那么简单的人际关系和学术关系变得更加复杂。

翻译批评中的诸多纠缠,也说明了追踪作者"原意"的艰难。原作中有一部分内容和意义是确定的,还有一部分会出现因人而异的理解和解读,另有语言水平等引起的理解偏差,因而批评者和被批评者都觉得自己的理解和解读是正确的,也就有了分歧和争端。分歧和争端也在客观上促使译者更加严肃地对待翻译,加强翻译批评的监督作用。

(三)"忠实"于原作的文学味儿

这里的文学味儿泛指作品"内容"或者"意思"之外的所有文学手法所传达的含义。虽然"神韵""气韵"之说已经提出,并成为文学翻译努力的一个方向,但在翻译批评中从"意思"之外评判文学作品的文章并不多见。成仿吾是为数不多从这方面着手翻译批评的人。他认为文艺鉴赏是"感情与感情的融洽",而非"理智与理智的折冲",诗歌的优劣是以它所传达的"情绪之深浅"决定的。诗歌的功能在于读者的所感(to feel)而非"理解(to understand)",诗歌是情绪化的而非理智的。② 以此为关照批判了胡适、康白情、俞平伯、徐玉诺等创作的白话诗,还重点批判了周作人翻译的日本俳句。在对周作人译作的评价中提到了谐音和音乐效果等。他认为周作人翻译的俳句,在日本已经是过去时,引入中国没有普遍的价值,并具体指出周作人所译部分俳句之失。

"风冷,破纸障的神无月。

---

① 《通信·梁实秋来信》,《创造周报》1923年12月16日第32号。
② 成仿吾:《诗之防御战》,《创造周报》1923年5月13日第1号。

给她吮著养育起来罢,养花的雨。"

以上两句是周作人所译的俳句,成仿吾认为原作中的"同音"效果在译作中"连一点意义都没有了"。

周作人所译芭蕉的名句"古池,——青蛙跳入水里的声音",成仿吾的总体评价是丢了原作的"生命",具体表现在:(1)丢了感叹词,即丢了"原文的命脉";(2)丢了感叹词破坏了原文五音关系,即丢了原作的音乐效果;(3)"青"和"里"是译者添的蛇足,破坏了原作的"粗略"和"暗昧"。成仿吾将这两句诗改译为"仓寂古池呀,小蛙儿惊然跳入,池水的声音",但同时也承认自己的译文中也有"蛇足"。①

就文学味儿而言,成仿吾的评价涉及同音字的翻译、音乐效果的传达和原文简单粗略的风格再现。这三点也是作为翻译批评者的成仿吾认为周作人翻译不到位的地方,但他对这三个方面问题的解决办法也很有限:同音字的翻译,成未能给出自己的译法,只能任由原作同音的特征在周的翻译中遗失,变得"连一点意义都没有了";音乐效果的丢失,他认为"是两国文字不同的地方,怎么也没有办法的",即便如此,还是按照原文的音节进行翻译尝试,认为自己的翻译保存了原文的音乐性;原文简单粗略的风格依旧没能再现,"不免也加了些无益的蛇足"。可见,在批评者那里,翻译俳句也依旧是顾此失彼,顾及了音节,则丢失了简略的风格,这大概也是真译者无可奈何之事。对于这无可奈何之事,批评者做翻译批评时也并未留半点情面。

成仿吾对译诗一向有研究,认为"译诗应当也是诗,这是我们所最不可忘记的。其次,译诗应当忠于原作。诗歌大略可以分为内容、情绪与诗形三部来讨论。诗形最易于移植过来,内容也是一般翻译者所最注意,只有原诗的情绪却很不易传过来,我们现在的翻译家尤其把它全然丢掉了"②。因而他提出过译诗的两种方法:表现的翻译法(expressive method)和构成的翻译

---

① 成仿吾:《诗之防御战》,《创造周报》1923 年 5 月 13 日第 1 号。
② 成仿吾:《论译诗》,《创造周报》1923 年 9 月 9 日第 18 号。

法（compositive method）。其中，表现的翻译法"实具创作的精神，所以译者每每只努力于表现，而不拘拘于原作的内容与形式"，表现的翻译法"是要从一个混一的情绪放射出来，所以它的作用是分析的远心的"，因而"结果难免没有与原作的内容不同之处"。成仿吾关于译诗的观点，在当时应该是大胆而前卫的，在直译和忠实的翻译观盛行之际，他多次肯定与原文内容有所出入的译诗依旧是好诗，不拘泥于原诗字句的"先后详约，每被颠倒或更改"，不妨碍成就一首优秀的译诗。这也从另一个侧面反映出，当时的翻译批评有不少是纠结于字句的先后详略的。他在《论翻译》中列举 Richard Dehmel 译 Paul Verlaine 的《月明》诗，认为 Dehmel 的译诗，"虽有许多与原诗不同之处，然而它自己便是一首好诗，而又能把原诗的情调表出，所以说它是魏尔岑诗的名译，谁也不能非难"[1]。

从成仿吾的这句"虽有许多与原诗不同之处"的判断，也可感知五四时期追求"意思"正确、形式对应与"文学味儿"之间，时常会出现的难以调和的矛盾。被奉为圭臬的忠实标准，在实际操作过程中难以如数字般准确客观，理解因人而异，判断因人而异，主观因素也会从中起作用。虽然译者都声称在追求忠实，产生的文本却千差万别。即便翻译批评者都以忠实为标准去评价同一译本，结论也可能会大相径庭。与原诗有"许多"不同之处的译诗，可能会因其"文学味儿"而被判定为"谁也不能非难"的好诗，也可能因其与原诗的许多不同之处而被判定为滥译。韦努蒂（Lawrence Venuti）曾经借用 abusive fidelity 这个概念，从另一个角度阐明忠实具有一定的随意性和任意性[2]，随意性和任意性使得翻译批评中这个本应相对确定的标准，意义并不确定，也是造成翻译批评中诸多矛盾和纠缠的原因之一。

---

[1] 成仿吾：《论译诗》，《创造周报》1923 年 9 月 9 日第 18 号。
[2] 任淑坤：《鲁迅韦努蒂翻译思想的差异》，《北京师范大学学报》（社会科学版）2014 年第 5 期。

第五章　从外国文学走进来看中国文学走出去

　　从前文对晚清和五四译作的对比观察可知，五四时期的译按分离、译创分离使得大范围、大规模推行直译的方法和忠实的标准成为可能；通过对译作和非译作关系的探究可知，两者之间在内容和语言上关联紧密，非译作为读者提供的相关信息降低了译作的陌生感，尤其是直译而来的陌生感，保障了直译方法和忠实标准下产生的译作能被读者接受、能参与流通和传播。五四时期外国文学走进来的方式和传播的途径、影响因素等，对中国文学走出去具有启发意义。

第一节　文学翻译中的信息量守恒

　　从晚清"译中作"到五四"作中译"的变化可知，那些晚清"不忠实"的译作中所添加的原文本之外的信息并没有凭空消失，而是发生了转移，以不同的形式和名目存在着。所以，翻译中辅助读者理解译作的相关信息，既可以如晚清那样直接植入译文中，也可能以按语、点评、文内夹注、文后注等明显区别于译文的形式出现在译作中，而文学译作的辅助信息还在译本之外以书评、人物传记、编译、译述、新闻报道、出版信息、新书推介、创作等的形式出现。

一、译作所需辅助信息的类别

（一）作者信息

作者信息主要包括国籍、生卒日期、年龄、性别、职业、宗教信仰、政治倾向、婚姻状态、家庭状况、受教育情况、人生经历、主要作品、在文坛的地位、文艺主张等。

比如《春潮》在译文前加了"译者按"，介绍作者屠尔格涅甫（陈嘏称其为"屠尔格涅甫氏"），并提供了国籍（俄国），英文名（Turgenev, Ivan），生卒年份（1818—1883），文坛地位（俄国近代杰出文豪，与托尔斯泰齐名），代表作（少时就著有为世人所称许的《猎人随笔》），著作的主题特点（"其文章乃咀嚼近代矛盾之文明，而扬其反抗之声者也"），所译篇目的主题特点和写作特色（"为其短著中之佳作，崇尚人格，描写纯爱，意精辞赡，两臻其极"），传播情况（"各国皆有译本，英译名曰 Spring Floods 云"）。①

《意中人》的译者薛其瑛为自己的译作写了一个简短的译者识，包括该剧的主题、流行程度、特点、作者流派、文坛地位、所译篇目的地位、所译篇目的主旨、翻译目的。② 译者识对作者的介绍可以说一笔带过，只说王尔德是"晚近欧洲著名之自然派文学大家也"，《新青年》显然认为这样的介绍过于简单，因此在"译者识"之外附加了一个"记者识"，详尽地介绍了作者王尔德的生卒年（1854—1900），国籍（"爱尔兰都城 Dublin 之人"），成长和求学经历（"幼秉母教，体弱耽美，时作女装，衣冠都丽。十一岁学于 Emnikillen 学校，文学之才，崭然出众，数学功谋，绝无能力。十八岁入

---

① 〔俄〕屠尔格涅甫著，陈嘏译：《春潮》，《新青年》1915年9月15日第1卷1号。
② 〔英〕王尔德著，薛其瑛译：《意中人》，《新青年》1915年10月15日第1卷2号。

Oxford 大学，氏生性富于美感，游 Oxford 闻 John Ruskin 之美术讲义，益成其志"），评价（"当时服装之美、文思之奇，世之评者，毁誉各半。生平抱负，以阐明美学真理为宗"），多舛命运（"一八九五年，以事入狱，禁锢二载，旋以贫困客死巴黎，年仅四十有六"），作品数量与文类（"所著随笔、小说、剧本，已出版者凡十余种"），著作的评价与流传（"文章巧丽天成，身殁而名益彰。剧本流传，视小说加盛"），以及所作喜剧《温达米尔夫人之扇》（Lady Wendermere's Fan）、《无用之妇人》（A Woman of No Importance）、《热情之重要》（The Importance of Being Earnest）与所译《意中人》并称王尔德四大喜剧，悲剧《萨乐美》（Salome）。

这个更为详细的作者介绍也不是王尔德的全部，《弗罗连斯》的译者识为读者提供了更多的信息，包括王尔德最著名的悲剧《萨乐美》的遗稿部分缺失的情况、演出情况、管理情况等：

> 按，作者生平擅喜剧，悲剧流传甚鲜，若《萨乐美》（Salome）其最著者也。是篇版行，作者已不及见。其遗稿原有阙散，自商人希莫烈登场，始乃真作者之手笔。其前一部分，盖诗人 Thomas Sturge Moore 氏所补也（Sturge Moore 亦有名戏曲家）。一九〇六年 Literary Theatre Club 开演此剧，作者之遗稿管理人 Robert Ross 氏，宣言于报纸曰："一八九五年四月，王尔德受破产宣告时，预召余保存其未出版诸著作原稿。余先检察官而往，及理其稿，则悲剧《弗罗连斯》及 Duchess of padua、The portrait of Mr. W. H. 三种，并散失不知去向，意有人先余至怀之去矣。厥后留心侦窃稿之人，卒无朕兆。就中悲剧《弗罗连斯》一篇，作者尝为余道其梗概，并曾细读其原稿，故其中情节及对话，余俱稔知。王尔德既殁，其律师将彼平日简札及书物稿本，悉送于余。余清理之，于其中发见脚本草稿一件，不图即《弗罗连斯》之原稿，然开始一部分卒不可得。Thomas sturge Moore 氏应 Literary Theatre Club 之请，照原作旨趣，补而完之，乃得排演云。

按，此剧德法各国皆有译本，且皆演之，德人尤称赏不置，剧中对话，饶有兴味，最后结束，亦芬芳悱恻，气力雄厚，短篇如此作，洵不多觏。①

虽然对作者各方面的介绍与理解作品的内容似乎没有直接的关系，但作品与作品之间、作品与作者之间、作者与作者之间、作品与作者的生活之间、作品与社会环境之间的关联，对深入理解作品和作者的创作倾向，扩大作品和作者的影响，帮助读者将作品与其他作品及社会生活关联起来的作用是不可低估的。对作者方方面面的介绍，并非文学翻译的专属，非文学类翻译亦然；并非仅译作如此，创作类亦然。本书将《叔本华自我意志说》归于非译作之类，是刘叔雅有感于叔本华的"天纵之资，既勇且智"，将其"集形而上学之大成"的学说，在"获读遗书"后，"窃抽秘旨，世之君子，得以览焉"。② 在这篇文章中，刘叔雅并未直接抽取自我意志说的"秘旨"，而是如译作中的译者识一样，开篇先对作者的名（亚特）、姓（叔本华）、英文名（Arthur Schopenhauer）、国籍（普鲁士丹崎人）、父母家世、求学经历、主要著述等一一罗列，然后才对《叔本华自我意志说》的主要内容、与他人学说的关联等撮要陈述。

（二）文本相关信息

文本相关信息主要包括人名、地名、书名、景观、货币、奖项、历法、战争、度量衡、专有名词、喻体与汉语差别较大比喻、文化负载词、文艺思潮、社会思潮，以及文中涉及的任何由两种文化语境不同而可能带来误解或不解的地方，这些往往需要辅助信息。

阅读五四时期的译作可知，当时对人名的处理，通常有几种情况，一

---

① 〔英〕王尔德著，陈嘏译：《弗罗连斯》，《新青年》1916年9月1日第2卷1号。
② 刘叔雅：《叔本华自我意志说》，《新青年》1915年12月15日第1卷4号。

是在文中添加同位语，二是做注释（或译者按）介绍人物身份，三是中译名后附上外文名，四是译为中文名不添加注释，五是不翻译直接用外文原名，方法一至三都是属于译者附加信息。不同的处理方法有时会叠加使用，如："白鹄馆者，当地著名旅馆也。晚餐讫，出馆散步，见市中名雕刻家当涅克露所造女神之像，并访桂特故居（译者按，桂特，Goethe，德国诗圣也）。独行踽踽，踱过绵因河堤，于时幽思忽麻起，顿感为人在客之苦，有难言者。"① 这段话中出现了两个人名，一个是雕刻家，一个是文学家，但处理方法并不相同。"当涅克露"因有"雕刻家"做同位语，所以译者无须做额外的注释，意义已经了然。而"桂特"这样一个孤立的人名，在当时并无统一的译法，也没有现今约定俗成的译名"歌德"那样高的知名度，因而译者着意做了一个注，除了介绍身份外，还附加了外文名，便于读者查找和认识。

《青年论》②是一篇英汉对照的文章，因原文旁征博引，其中涉及很多人名，同一译者在同一篇文章中对人名处理方法的不同清晰可见。比如，文中对"马珂雷英文学家""查儿司狄更司英小说名家""伽斐德美国第二十届总统""荷马希腊诗人""汉尼巴古Carthage之大将"等都用小字号在文中做了注释，介绍人物身份。对于文中存在同位语或上下文能标示出人物身份的人名，则不再额外附加信息，如"大乐工夏伯氏"（现通常译为舒伯特），就是因其原文在人名Schubert后有同位语"the great musician"。而对"拿坡岑"（现通常译为拿破仑）则使用了中文译名并省略了Napoleon Bonaparte中的后一部分。文章开头引用了很多格言，涉及"吴滋物司""齐思裴特""耶马逊""斯塔卜槐特""坡卜"（与现今通行的译名不同，英文名分别为Wordsworth，Chesterfield，Emerson，J. Staples White和Pope）等一众名人，都使用中文译名。而对于"马其顿王腓力"（Philip of Macedon），其中的"王"是译者

---

① 〔俄〕屠尔格涅甫著，陈嘏译：《春潮》，《新青年》1915年9月15日第1卷1号。
② 〔美〕马克威、斯密士著，中国一青年译：《青年论》，《新青年》1915年9月15日第1卷1号、1915年11月15日第1卷3号。

添加的，向读者介绍腓力的身份。因而，并非所有的人名都需要做注，尤其是对于《青年论》这样的文本，若一一做注，则注释太多无疑会增加读者的负担，造成译作的过度臃肿。

  地名、书名、景观、货币等其他类别的名词翻译和人名翻译添加辅助信息的方式大同小异，不再一一罗列。就辅助信息添加的详略而言，有的详细，有的简略，简略的如上文所见，只注明其为某国人的某种身份，中等程度的会在国籍和身份的基础上注明生（卒）年，详尽的会做一个长注，甚至大段段落或专文介绍。就信息的清晰度而言，有的辅助信息重视过程，信息详尽甚至提供精确数字，知识性强；而有的信息则直奔结果，一目了然。以度量、价格等为例，胡适曾在《藏晖室札记》中向读者介绍《织工》："妻女日夜织，而所得不足供衣食，至不能得芋（芋最贱也）。"① 处于不同国度的读者对同一食物的估价会有所不同，因而，胡适对芋这种食物在括号中加了一个直截了当的注释，让读者知道芋是穷苦百姓赖以充饥的食物，虽最便宜但仍不能得。鲁迅的《三浦右卫门的最后》对长度的度量单位则用了另一种注释方法："在去这里四五町（二）的那边的街道上，从早晨起，就一班一班的接着走过了织田军。"② "町"是长度单位，鲁迅做了注释："注二：三百六十尺为一町，合中尺三十四丈一；三十六町为一里。"巧合的是，周作人所译《深夜的喇叭》中，也对"町"做了注释："其实母亲的家离那里还不到两町呢。（案：一町为三十六丈。）"③ 同在这篇译作中，还有关于"里"的注释："二三年前我在房州（Boshiu）方面单身旅行的时候，不知道为什么缘故，早晨在旅馆起来，忽然听到喇叭的声音。那里并无兵营一类的东西，我想这只是幻觉罢了。坐了马车，走过一二里（案：每里当中国六里余）之后。耳边还是听见，非常窘苦。以后这样的事，也常常遇见。"综合鲁迅和周作人的注释，我们大概得知：1 町 =360 尺 =34.1 丈 ≈36 丈，36 町 =

---

① 胡适：《藏晖室札记》，《新青年》1917 年 1 月 1 日第 2 卷 5 号。
② 〔日〕菊池宽著，鲁迅译：《三浦右卫门的最后》，《新青年》1921 年 7 月 1 日第 9 卷 3 号。
③ 〔日〕千家元麿著，周作人译：《深夜的喇叭》，《新青年》1920 年 12 月 1 日第 8 卷 4 号。

1（日本）里，1（日本）里≈6（中国）里。至于《三浦右卫门的最后》中的"四五町"和《深夜的喇叭》中的"不到两町"到底有多远，还需要与我们熟悉的中国常用计量单位里或者米换算，1町≈36丈，1丈≈3.33米，则"四五町"大约是480～600米，"两町"大约是240米。这样的辅助信息需要读者自己动手动脑进一步计算，也使读者了解到日本有一个和中国一样的计量单位"里"，但其所代表的实际长度与中国的"里"并不一致。就扩展知识来说，当然是鲁迅和周作人的这种注法让读者收获更多，若从获取阅读信息的速度来说，则如胡适的方法更直接更快捷。因而，文本从原文转换为译文，是否需要提供辅助信息，以什么样的方式提供辅助信息，不同的译者有不同的处理方法，同一译者针对不同信息也有不同的处理方法。译者会判断信息的重要程度、不同信息的优先程度、信息在译入语读者中的熟悉程度、信息与文本主要内容的紧密程度、期待读者掌握信息的数量及速度等，以此来决定对辅助信息的处理。

不同译者对不同文本中同一名物的翻译和是否添加辅助信息的不同做法，也可以看出翻译是就事、时、文本、读者、译者、社会环境等因素综合考虑而得的结果，并非译者的率性而为或一时兴起。以现在大家已经熟知的诺贝尔奖为例。陈独秀翻译泰戈尔的诗歌时有一个注涉及诺贝尔奖："R. Tagore.（达噶尔）印度当代之诗人。提倡东洋之精神文明者也。曾受Nobel Peace Prize，驰名欧洲。印度青年尊为先觉，其诗文富于宗教哲学之理想。"[①]注中的诺贝尔和平奖直接使用了英文，对不懂外语的读者来说，能大致揣测这是某项极高的荣誉。对懂外语的读者来说，可以更具体地揣测泰戈尔荣获了某项和平大奖。但猜测的信息毕竟不完备，这也是为什么读者会专门就此致信《新青年》问及："前见第二号达噶尔译诗注中，言达噶尔氏曾受Nobel赏金。不审此种赏金，出自何国何人，是何制度，乞有以见示。"[②]

---

① 〔印度〕达噶尔著，陈独秀译:《赞歌》,《新青年》1915年10月15日第1卷2号。
② 《通信·王庸工来信》,《新青年》1916年10月1日第2卷2号。

对此,《新青年》给出了详细的解答,所有专有名词都以汉语和英语两种形式同时出现:

> 诺倍尔(Alfred Bernhard Nobel)乃瑞典人名,为发明炸药"戴拿埋特"(Dynamite 乃以硝酸等,混合于硅藻土、锯屑所制)之大工业化学家。生于一八三三年,卒于一八九六年。临终时,悉出资产,创立诺倍尔赏金制度,奖励有功德于人类者凡五种,每种年限一人,每人给金约合华银八万圆,不限国籍。其第一种为物理学者,第二种为化学者,此二种均由"斯托亨(瑞典都城名)皇家科学院"(The Royal Academy of Science of Stockholm)评选。其第三种为医学者及生理学者,由"斯托亨之嘉乐林学会"(Caroline Institute in Stockholm)评选。第四种为文学者,由瑞典学院(Swedish Academy)评选。第五种为有功于世界和平运动者,由挪威议院(Norwegian Storthing)评选。近已稍变旧章,每年每种,不限一人矣。若法国之罗兰(Romain Rolland)、瑞典之海敦司塔姆(V. V, Heidenstam)、丹麦之朋托皮丹(H. Pontoppidan)三小说家,同以一九一四年得奖。且亦不限以五种,如丹麦历史家龙德(Troels Lund)即其例也。①

这个介绍可谓详尽,囊括了诺贝尔的国籍、生卒年、主要成就,以及诺贝尔奖的设立、种类、评选等。辅助信息的存在并非一劳永逸,信息的不同侧重、不断重复和叠加才使得诺贝尔奖如当今这般为人熟悉。陈独秀在《当代二大科学家之思想》中谈及阿斯特瓦尔特精于化学、哲学和多种语言,其"以化学所得诺倍尔赏金,悉数充作传播世界语之用",谈及和平运动时,又加了一个注释,同时强调泰戈尔所获是诺倍尔和平奖而非文学奖:"按诺倍尔赏金,亦奖励此种事业。印度达噶尔之获赏,即以其有功于世界之和平运

---

① 《通信·记者答王庸工》,《新青年》1916 年 10 月 1 日第 2 卷 2 号。

动，非以其文学也。"① 这时，读者了解的就不仅仅限于"诺贝尔奖是一个地位极高的奖项"这样一个大的概念，对其更细的类别也有所了解。

胡适在《藏晖室札记》中对《新青年》"通信"栏目中已经详细介绍过的诺贝尔文学奖，再次花费了诸多笔墨加以介绍，并提及读者熟悉的诺贝尔和平奖获得者罗斯福总统，不厌其烦地罗列了诺贝尔文学奖的获得者姓名、国籍、年份，这就让产生于异国的奖项与读者有所知的作家联系在一起：

> 诺倍尔赏金者，瑞典人诺倍尔氏所创，以鼓励世界男女之为人类造幸福者也。诺倍尔卒于一八九六年，遗嘱将遗产九百万美金，存贮生息，岁以所得息分为五分，立为五赏。（1）世界最重要之物理新发明。（2）世界最重要之化学新发明。（3）世界最重要之医学或生理学新发明。（4）世界所公认之文学著作，足以表示理想的趋向者（Idealistic tendency）。（5）最有功于世界和平者。第一次给奖，在一九〇一年，每赏约值美金四万元，縢以金牌，于每年十二月十日给之（此为诺氏殁日）。其物理化学二赏，由瑞典国家科学院判定发给。其医学奖，由斯托亨（瑞都）医学会审定。其文学赏，由瑞典通儒院裁决。其和平奖，则由挪威议会定之也。美前总统罗斯福，得一九〇六年份和平奖。文学奖则：
>
> 一九〇三，Bjornsterne Bjornson（挪威剧家，易卜生之友）。
>
> 一九〇七，Rudgard Kpliny（英诗人）。
>
> 一九〇八，Rudolph Eucken（德哲学家）。
>
> 一九一一，Maurice Meterlinck（比利时诗人及剧家）。
>
> 一九一二，Gerhars Hauptmaun（德剧家）。
>
> 一九一三，Rabindanath Tagore（印度诗人）。②

---

① 陈独秀：《当代二大科学家之思想》，《新青年》1916年11月1日第2卷3号。
② 胡适：《藏晖室札记》，《新青年》1917年1月1日第2卷5号。

此后,《新青年》中再出现诺贝尔奖时都不加辅助信息或添加极少辅助信息,如讲罗曼·罗兰在欧战中的经历:"欧战起后,因为全欧洲、全人类说话,不容于法人,乃躲至瑞士日内瓦,从事慈善事业(国际俘虏经理处),把所受的一九一五年分'诺贝尔'文学奖金也全用在上面(约美金四万多元)。同时并作了几种小说戏曲,又作了很多文学的、哲学的、时事的文章。"① 这段文字中只对诺贝尔奖金的金额给出了一个约数注在后面的括号中。在这篇文章中,诺贝尔名字中的用字与现在一致,"赏金"也变为了"奖金"。茅盾署名"雁冰"所作的《哈姆生和斯劈脱尔》,其副标题是《新的诺贝尔文学奖金的两文豪》,介绍两届诺贝尔文学奖的颁发情况并详细介绍两位得主:"一九二〇年的诺贝尔文学奖金已经给与脑威文学家哈姆生(Knut Hamsum)了,因欧战而延迟的一九一九年的诺贝尔文学奖金亦已经给与瑞士文学家斯劈脱尔(Carl Spitterb)了。"② 鲁迅也曾经在《狭的笼》"译者记"中提及"受过诺贝尔赏金的印度诗圣泰戈尔"③。茅盾和鲁迅的文章中,诺贝尔奖已然是一个作者和读者都不陌生的名词了,无须任何注释和解说。

诺贝尔奖从一个需要注释且读者来信询问的新名词变为熟识词的过程中,也可以看出辅助信息的有无、详略程度变化并不是译者随意决定的。虽然以上例子都出现在《新青年》,但并不是说推介之功都在《新青年》或只有《新青年》在做这样的工作,只是说这个接受过程在《新青年》中更为典型,例子选取集中可以更清楚地看到新生的名词在译入语读者中被接受的过程。其实,其他的刊物也在做同样的工作。早在1907年,《东洋》就刊发了介绍诺贝尔奖的文章:"美国现大统领罗次倍尔托氏,曩依关于日俄讲和,尽于人道之功,受诺倍赏金。今略说此赏金之由来。瑞西人诺倍者,曩发明'达以拿马以托'(硝药)因之作钜万之财。临死遗言曰,其遗产中,以

---

① 张崧年译:《精神独立宣言》,《新青年》1919年12月1日第7卷1号。
② 雁冰:《哈姆生和斯劈脱尔》,《新青年》1921年5月1日第9卷1号。
③ 鲁迅:《〈狭的笼〉译者记》,《新青年》1921年8月1日第9卷4号。

六百万元为基金，其利息金每年五分，赏给与人类以世界之最大幸福者五人。五人者即关于物理、化学、生理或医术、文学及国际和亲有功者是也。物理化学上之受赏者，斯德克堡科学会诠考之。生理医术上之受赏者，卡鲁里那协会诠考之。国际和亲之受赏者，那威议会之一委员指定之。而第一回赏金授与式，诺倍氏死后五周间，即西历一千九百一年十二月十日行之。尔来每年同月同日为例而行之。若其基金管理者，不能发见可授给者，得延之翌年。然未尝有此例。尔来六年间，欧美人尝受之。东洋人未有一人受之者。"①《文学周报》也曾以《诺威文坛的新星》②为主标题，以《一九二五年得诺倍尔文艺奖的女作家》为副标题，介绍挪威女作家安达士（Sigrid Undset）的写作特色、主要作品等。

以"诺贝尔奖"这一奖项的翻译和接受为例，以上所涉及的文章包括陈独秀译的《赞歌》、《新青年》的读者来信和复信、陈独秀的《当代二大科学家之思想》、胡适的《藏晖室札记》、张崧年译的《精神独立宣言》、雁冰的《哈姆生和斯劈脱尔》、鲁迅译的《狭的笼》、《东洋》杂志"杂报"栏的《诺倍赏金之由来》、仲云的《诺威文坛的新星》，这其中译作仅有三篇，其中诺贝尔奖在《赞歌》和《狭的笼》中出现的位置一是注释，一是译者记。其余均为非译作，而非译作对译作中"诺贝尔奖"的理解和接受起到辅助之功，这也印证了本书第一章的研究结论。译作的辅助信息，不仅存在于译作之中，也会向非译作转移。

（三）社会信息

有些社会信息，在文本中可能仅有只言片语，甚或没能以文字的形式出现在作品中，但这类信息往往形成作品大的创作背景，也是读者深入理解作品的基础。如法国都德的《最后一课》，虽是以普法战争为背景，但并不直

---

① 杂报栏：《诺倍赏金之由来》，《东洋》1907年第5期。
② 仲云：《诺威文坛的新星》，《文学周报》1926年1月24日第209期。

接描写战争，文中仅仅提到普鲁士兵正在锯木厂后的草地上操练，并以老师之口告诉读者柏林有令，阿尔萨斯和洛林的学校只许教德语。从平时调皮爱逃课的小弗朗士的视角，描写上课迟到害怕老师责罚，到学校后老师不同以往的宽容，以及最后一次法语课堂与往常的不同：老师的盛装、来旁听的老人、老师讲课时透出的不舍、孩子们听课的认真等。文中那句"嗟此群鸽其亦当作普鲁士语否"①生动地展示了侵略者的蛮横。一堂最后的法语课，从小学生的视角、用简洁的语言传达出法国人民遭受外强统治、失去语言的悲愤之情。短篇小说《最后一课》能频繁出现不同的译本，被翻译成中文后即能被中国读者接受，和对普法战争相关信息的介绍不无关系。普法战争的相关信息让当时处于列强欺凌的中国读者感同身受，因而对处于普鲁士统治中的法国人民产生无限同情。

关于普法战争这一大背景，小说中出现的文字并不多，但游离在译本之外的相关信息却不少。刘半农对这段历史曾有过较为详细的介绍："阿尔萨斯者，法兰西之一州也。按法史，千八百七十一年，普法两军，开衅既一年之久。法军每战皆北，普人遂长驱直入，进薄巴黎。巴黎人死守者凡三月，至是年一月三十日，粮尽援绝，举白旗，与普人订城下之盟，割阿尔萨斯（Alsace）、劳盏（Lorraine）二州，偿兵费五十万万法郎。实欧洲历史中自古未有之议和条件。法人之痛心疾首于此者，殆历千百世而靡已。而普人又为己甚，改二州之名为Elsass-Lothringen，仍其音而易其字。又令于州人，不许习法国文字及操法国语。民有读书者，仍令就学。惟学校教师，则尽逐法人而易以普人。今二州已于欧战开场后数月中光复矣。去其割让之初，为年不过四十有四。"②刘半农的这段文字是对历史的追溯，胡适的《论短篇小说》则直接讲述了战争与文学的关联及历史与文学写法的不同。他在文中着重介绍了都德、莫泊桑所写以普法战争为背景的短篇小说《最后一课》《柏

---

① 〔法〕都德著，静英女士译：《最后之授课》，《礼拜六》1915年第42期。
② 刘半侬（农）：《灵霞馆笔记：阿尔萨斯之重光》，《新青年》1917年2月1日第2卷6号。

林之围》《二渔夫》的主要内容及写法,彰显了历史学家和文学家写作上的不同特点:"西历一八七〇年,法兰西和普鲁士开战,后来法国大败,巴黎被攻破,出了极大的赔款,还割了两省地,才能讲和。这一次战争,在历史上,就叫做普法之战,是一件极大的事。若是历史家记载这事,必定要上溯两国开衅的远因,中记战争的详情,下寻战与和的影响;这样记去,可满几十本大册子。这种大事到了'短篇小说家'的手里,便用最经济的手腕去写这件大事的最精采的一段或一面。"①

如果说,像刘半农、胡适这样提供与译本分离的信息和读者阅读译本的关联并非直接而精准,那附着在译本前后和译本中的社会信息则更容易被读者获取。以普法战争为背景的小说,除了《最后一课》外,还有胡适译的《二渔夫》、戴景云译的《老妪邵瓦许》等。这些作品往往不止一个译本,不同的译本对写作背景的标注情况也不一样。比如戴景云译的《老妪邵瓦许》标题后括号中注有"普法战争时的一个短篇故事,从一八七零到一八七一年"②。《最后一课》的另一个译本,署名"静英女士"所译的《最后之授课》,在标题前题写文字"普法战争轶事"③。这样的例子也并非个案,《礼拜六》刊登的另一文章《孤村焚掠记》,标题前也题写着"普法战争轶闻之一"④字样。这些文学作品使得人们对普法战争的残酷有了一定印象,深化了对作品主题的认识。类似的情况不仅仅限于以上几部作品,也不仅仅限于以普法战争为背景的作品。比如,刊登在《最后之授课》后的一篇作品是"爱国小说《小学生》",是以法国和日耳曼人的战争为背景,讲述法国小学生在老师的引导和鼓励下,每日捐出三分之一的伙食费以资助自己国家有更多的飞机投入战斗,抵御外敌。"爱国小说《爱国之母》"则是以一战期间德法之间的战争为背景,但同时涉及普法战争,讲述在普法战争中失去儿子的妇人

---

① 胡适:《论短篇小说》,《新青年》1918 年 5 月 15 日第 4 卷 5 号。
② 戴景云译:《老妪邵瓦许》,《益世报(天津版)》1922 年 6 月 14 日第 16 版。
③ 〔法〕都德著,静英女士译:《最后之授课》,《礼拜六》1915 年第 42 期。
④ 天颢:《孤村焚掠记》,《礼拜六》1914 年第 25 期。

"老甘地"又逢第一次世界大战，入驻村庄的德国中尉与孙女秘密发展为恋人，老甘地因为暗杀德国兵败露而被孙女的德国恋人杀害，孙女为其报仇也被杀身亡的故事。这个故事中开篇的景物描写和对地点、人物的介绍直接揭示了战争背景，详细程度与一句话概括的背景大不相同。

  那一片寂寂无人的荒野中矗立着一所古礼拜堂。这礼堂中并没有甚么人，单给那些鼪鼬蝙蝠打了。公馆近旁一里以内也并没一间半间屋子，除非两里以外才有人家，连那鸡犬的影儿也不大瞧见的。堂的后面有一带树林，都是些凤尾松，只剩了秃枝，在风中磨擦着。林外横着一泓小溪，春天原是碧波粼粼，清明如镜的，只为此刻正在冬天，已结了很厚很厚的冰。这溪的尽头处，拓开去一片大泽，也冰冻了。那礼拜堂里，有一个坟场，种着一棵大松树。高高的好似插入云霄。算他年纪，足有七八百岁。在那些小松树中好算得个老祖父。树上枯枝，都给两里以外的穷人砍去做柴烧。砍处光光的仿佛是战场上断臂折腿的伤兵一般。这树既老了，已经过了几百年的风霜雨雪，已见过了几百年的兴亡成败，不道今夜却偏偏瞧见他祖国法兰西的世仇德意志人，浩浩荡荡杀进麦守朋村来。连他树下三尺清静之地也有了那德意志人的影子。那时月已上了，冷清清挂在空中。月光下泄照见一个尖顶的军盔和一枝刺刀，雪亮的毛瑟枪。丛塚之间，有一个德国兵在那里往来踅着，原来这麦守朋好好一个法兰西的村落，可怜已进了德人之手。村中人家，大半都已逃去。各处公共场所，都驻着德国兵。连这荒寂无人的古礼拜堂中，也派兵来看守了。此时礼拜堂大门外边，又有一个德国兵官和一个十八九岁的女孩子，相对立着。这兵官是个少年，面目十分英秀，身上穿着一身制服，分明是德国兵队中的中尉。此刻把着那女孩子的织手兀是不放，两个碧眼里头放出两道情光来。那女孩子名唤罗雪儿，是村中缝衣妇老甘地的孙女儿。出落得皓齿明眸，要算是麦守朋一枝好花。他父亲是个钟表匠，向来很有名。可怜当年在普法战争中，做了个沙场之鬼。母亲也伤心而死。老甘地仗着十指,镇日价替人家缝衣换几个苦钱,好容易把孙女儿抚育起来。他老人家虽是个老婆子,却怀着一颗爱国之心,又为的儿子死在德国人手中,一向把德国人恨得切骨。虽然六十多岁了,还很强健,一天上还能走几十里路呢。不想到了晚年,偏又遇了这欧洲大战,他那恨入骨髓的德意志人,早又长驱席卷的打到法兰西来。①

原本清冷静谧的环境,因为德国部队的到来而失去了清净,于是一切都笼罩在战争的阴云之下,连见证了兴亡成败的老树,被砍了枯枝也如"战场上断臂折腿的伤兵一般"。景物的描写,奠定了以战争为背景的小说所具有的沉重氛围,推动故事情节的发展。这个故事是以欧战为直接背景的,但涉及普法战争,它让老妇人失去了儿子,间接导致儿媳的离世。凭着一己之力,老妇人抚养孙女长大,家国深仇使得这嵌入了爱情的小说依旧注定是一个悲剧。虽然这些小说并没有花多少笔墨在战场上,但战争对生命的摧残,对生活和感情的摧残,在小说中体现得淋漓尽致。

这些社会信息,无论是游离于文本之外,还是由作者或译者嵌入文本之中,抑或是译者或编辑者直接总结的文本主题类别"爱国小说""普法战争轶事"等,都为译作的接受提供了便利条件。像普法战争这样作为文学作品背景的现实社会信息,不仅出现在文学作品和对文学作品的介绍中,其他领域的文章也频繁涉及。如《新青年》《东方杂志》《妇女杂志》《太平洋》《小说世界》《小说月报》《新民丛报》《努力周报》《现代评论》《电影杂志》《公言》《协和报》《益世报》等都刊登过与普法战争相关的文章,这些文章的主题不一而足,涉及普法战争对德国和法国政治的影响、普法战争与社会革命、普法战争中的无产阶级、普法战争对个人事业和生活等的影响、普法战争中的通信、普法战争中的著名将领、普法战争中的军需、普法战争时期的

---

① 拜兰:《爱国之母》,《小说月报》1919 年第 10 卷 9 号。

文学和艺术、普法战争后签订的协约与赔款等。频繁出现的相关信息，使得无论是哪个领域的读者，读以此战争为背景的文学作品时都可以驾轻就熟，不会因为背景而产生陌生感。

二、文学译作辅助信息的转移

文学译作辅助信息的存在，不会因为直译方法的使用和忠实标准的判断而消失。辅助信息或以区别于译文的注释、序言、译后记、译者识的形式存在于译本中，或转移到其他译作中，或转移到非译作中。因而，辅助信息虽然发生了位移，但总数量是守恒的。本书的主要论题是文学翻译，因而以文学翻译为基点，观察文学译作之间、文学译作与其他类别的译作之间、文学译作与广告之间，以及文学译作与非译作之间的辅助信息转移。

（一）文学译作与同类文本之间的辅助信息转移

文学译作之间互为辅助信息的情况很多见，比如英汉对照的文本《青年论》中涉及 Ivanhoe（现译为《艾凡赫》）："《劫后英雄略》一书，英人瓦特斯珂特所著，稗乘中之名篇也。读是书者，罔不钦作者为天才。然是书实不啻表襮勤勉之事实，而宏毅坚忍独行诸德与焉。说者谓：'司珂特神游心注于昔之武士时代者有年，设身处地，想像乎十字军之马迹车尘。彼时之犹太民族，独赋之特性异能，讨论备至。而于当年之载籍，凡关于彼著述者，尤究心搜集。甚至于罗门法兰西，与盎鲁格撒克逊人之混合语言文字，穷其源流，究其部次，赏奇析异，为状盖至勤也。'"①

---

① 〔美〕马克威、斯密士著，中国—青年译：《青年论》，《新青年》1915 年 11 月 15 日第 1 卷 3 号。

Ivanhoe 将故事情节设置在民族、社会冲突的大历史背景中,将个人的命运起伏与十字军东征的历史事件联系在一起,虽其主题并非勤勉,但作者抽取出其中普通人勤勉的特性,成为《青年论》中鼓励青年人勤勉的例证。就译者个人而言,*Ivanhoe* 的译名使用《劫后英雄略》,显然是来源于林纾的译作《撒克逊劫后英雄略》,并将其进行了简化。由此判断,译者"中国一青年"是先接触了林纾的译作,而后自己的译作中又恰有涉及,从而翻译时使得文本之间产生关联。因而,林纾的译作《撒克逊劫后英雄略》就成为"中国一青年"深入了解自己所译作品的辅助信息。就译作的读者而言,无论是先读到《青年论》还是《撒克逊劫后英雄略》,对 *Ivanhoe* 中人物及全书的理解,都会因前一部译作的相关描述而对后读之译作更了解,从而更容易接受。可见,文学译作之间的信息可以相互转移,互为辅助信息。在五四这样一个翻译高潮时期,某部译作为相关译作提供辅助信息就更成为可能。译作之间的联系往往会因为相同的作者,或相同的译者,或作品相同的主题,或共同的历史背景,或相似的写作手法,或涉及的部分相同信息等共同点而联系在一起。在翻译高潮时期,译作的来源广、数量多,读者获取方便,通过一部译作去了解另一部译作具有可行性。

　　同是这篇《青年论》,还引用了弗兰克林的话"彼有一艺者,即恒产也",用以论述"夫劳动事业,无论常人卑视,雅不欲为。而自识者观之,彼劳动者可钦崇之事业也。其赢羡虽若不丰,而所获之令名,则无时或绌,劳动无可耻也,而亦无物可耻之。惟彼一不事事之人,或不操劳,而常觑责轻粘厚者,致足耻耳。吾人宁任浮夸气盛之少年,耻其手杖,耻其羔革之掌衣,而决不欲劳动者耻其胼胝之手也"。[①] 作者引用弗兰克林的话,自然是因为其在美国的身份和知名度,以加强论据,引起共鸣。引言的意思并不难懂,论述的观点也很明白,即劳动、培养劳动习惯对于青少年的重要性。在

---

① 〔美〕马克威、斯密士著,中国一青年译:《青年论》,《新青年》1915 年 11 月 15 日第 1 卷 3 号。

《青年论》中，对于弗兰克林的名字并未标注英文原名，译者也没有添加任何附属信息。原因是只涉及一句名言，无须太多辅助信息，读者只需知道这是一位名人即可。而《新青年》第 2 卷 4 号登载胡适的《藏晖室札记》，其中讲到兴趣是一个人择业的关键因素时，也以弗兰克林作为一例，其中亦强调了他的勤勉："弗兰克林幼时，父令习造烛，非所喜也。后令习印书，亦非所喜也。惟以印书之肆易得书，得书乃大喜，日夜窃读之。十六岁即不喜食肉荤，节费以买书，复学作文。肄习勤苦，文乃不进。年未三十，而名闻远近。及其死也，欧美二洲交称之以为圣人云。"[①]《藏晖室札记》虽在本书中被归入非译作，但其内容都是讲美国"殊俗之民风政教学术思想"[②]，这段文字与《青年论》中"勤勉"的主题直接相关，其作为辅助信息的功用一目了然。和《青年论》同一期的《新青年》第 1 卷 3 号"国外大事记"后补白："难艰由懒惰生　苦恼由偷安来"，署名"佛兰克令"，从反面证明"勤勉"的重要作用，与《青年论》的主题相辅相成。

虽然当时弗兰克林的译名与今译名用字并非完全一致，但发音已经大致相同。《新青年》第 1 卷 5 号刊登了中英对照版《佛兰克林自传》，刘叔雅还专门写了"译者识"："Benjamin Franklin（1706—1790）为十八世纪第一伟人。于文学科学政治皆冠绝一世。其自强不息勇猛精进之气，尤足为青年之典型。斯篇乃其七十九岁所作自传，吾青年昆弟读之，倘与高山仰止之思，群效法其为人，则中国无疆之休不佞所馨香祷祝者也。"[③] 在"译者识"中，弗兰克林的英文名、生卒年、身份、地位、精神特质以及翻译目的都说得非常清楚。"梦梦生"译的《佛兰克林传》这样介绍传主："西历一千六百零六年，佛氏生于美国之波斯顿城。兄弟共十七人，佛氏最幼。天性灵敏，居恒寡言笑。其兄若弟皆继习祖业，惟佛氏以聪颖得入学。每试辄冠曹，而尤勤

---

① 胡适:《藏晖室札记》，《新青年》1916 年 12 月 1 日第 2 卷 4 号。
② 怡庵:《〈藏晖室札记〉怡庵识》，《新青年》1916 年 12 月 1 日第 2 卷 4 号。
③ 刘叔雅译:《佛兰克林自传》，《新青年》1916 年 1 月 15 日第 1 卷 5 号。

苦不少息，一岁中超升两级。同学友皆乐与之交，佛氏绝无傲慢轻视态，举止皆循规蹈矩，不同凡辈。"①和弗兰克林相关的辅助信息在其他译作中出现的频率之高、数量之多、来源之广，使得译作之间能互为辅助信息。

和弗兰克林相关的辅助信息不仅局限于文字，刊物、报纸也常登载弗兰克林画像，不仅有成名的弗兰克林像，还有他当印刷工人时的照片、童年的照片、纸鸢泅水法照片、做实验时使用的电机照片等。其中，《科学》《少年》《学生杂志》等对弗兰克林的介绍和宣传较为集中，还附有照片。如《科学》1916年第2卷第7期上不但登载了杨铨的《弗兰克林传》，还在第1页上刊登了弗兰克林画像。这篇《弗兰克林传》后被《留美学生季报》1917年第4卷第2期转录。《学生杂志》则多期登载《美国的科学宣传者弗兰克林》，并配有弗兰克林画像、其重要发明的照片以及弗兰克林主持"一班好学青年的俱乐部"研讨活动照片等。虽然这两篇作品并未注明是译作，但根据资料推断，其中内容是翻译而来。补白的名言、译作中的引文、自传、他人为其所作传记，外加参阅画像，读者对弗兰克林的信息获取方便，了解机会多，认识也会逐渐深入，多次叠加的多种信息也起到相互补充的作用。《青年论》中虽然就文本自身而言，并没有提供除这句引言之外的任何相关信息，但对弗兰克林方方面面的事迹和语录引进的态势，使得这个人名成为可以不再提供任何注释或附加信息的译名。可以说，文学译作所需的辅助信息，已经转移到同类文本中。对弗兰克林的介绍，并非自五四时期始，也没有在这个时期结束，弗兰克林各种历史资料、相关文学作品、逸事的传入，广义上都充当了译作的辅助信息。

（二）文学译作与非文学译作间的辅助信息转移

文学译作与其他类的译作之间也具有互为辅助信息的关系。很多文学作品的信息源于社会现实，是社会生活的体现。一方面，文学作品本是艺术化

---

① 梦梦生译：《佛兰克林传》，《珍珠帘》1917年第3期。

的现实生活，另一方面，文学作品也是社会成员参与社会生活并表达自己看法，提出新观点、理论等的一种方式。文学作品和社会生活的联系，也直接决定了文学译作和非文学译作之间的联系。陈独秀所译的《现代文明史》曾经讲过法国文学与法兰西社会的关系：

  法兰西于路易十四世、十五世时代，犹保存不宽容之教会，及专制君主制。宗教宽容与夫政治自由，未之有也。然自十八世纪之初，人民已渐厌旧制。学者社会遂发生反抗教会及君主政治之精神。路易十四世之末年，巴黎及宫廷间，多有当时所谓"扰俗之士"，虽未公然掊击宗教，然以宗教为无足重轻，则所公言者也（见拉布留耶尔书中"抗俗之士"一章）。对于政府及国王之专制政治之不平家亦同时而起。

  至路易十五世之时，是等不平家，虽知有英吉利之新学说，然不敢口之于公，以避迫害。是时法兰西之文人，率假小说、故事及游记等，以种种寓言表见其思想，学说渐次发展，终至诞生崭新之结果。彼等所论定之原理，益加普遍，所要求之改革，益加深远。非彼等之先辈英吉利人想像所及。①

可见，文学是当时的法兰西人隐蔽地参与社会政治生活的一种形式，因而文学作品既能反映现实生活，也能引导现实问题的走向，对社会现实产生影响。《现代文明史》是法国薛纽伯所著书之一章"十八世纪欧罗巴之革新运动"，介绍了欧洲的工商业、重商政策、经济学者以及英国和法国的哲学家。外国文学作品中若出现与欧洲 18 世纪的经济、商业、哲学相关的信息，读者可以从读过的这篇非文学译本获取信息，帮助理解文学译本，反之亦然。如《现代文明史》所言，如遇到借文学之名，行宣传新知、反对专制之实的寓言型、依托型译作，其与其他学科领域、社会状况的关联就更加紧

---

① 〔法〕薛纽伯著，陈独秀译：《现代文明史》，《新青年》1915 年 9 月 15 日第 1 卷 1 号。

密，非文学文本的辅助之功就更加一目了然。

文学译作与非文学译作之间的辅助信息转移，在和弗兰克林相关的作品中体现得尤为典型。对弗兰克林的介绍与宣传不仅仅来源于单一文类的译作和非译作，也不仅仅来源于单一刊物。除《新青年》外，《东方杂志》《现代小说》《新潮》《小说月报》《学生杂志》《科学》《小朋友》《珍珠帘》《西郊学校校友会杂志》《万航周报》《申报》《上海夜报》等文学和非文学刊物、报纸也都以不同的形式介绍和宣传弗兰克林的事迹，或蜻蜓点水般提及其姓名，或发表其言简意赅的箴言，或长篇累牍地刊登其生平事迹、奋斗历程，他的故事不仅仅出现在传记类的文学作品中，也不仅仅出现在和弗兰克林物理学家、政治家身份相关的学科文章中，在教育、医学、婚姻、优生、育儿类的文章中也频频出现。不同类别的刊物和文章，从不同的角度解读他的传奇人生，解读不同但又密切相关，有些关联能给人留下深刻的印象。"梦梦生"译的《佛兰克林传》曾经介绍其"兄弟共十七人，佛氏最幼。天性灵敏，居恒寡言笑。其兄若弟皆继习祖业，惟佛氏以聪颖得入学"，对这一信息的解读之一为大家庭出能人。《妇女杂志（上海）》发表珊格尔夫人（Margaret Sanger）关于"产儿制限"的演讲文章，关联提及弗兰克林生于大家庭这一事实被作为反对产儿制限者的论据，经由演讲者珊格尔夫人的反驳，必会给读者留下深刻的印象："大凡一种新学理出来，总不免要遭反对的，产儿制限的学说，社会上反对的也很多。他们以为产儿制限如果实行，人类必要绝灭；岂知用科学的方法来制限产儿，人类不但不会绝灭，反可以因此革新而益加健全的。又有人以为大家庭中人数众多，可以产出伟大的人物的。他们举美国的佛兰克令来做例，以为佛兰克令是大家庭中第十八个儿子，能够这样伟大，可见大家庭是产出伟大的人物的。其实这种例是偶然的，不足为据，大家庭中的伟大人物，像佛兰克林（笔者注：原文即如此，文中两处用佛兰克令，一处用佛兰克林，译名用字不一致）的不过一个，此外有几千几万的盗贼、罪犯、乞丐，都是出自大家庭的，他们却不晓得了。况且从人类历史考察起来，大家庭中所产出的伟大人物，决不及小家庭所产出的多。可见这种反对，也是毫无科学上的价值的。"① 正反两面的解读，必然让读者对弗兰克林及其家庭状况有更深入的了解。

这种信息的转移和关联并非个体译者有意而为之，也并非都是编辑者和刊物之间有意合作而为之，很多情况下，是在翻译高潮的年代，引进西学的盛况中自发形成的。因而，译作采用什么样的方法才能让读者看得懂且产生良好的阅读效果，和辅助信息存在的频度、广度、密集程度都有直接的关系。

（三）文学译作与广告间的辅助信息转移

转移到广告中的文学信息通过重复、关联、相互引证、用已知信息带动未知信息等方式，帮助读者认识和了解译作。《新青年》第1卷1号分两次各占用一页的篇幅，刊登了《青年英文学丛书》广告，每次介绍5本书：分别是《绝岛日记》《金色王》《小人国游记》《伟里市商人》《三美姬》和《舟人辛八》《皇子韩列特》《穀离特迷宫》《返魂岛》《新世界之旧梦谭》。其中《绝岛日记》和当时已被国人熟知的《鲁滨逊漂流记》为同一作者，且在内容上属于同一系列书籍。《舟人辛八》《小人国游记》和《鲁滨逊漂流记》属于同一类型，被称为世界三大航海小说。

《新青年》第1卷1号第一次《青年英文学丛书》广告是这样介绍《绝岛日记》的："达利儿牒花（Daniel Defoe）氏，英国最著名散文大家之一也。其所著《鲁滨孙绝岛漂流记》，阐发英人冒险之特性，我国学者亦久已知之。本编所收，即鲁滨孙二十八年间栖息孤岛中一年之日记也。其内容如何，无俟赘言。惟其用笔精细，而又自然，诚日记中最上之模范也。"② 从广告中透露出的信息可知，当时《鲁滨逊漂流记》比《绝岛日记》更广为人知，利用

---

① 张梓生笔记：《珊格尔夫人在上海家庭日新会的演讲》，《妇女杂志（上海）》1922年第8卷第6期。
② 广告：《青年英文学丛书》（1），《新青年》1915年9月15日第1卷1号。

读者已知的出版信息告诉他们，还不熟悉的《绝岛日记》与很熟悉的《鲁滨逊漂流记》讲述的是同一个故事，是主角鲁滨逊被困荒岛时所写日记，无疑就将陌生的《绝岛日记》变为熟悉的角色鲁滨逊绝岛遭遇与生活的"纪实"，读者的阅读欲望与亲切感自然也会大于直接推荐一部陌生的作品。《舟人辛八》也借助了《鲁滨逊漂流记》的知名度，同时还与我国庄子的想象力做比："是书为世界有名之大奇书，亚刺比亚逸语中之一篇，与《漂流记》《小人国游记》齐名。其前后航海七次之苦乐祸福，珍闻奇谈，读者有应接不暇之势。而其想象之怪诞，殆与我国庄子同工。"①《小人国游记》同样借助《鲁滨逊漂流记》的影响力，同时也分析了与《舟人辛八》《鲁滨逊漂流记》的不同之处："是书与《鲁滨孙漂流记》《舟人辛八》，为航海小说之三奇书。然《漂流记》叙述英人冒险与商业之特性，《舟人辛八》则想象奇特。而是书则著意新颖，优于讽刺。三书皆各有所长。此书著者斯维夫特（Swift）氏，十八世纪散文全盛时代最有名之大家也。"②

广告非常注重总结不同文学作品的共同点，通过同类重复加深读者的印象，加强已知作品与陌生作品的关联。《新青年》两次推广的10部作品中，还具有关联的是：《皇子韩列特》与《伟里市商人》同为莎士比亚的作品，《三美姬》和《新世界之旧梦谭》同为华盛顿·欧文的作品。《伟里市商人》的广告文为："是书为世界文学霸王、所称为（万魂诗人）索士比亚（Shakespeare）氏所作。最喧传于世者也。散文大家查儿斯纳门，为青年研究之便利计，因叙述其概略。则此书之价值可想也。"③《皇子韩列特》的广告文为："是书为索士比亚（Shakespeare）所著，而散文大家查儿斯纳门叙其概略者。原作与《库克卑斯》《礼亚王》《阿谢罗》三书称为四大悲剧。翁得所谓 immortal Shakespeare 与世界文学界霸王之名者以此，盖杰作中之杰

---

① 广告：《青年英文学丛书》(2)，《新青年》1915年9月15日第1卷1号。
② 广告：《青年英文学丛书》(1)，《新青年》1915年9月15日第1卷1号。
③ 同上。

作也。"①两本书的广告，重复介绍了作者莎士比亚、编写者查儿斯纳门，及其在文学史上的地位，同时关联了莎士比亚的另外三部悲剧，不但加深了读者对《哈姆雷特》的认识，也间接地为另外三部剧做了广告，扩大了推介的范围和读者的知识面。

《三美姬》和《新世界之旧梦谭》同为华盛顿·欧文的作品。无论是作品还是作者，其知名度都难以和莎士比亚以及《哈姆雷特》《威尼斯商人》相比，但广告却依旧抓住了其精髓。《三美姬》的广告文为："著者为华盛顿二尹（Washington Irving）氏，新世界最初之文豪也，以著《斯克奇书》著名。而此则其所著《阿尔哈蒲纳》中之一篇。书中叙述古纳达之左利王漠罕默德与其妃之逸事。事迹奇妙，笔致优美。读者每每不忍释手。"②《新世界之旧梦谭》与《三美姬》同为华盛顿·欧文的作品，广告是这样介绍作者和主要内容的："华盛顿二尹（Washington Irving）之得名，实以著《斯克奇书》故。而斯克奇之最要者，则本篇所收《新世界之旧梦谭》也。盖利甫以太平无我之化身，昏睡山中者二十年，而世之变迁推移，美国独立事业成于其间，醒后遂置身非我有，其变化离奇，诚不可名状。其为世所欢迎者有由来矣。"③两篇作品的广告都包含了作者的中英文名、地位（新世界之文豪）、写作特长（擅长写札记 sketch）、著作来源（《阿尔哈蒲纳》和《见闻札记》）以及两作品的主要内容。虽然是篇幅很小的广告，但言简意赅、信息量大。作品名的翻译，仍旧有放弃原名重新拟题目的做法，与本书第四章的研究结果相吻合。比如，《新世界之旧梦谭》，其英文名为 *Rip Van Winkle*，现通常音译为《瑞普·凡·温克尔》。

文学作品的广告并非总是这样突出地介绍作者和著作内容，同是《青年英文学丛书》，在第 2 卷 1 号上刊登的广告则更宏观，远不如第 1 卷中的具体：

---

① 广告：《青年英文学丛书》（2），《新青年》1915 年 9 月 15 日第 1 卷 1 号。
② 广告：《青年英文学丛书》（1），《新青年》1915 年 9 月 15 日第 1 卷 1 号。
③ 广告：《青年英文学丛书》（2），《新青年》1915 年 9 月 15 日第 1 卷 1 号。

青年英文学丛书
全书十篇现出六篇　难字变例逐次说明
选取英美名家著作　所收皆奇有趣之文
汉文译述详加注释　课外研求最助记忆
上海棋盘街群益书社印行①

这个广告，与文学译作内容上的关联几近于无，只说"名家著作""奇有趣"难以提供理解译作所需的辅助信息。但就作品的出版状况和形式的介绍，有"汉文译述""现出六篇""助记忆"等信息，这自然是从销行角度考虑的。两相比较，第1卷中的丛书广告对理解文本内容更有助益，更能发挥阅读中辅助信息的功能。

（四）文学译作与非译作间的辅助信息转移

文学译作所需的辅助信息在非译作中也常常可以一觅芳踪。以胡适所译的《决斗》为例，作为一篇文学译作，在很多非译作中可以发现不少辅助理解这篇小说的信息。《决斗》是俄国泰来夏甫所著短篇小说，胡适是根据英文本转译而来。小说讲一位叫作乌拉得米·克拉都诺夫的军官在与另一军官的决斗中丧生，他的朋友伊凡·古奴本科被推举去将死讯告知乌拉得米的老母亲。老人以为儿子还在房间睡觉，快乐地向伊凡讲述自家的"好消息"：攒够了给儿子娶亲的钱，儿子的未婚妻来信了……，此情此景使得伊凡不忍心告知其真相，他是她唯一的依靠，在她面前，那所谓的"名誉""英雄义气"都不值一提。在这篇小说中，决斗的原因并未提及，决斗的过程也很简短，两位军官拿枪互指，枪响后乌拉得米倒下了，于是"这件关于名誉的问题算解决了"。②如果仅以这篇小说作为读物，想必中国读者读

---

① 广告：《青年英文学丛书》，《新青年》1916年9月1日第2卷1号。
② 〔俄〕泰来夏甫著，胡适译：《决斗》，《新青年》1916年9月1日第2卷1号。

完后会有疑问，到底是什么样的原因使得两个年轻的军官轻率地拿命去赌胜负？这样的"名誉"值不值得珍视？年轻的军官身后尚有需要照顾的亲人，为什么就这样儿戏化地失去了生命？《新青年》第 1 卷 1 号的"世界说苑"栏目中《德人关于决斗之取缔》为这些问题的解决提供了线索：

> 德俗故好决斗，今以其伤害人道，立法禁止之。惟尚武好斗之积习，不易根本革除，特不敢公然比赛耳。警吏查察此等事故，亦实阳禁而阴纵之。凡决斗场，必置女仆于门首，供守望之役。倘有巡警入内，则敲钟以为报告。巡警但未亲见，必不根查。某日场内决斗正酣，巡警适至，守望之女仆，忘却敲钟，巡警叱之曰：汝在此执何役耶？女仆连敲数四，而后巡警入内，则已掩（偃）旗息鼓，毫无所见。巡警曰：善哉！余固知适才所得报告之必非事实也。掩耳盗铃，何与吾国烟赌禁令酷肖哉！或曰：此乃领德皇意旨而为之。以其关于他种法令，固丝毫不容假借也。①

关于取缔决斗的这段介绍，可以说充当了短篇小说《决斗》的按语。取缔决斗的原因也正是胡适所译小说《决斗》中那些让读者困惑的问题的答案：决斗是陋习，害处很多，以决斗的方式解决争端并不合理，以生命为代价获得所谓"名誉"并不值得。虽然德国立法禁止决斗，但传统积习，一时难改，连警察也阳禁阴纵，并用晚清禁烟令做比。关于禁止决斗的解说和比拟，对理解短篇小说《决斗》很有帮助。对西方决斗之风的介绍，在《新青年》第 1 卷 5 号"世界说苑"栏目中有《法兰西人之决斗》，让读者进一步了解西方决斗风气之盛及其造成的危害：

> 法兰西人以昌明文化，著闻天下，而其好勇之风习，亦随有生以

---

① 李亦民编译：《世界说苑·德人关于决斗之取缔》，《新青年》1915 年 9 月 15 日第 1 卷 1 号。

俱来，社会间最喜决斗，其一斑也。十六七世纪之交，法国首相利休留僧正，特悬禁止之令，犯禁者概处死刑。该令既颁，有司执行，亦无假借。时人呼利氏以"赤衣僧正"之浑号，谓其所服之绯色衣，系赤血染成也。然禁纲虽密，收效甚微。利氏当国二十年，贵族子弟，因决斗而殒命者，凡四千人，平民社会，尚所弗计。

德意志民族，固好斗之民族也，然其决斗与法人异趣。法人之决斗也，生死以之，故临时用具，利剑而外，厥惟短铳，相对轰击，抵死乃已。近顷急进党首领凯约氏（前财政总长），因政治上之争执，与敌手举行决斗，彼此各持短铳，向空发炮，观者异之，及叩之当局，则谓今兹之斗，为名誉争胜负，非所以谋杀人，先事曾有约定云云。盖决斗而不杀人，乃特别之例外也。德意志之决斗，则以敌人负伤为止，初不以生命相搏。学生辈致以身受刀伤，为曾经教育之证凭。疤痕最多者，得勇武之荣誉，于是大家闺秀，乐于委禽。故德人之决斗，在青年社会，已成一种化妆手术，与求婚之手假，浸失其本来矣。①

以上文字对法国和德国决斗的情况进行了对比，让读者了解决斗之风并非某一国所有，而是一定时期不少欧洲国家的普遍现象。决斗带有赌博和偶然的成分，并非判断和解决争端的理性办法，随着人类社会的进步，法制的健全，以决斗解决争端的办法必将被抛弃。起解说作用的文字是放在"世界说苑"栏目中以编译的形式出现，还是悄无声息放在译文中，则是五四与晚清翻译最直观的区别。译、按分离使得五四时期译作的辅助信息转移到其他译作或非译作之中。相关信息的重复和叠加使得读者很容易在他处获取到辅助信息。以决斗为例，以此为主题的作品频频出现，报纸上也时有消息提及，虽为西方传统，但对中国读者来说也就成为不陌生的话题。

除了非译作之外，很多译作中也有决斗的情节，如《新青年》刊登陈嘏

---

① 李亦民编译：《世界说苑·法兰西人之决斗》，《新青年》1916年1月15日第1卷5号。

所译《春潮》中就有男主人公萨棱游意大利返回俄国期间，在德国逗留偶遇女主角仙玛，并与对仙玛无理的军官决斗的场景。陈嘏译的《弗罗连斯》中也有商人希莫烈和王子易铎决斗的情节。胡适的译作《决斗》发表后不久，《新青年》刊登刘半农的《拜轮遗事》，其中亦有决斗的相关信息："至拜轮之伯祖'无赖劳德拜轮'，'the wicked Lord Byron'袭爵，则无行而好斗。祖遗田产，荡耗大半。年七十五，犹与人争爱一少女，决斗而死。"①除胡适译泰来夏甫《决斗》外，更有同名译作时有发表，如重远译未署原作者的短篇小说《决斗》发表于1917年《小说时报》，"今日"译莫泊桑著《决斗》发表于1920年《小说时报》，瘦鹃译斯特林堡著《决斗》发表于1920年《民心周报》，程小青译莫泊桑著《决斗》发表于1922年《进步青年》，陈嘏译莫泊桑著《决斗》发表于1924年《小说时报》，梁指南译显克微支著《决斗》发表于1929年《东方杂志》。这些作品之间都形成了互为辅助信息的关系。本段所述本应归入文学译作之间互为辅助信息的范畴，但因与"决斗"话题直接相关，在此赘述一笔，不再割裂划分到其他章节。

文学译作与非译作之间的辅助信息转移，科学家竺可桢所作《食素与食荤之厉害论》较为典型。这是一篇科学普及的文章，旁征博引，深入浅出，说理明白，是科普文章的典范之作。虽然是从科学角度解读食荤与食素之关系，但很有趣味，可读性很强。其中，征引事例或言论涉及的中国人包括孔子、齐宣王、曹刿、伍廷芳，外国人包括弗兰克林、托尔斯泰、撒喇倍耳那、罗悼（August Rodin）、拉福来德（Robert La Follete）。文章开篇即言明食素与食荤是科学问题而非道德问题，无论是动物还是植物，都有生命，若绝对不杀生则只能沦为"饿莩"。作为论据，此处征引了弗兰克林的故事："昔美人弗兰克林专尚蔬食。一日观人割鱼，剖腹而小鱼被吞者见。乃叹曰：弱肉强食，彼同族乃相残相杀如斯，何怪渔夫以罟入水乎。是故今日之问题，非为吾人自道德上观之，有否食鱼豕鸡羊之权利，而为自卫生学

---

① 刘半侬（农）:《灵霞馆笔记：拜轮遗事》,《新青年》1916年12月1日第2卷4号。

上观之，食荤与食素之孰为益孰为损耳。"①文章分别列出了食肉和食素各持一端的论据，食素的益处，以长寿的托尔斯泰和"世界闻名之女伶撒喇倍耳那（Sarah Bernhardt）"为例，托尔斯泰"年过耳顺，尚膂力绝人"，撒喇倍耳那则"年过七旬，而徐娘风态，不亚妙龄"，且亲睹其音容笑貌，"口音之洪亮，亦非寻常女子所可及也"。此处征引弗兰克林、托尔斯泰和撒喇倍耳那，都与前文提到的译作相互补益，与外国文学译作形成了互为辅助信息的关系。

　　从信息的转移可以看出，读者理解一部作品所需的各种辅助信息，并不会因为翻译策略、翻译方法的变化而有所减少，只是以不同的方式在不同的地方出现。如果说，"作者—原文本—原文读者"的链条到译入语中变成"译者—译本—译文读者"，理解译本所需的辅助信息通常都是由译者在译作中以某种形式提供，那么在五四时期，译者已经不是辅助信息的唯一提供者，译本也不是提供辅助信息的唯一场所。同类文本、不同类的文本、其他译者、作者、刊物、报纸、演讲、课堂等都可能提供译文所需的辅助信息，虽然以这些形式出现的信息并不一定是人为设计专门作为某一文本的辅助信息而出现，但在事实上，一个译本产生时，周围已经是相关文本的海洋，这使得直译方法的大规模使用成为可能，为直译的译本能被接受和传播提供了必要的条件。当然，辅助信息离开译作，以其他形式而存在，也造成了辅助信息与译本之间的距离，这个距离使得译文读者未必就能即时、快速、直接接触到辅助信息。距离的缺憾是由辅助信息出现的频率和密度来弥补的，但仍旧不能保证辅助信息与译本同时被读者触及。即便如此，读者无论是阅读译本前还是阅读译本后接触到辅助信息，都为译本的接受和传播提供了便利，译作的传播业已形成了一定的模式。

---

① 竺可桢：《食素与食荤之厉害论》，《东方杂志》1918年第15卷11号。

第二节　五四时期外国文学译作的传播模式

五四时期，外国文学作品经由翻译大量进入中国，在对直译方法的理解和白话的运用都不成熟的情况下，这些作品如何能迅速传播？通过阅读和观察《新青年》《创造周报》《创造季刊》《小说月报》《文学周报》《东方杂志》《努力周报》《晨报副刊》等刊登的作品，我们发现外国文学作品的传播也具有一定的规律。本节从后世研究者的角度，共时和历时地综合考虑外国文学译作的传播情况，总结出五四时期外国文学译作传播的五种模式。一部作品的传播极有可能使用其中一种或一些模式，而不必使用全部模式，或不具备同时使用全部模式的条件。

一、需求模式

简言之，这种需求，如果按照目标分类，可以分为两种，一种是进步的需求，一种是同步的需求。当时中国国力衰微，列强欺凌，无论是在政治、军事、科技方面，还是在思想、伦理、文艺等方面，都需要革新和进步。胡适在《归国杂感》中多方论述，认为中国不是没有进步，而是进步得太慢；不是没有进步，而是在表层进步得多，实质进步得少；不是没有进步，而是在娱乐方面进步得多，思想文化方面进步得少。之所以进步慢，是因为进几步又退几步，逡巡不前；新式的舞台和布景，却是旧人旧动作旧戏;"三炮台"的纸烟、扑克牌等却流传甚广。在这种情况下,新文化人对进步的渴求,对与西方新思潮和新文学同步的渴求更加强烈。除了独善其身的自我阅读之外,就是翻译和推广相关文本,促动广大知识分子和民众共同前进,使那些"脑子叫饿的人"也有精神食粮可以充饥。胡适通过对出版状况的考察,认为自己出国留学的这几年"简直没有两三部以上可看的书!不但高等学问的书一部都没有,就是要找一部轮船上火车上消遣的书,也找不出!"外文书籍也没能与西方同步:"中文书籍既是如此,我又去调查现在市上最通行的英文书籍。看来看去,都是些什么莎士比亚的《威匿斯商》《麦克白传》,阿狄生的《文报选录》,戈司密的《威克斐牧师》,欧文的《见闻杂记》……大概都是些十七世纪十八世纪的书。内中有几部十九世纪的书,也不过是欧文、迭更斯、司各脱、麦考来几个人的书,都是和现在欧美的新思潮毫无关系的。怪不得我后来问起一位有名的英文教习,竟连 Bernard Shaw 的名字也不曾听见过,不要说 Tchekoff 和 Andreyen 了。"[①]

刚刚回国的胡适,将国内的出版状况与国外相比,有诸多感慨和不满,判断的标准也甚高,直奔着欲与西方的出版界同步。而现实是,不得不一边补课,一边追赶,因而胡适认为已经是过去式的那些西方名著,在一定的时期内依旧大量出版,只是翻译不再是"豪杰译",也不再是"把会话体的戏剧,都改作了《聊斋志异》体的叙事古文",这也是追求进步的一部分。与此同时,大量引介西方新近出版的作品,试图与西方同步。也正因为如此现状,人们对新思想、新文学的渴求愈加强烈,使得直译得以盛行,使得直译的文本依旧流通并能拥有大量的读者。虽然说,小说因其情节性,散文因其真情实感,诗歌因其诗性的表达,相对来说都更容易抓住观众的心,但因时代差异、作家和译者个人风格的原因,一部分作品仍旧并不那么容易读懂。刘半农就曾经评价约翰生博士(Dr. Samuel Johnson):"氏思想极高,文笔以时代之关系,颇觉深奥难读。本篇所译,力求平顺翔实,要以句句不失原义

---

① 胡适:《归国杂感》,《新青年》1918 年 1 月 15 日第 4 卷 1 号。

而止。"① 除了因思想深邃、文笔和时空带来的差异，写作手法和行文风格也是造成阅读障碍的原因之一："《安娜传》甚不易读，其所写皆家庭及社会纤细琐事，至千二百页之多，非有耐心，不能终卷。"② 也正是因为强烈的需求和渴望，使得读者愿意克服困难，去啃读那些难读之书。

如果按照需求主体分类，可以分为个体的需求和时代的需求。开阔眼界、启迪智慧、改造社会，不仅仅是个人的追求，也是五四时期的时代追求。外来的范本，不仅仅局限于小说、散文、诗歌作品，外国的文艺理论著作也是改造旧文学、建立新规范的工具之一。但如果阅读小说、散文、诗歌译作尚有难度，文艺理论著作的翻译和阅读难度就更上一层。然而，个人的需求和时代的需求，使得人们对外国文学作品和文艺理论著作的翻译与阅读有了一定的动力，这个动力也是克服阅读障碍的法宝。有需求，自然就有克服困难的勇气和动力。刘半农曾经说过："前文云云，我不敢希望于今之'某老某老'之大吟坛，亦不敢希望于报纸中用二号大字刊登'洛阳纸贵''著作等身'之小说大家。即持此以与西洋十先令或一便士的廉价出版品——有时亦可贵至一元三角半或三先令六便士！——之著作家说话，亦是对牛弹琴，大杀风景。然则此文究竟做给何等人看？曰：做给爱看此文者看。"③ 读者和时代的需求毫无疑问地加速了译本的产生和接受。以《苦闷的象征》为例，这部诞生于日本文坛的文艺理论著作传入中国的速度之快，在交通、通信、出版技术尚不十分发达的年代着实令人惊叹。1921年1月，厨川白村所作的《苦闷的象征》部分内容在日本发表。当月，明权就翻译了前两章并连载于《时事新报》副刊《学灯》上。1923年，厨川白村在关东大地震中遇难。1924年，厨川白村的学生山本修二，将老师的遗稿与其生前发表过的部分内容编辑在一起，由改造出版社出版发行。1924年8月鲁

---

① 刘半侬（农）:《诗与小说精神上之革新》,《新青年》1917年7月1日第3卷5号。
② 胡适:《藏晖室札记》,《新青年》1918年9月15日第5卷3号。
③ 刘半侬（农）:《诗与小说精神上之革新》,《新青年》1917年7月1日第3卷5号。

迅得到此书，旋即翻译，1924年10月1日起在《晨报副镌》上连载，后新潮社于1924年12月印行单行本。我们知道，鲁迅的译风向来以"硬"著称，加之理论作品的深奥，若不是有需求，有多少人愿意去啃这样的"硬骨头"呢？直译之"硬"，并非局限于鲁迅个人的译作，周作人也坚持认为，译作就应该像外国文："如果同汉文一般样式，那就是我随意乱改的胡涂文，算不了真翻译。"① 对于读者和时代的需求之切，茅盾的比喻很形象，也与前文中胡适的比喻如出一辙："我国国内对于这两个名字自然亦不大熟，我个人对于两位文学家本亦没有研究，但看了英文报上好几篇论说，觉得他讲得还详细，所以抽辑译出，成了这一篇，或者权可充'饿时'的'藜藿'也未可知。"② 可见，译者并没有因为急欲进步而低就读者，文学作品和文艺理论作品的翻译和传播更能体现因需求而产生的翻译和阅读动力。

二、曲线模式

曲线模式的形成一般有两种情况：一是经由日本学习西方；二是经由英语等译者熟悉的语言转译外国作品。日本是中国的邻邦，历史上还曾经多次派遣遣唐使来中国取经学习。所以无论在地理上还是人文上，两个国家都具有一定的相似性。因而两国人民在接受西方知识、文化和思想方面也有一定的共性。日本明治维新期间，开始大规模学习西方，在礼仪风俗、科学技术、思想文化等方面都发生了很大的改变。五四时期中国大规模开启学习西方之路时，有一部分内容是经由日本引进的。经由日本学习西方的便利在于，一方面懂日语、了解日本的群体庞大，而日本在某些方面又先于中国接

---

① 周作人：《〈古诗今译〉前言》，《新青年》1918年2月15日第4卷2号。
② 雁冰：《哈姆生和斯劈脱尔》，《新青年》1921年5月1日第9卷1号。

触了西方思想文化;另一方面西方著作中不易于为东方人理解的因素,经由日本著作的阐释和过滤,更便于中国人接受。如《苦闷的象征》中涉及弗洛伊德的精神分析心理学说,这并不容易为中国人认可的学说,经由厨川白村的阐述和过滤,随着其文艺理论的传入而被中国文学界所认识。厨川白村被翻译到中国的文艺理论作品不少,其中涉及西方文学流派、思潮等的也很多,《苦闷的象征》并非唯一。朱希祖译厨川白村《文艺的进化》开篇就援引 Taine 和 Brunetière 的文艺进化观点,认为文艺的进化无非就是"他的形变化做别种文艺,顺次向进化一方面去罢了",言简意赅地将西方的文艺进化论浓缩为一句话。他认为,文艺的主流都是受主观情绪影响,而时代精神的影响,则形成变异的旁流,他以古典主义、浪漫主义、自然主义和新浪漫主义为例来说明这种变化,认为文艺的进化就是不同流派的调和与变迁:"形式与热情,实验与冥想,主观与客观,写实与诗情,凡一看似矛盾的两种意义,好好的融合调和起来,那才有真正的大文学发生。然而文艺上有了一种主义流派,无论什么时候,总要偏到一方。不知不觉,把艺术的世界限制到了狭的一方;动辄注重人生的一方面和一局部,其他皆闲却了。这种倾向,是最容易有的。所以一种主义荣盛时代告终,到了其次时代,总要把以前主义闲却的缺陷补足,因此融合调和,方得把与前异趣的主义发现出来。所以文艺进化的历史,不外乎连结种种相反主义之变迁而已。由此,就可晓得情绪主观时代,与其他变态时代,这两方面,常互相交错而为循环的表现。假使在本流的一方,——或在变态的一方,——若只偏于一方,尽管循例进行,到后来必至弊病百出。这样的文学,自然要招衰颓自灭的结果。那反对主义,必于其次时代发生出来。以上所讲的,皆是古来文艺进化历史的明证。彼自然派的衰势,全是这个理由。"[①] 无独有偶,陈独秀也曾对欧洲文艺进化的过程,总结出"古典主义—理想主义—现实主义—自然主义"的理路,尤其侧重介绍了自然主义及代表性作家。对照两篇文章,不难发现,厨

---

① 〔日〕厨川白村著,朱希祖译:《文艺的进化》,《新青年》1919年11月1日第6卷6号。

川白村的文艺进化观点中加入了他个人对西方文艺进化观点的理解，即调和从而进化。

经由日本学习西方的曲线方式不仅仅体现在文艺理论方面，马克思主义、社会主义的传播也有这样的特征。如译自河上肇的《马克思主义唯物史观》《俄罗斯革命和唯物史观》，山川均的《社会主义国家与劳动组合》《从科学的社会主义到行动的社会主义》等，都起了中介的作用。可见，经由日本学习西方在当时是一种常见的现象。当然，并非所有当时翻译而来的日本作品都这样明明白白大篇幅迻入西方的学说，但日本影响的痕迹仍旧随处可见。《现代文明史》是法国薛纽伯所著，陈独秀主要翻译了第三章"十八世纪欧罗巴之革新运动"，虽然讲的是欧洲的事，但译者所做注释中多次提到日本的译法作为比对和参照："（一九）Physiocratie. 以地土所产天然物为财源之经济学说。日本译曰'重农主义'，对'重商主义'而言也。""（五四）Esprit des lois. 即严复所译之《法意》，日本译曰《万法精理》。""（六〇）Le Contract social. 日本译曰民约。"①"（一一九）Newton. 英国物理学者，旧译奈端，日本译曰牛顿。"②陈独秀比对和参照了日译法，但并没有全盘照搬日本的译法，而是在行文中使用自己的新译，"Physiocratie"译为"地力主义（即天然支配之意）"，"Esprit des lois"译为"《万法精神》"，"Le Contract social"译为"社会契约"，"Newton"译为"钮通"。这些注释足以说明，在翻译的过程中，译者是受到日本译法影响的，尽管译者并未用文字说明是如何吸收和扬弃日本译作对《现代文明史》的阐释的。这种现象在创作中也时有发生，如李亦民讲述唯物哲学时，也将日本译名作为参照："唯物哲学，倡言利己主义，姑无论矣。英人亚丹·斯密以能言伦理、心理著闻于世。居恒于唯物派之理论，颇示反对。然其论人情自利之倾向，初不以为病而激扬之。其余英国之经验学派、德国之官厅学派（日本译曰官房学派），

---

① 〔法〕薛纽伯著，陈独秀译:《现代文明史》，《新青年》1915年9月15日第1卷1号。
② 〔法〕薛纽伯著，陈独秀译:《现代文明史》，《新青年》1916年10月1日第2卷2号。

概以利己主义为人类生活唯一之基础。"①

在解决实际问题时，如果涉及西学的引入，也常将日本的做法作为参照。胡适曾致信陈独秀，针对《新青年》第1卷3号刊登的谢无量诗"至少凡用古典套语一百事"，质疑陈独秀对其"稀世之音"的评价与标举"古典主义之当废"观点自相矛盾，并提出了文学革命的"八事"，这也是他不久后发表的《文学改良刍议》中所提"八事"的雏形。陈独秀在回信中除了解释对谢无量诗评价之事，认同"八事"中的六事，还对第五事"须讲求文法之结构"和第八事"须言之有物"提出质疑。关于第五事，他说："不知足下所谓文法，将何所指？仆意中国文字，非合音无语尾变化。强律以西洋之Grammar，未免画蛇添足。**日本国语，乃合音。惟只动词、形容词，有语尾变化。其他种词，亦强袭西洋文法，颇称附会无实用，况中国文乎？**"②可见，对于西洋的语法是不是可以应用于汉语，陈独秀是以日本的做法作为论据的。胡适在《归国杂感》中也曾将中国与日本引进西学的出版情况做过比对："我写到这里，忽然想起日本东京丸善书店的英文书目。那书目上，凡是英美两国一年前出版的新书，大概都有。我把这书目和商务书馆与伊文思书馆的书目一比较，我几乎要羞死了。"③如果说，陈独秀多次留学日本，受日本的影响颇深，以日本的著作和社会现实为参照都很正常，那胡适这样的留美生意欲祖国进步时也仍旧想到比照日本，足以见得当时曲线学习西方的便利和习惯。当然，参照的便利中也有不尽如人意之处，鲁迅先生曾经讲过一个例子："现在已经成了古典的达尔文的《物种由来》，日本有两种翻译本，先出的一种颇多错误，后出的一本是好的。中国只有一种马君武博士的翻译，而他所根据的却是日本的坏译本，实有另译的必要。"④

因熟谙某种语言的人少，但某种语言的作品确有引进的必要，也会形成

---

① 李亦民：《人生唯一之目的》，《新青年》1915年10月15日第1卷2号。
② 《通信·陈独秀答胡适》，《新青年》1916年10月1日第2卷2号。
③ 胡适：《归国杂感》，《新青年》1918年1月15日第4卷1号。
④ 鲁迅：《为翻译辩护》，罗新璋编：《翻译论集》，北京：商务印书馆1984年版，第291页。

语言的曲线模式。比如学习日语和英语的人多，而熟悉其他一些国家语言的人少，所以，翻译其他国家的作品时常常以日译本或英译本作为底本。此外，为严谨起见，译者也会借助其他语种的译本来检验自己对原文本语言和专业知识的理解程度。语言的曲线模式在五四时期也很盛行，当时称为重译，现在叫转译。很多弱小国家的作品就是以这种方式辗转来到中国的。即便是俄国、德国这样的大国，很多译作也是通过英语、日语等转译成汉语的。但转译在译界也有争议，直到20世纪30年代，鲁迅还与穆木天就此辩论，专门写了《论重译》和《再论重译》，其中讲到转译的益处："懂某一国文，最好是译某一国文学，这主张是断无错误的，但是，假使如此，中国也就难有上起希、罗，下至现代的文学名作的译本了。中国人所懂的外国文，恐怕是英文最多，日文次之，倘不重译，我们将只能看见许多英、美和日本的文学作品，不但没有伊卜生，没有伊本涅支，连极通行的安徒生的童话，西万提司的《吉诃德先生》，也无从看见了。这是何等可怜的眼界。自然，中国未必没有精通丹麦、诺威、西班牙文字的人们，然而他们至今没有译，我们现在的所有，都是从英文重译的。连苏联的作品，也大抵是从英法文重译的。"[①]语言的曲线模式也许并不适用于外语人才齐全且辈出的当下，但在五四时期却起到了丰富译作、增长见识和学习不同国家文学作品的作用。

三、互补模式

互补模式指的是同一部外语作品具有多个中文译本，不同译本之间起到相互补充的作用。不同译本既可能是同一译者，也可能是不同译者；既可能

---

① 鲁迅：《论重译》，中国翻译工作者协会等编：《翻译研究论文集（1894—1948）》，北京：外语教学与研究出版社1984年版，第238页。

产生于同一时期，也可能产生于不同时期；既有可能来源于同一外语文本，也有可能是由不同语言的文本转译而来。不同译本的互相补充、互相印证，扩大了译本的影响力和读者群，加速了译本的传播。比较典型的例子是波斯诗人海亚姆（Omar Khayyam）的诗《鲁拜集》（*Rubaiyat*），英国诗人爱德华·菲茨杰拉德（Edward Fitzgerald）将其中的 101 首翻译成英文，从而引起关注和翻译。五四时期，胡适翻译了其中的一首，并起名为《希望》(《鲁拜集》中每首诗并无题目，只有编号，但在不同译本中编号并不相同，为清楚起见，以下便用《希望》指代此首诗），发表在《新青年》第 6 卷 4 号上，以英汉对照的形式出现。这首诗也收录在 1920 年 3 月出版的《尝试集》中，并在 1924 年 11 月 7 日的《晨报副刊》上被徐志摩摘引。这三个版本差别较小，只有个别字词的变动，如《新青年》版本的"再团再炼再调和"，《尝试集》版是"要再磨再炼再调和"，《晨报副刊》版是"再磨再炼再调和"；《新青年》和《尝试集》版的"该把这糊涂世界一齐都打破"，《晨报副刊》版是"该把这糊涂世界一齐都破"，报纸最后一个字已经模糊，无法辨认，但可以判断并非其他版本的"打破"。除了这三个公开发表的版本，还有在北京大学图书馆馆藏中发现的胡适手书的两页信笺，是《希望》诗的另外两个版本，与以上三个版本差别较大。另外胡适给赵元任的信中有自己的旧译版和改译版，请赵元任帮忙修改。其中提及"后来周鲠生看了这新译本，说是比旧译好的多了"[①]。一首小诗，仅胡适一人就有好几个译本，不同的译本也体现了译者在翻译过程中的心路历程。胡适不仅仅自己修改译本，还时常与友人探讨。除了前文所说的赵元任、周鲠生外，胡适还曾在徐志摩处将这首诗用大字写出来，高声朗唱过。这也引得徐志摩手痒，尝试翻译了一个新版本发表在《晨报副刊》上，供朋友们"消遣"，抛砖引玉。[②] 徐志摩的译诗果然引发了读者的兴趣，几天后的 12 日和 13 日《晨报副刊》接连刊发了其他译

---

① 关于信笺的发现和胡适与赵元任通信详情，参见邹新明《胡适翻译莪默〈鲁拜集〉一首四行诗的新发现》，《胡适研究通讯》2009 年第 3 期。

② 徐志摩：《莪默的一首诗》，《晨报副刊》1924 年 11 月 7 日第 3 版。

者"凑趣"的译文。天心不但提供了自己的译文,还"顺笔将郭译钞上,以供读者参考"①。而荷东则分别用白话和文言翻译了这首诗,只因"今日读徐志摩先生的译文,不觉引动我的旧兴,随笔将他写将下来,以凭胡徐二先生鉴定"②。除了胡适的译本引发的翻译《希望》诗的小高潮外,郭沫若翻译的则是《鲁拜集》全部101首诗,刊发在《创造季刊》第1卷第3期上,题名为《波斯诗人莪默伽亚默》。文章分为三部分,前两部分分别是"读Rubaiyat后之感想"和"波斯诗人莪默伽亚默",译诗是第三部分,但天心顺笔抄录的并非这个版本,应该是郭沫若在《创造季刊》发表之后又有修改。闻一多在《创造季刊》第2卷第1期上发表《莪默伽亚谟之绝句》,对郭沫若的译本"订误""总评",并阐发"怎样读莪默"。在为郭译订误时提供了一部分诗的新译文,其中包括《希望》诗。于是这一首小诗,除了胡适翻译的几个版本外,还有郭沫若、闻一多、徐志摩、天心、荷东等多个版本。不同版本的译作无论是相互补充、相互印证还是相互龃龉,都有助于读者对诗歌的理解和阐释,扩大了诗歌的影响力,加速了译本的传播。

单首诗歌的篇幅短小,因而具有在短期内产生多个译本的可能。对于小说来说,尤其是篇幅较长的小说,虽然在短期内产生多个译本的概率并不高,但存在不同的译本却也是事实,只不过密度不如篇幅短小的诗歌那样大,数量不如短小的诗歌那样多。如读者已经熟知的郭沫若、钱君胥译的《茵梦湖》和唐性天译的《意门湖》,是德国作家施托姆(Hans Theodor Woldsen Storm)创作的中篇小说,两个译本还曾经卷入翻译批评的论战。翻译批评虽然最终偏离了批评本义而成为混战,但可以从另一个侧面看到不同译本存在的意义,批评者对不同译本的关注和评论,读者对不同译本的阅读和判断,都加深了对作品本身的认识,加速了译本的传播。短篇小说存在重译本的概率当然比中、长篇小说要更高一些。如莫泊桑所著以普法战争

---

① 天心:《我也来凑个趣》,《晨报副刊》1924年11月12日第3版。
② 荷东:《译莪默的一首诗》,《晨报副刊》1924年11月13日第4版。

为背景的短篇小说 *La Mere Sauvage*，1922年和1923年接连出现两个译本，分别为《老妪邵瓦许》（戴景云译）和《老妇人苏瓦》（高达观译），刊登在1922年6月的《益世报》（9期连载）和1923年第1卷5期的《小说世界》，两个译本具有一些共同的特征，但同时也显现出很大的不同。

共同的特征包括：

（1）都有在标题、人名、地名后注外文原名的现象；

（2）都注明了译者；

（3）两个译本情节一致、完整。

不同之处在于：

（1）《老妪邵瓦许》的标题标注的是英文，只注明了译者，没有注明作者，而《老妇人苏瓦》标题后标注的是法文，且清晰标注作者和译者："莫泊三著，高达观译。"由此判断，《老妪邵瓦许》可能是从英语转译而来，而《老妇人苏瓦》可能是从法文直接翻译而来。

（2）《老妪邵瓦许》在标题后、正文前的位置标注了故事发生的背景："普法战争时的一个短篇故事，从一八七○至一八七一年。"①《老妇人苏瓦》没有在明显位置标注此等信息。

（3）《老妪邵瓦许》中8处标注了外文，有一个注释："邵瓦许（Sauvage）是个专名词，野蛮人的意思。"②《老妇人苏瓦》只有4处标注外文，这4处标注的拼写与《老妪邵瓦许》一致，但英语和法语很接近，有些单词原本就拼写一致，所以难以作为论据进一步判断是直译还是转译。

（4）《老妪邵瓦许》中有些比喻，在《老妇人苏瓦》中不存在。如：

我沿河游走，活泼的如同小山羊……

（《老妪邵瓦许》:《益世报》1922年6月14日）

---

① 戴景云译:《老妪邵瓦许》,《益世报（天津版）》1922年6月14日第16版。
② 戴景云译:《老妪邵瓦许》,《益世报（天津版）》1922年6月15日第16版。

我唤了声石威尔，他就昂然大步如白鹤似的，走到我面前。

(《老妪邵瓦许》:《益世报》1922年6月15日)

（5）两个译本中也有完全不同的地方。如：

例1：我在威路挪（Virelogne），曾住过十五年。去年秋天我又去那里打猎，住在我的朋友石威尔（Serval）家中……

(《老妪邵瓦许》:《益世报》1922年6月14日)

我没有到维而劳灵（Virelogne）已经十五年了，今年秋季同友人色瓦（Serval）去打猎。

(《老妇人苏瓦》:《小说世界》1923年第1卷第5期)

是在 Virelogne 住过十五年还是已经离开十五年？是今年秋天还是去年秋天？目前尚未找到其他资料证实，因而不能完全确定是译者理解有误，还是译者使用的底本不同所致。但这差异却是一目了然的。

例2：我立刻回想起当一千八百六十九年的时候，看见此处是很清洁，遮掩着许多葡萄树，门外还有许多小鸡子。

(《老妪邵瓦许》:《益世报》1922年6月14日)

当时我想起在一八六九年我看见这屋子是整整齐齐的，墙上围满了葡萄，还有两个老母鸡在门口寻食。

(《老妇人苏瓦》:《小说世界》1923年第1卷第5期)

是许多小鸡还是两只老母鸡？两个译本提供的信息并不相同。

例3：石威尔，在我右面，相距约一百码，收割香草。

(《老妪邵瓦许》:《益世报》1922年6月14日)

那两只猎狗在我面前乱跑乱跳，色瓦在离我不远的草场上打猎。

(《老妇人苏瓦》:《小说世界》1923年第1卷第5期)

Serval 是在割草还是在打猎？差别很大，因无法确定底本，难以判断引起差异的原因。

（6）《老妪邵瓦许》中的描写较为细致，而《老妇人苏瓦》则更概括更简洁。如：

这四个是青年强壮的人，长着蓝色眼睛，美丽的胡须和皮肤，虽然忍受着疲乏，却仍是肥胖，丰满的；他们在征服区域中到是很和气。对于这老妇人，格外显的和蔼，甚至对于他的劳力和消耗，亦要为他节省。这四个人穿着短袖衬衣，早清在井旁装饰；用凉水洗他们的红白色挪曼人的皮肤。老妪邵瓦许，与他们预备早饭。

(《老妪邵瓦许》:《益世报》1922年6月15日)

这些兵都是好身手，对于老妇尤表亲切，凡事只要能帮他忙的地方，没有不帮忙的；能替他省俭的地方，没有不替他省的。每天早晨只见那四个兵围坐在天井旁边梳洗，老妇人跑来跑去安排饭食……

(《老妇人苏瓦》:《小说世界》1923年第1卷第5期)

阅读两个译本的总体感受是，《老妪邵瓦许》中的细节描写多，用语也更注重与外文的对应，而《老妇人苏瓦》语言更概括，行文更自然、流畅。我们以其中的一段为例：

《老妪邵瓦许》：他们在远处的故乡，亦都有母亲。此时立刻了解了他的小心和切望，激动的他们亦报答给他些小心、注意。况且他对于他的这四个仇敌，亦很亲爱，因为村中人并没有什么爱国的仇视和厌恶——这是很宝贵的，他们很喜欢让于高级社会的人。这些很谦恭的人们也有些是负担顶重，因为他们是贫穷并且为新担负所克服；有些是成群成队被人杀死，作枪炮的食品，因他们是很多；顶好亦是忍受着凶恶战争的、残忍的灾祸，非常痛苦，因他们是很懦弱，所以无法抵抗——他们概不注意，亦不知道那些勇武的热心，好战的狂气，虚荣心的激动，和假冒的政治结合，这些东西把两个竞争的国家，在六个月内就使他们精疲神倦——胜者和败者是一样的！

(《老妪邵瓦许》：《益世报》1922年6月16日)

《老妇人苏瓦》：但是他们想起他们家里的母亲，又看看这老妇记惦儿子的苦况，所以对他特别殷勤。这老妇人也很喜欢他们，并不拿他们当敌人待；因为乡下人没有什么国仇不国仇，那些事不过是公王大人们的事罢了。那些老百姓越是穷，越要出钱，越要他们负了许多重担；越是他们人多，平时成堆的杀，有事时又拿他们的血肉去挡大炮；越是他们力薄不能抵抗，越要他们受最残酷战争的痛苦。他们不懂得那些好战者究竟怀着什么野心；至于战争的结果，不论是胜是败，这种虚伪的政策和荣誉，六个月内都要两国破产的。

(《老妇人苏瓦》：《小说世界》1923年第1卷第5期)

通过观察两个译本各方面的异同，其相互补充的作用已经不言而喻。对看到两个译本的读者而言，无论是普通的读者，还是研究者、教学者，都可以通过阅读不同译本去了解作品的内容，感受不同的风格。对于懂外语的读者来说，还可能成为读原著的动机，毕竟去原著中去求证差异是比较可靠的途径。即便读者仅读到任意一个译本，两个译本的读者数量之和也会大于一个译本的读者数量,从数量上来说也可以相互补益,扩大译作的传播范围。

四、多元模式

多元模式指的是促成译本更广泛传播的多种出版方式。通常情况下,译作完成后或在报刊发表,或由出版社发行单行本,但五四时期并非都采取单一路径。多元模式主要关注的是两种或两种以上出版方式共存的情况。多元模式在出版印刷技术尚不发达、传播途径不丰富的年代,为作品的接受和传播起到了积极作用。

《点滴》出版的过程很清晰地体现出多元模式的作用。周作人于1918年到1921年期间在《新青年》发表文章,是该刊物一个时期译者(作者)队伍的支柱。他的译作在《新青年》发表后,多结集出版。1920年由北京大学出版部出版的《点滴》,共收入21篇译作,其中18篇首发在《新青年》,包括《童子Lin之奇迹》《皇帝之公园》《改革》《不自然淘汰》《扬奴拉媪复仇的故事》《扬尼思老爹和他驴子的故事》《酋长》《空大鼓》《小小的一个人》《卖火柴的女儿》《铁圈》《可爱的人》《沙漠间的三个梦》《齿痛》《摩诃末的家族》《诱惑》《黄昏》《晚间的来客》。收入《点滴》时个别篇目的题目稍有变动,如《童子Lin之奇迹》变为《童子林的奇迹》,《皇帝之公园》变为《帝王的公园》。周作人在《点滴》序言中将这些译作结集成册的原因、经过都说得很清楚:"这一册里所收的二十一篇小说,都是近两年中——一九一八年一月至一九一九年十二月——的翻译,已经在杂志及日报上发表过一次的,本来还没有结集重印的意思。新潮社的傅孟真、罗志希两位先生却都以为这些译本的生命还有扩大的价值,愿意我重编付印;孟真往英国留学的前两日,还催我赶快编定,又要我在序文里将这几篇小说的两件特别的地方——一,直译的文体,二,人道主义的精神——约略说明,并且将《人的文学》一篇附在卷末。我所以依了他们的热心的劝告，便决意编成这一卷，节取尼采的话，称为《点滴》，重印一回。"①简单地说，《点滴》出版的原因就是两点，一是扩大译本的生命；二是凸显译本的共性：直译的笔法和人道主义精神。其根本目的是要让更多的读者通过阅读多篇小说的译本了解它们的特点，领悟其中的精神，在更大的群体、更多的读者中传播译作。这足以见得新潮社的傅斯年和罗家伦作为《点滴》发起者的意图和远见。这本集子不仅仅多数译作是《新青年》首发的，连《点滴》"序"的观点也是延续《古诗今译》(《新青年》第 4 卷 2 号)的"译者识"和《新青年》第 5 卷 6 号答张寿朋信中的文字。可见，无论是篇目的选择还是翻译的观点，以及对译作的解读，《点滴》都是换了一种形式延续《新青年》首发时的观点。这本书是作为"新潮丛书第三种"出版的，印数 7000 册。

1928 年 11 月，《点滴》改名《空大鼓》，由上海开明书店出版，周作人在序中提及《点滴》的销售情况："这一册是《点滴》的改订本。原本在一九二〇年编印，早已绝版了，现在重加编订。"②如同《点滴》延续《新青年》一样，《空大鼓》延续了《点滴》的做法，每一篇后都有作者和作品简介。从选目上看，《空大鼓》移出了《小小的一个人》《沙漠间的三个梦》和《欢乐的花园》，加入了《请愿》《颠狗病》和《被幸福忘却的人们》，其中后两篇曾分别刊登在《新青年》的第 9 卷 5 号和 8 卷 3 号。《空大鼓》的出版，不仅仅是因为《点滴》"早已绝版"，还因为"将全书校读了一遍，觉得有好些仍旧是颇可喜的，因为原文是好的，虽然译文很有点幼稚"③。《点滴》改名《空大鼓》，据周作人在序中所说，是因为他不喜欢尼采那句话的意思，因而以集子中第一篇译作的题名《空大鼓》作为书名。尼采的这句话曾经以德文和汉语对照的形式登在《点滴》的封内页，采用的是鲁迅译《察拉都斯

---

① 周作人:《〈空大鼓〉旧序》,上海：开明书店 1928 年版, 第 v 页。
② 周作人:《〈空大鼓〉序》,上海：开明书店 1928 年版, 第 i 页。
③ 同上注, 第 ii 页。

德拉的序说》译本:"我爱那一切,沉重的点滴似的,从挂在人上面的黑云,滴滴下落者:他宣示说,闪电来哩,并且当作宣示者而到底里去。"① 不管是周作人的思想发生了改变,还是他原本就不喜欢尼采这句话而舍弃"点滴",都不会影响既是新生亦是前尘旧蜕的《空大鼓》成为方便读者获取这些译作的新途径。从《新青年》上分散的译本到《点滴》成册,是从译本的个性特征到共性特征发现的过程;而从《点滴》到《空大鼓》,则是免于译本在时间上出现断层断代,二者都是译作生命扩展和延续的过程。《空大鼓》出版的1928年,《新青年》已经停刊,《点滴》已经绝版,这就是说,除了那些还保存收藏着《新青年》或《点滴》的读者,其他有阅读这些译本意向的读者已经没有了获取译本的途径,当然也就不可能因为其中某一篇译作或译作的某种特性而激发阅读其他译本或相关资料的欲望。所以,无论从译作生命延续的角度看,还是从阅读译本的读者数量扩大看,无论是从同一时期译作在更广大读者群的横向发展看,还是从不同时间段看译作的纵向传承,多元模式都发挥了十分重要的作用。

一个译本以不同的发行方式在不同的出版物上与读者见面,在五四时期并不鲜见。胡适曾经谈及自己所译的《最后一课》:"Daudet 所做普法之战的小说,有许多种。我曾译出一种叫做《最后一课》(*La Dernière Classe*) 初译名《割地》,登上海《大共和日报》,后改用今名,登《留美学生季报》第三年。"② 1919年10月,《最后一课》收入胡适的《短篇小说》(第一集)。这个小说集共收录了5个国家7名作家的10篇作品,其中法国的5篇,俄国的2篇,英国、瑞典、意大利各1篇。"这十篇都是曾发表过的:《最后一课》曾登《留美学生季报》;《柏林之围》曾登《甲寅》;《百愁门》曾登《留美学生季报》;《决斗》《梅吕哀》《二渔夫》曾登《新青年》;《一件美术品》曾登《新中国》;其余三篇曾登

---

① 倪墨炎:《早期翻译小说两种》,齐鲁书社编:《藏书家》(第六辑),济南:齐鲁书社2002年版,第51页。

② 胡适:《论短篇小说》,《新青年》1918年5月15日第4卷5号。

《每周评论》。"① 这本集子在 1920 年 4 月即再版，新加入 1 篇译作，共 11 篇，在 1920 年 11 月，便发行第 3 版，到 1923 年 1 月已是第 6 版，其销售盛况可见一斑。胡适在出版《短篇小说》（第二集）时，也谈到了这种盛况："《短篇小说第一集》销行之广，转载之多，都是我当日不曾梦见的。那十一篇小说，至今还可算是近年翻译的文学书之中流传最广的。"②

鲁迅所译的《一个青年的梦》1920 年分别在《新青年》第 7 卷 2—5 号分 4 期连载，1922 年 7 月，作为文学研究会丛书之一由商务印书馆出版，1926 年 3 月已出至第 4 版。1927 年 6 月，北新书局也出版《一个青年的梦》，将其作为"未名丛刊"之一，书名页上印有"1926 年 10 月改版印行"字样，三个月之后即再版。资料表明，《一个青年的梦》还曾刊登在北京《国民公报》。③《国民公报》创办于 1910 年，是立宪团体"国会请愿同志会"的机关报。因其言论主张接近进步党，1919 年 10 月被北洋政府以所刊评论违反出版法为名查封。这就是说，1919 年鲁迅的译作《一个青年的梦》因《国民公报》被查封而不能再在报纸上与读者见面。1920 年《新青年》对这一译作的刊发，又是一个以不同的出版刊物形式延续译作生命的事例。

五、名家模式

一部作品能打动作为读者的译者的心，使其在众多的作品中脱颖而出成为译者决心翻译的对象，继而译作成为译语读者青睐的对象，能在译入语国家传播，当然是其"实质本好"而"译质亦佳"，这是成为优秀译作的必要

---

① 胡适：《自序》，《短篇小说》（第一集），上海：亚东图书馆 1919 年版。
② 胡适：《自序》，《短篇小说》（第二集），上海：亚东图书馆 1933 年版。
③ 王洁白：《中国译介日本文学年表（1902—1937）》，赵乐甡等主编：《中日比较文学论集》，长春：时代文艺出版社 1992 年版，第 293 页。

条件。但同时,其他因素也会影响译作的接受和传播,其中之一就是译者的知名度。以《苦闷的象征》为例,明权、仲云、鲁迅和丰子恺都曾经翻译过厨川白村的这本文艺理论著作,但明权和仲云的都是节译本,只在报刊上发表,没有出单行本。鲁迅和丰子恺的全译本几乎同时出版。鲁迅译本作为"未名丛刊"之一由上海北新书局出版,版权页标明是 1924 年 12 月初版,但据专家考证,其实际出版时间是 1925 年 3 月。① 丰子恺的译本则作为文学研究会丛书由商务印书馆出版,时间是 1925 年 3 月。鲁迅的译本自初版后,就不断再版,1926 年出了第 2 版和第 3 版,1927 年出了第 4 版,1928 年出了第 5 版,1929 年 3 月和 8 月分别出了第 6 版和第 7 版,1930 年时已经出到第 8 版。和有情节的小说相比,文艺理论著作并不好懂,而《苦闷的象征》能销售出这么多册,受欢迎的程度可以说是盛况空前。而几乎同时出版的丰子恺译本,也在出版后的第二年即 1926 年 7 月再版,除此之外,笔者没有发现 1930 年前其他再版的信息。

  鲁迅的译本这样受欢迎,并不是其译笔的优势,相反,一些读者并不习惯鲁迅译文的"硬"。就在两个译本初版的 20 世纪 20 年代,丰子恺的学生季小波就两个译本提出了自己的阅读感受。他致信鲁迅,将鲁迅译和丰子恺译的同一节、同一句以及原文对照给鲁迅看,认为鲁迅的译文有些语句过长,佶屈聱牙,相比之下,丰子恺的译文更通俗易懂,更富有文采。据季小波回忆,他的感受获得鲁迅的认同,并得到回信。② 王成将鲁迅、丰子恺、樊仲云的译文进行比较后,认为后两者的译文都顾及了汉语的表达习惯,而鲁迅的翻译过于直译,词语对应,非常重视原文,但有些句子不通顺。③ 应该说,鲁迅的译文虽然是直译,虽然更顾及原文语言特点的呈现,但读者对译文的整体理解应该是没有太大障碍的。连与鲁迅论战,攻击无产阶级文

---

① 张杰:《鲁迅杂考》,福州:福建教育出版社 2006 年版,第 10—15 页。
② 陈星:《丰子恺新传:清空艺海》,太原:北岳文艺出版社 1998 年版,第 87 页。
③ 王成:《〈苦闷的象征〉在中国的翻译及传播》,《日语学习与研究》2002 年第 1 期。

学和鲁迅译文的梁实秋也承认:"鲁迅先生前些年翻译的文字,例如厨川白村的《苦闷的象征》,还不是令人看不懂的东西,但是最近翻译的书似乎改变风格了。"① 鲁迅在回击的文章中,认为原作的难易程度、风格不一,读者的倾向、水平不一,造成了对译本的看法不同,读者读不懂并不见得是译者的问题,更不见得是译笔的问题,自己的翻译风格一贯如此,为何作为读者的梁实秋能读懂《苦闷的象征》而读不懂无产阶级文学理论的书呢?② 鲁迅的辩论也启发我们从不同的角度观察影响译作传播的因素。不同作者的不同作品,经由同一译者的翻译,产生的相应译作难度不一。鲁迅的辩论文字,也从另一个侧面印证了季小波和王成的判断,即鲁迅的译文是一如既往的"硬"。若以"通顺易读"作为选择的标准,鲁迅的译本并不占优势。同一作者的同一部作品,如《苦闷的象征》,经由不同译者的翻译产生不同的译本,那么,在都能看得懂的前提下,影响读者选择和阅读的因素又是什么?和年轻的丰子恺相比,鲁迅的优势在于他在文学上的造诣和影响力,他的名人身份起了重要作用。面对两个译本,一个是陌生译者,一个是熟悉的名家,读者显然更愿意信任名家的译作,或许读者还读过名家其他的作品,倾慕其文字和为人已久,因而不用去拿两个译本做字句、风格上的细致比较,名家的译本在读者心中已然占了上风。鲁迅的名人身份对赢得读者起到了一定的作用,而名人和教师的身份叠加,其优势愈加明显。鲁迅在课堂上以《苦闷的象征》作为讲义,课堂讲解无疑起到了降低译文难度、扩大读者群的作用。如果仅仅靠报刊刊载和发行单行本,阅读和接受《苦闷的象征》的人数恐怕要大大减少。

作为名人,其译作的发行途径和推介路径都要更多更广,这也是名人译作更具影响力的原因之一。前文提到的《希望》诗,胡适、郭沫若、闻一多、徐志摩、天心、荷东都翻译过。相较之下,胡适和郭沫若的译本发行更

---

① 梁实秋:《论鲁迅先生的"硬译"》,《新月》1929 年第 2 卷 6、7 期合刊。
② 鲁迅:《"硬译"与"文学的阶级性"》,《萌芽月刊》1930 年第 1 卷第 3 期。

广,更具影响力。胡适的译文在《新青年》发表后不久就被收入了《尝试集》,后经徐志摩摘引又出现在《晨报副刊》,引发了读者对《希望》诗的关注并纷纷试译。由于胡适对此诗的钟爱,还和朋友们多次探讨,请朋友们帮助修改或提修改意见,就目前资料已经证实与胡适探讨此诗的人,无论是赵元任、徐志摩还是周鲠生,都是各自领域的精英。这些精英,可以说都是胡适这首译诗的第一任读者,是译诗尚未发表之前就已经与之见面的读者,这些能与译者直接见面或书信往来的读者具有更多的发言权,也直接决定了《希望》诗修改的走向,他们也是扩大译诗影响的特殊的读者。胡适译《希望》诗的影响还取决于其《尝试集》的畅销。胡适作为尝试白话新诗的第一人,他的园地《尝试集》无疑是引人关注的,而《希望》恰恰名列这块园地中三首白话译诗之一,因而也随着《尝试集》的热销而为读者所熟识。我们无法统计读者的数量,但根据版权页显示,1927年10月出版的《尝试集》已经是第9版。①

　　郭沫若译的《希望》诗,其传播经历了和胡适译本相似的路径,即刊物+朋友+单行本+诗集+多次再版。作为郭沫若译的101首海亚姆诗之一,《希望》诗也得到了好友闻一多的关注,在对郭沫若的译本点评时进行了重新翻译。郭沫若附在《我默伽亚默之绝句》后给闻一多的信,表明他对闻一多的意见照单全收:"你所指摘的错误,处处都是我的弱点,我自己也是不十分相信的地方,有些地方更完全是我错了。你说 Fitzgerald 的英译前后修改了四遍,望我至少当有再译三译,你这恳笃的劝诱我是十分尊重的。我于改译时务要遵循你的意见,加以更正。我在此诚挚的谢意于你和你的友人钱君。"② 于是,《希望》经由郭沫若的翻译,闻一多的点评和再译,通过《创造季刊》两度与读者见面。1924年1月,郭沫若的101首译诗取名《鲁拜集》,作为创造社"辛夷小丛书"第四种,由上海泰东书局出版,1928年

---

① 胡适:《尝试集》,上海:亚东图书馆1927年版。
② 郭沫若:《致闻一多的信》,附于闻一多的《我默伽亚默之绝句》后,《创造季刊》1923年5月1日第2卷第1期。

5月出到第4版。1927年11月，上海创造社出版部又出版了这本诗集，正文页由泰东版的112页变为90页。1928年5月，上海创造社出版部出版了《沫若译诗集》，作为诗集的一部分，《鲁拜集》也赫然在列。1929年11月，上海乐华图书公司再版了这本诗集。[①] 短短几年间，这首《希望》诗也得以多次与读者见面。20世纪20年代参与《希望》诗翻译小高潮的几位译者中，胡适和郭沫若的翻译是流传较广的。这其中，当然有胡适和郭沫若等名家著译颇丰才能得以结集出版的原因，另一个原因就是其作为名家的效应。

不同的传播模式，使得大量译本得以迅速传播。这一现象值得我们深思，当今文学作品和文艺理论作品的对外传播亦可以从中汲取可资借鉴的因素。这并不是说要全盘照搬几个模式，时过境迁，很多因素无法复原。我们可以根据当今的实际情况，如专业需求、读者状况、技术条件等，有选择地借鉴当时的传播模式，并开发新的传播模式，如网络模式、影视模式等。

第三节　翻译文学的传播模式及其影响因素

综观历史上的翻译高潮，翻译方向相对单一，通常是由外而内，即由外语译为母语，中西皆同。然而，不同文化间的交流从来不可能是单向的，随着国际交流的日益频繁和深入，文化交流必然呈现双向或多向的特点。如今，随着中国实力的增强，改革开放政策的深化，中国文化"走出去"战略深入人心，学界也在热烈讨论中国文学、文化"走出去"的方法、路径。本节将以五四时期外国文学翻译方法、推介路径和传播模式为基点，观察和思

---

① 上海图书馆编:《郭沫若著译书目》，上海：上海文艺出版社1980年版，第134—138页。

考中国文学外译的传播路径及影响因素，以期对中国文学外译有所助益。

一、中国文学"走出去"的历史与现状

（一）翻译主体的多元化

在17—18世纪，中国文学的外译主要由来华的西方传教士完成。译出的作品以儒家、道家等的经典为主，包括四书五经、《道德经》《明心宝鉴》等。戏剧《赵氏孤儿》在这一时期最早走出国门。19世纪末到20世纪初，除了思想经典外，中国诗歌也在欧美翻译出版，如翟理斯的《中诗英译》。庞德的译作《华夏集》1915年在美国出版，中国诗歌的主题、形式，尤其是意象叠加的手法都成了美国新诗诗人模仿的对象。

以上经典都是通过外国译者之手远渡重洋，中国译者主动向外译介则是随着中外交流和接触机会增多而出现的。1872年，中国派遣的第一批幼童赴美留学，拉开了近代中国留学教育的序幕。甲午战后到20世纪初，留学运动出现了热潮。无论是主动还是被动，中外的交流和接触已经不可避免。留学运动和国内的外语教育，使得国人对外国文化和语言有所了解，具备了主动译介中国文学作品的必要条件。如萧乾从1931年起就协助美国人威廉·阿兰编辑英文期刊《中国简报》，并在这份刊物上推介了鲁迅、郭沫若、茅盾、郁达夫和沈从文等人的作品。1932年，他翻译了田汉的《湖上的悲剧》、郭沫若的《王昭君》和熊佛西的《艺术家》，发表在当年的《辅仁学报》上。①

新中国成立后到60年代末，国内的局势变化及与国际社会关系的磨合，

---

① 杨四平：《跨文化的对话与想象：现代中国文学海外传播与接受》，上海：东方出版中心2014年版，第4页。

对文化交流也产生了一定的影响。对这一时期产生的文学作品评价不一，有肯定其道德文化意义而奉为经典的，也有因其审美意识的缺失和文学史意义的匮乏而加以否定的。①资料的局限和对这一时期文学作品的否定也直接体现在翻译研究领域对这一时期文学外译的研究不足。事实上，新中国成立后，中国国际新闻局就以"外文出版社"的名义组织包括古代、现代和当代文学作品在内的外译。当然，这并不是说官方组织了文学外译，个体译者的翻译就停滞或取缔，只是说无论是就翻译主体还是就组织形式而言，都向着多元化的方向发展。这个时期产生的"红色经典"，经由外国译者之手走出国门也并不鲜见。新中国成立后在美国出版的第一部红色经典是以99岁高龄在中国寿终正寝的沙博理所译 Daughters and Sons（《新儿女英雄传》），"这部译作在美国的发行量很小，除几所古老的高校图书馆外，普通高校图书馆均无收藏。即便是我访学的这所以语言教育和外语翻译著称的高校，这部小说的借阅量也是少之又少"②。20世纪70年代尼克松访华，80年代中国改革开放之后，文化交流也出现了新局面，各国的汉学家成为中国文学外译的生力军。如瑞典汉学家马悦然，将《水浒传》《西游记》以及辛弃疾的许多诗词译为瑞典文；美国汉学家葛浩文翻译了老舍、巴金、萧红、莫言、王朔、池莉等多名中国作家的作品，其中最著名的是翻译了诺贝尔文学奖获得者莫言的《红高粱》《生死疲劳》《丰乳肥臀》等；英国汉学家蓝诗玲翻译了《鲁迅小说全集》、张爱玲的《色戒》等；法国汉学家安妮·居里安女士翻译了韩少功的《诱惑》《女女女》等；德国汉学家尹芳夏翻译了《三国演义》；德国汉学家顾彬翻译了《鲁迅选集》、北岛的《太阳城札记》等。

---

① 阎浩岗:《从文学角度看"红色经典"》,《河北大学学报》(哲学社会科学版)2005年第3期。
② 任东升:《在美国出版的第一部"红色"小说》,《中国海洋大学校报》2015年12月24日第4版。

（二）组织形式的不同

1. 官方组织

新中国成立以后，各级政府和机构积极组织翻译活动，为各类著作走出国门起到了推动作用。"新生的民族国家主动对外翻译介绍本国文学作品，以响应现代民族国家建构的诉求和召唤，意图在国际社会舞台上实现自我合法形象的塑造。"[①] 1951 年，在对外文化联络事务局和文化部的推动下，由回国不久的叶君健筹备、创办了英文版《中国文学》，1964 年法文版问世。1981 年，《中国文学》新任主编杨宪益倡议，中国外文局支持出版"熊猫丛书"，主要以英、法两种语言向欧美等国介绍中国文学。1995 年，国家新闻出版总署启动"大中华文库"项目。到了 21 世纪，各种国家级"项目""工程""计划"的启动愈加频繁，其中包括 2004 年启动的"中国图书对外推广计划"、2009 年国家汉办批准立项的"中国文学海外传播"工程、2010 年全国哲学社会科学规划办批准设立的"国家社会科学基金中华学术外译"项目、2010 年中国作家协会推出的"中国当代文学百部精品译介工程"、2014 年设立的"中华思想文化术语传播工程"等。

从上述"项目""工程""计划"的启动和刊物的创建可以看出，国家和政府投入了大量人力、物力和财力，一如既往地重视中国文学和文化的对外传播，这些努力目前也已经看到了成效。大量中国图书翻译成外文，从先秦至现代，涉及的领域从思想典籍到文学、历史、哲学、科技、经济等不一而足，中国典籍输出到全球的许多国家。

2. 民间力量

随着国际交流的日益频繁，互联网技术的迅猛发展，信息传递速度越来越快，获取途径越来越多，读者如果需要，可以直接接触到外国文学。懂外语的读者出于兴趣和热爱，自发翻译引发个人阅读热情的作品，虽然译介

[①] 倪秀华：《建国十七年外文出版社英译中国文学作品考察》，《中国翻译》2012 年第 5 期。

规模不大，但译介效果却出人意料。2018 年出版的《射雕英雄传》英译本就是由民间力量自发完成的，并且销售火爆。译者郝玉青在英国长大，有学习中国文学和历史的专业背景。经过 6 年的打磨，她终于完成英译本《射雕英雄传》第一部《英雄的诞生》，由英国麦克莱霍斯出版社面向全球出版发行，出版首月即加印 6 次。美国、西班牙、德国等 8 个国家也相继买下版权，并在《泰晤士报》《经济学人》《卫报》等知名媒体报道《英雄的诞生》。据"21 世纪英语传媒"统计，该书在美国亚马逊网站上获得了四星，在中国只有两星。在出版发行最多的英国，有 53% 的读者打出了五星，35% 的读者打了四星，打三星和一星的读者占比都为 6%，平均打分为 4.2 星。在出版社的官网上，读者评分则为四星。在美国引起轰动的科幻小说《三体》也是类似的情况。此外，还有译者自发翻译网络小说，建立中国文学对外译介网站，并且规模也在增大。如美籍华人赖静平创办的"武侠世界"，日点击量已经破 10 万。2015 年在美国读高三的孔雪松创办了中国网文翻译网站"引力小说"（Gravity Tales），也获得成功。阅文集团旗下的"起点国际"（Webnovel），2017 年正式上线，率先实现了网文作品以中英文双语版海内外同时发布、同步连载。美国的艾瑞克·阿布汉森（Eric Abrahamsen）2007 年创建的"纸托邦"（Paper Republic）也成为海外英语世界了解中国作家和中国文学的重要窗口。

二、中国文学"走出去"的现象与问题

中国文学的对外译介已经取得了一些成就，但仍有以下几点值得关注：

（一）中国文学的译出仍旧处于"逆差"状态

尽管这些年中国图书外译规模在不断加大，图书进口和出口的差距在缩

小，但若要扭转逆差，还需要艰苦卓绝的努力。有一组数据能清晰展示这一点："2008—2012 五年间，中国引进美国的图书版权数量依次为：4011 种、4533 种、5284 种、4553 种、4944 种，而美国引进中国的图书版权数量则分别为：122 种、267 种、1147 种、766 种、1012 种。"①《中华读书报》也曾报道："中国著名作家和经典作品在海外至今仍少有人知。据统计，作品被译介的中国当代作家有150 多位，只占中国作家协会会员的1.3%。"②

（二）外国读者对中国文学外译文本的获取途径仍需拓宽

研究表明，国外图书馆里可以检索到中国文学的译本，尤其在大学图书馆。汉语和中国文学、历史等专业的师生和研究人员可以很方便地获取和阅读译本。但也有专家指出，"在美国图书市场上，也就是说主流的连锁书店，基本上不会出现。在美国，相当大部分美国大学出版社出的中国文学作品在商业市场是没有销路的"③。所以，在做好市场调查和市场培育的基础上，还需要拓宽图书的获取途径。除了图书馆、书店等固有的实体获取途径之外，还可以增加网络渠道，如报刊电子版、电子书、微博、微信等，方便读者获取。

（三）中国文学的外译需要在"忠实"和读者的接受能力之间寻求平衡

为了原汁原味地传达中国文化，我们往往更强调忠实于原文，在文字的完整和对应上更是不敢逾越藩篱。前文提到的《射雕英雄传》英文版，国外读者的评分在四星之上，但在中国的得分只有两星。究其原因，一方面是对

---

① 胡安江、梁燕:《多元文化语境下的中国文学"走出去"研究——以市场机制和翻译选材为视角》,《山东外语教学》2015 年第 6 期。
② 舒晋瑜:《中国文学对外译介蓄势待发》,《中华读书报》2010 年 8 月 18 日第 5 版。
③ 耿强:《中国文学走出去政府译介模式效果探讨——以"熊猫丛书"为个案》,《中国比较文学》2014 年第 1 期。

母语和外语的敏感度不同，阅读母语文本和英文文本的感受殊异，读者不自觉地用这种感受作为评价标准。另一方面，更多具有双语能力的读者在比对文字。虽然译者一再强调自己的忠实，最大限度地保留了原著的中国元素，认为这些元素"不译才是损失"。但读者仍旧源源不断地找出"不忠实"之处。比如黄蓉变成了"黄莲花"，大雕变成了"秃鹫"。这充分说明已经有了原文阅读体验的中国读者和外国读者阅读能力、阅读感悟和阅读期待的不同。如果译者按照中国读者的能力、感悟和期待去翻译给外国读者看，势必会有译本"遇冷"的状况出现。但我们不得不承认的现状是，我们常常会在这种情况下做翻译。

三、中国文学"走出去"的传播路径

中国文学"走出去"当然要有好的原本和译本，在满足这个条件的基础上，还需要考虑域外传播的问题。以为只要将作品译成外文，中国的文学和文化典籍就自然而然"走出去"了的观点，"显然是把问题简单化了，而没有考虑到译成外文后的作品如何才能在国外传播、被国外的读者接受的问题"①。立足于外国文学作品的译入和传播，综合当今的现实情况，考虑电子技术等对传播的影响，反观中国文学的对外译介，笔者认为可以尝试以下几条传播路径助力中国文学"走出去"。②

（一）学校教育

学校教育对译作传播的作用，一方面体现在译作通过教育影响人的精神

---

① 谢天振：《中国文化走出去不是简单的翻译问题》，《社会科学报》2013年12月5日第6版。
② 任淑坤、刘波：《拓宽中国文学外译的传播途径》，《社会科学报》2019年2月21日第5版。

和心灵，另一方面，译作通过教育这一路径能在更广泛的范围内传播。一旦译作进入教学和教育环节，一代人甚至几代人都会受其影响。比如高尔基的《海燕》、马克·吐温的《竞选州长》、契诃夫的《变色龙》、安徒生的《丑小鸭》、莎士比亚的《威尼斯商人》、巴尔扎克的《欧也妮·葛朗台》等都是因为收入中国的中小学课本而名噪中国。外国文学传入中国是这样，中国文学"走出去"也是同样的道理。外事部门、教育部门和出版机构、译者应通力合作，努力让中国文学的译本能通过学校教育在国外得到普遍传播的机会。

汉语在国外的学习热潮，为中国文学走出去做了铺垫，也是中国文学"走出去"的契机之一。欧美很多国家开设了中文教学课堂，英国还创办"望子成龙"（Hatching Dragons）中英双语托儿所。中文学习者中不乏原美国总统特朗普的外孙女和美国金融大鳄罗杰斯的女儿这样的名门望族之后。我们可以根据各个层次的中文学习者的需要，以中国文学著作的译本作为学习教材、课外读物或辅助资料，打造不同难度的译本，将语言学习和文学、文化传播结合在一起。比如针对中学生的读本可以是名著中摘录的句子，还可以是配图版。大学生的可以是一些段落或章节，也可以是简易读本；而学习中国文学专业的域外学习者可以用全译本，并辅以导读性质的书籍。我们目前输出的译本多是全译本，文字忠实度高，但对学习者来说难度较大，如果能改进和分流译本，加强针对性，则效果会大不相同。虽然简易读本难以让学习者一时就了解到著作的全貌，但对学习者，尤其是孩童和初级学习者来说，激发兴趣、培养译本阅读习惯，也是一种成功，为了解中国文学的全貌奠定基础。毕竟循序渐进才是学习的常道，对于中国文学"走出去"而言，也是同样的道理。

（二）名家推广

科学技术飞速发展，无论是印刷、出版还是电子科技、网络互联，都使得信息产生的速度和数量大大提高，读者也可以更加便利地获取信息。但译作要想在诸多信息和数据中脱颖而出，吸引读者的注意力并不容易，酒香也难抵巷子太深。因而在译作的域外传播过程中，借力也是十分必要的，可以借助名人译者或推介者的影响力和话语权，推动译作的传播。

五四时期我国大规模引入外国文学时，文化名人的作用不容低估。直到今天，虽然翻译语言和环境发生了变化，但名人的译作仍旧在流通。相较于同时期的其他译作，名人的作品仍旧是最容易获取到的，很多图书馆都有收藏，很多出版社仍旧密集再版。以我们所熟知的《最后一课》为例：1912年胡适首译为《割地》，后收入《短篇小说》（第一集）时改名为《最后一课》。1913—1917年，先后还有匪石、"静英女士"、江白痕、梁阴曾的译本产生。[1]胡适的译本并非这些译本中最准确、最完整的[2]，但却是流传最广的。这几个同时期的译本中，目前仍旧流通并被读者广为阅读的，恐怕也只有胡适的译本了。

名人译者和名人推介者自身就是品牌，除了作品本身的魅力外，其影响力及在不同场合的提及、介绍等也在扩大译作的知名度。林语堂能在美国文化界和知识界占据一席之地，除了其作品自身的魅力外，赛珍珠的推荐作用也不可忽略。

（三）影视剧作

相对于文字的译作，影视剧作有声音和画面辅助，受年龄、国别、文化程度的制约小，具有广泛传播的便利条件。我们熟知的很多优秀的外国文学作品，并非通过文本的阅读而广为人知，一方面的原因当然是语言限制，并非人人都拥有双语或多语能力。另一方面，在没有特定需求时，并非人人有耐心、有精力、有时间、有心情去阅读大部头的著作。而通过电影、电视剧，既能度过休闲时光，又能了解异域文学和文化，也算是寓教于乐的一种

---

[1] 韩一宇：《都德〈最后一课〉汉译及其社会背景》，《文艺理论与批评》2003年第1期。
[2] 郭延礼：《都德〈最后一课〉的首译、伪译及其全译》，《中华读书报》2008年4月16日第19版。

形式。这样的例子不胜枚举。优秀的文学作品也几乎都能找到改编的电影，如《基督山伯爵》《奥德赛》《俄狄浦斯王》《诺亚方舟》《圣女贞德》《堂吉诃德》《罗密欧与朱丽叶》《王子复仇记》等。即便是同一语言同一文化内部，这样的现象也比比皆是。我国的四大名著都曾被拍成电视连续剧，吸引了大批观众。尤其是《西游记》，成了还不能阅读原著的小朋友们每个假期追看的热剧。林语堂的《京华烟云》是一个稍显特殊的例子。这部以中国文化为背景，用外文写就的小说，经过翻译、改编、拍摄成电视连续剧后，在中国广为传播，使得许多观众以为这是林语堂用汉语所写的作品。虽然影视剧作经过改编，受舞台效果、时间等的限制，与原著有出入的地方，但仍旧不失为扩大原著和译作影响力、争取观众和读者的有效方式。中国文学"走出去"也可以尝试同样的路径。

（四）大众传媒

顾名思义，大众传媒的受众数量巨大。在传统的广播、电视、报纸等大众传媒形式之外，网络传媒因其方便快捷而成为新宠，成为人际交往、信息传播和知识获取的重要途径。正规的学校教育中也在添加网络的元素，比如远程教育、慕课、翻转课堂等。同时，网络因其用户广泛，不受时间、距离的限制，普及性、娱乐性、实时性兼具等特点异军突起。所以，我们要变换方式、转变思路，以网络为媒介，通过动画短片、漫画等非正式的方式推广我们的文学作品，为中国文学的海外传播另辟蹊径。叶芝的诗《当你老了》经由春晚的舞台、莫文蔚的演唱、网络的传播，以歌曲的形式流行。这首诗因其形式的改变得以在更广大的范围内传播。我们的文化对外译介也是这样，可以不拘一格，采取多种形式。

中国文学"走出去"，网络和网民的力量也不容低估。"重视网络小说、网络和网民在中国文化对外传播过程中的力量，并非要忽视传统的经典文学作品，而是为培养国外读者的中国文学作品阅读习惯，也可以说是在为中国文学经典的走出去做了铺垫。"①网络文学翻译因其自主性、娱乐性、非正式性，译者所受到的"忠实"压力要小于经典著作的译者，无论是批评家、研究者还是读者，对此类译作的期待会有所不同。这也恰恰给了网络小说翻译更多的自由和生存空间。也许，有些细节还难以准确传达，有些表达陌生感太强会引起误解，有些地方不尽如人意，但人类共同的求知欲和好奇心，对善良、勇敢、正义等优秀品质的共同追求，成为中国文学"走出去"、跨越文化障碍并得以传播的要素。两种文化碰撞过程的扭曲变形之处，会随着文化交流的深入逐渐纠偏并回归正轨。

（五）非翻译方式

五四时期外国文学作品大量译入中国，除了以翻译的形式引入西方的知识和文化，非翻译或变译的方式也得到了最大限度的利用，为读者能顺利接受译作奠定了基础，起到了辅助作用。以《新青年》为例，其登载的非译作或多或少和外来思想文化的传播有关，涉及西方的制度、军事、法律、宗教、文学、教育等诸多方面的问题。《新青年》创刊号（时名《青年杂志》）上共有9篇文章，并辅以4个栏目。其中4篇是译作，另外5篇是《敬告青年》《法兰西人与近代文明》《共和国家与青年之自觉》《卡内基传》《新旧问题》，每一篇都和外国文化有关。4个栏目"国外大事记""国内大事记""通信""世界说苑"也是同样的情况。

中国文化向西方的译介中这样的例子也有很多。赛珍珠曾与丈夫一起管理《亚洲》杂志，邀请中国文化名人为《亚洲》"写"稿而非"译"稿，介绍中国各方面的情况。②德国汉学家顾彬和妻子张穗子创办德文杂志《袖珍汉学》，介绍中国小说、散文和诗歌的各个流派。西方汉学家也曾撰写了不

---

① 王宁：《文化翻译"走出去"的传播路径与策略》，《中国社会科学报》2018年1月8日第4版。
② 刘丽华：《构建中美交流的平台——赛珍珠与〈亚洲〉杂志》，陈杰、王欣主编：《跨文化视域下的美国研究》，成都：四川大学出版社2016年版，第39—48页。

少研究中国文化的著作，如葛兰言的《中国文化》和《中国思想》，卫礼贤的《中国文化简史》《中国精神》等。①

这些非翻译的作品，为西方国家的读者打开了一扇窗户，为他们更好地了解中国文化奠定了基础。可见，在翻译之外，用外文直接写就的著作、综述、游记、新闻报道、介绍性文章等都可以成为传播异域文化的形式。同时，在西方读者与中国文化之间建立关联的机会越来越多，我们往往会因为一个人而关注一个城市，也会因为一次造访而关注某个国家。随着中国国力的增强和人民生活水平的提高，出国旅游、学生留学、网络交友、跨国婚姻等都可能在中国与外国文学和文化之间架起桥梁。很多汉学家都有位中国妻子，如葛浩文与林丽君、顾彬与张穗子、宇文所安与田晓菲，中国妻子虽然不是成为汉学家的必要条件，但对于增进对中国文化的了解、培养对中国文化的感情，在两种文化之间起到的联结作用是不可否认的。

四、中国文学"走出去"的影响因素

（一）译入语国家对外来信息需求的迫切程度

我们在教学中发现，学生曾经固执地认为，为了更好地传播中国文化，中译外一定要直译，为了降低直译带来的陌生感和阅读障碍，就要加注。所以直译加注就是最好的翻译策略和方法。然而，我们忽略了接受者的需求。比如中国的政府工作报告，虽然其中有很多中国特色词汇，但我们很少见到英文版的报告在后面加很多注释的。这一方面得益于翻译专家团队不拘泥于文字对应这种形式，对西方的阅读习惯和词汇内涵、外延的恰当理解，外国

---

① 许苏民：《危机与探寻——"中学西渐"的分期、特点及其规律》，《学习与探索》1992年第6期。

专家对于翻译过程的参与；另一方面，就是译入语国家的需求。随着中国国力的增强及在国际社会上地位的提高，越来越多的国家关注中国的社会民生、科技发展、国防事业、财政状况、大政方针等，这就决定了译入语国家收看和阅读政府工作报告的主动性，即便有些表达有陌生感、有中国特色，他们也会花费时间、精力去解决阅读中遇到的困难，甚至会组建包括不同领域的专家团队去解读报告，只有知己知彼才能更好地交往、合作和竞争。即便其中有带来陌生感的词汇和表达，他们也不会轻易弃读。译入语国家对外来文学和文化信息的需求越强烈，引入的作品就越能顺利传播。

（二）译入语国家对于外来事务的开放心态和敏感程度

同一国家不同时期的开放心态不一定相同，国与国之间的这个指标值更是有差异。保守、闭塞和不开放的心态往往又与因循守旧、夜郎自大、自我满足和不思进取联系在一起。如果一个国家处于这样的时期，则外来文化的传入，文学译作的推广会面对更多的困难。心态越开放，对外来事物的求知欲和好奇心越强，越能主动调节自身固有的观念和文化，协调处理与外来文化的关系；越能敏锐地认识到外来文化的价值，以开放的姿态包容、学习、引入带有异域特征的知识、科技和文化。古罗马很善于吸取其他民族的智慧，罗马武力征服了希腊，却被希腊的哲学、文学、戏剧、建筑、科学等方面的成就所折服，大量译介了希腊的作品。从早期实践的直译、模仿、改编、移植、替代，到后期的创译、竞赛、超越，译作与原文文字对应的偏离尺度越来越大，对译文的追求却越来越高，"翻译家的目的是介绍希腊文化，使罗马读者和观众能从翻译或改编的作品和戏剧中得到娱乐消遣"[1]。虽然说，早期对翻译方法的理论探讨几近于无，但翻译家在翻译实践中却"不自觉地采用适合于自己目的的观点和方法"[2]。古希腊的文化遗产就这样通过古罗马

---

[1] 谭载喜：《西方翻译简史》，北京：商务印书馆2000年版，第22页。

[2] 同上。

人传播和延续下去，成就了早期的西方文明。

（三）译入语国家对原语国家信息的熟悉程度

如果译入语国家和原语国家已经建立了一定的关联，对原语国家的文化和相关信息已经具有一定程度的了解，或者已经激发出一定的好奇心和求知欲，则对于相关译本接受的可能性更大、程度更深，译本传播得会更快更广。那些已知信息会帮助读者理解未知信息，消解或降低译本中陌生化信息的难度，接受陌生化异域信息的潜力更大。

中国在世界的知名度和影响力越来越大，为中国文学外译营造了良好的环境。2017年3月到6月，中国外文局对外传播研究中心与凯度华通明略（Kantar Millward Brown）、Lightspeed 合作开展第5次中国国家形象全球调查，对全球6个洲的22个国家发放了11000个访问样本，经数据分析显示，中国的公信力和整体形象好感度都在上升，"一带一路"倡议赢得普遍好评；中国对世界的贡献获得更多认可；对中国国民形象的普遍描述是"勤劳敬业、诚实谦虚、热情友善"；中餐、中医药、中国高铁等中国文化与科技元素成为国家形象亮点。影响中国文学外译进程的因素包括（1）国际大语境的制约；（2）中国实力的影响；（3）国外读者的社会性阅读倾向；（4）作品自身质量释放的阅读行为驱动力。[①] 深入交流带来的好感及多种信息，也在潜移默化地影响着读者的阅读倾向，国与国之间的熟悉程度提高，阅读译本的难度就会减小，阅读兴趣就会提升。

（四）读者的阅读期待

读者阅读译本是为了休闲消遣、提高文学素养，还是为了求学、获取知识、有无考试压力等，都决定了读者对待不同译本的态度。心理学的研究成果表明，人对外部世界的认识可以分为舒适区、延伸区和恐惧区三个等级。

---

① 陈伟：《中国文学外译：基于文明与对话》，《中国社会科学报》2017年7月31日第4版。

读者若是为了打发时光，休闲娱乐，极有可能选择没有阅读难度的舒适区读物，让身心处于舒适愉悦的状态。但若是为了获取知识，为了求学，则无论是校方的课程设置还是读者的主动选择，延伸区的读物是首选，这个区域的读物，读者阅读时有一定的难度，可能会感到某种程度的不适，但经过一定努力还是可以克服障碍，让知识水平、认识水平和理解力得到提升。而恐惧区的读物，往往是超出读者能力范围太多，难度过大的读物阅读时会有较强的不适感，遇到的困难难以克服，让读者失去阅读的兴趣和勇气。

从文化传播的角度看文学翻译的文本，比较理想的状态是使其处于延伸区内，读者能运用自己已经掌握的信息去理解未知信息，或者经过咨询、查找资料、触类旁通，克服阅读中的困难，达到了解外国文化和学习外国文学的目的。久而久之，延伸区的读本就会进入舒适区，而恐惧区的读本则进入延伸区。一个译本是处于哪个区域，和前面所讲的三点影响因素也是相互联系的。同样一个译本，在有需求、处于开放时期和已经建立一定关联的国度，可能是延伸区的读本，而在无需求、闭塞和无关联国度则有可能处于恐惧区。对于处在特定时期的特定国家，也许需要输送的不是延伸区而是舒适区的译本，部分过于陌生化的信息需要裹上"糖衣"，让读者能在轻松的状态下接受外来文化。这就要求我们的译本不能以不变应万变，对于不同国家、不同民族、不同时期、不同层次的读者需求状态有一定的了解，才有可能有针对性地产出译本，进而顺利传播。阎连科的作品能在法国得到广泛接受即是一例。他的版权代理人陈丰工作细致，连译本出版的顺序都做了细致安排，比如短篇的、好看的、容易推广的在先，然后更换口味和篇幅，在有了稳定的读者群后才是大部头的疼痛感强的著作。[①]

中国文学和文化的对外译介是一个长期、循序渐进的过程，虽然目前销路大好的书还不十分普遍，但每一部成功"走出去"的译作，都会成为一

---

① 李伟荣:《中国文化"走出去"的外部路径研究——兼论中国文化国际影响力》，《中国文化研究》2015年第3期。

粒酵母，诱发海外读者的好奇心和求知欲，点燃其对中国文化的热情。翻译书、推广书是传播中国文化的一个渠道，但不是唯一的渠道。叶嘉莹先生指出，中国文化传播到世界，依赖的是言行和实践，要明了并践行中国文化中美好的品格道德。①

---

① 焦雅君：《沧海种田——叶嘉莹先生的诗词人生》，《光明日报》2018年7月15日第5版。

第六章 结语

晚清与五四，是中国翻译史上第三次翻译高潮时期。远观这段历史，我们得到的一般印象是：五四时期的外国文学翻译数量增多，质量提高，内容更严谨；晚清是意译，五四是直译。这些信息的确直观地反映了五四和晚清时期翻译的区别。但近看时，我们会发现，五四与晚清时期外国文学翻译还有更多需要关注的问题。在此就译、按分离与信息量守恒、非译作对译作传播的辅助之功、翻译概念和方法流变的动因、一元言说与多元实践等几个相关问题做一陈述。

第一节 译、按分离与信息量守恒

需要说明的是，这里所指的按语除了晚清的译作中明确标明是译者所"按（案）"的部分外，也包括那些直接植入译文中带有译者添加痕迹和译者了无痕迹添加到译文当中的信息，同时还包括在译作中作者、译者之外第三人的点评信息。这些未注明是"按（案）"的信息，同样发挥了按语的作用，是读者阅读时重要的辅助信息。

这就是说，翻译方法从"豪杰译"趋向直译，那些译者所添加的阐释，帮助读者了解译作的辅助信息也从译本中消失了，随意添加、删除信息或改动原作成了不符合"翻译"本质要求的举动。然而，但凡是翻译，就不可能游离于译者的理解和阐释之外，只不过留在译本中的部分是经过与原文比较对应、被译者判定亦是作者想要表达的意义。而译者更加丰富的所思所想，无论是与原文本一致的还是矛盾的，无论是译者欲加以褒扬的或是欲加以反对的，还是欲进一步阐发的，都挪移到译本之外，从内容上看与译作形成"正论阐述""反论劝诫""补充例证""观点对照""主题引申"和"相互印证"的关系。从形式上看，很多辅助信息挪移之后，在命名和文字上已经看不到与原作的直接关联，看不到翻译的痕迹，而是以创作的形式存在。还有一部分和原作依旧关联紧密，以编译、译述、述译、记述、综述等形式存在。虽然这些概念在五四时期并没有明确的界定，各人所用时指代意义不是非常一致，指代意义相同时又未必用同样的概念，但这些概念的出现，将信息的添加、删除，对原文的改动都合法化。文本中既有"译"的部分，更有"编""述""记"的部分。对于那些不能全文照译，只是截取原作一部分的译作，以节译、摘译、选译、择译的名目出现。并非从原文直接翻译而来，经由英语、日语等转译的现象，也有了专门的名字叫"重译"。其他译者已经译过，后来的译者再次翻译的，五四时期叫作"复译"。

  因为新概念的出现，使得不被译界看好、判定为越界的那些翻译现象，在五四时期都因名称的改变而成为"正道"。这就是所谓名正则言顺的道理。译者翻译时的技痒，未能尽兴之处，在这里都可以取便发挥。严复说自己的《天演论》是"达旨"而非"笔译"，如果将达旨看作是区别于"翻译"的一种语言转换形式，是与"编译""译述"等近义的概念，是不是《天演论》和严复就不必承受如此多的指责？从这个角度看，同时代的人真如严复所言"学我者病"，打着翻译的旗号行"达旨"、译述或创作之实。新生辈的五四一代也被严复言中，"以是书为口实"多方责难。严复说"来者方多，幸勿以是书为口实"[①]时显然已经预测到后来者"以是书为口实"的可能性，虽预测到但依旧没能幸免，这不能不说是遗憾。研究者指出："中国的翻译

---

① 严复：《〈天演论〉译例言》，罗新璋编：《翻译论集》，北京：商务印书馆1984年版，第136页。

后来走的不是严复的路,而是林纾的路。换言之,中国的翻译后来走的是从一种语言里,为我所用地搬运内容到母语里来的路,而不是……'贴合'原文因而感到举步维艰的翻译之路。"① 可以看出,后世的研究者也认为两人翻译的路子大相径庭,尽管"译才并世数严林",二人都在翻译史上留下了浓墨重彩的一笔,五四时期在遭到批评时二人也几乎是相提并论。严复的远见卓识,着实令人敬佩,他将达旨从翻译中分化出来的提法,即便在当时引起关注,自然也形不成什么气候。直到五四时期,在晚清统称为"翻译"的概念才被分化、细化为编译、译述、述译、记述、综述、节译、摘译、选译、择译、重译、复译等多种次生概念,这些概念分别概括不同的翻译形式,也将译作、按语和创作成功分离。

译、按的分离,翻译方法的"豪杰译"转直译,带来的最大问题就是译本的陌生感。五四时期如何消解译本的陌生感使读者顺利接受译本,是译、按分离,翻译方法转变后面临的最大挑战。直译之所以在晚清"名声很坏",是因读者"味同嚼蜡""佶屈聱牙""如释家经咒""无从索解"② 的阅读感受。五四时期,翻译语言是尚不成熟的白话,外加直译本身的特点,因而当时的翻译作品也难免有这方面的缺点。直到 20 年代,梁实秋和鲁迅依旧因为译文之"硬"发生辩论。但即便如此,直译仍旧成为五四时期外国文学翻译的主潮流,译者争相表明自己的译作是"忠实"的直译。五四时期译作陌生感的消解有三条途径:一是借助译者识、序、题记、注释等对难点、作者及主要内容进行介绍。这种情况和晚清相同。晚清出现在译本当中,译者明确标注是译者所为的按(案)语等在五四时期的文学翻译中仍旧以大致相同的形式存在。二是借助读者在以往的学习和经历中已经掌握的外来信息和所熟知的本国的思想、概念等,毕竟中西文化有不同的地方,亦有相通之处,这依

---

① 孙歌:《语言与翻译的政治·前言》,许宝强、袁伟选编:《语言与翻译的政治》,北京:中央编译出版社 2001 年版,第 24 页。
② 陈平原:《陈平原小说史论集》(中),石家庄:河北人民出版社 1997 年版,第 624 页。

赖的是读者自身的学养。就对外国文学信息和社会信息的熟悉程度而言，从晚清中国被迫打开国门后外国信息的涌入，中国派出留学生的主动求取，以及晚清翻译文学的滋养，到五四时期，读者已经具备了一定的阅读外国文学所需的辅助信息，具有一定的翻译文学的阅读兴趣和习惯。长期浸染在翻译文学当中，即便是"豪杰译"法译出的外国文学，读后也应当是有所收获的。因而，五四的读者阅读翻译文学的基础也应该是高于晚清的。况且白话翻译也给读者提供了很多便利，扩大了阅读群体。三是借助译者在其他文本中提供的相关信息，其他译者及其译作提供的信息，作者及其创作提供的信息。这些辅助信息已经脱离于译本而存在，出现在译本之外的其他译作或创作中。在晚清翻译文学中，辅助信息无论是由译者发出，还是由他人点评，多集中在同一译本中，甚至直接出现在译本的行文中，有时甚至难以区分是原作中就有的信息还是由译者添加。五四时期的翻译文学则将这部分辅助信息转移到译本之外，谁发出的信息都有迹可循，清楚明白。至于这部分转移到译本外的信息什么时间出自哪本刊物或哪张报纸，或者是出自哪位先生的讲座，出自哪套丛书的广告，对读者来说都是不确定的。这就是说，五四时期译本之外各种途径提供的辅助信息，其发出者和出现的方式、时间或地点对读者而言都是不确定的。

　　就辅助信息的集中程度和读者获取信息的方便而言，自然是晚清的做法更胜一筹。虽然五四的辅助信息转移之后较为分散，依旧发挥了辅助信息的作用，原因有两点：（1）辅助信息出现的形式多、频率高、密度大、有叠加。这些特点无疑方便读者获取，弥补了信息不集中的缺陷。读者获得某一项辅助信息或许就足够帮助了解译作，若能获取多项或全部，或许理解更加深入，也或许会有选择性阅读，激发起深入阅读的好奇心和兴趣也不是没有可能。五四时期出版的刊物多，种类繁，为读者获取分散的信息创造了条件。这些刊物刊发的很多文章虽未必是翻译，但或多或少和外来思想文化有关。且不少刊物是由文化名人所创办，陈独秀、胡适、郑振铎、茅盾、郭沫若等都曾创办或编辑刊物。文化名人的魅力也吸引读者去刊物上积极主动获取信息。(2)读者广泛阅读和参与的热情。这种热情从诸如《新青年》的"通信""读者论坛"栏目可以窥见一斑。《新青年》的"通信"栏目创刊时就有,用于发表读者来信。后专门开辟"读者论坛"接收读者投稿,发表对各类重要问题的看法。叶挺、恽代英等都曾致信《新青年》,盛赞其给在黑暗中的青年带来曙光。读者探讨的问题也包括翻译,还有读者将自己的翻译习作寄给刊物,希望编辑能给予指导和评判。这种现象不仅仅限于"通信"和"读者论坛"栏目,也不仅仅限于《新青年》,前文讲到《希望》诗的翻译,其中亦有译本是《晨报副刊》读者翻译并提供的。基于以上原因,五四时期的译作读者虽不能一次性获得所需信息,但依旧能在不同的时间,通过不同的刊物或其他途径获取到,成功消解翻译文学的陌生感,实现译、按的分离。

为了避免不同译者用不同的方法处理不同底本而带来的信息量差异,假设译本所包含的原本信息为一恒定值,则晚清时期集中在译本中的所有信息包括:原文转移到译文中的信息+辅助信息(译例言、序、跋、按语、第三方点评、植入译文中的信息等)+读者已经掌握的相关信息=100%的阅读效果,那么,在五四时期,这些信息并没有消失,而是以不同的形式存在:原文转移到译文中的信息+辅助信息(译者识、译者序、他人序、注释、其他译本、编译等、创作文本、广告等)+读者已经掌握的相关信息=100%的阅读效果。当然,阅读译本所需的辅助信息难以罗列齐全,阅读效果也只是假设和理想,实际阅读效果很难达到百分之百。辅助信息也不是逐项都能提供,即便提供了每一项信息,读者也未必能获取到或全部消化吸收。排除这些难以控制的因素,总体而言,阅读译本所需的信息量是守恒的。这些辅助信息不是每一项都必须在固定的位置以固定的形式出现,位置可以发生转移,但内容不会消失。比如某一项辅助信息在译语中不断重复出现,原本未知和不熟悉的信息就成为已经掌握的信息,后来的译者也就不必当作陌生信息再加注或提供其他帮助,而是与本国语言中的固有信息同等对待。因而,相关的辅助信息也就转移到了读者已经掌握的信息当中。比如斑马这种动物,历史上曾经被翻译为福鹿、花马等,每每出现必花费笔墨描述和解说斑马的外形。严复在《天演论》中称其为芝不拉,进一步描述其模样如长斑纹的马,并用《汉书》中所说的"天马"比拟。现今的译作,已经不必对斑马做任何描述,读者就能在脑海中出现斑马的形象,因为它已经成为读者的已知信息。因而,虽然译、按分离了,但通过信息的转移,阅读译本的信息量总体上保持守恒。

第二节　非译作对译作传播的辅助之功

　　非译作因为内容和语言上与译作的诸多关联,事实上起到了译作辅助信息的作用,虽然出现的时间和地点不固定,虽然发出者并不唯一,但其对译作传播的辅助之功应该得到认可。具体表现在三方面,一是帮助读者理解译作,或加深读者对译作的理解;二是带动译作的产生和出版;三是扩大译作传播的广度,提高译作传播的速度和数量。这三方面是相辅相成的,只有读者能读得懂译作,深入了解译作,才能在阅读中融入情感,与作者和作品有共情,也才有可能带动译作的产出,让译作在更大的范围内以更快的速度传播。

　　非译作作为辅助信息出现,既可以集中也可以分散,多种形式并用效果更好。出专号是辅助信息集中出现的途径之一,专号又带动了相关辅助信息发散性出现。易卜生在中国的接受和传播就是一个很好的例子。《新青年》第 4 卷 6 号是"易卜生号",专号的出现需要译者、作者、编辑者通力合作。这一期上刊登了胡适、罗家伦、陶履恭和吴弱男所译易卜生的三部剧作,同时刊登了胡适的《易卜生主义》和袁振英的《易卜生传》。这两篇非译作不但助力了三篇译作的接受和传播,还为后来中国出现的"易卜生热"打下了基础,是易卜生及其作品在中国广为接受和传播的起点。以后出现的和易卜生相关的非译作,包括译作前后的作者和作品介绍,基本都在胡适和袁振英这两篇作品涵盖的信息范围之内,只不过详略程度、具体程度、侧重程度稍有差异。《易卜生主义》既点明了易卜生的创作流派,也结合作品介绍了易卜生的政治主张和创作主题,即揭示"家庭""法律""宗教""道德"的虚伪,揭示人与社会的关系。这让读者在了解易卜生的同时,也大致了解了他的《群鬼》《罗斯马庄》《雁》《博克曼》《社会栋梁》《国民公敌》《娜拉》《海上夫人》等,对于同期刊登的《娜拉》《国民公敌》和《小爱友夫》的阅读更是有直接的助益。《易卜生传》则以"少年时代之易卜生""壮年时代之易卜生""五十以后之易卜生"为主线,介绍易卜生的成长经历、婚姻状况、思想演变及其与各个时期作品的关系。部分作品胡适在《易卜生主义》中已经有所介绍,在此之外还涉及《格铁林拿》(*Gatilina*)、《诺尔曼人》(*The Normans*)、《奥拉夫》(*Olaf T.*)、《奥斯特拉之英加夫人》(*Lady Lnger of Ostraat*)、《战士车》(*The Vikings Barrow*)、《僭窃者》(*Pretenders*)、《恋爱喜剧》(*Love's Comedy*)、《白兰特》(*Brand*)、《伯尔根》(*Peer Gynt*)、《少年会》(*The League of Youth*)、《皇帝与加利利人》(*Emperor and Galilean*)、《海妲》(*Hedda Gabler*)、《建设家》(*The Master Builder*,同是在这篇传记中,两次提到这部作品时译名并不相同,另外一次出现时为《大匠》)、《小爱友夫》(*Little Eyolf*)等,每一本书都有相关的简介和提要,有些还与其他名著关联和对照。如介绍《白兰特》时,不但概括了其"揶揄之笔","怨愤奚落之情",对道德宗教观念的"肆力攻击",以及其中含有"写实主义""神秘主义"和"表象主义"特征,还将其与易卜生本人的另一部作品《伯尔根》以及歌德的《浮士德》相对照,认为三部著作体裁"相似";不但介绍其主要内容,还判断定位该书"为易氏最有名最流行之著作,诚可跻之世界杰作之列也"①。仅从这许多的书名就可以判断,袁振英为易卜

---

① 袁振英:《易卜生传》,《新青年》1918年6月15日第4卷6号。

生所作传记的详细程度,连易卜生未能刊行的自传《由士坚到罗马》(From Skien to Rome)都记录在传记中。难怪胡适盛赞袁振英所作的这篇传记,说他不但多方参考了他人为易卜生所作的传,还"遍读易氏的重要著作,历举各剧的大旨",是很可供参考的资料。①

"易卜生号"的带动,尤其是两篇非译作对易卜生人生经历、婚姻生活、政治倾向、思想演变和诸多作品的介绍,引发了对易卜生其他作品的译介高潮以及对专号刊载译作的重译高潮。译介的易卜生作品,多是两篇非译作中介绍过的。1919年《新潮》第1卷第5期刊发了潘家洵译《群鬼》。1922年《戏剧》第2卷第1期刊登龚漱沧译的《群鬼》。1920年《小说月报》第3—8期、第10期、第12期分8期刊发了瘦鹃译易卜生的《社会柱石》(也即《新青年》专号两篇非译作所指《社会栋梁》)。1922年《戏剧》第2卷第4期刊登了陶铁梅由日语转译而来的《社会底柱石》,这是宫森麻太郎著《近代剧大观》的一部分。在剧作末尾,罗列了社会对该剧的争议,并指出其价值,只是目前还没有掌握足够的资料判断这是宫森麻太郎的日译底本中就有还是译者陶铁梅或刊物编者添加:"《社会底柱石》,是在《傀儡家庭》出版的前六年前出版的。现在的文明社会,都是立在虚伪和伪善上面的,世人都做了名誉的拘囚,在虚伪的生活里忙乱,非使他们觉醒,另寻有根基的坚实生活不可。独具只眼的易卜生,看破这种世人底生活状态,痛詈现社会,要使人们底良心得以回复过来,因为这个目的编成这一剧。批评这剧本的人,说他情节很有变化,但是性格底描写还不充分;又说他制造的脚色虽然很有趣,而描写心理状态还不澈底。虽然有这些非难的话,这剧本毕竟有他自己的价值。在舞台上实演起来看,实在很热烈而且趣味浓厚的一本戏剧。"②此后,易卜生各种剧目频繁译出刊发。1922年10月1—5日和7—9日的《晨

---

① 胡适:《〈易卜生传〉编者按》,《新青年》1918年6月15日第4卷6号。
② 〔日〕宫森麻太郎著,陶铁梅译:《近代剧大观》(易卜生名剧之六:《社会底柱石》),《戏剧》1922年第2卷第4期。

报副刊》分 8 期刊载了巫启瑞译《建筑师》。1922 年《戏剧》第 2 卷第 3 期刊登陶铁梅译《建筑师》。1922 年《妇女杂志》第 8 卷第 2—3 号连载幼彤用小说体裁摘译的《沛尔根》,定位其为"易卜生最著名的剧本",并介绍了其主题:"借神怪的事实,描写瑙威国民的劣根性,其痛斥社会的地方,更是淋漓尽致。"①1922 年《戏剧》第 2 卷第 4 期刊登龚漱沧译《海之夫人》。1923 年《弥洒月刊》第 1 期刊发张企留译《青年同盟》(即袁振英所指《少年会》)。1924 年 2 月 11—17 日和 3 月 2—8 日的《晨报副刊》分期刊发了杨敬慈译《野鸭》。1924 年《学汇》第 431—435 期刊发了残红译《恋爱的喜剧》。1928 年《小说月报》第 19 卷 3—5 期连载潘家洵译《海得加勃勒》。1929 年《小说月报》第 20 卷 10—12 期连载潘家洵译《我们死人再醒时》。

对"易卜生号"上译作的重译也不少,如《新中国》1919 年第 1 卷第 8 期刊登周瘦鹃译《公敌》,并在译文前简要介绍了易卜生的人生经历和主要作品,虽然作品的译名并不一致:"他的剧本,一共有好几种。最著名的是《偶人之屋》(*A Doll's House*)、《野鸭》(*The Wild Duck*)、《鬼》(*Ghosts*)、《海上妇人》(*The Lady from the Sea*),这一本《公敌》(*An Enemy of the People*)也是他得意之作,因为当时做了那本《鬼》,很受人家攻击,因此做这《公敌》,借着出气。用笔刻毒,写尽社会。看官们要记着这好似看双簧,那戏中汤麦司史托克门博士背后,其实是蹲着个盎利易卜生自己呢。"②1922 年《戏剧》第 2 卷第 3 期刊登龚漱沧译《民众之敌》。1922 年《戏剧》第 2 卷第 1 期刊登《傀儡家庭》。1925 年《国闻周报》第 2 卷第 14—16 期连载欧阳予倩改译的《傀儡之家庭》。不仅如此,戏剧协会还将其搬上了舞台,《新闻报》曾对此做过预告:"戏剧协社春季公演易卜生之名剧《傀儡家庭》,由社员欧阳予倩改译,定名为《娇妻》。此项消息传出后,极为戏剧界所注意。兹据该社社员消息,欧阳予倩现在大连,赶译此剧,原定

---

① 〔挪威〕易卜生著,幼彤译:《沛尔根》,《妇女杂志》1922 年第 8 卷 2 号。
② 〔挪威〕易卜生著,周瘦鹃译:《公敌》,《新中国》1919 年第 1 卷第 8 期。

三月一日竣事。本埠社员以为期已近，去函催促，大约三月内当可练习排演，正式公演，在四月中。"① *A Doll's House* 因为涉及人人关心的婚姻家庭问题，又由于名人的多方关注，易卜生的这部剧作比其他作品吸引了更多的目光。胡适创作的《终身大事》带有 *A Doll's House* 的痕迹，鲁迅则以"娜拉走后怎样"为题在北京女子高等师范学校演讲，引发了社会对女子独立问题的广泛关注。

非译作带动了译作的产出和传播，这个过程也是信息叠加和裂变的过程，传播速度因为信息的不断叠加和裂变而产生了加速度，传播的广度和数量都在不断扩大。每一部非译作和译作都在源源不断地成为新的信息源和传播链条中的中间环节。袁振英的《易卜生传》在《新青年》刊登时因为篇幅的原因做了删节，此后将完整版多次出版单行本："《易卜生传》起先登于《新青年》杂志'易卜生号'，离隔现在已经有十数年了。民国七年在香港印单行本；民国九年广州《新学生》社拿来再版；民国十三年回国后，我又拿来翻版，当做实社丛书；现在香港受匡出版部又要翻印，这就算是第四版了。"② 据该书显示，《易卜生传》四版共印行 8500 册。潘家洵则将自己翻译的易卜生作品结集出版，由胡适校对。1921 年出版第一集，包括《娜拉》《群鬼》《国民公敌》，并写了《易卜生传》编排在译作之前，这对读者理解译作当然是大有助益。第二集 1923 年出版，包括《少年党》和《大匠》，译作前有译者序，介绍了作品的主题及其与易卜生思想的关联。这些叠加和裂变的信息，大大提高了易卜生及其作品在中国的知名度。

1928 年，是《新青年》设立"易卜生号"后的第 10 年，也是易卜生诞辰 100 周年，一些团体和学校举办易卜生纪念活动，许多刊物和报纸都报道国内外易卜生纪念活动，刊登易卜生画像、雕塑、手稿、故居等的照片，并

---

① "游艺消息"栏，《新闻报》1925 年 2 月 25 日，第 5 张第 1 版（版数标识与现今不同，不连续编号）。

② 袁振英:《〈易卜生传〉新叙》，《易卜生传》，香港：受匡出版部 1928 年版，第 3 页。

在刊物补白处刊登易卜生片语、隽语、名言。对易卜生及其作品的译介再次出现高潮，也引发了三四十年代持续的易卜生热。《南开双周》发布了南开中学的纪念活动："本月二十日（即本星期二）乃近代戏剧大宗师易卜生氏百周纪念诞辰，本校新剧团爰于二十三四日（本星期五六）两晚，在礼堂为本校六中女三部师生，表演易氏杰作，《刚愎的医生》，届时想定有一番盛况云。"①《东方杂志》1928年第25卷第6期的"文坛近讯"中刊登易卜生画像，配文"挪威剧作家易卜生本年三月二十日诞辰百年纪念"。《民国日报》报道了国外易卜生纪念活动："二十日瑙威京城电：今日瑙威各炮台放炮二十一响，作易卜生（一八二八——九〇六年）出世之百年纪念。瑙威京城及他处皆悬旗。英国亦举行纪念，易卜生诗人墓前有许多人演说，英代表一人亦致辞。（路透社）"②《益世报》也报道了挪威的易卜生纪念活动，其中还提到一些新信息，比如易卜生名剧《占得侯爵》，"凡音乐家皆所熟知，复由挪威音乐家，改称《占得侯爵之扈从》，为世界著名跳舞家所习用"③。《中央日报》更是于3月22日和23日接连报道国外纪念易卜生的活动。也有不同的刊物采用同一篇文章纪念易卜生，《国闻周报》第5卷第12期（1928年4月）《易卜生诞生百年纪念》注明转载于天津《大公报》"文学副刊"，《学衡》第65期（1928年9月）同样转载《大公报》"文学副刊"的这篇长文纪念易卜生百年诞辰。这篇热文主要分析了易卜生作剧的"宗旨及方法"，其开头一段文字可以说是易卜生及其大量作品进入中国人视野被广为接受的头十年盛况的写照："自十余年前胡适君始译《傀儡家庭》登载《新青年》杂志以来，国中介绍翻译易卜生之著作者，后先相望，极多且盛。国人于易卜生之生平及其所作戏剧之内容，皆以稔知，举凡易卜生传、易卜生著作年表、研究易卜生应读书目等等，集阅各杂志及此类专书，不难得之。"④

---

① 《易卜生百周纪念》，《南开双周》1928年第1期。
② 《易卜生百年纪念》，《民国日报》1928年3月22日第2张第1版。
③ 《平民艺术的戏剧家——易卜生之百年纪念祭》，《益世报》1928年3月16日第1张第3版。
④ 《易卜生诞生百年纪念》，《学衡》1928年第65期。

1928年的易卜生译介高潮不仅仅表现在对其国内外纪念活动的报道，更在于百年诞辰之际关于易卜生及其作品的诸多研究成果问世，这些非译作对译作的传播起到了举足轻重的作用。如《晨报副刊》发表焦菊隐的《论易卜生》，从1928年3月20日到3月28日9期连载，分"楔子""绪论""脑威文学背景及概况""易卜生传略""艺术家之易卜生""思想家之易卜生""讽刺家之易卜生""结论"8部分，这篇长文既有共时的文学家之影响研究，又有历时的文学艺术演变线索，既有宏观的社会背景与概括，又有微观的易卜生文学创作的特色。无论从深度还是广度方面讲，都在十年前的易卜生研究基础上精进了一层。《贡献》1928年第3卷第5期发表一非的《易卜生的〈伯兰〉》，不但详细介绍了这部剧每一幕的剧情，还追溯了易卜生写这部剧的动因及思想变化，并借此剧着力批判了国人的"调和""容让"乃至"懒惰"思想，一非认为正是这些特性使得"人心衰弱""国势萎靡"。在文中，他还呼吁"有人能取多种译本参考互证"，将Brand"翻成中文"。①《时事新报》于1928年11月13日、11月27日、12月4日和12月18日分4期发表马彦祥的文章《易卜生的〈群鬼〉》，文章先反思了从《新青年》专号始易卜生在中国十年的译介状况："在近去的中国，这位伟大的戏剧家的命运是如此的恶劣，自从在《新青年》上出了一次风头之后，纸面上是久已沉寂了。我们的舞台上虽有过娜拉（Nora）的影子，却未曾留给了观众以什么印象；我们的出版界中，也有过他的戏剧的译本，但排印着的是许多无人负责更正的意味的错误。"②而后不仅介绍了《群鬼》的故事情节，还分析了《群鬼》与《娜拉》的关系，作者创作时的境遇与思想状况。文章旁征博引了亚里士多德、莎士比亚、萧伯纳和林纾对作品的深入分析，与简单介绍情节的文章已经有很大的不同。《泰东月刊》1928年第1卷第7、8两期连载袁振英的《易卜生杰作——〈白兰特（Brand）牧师〉的批评》，这是袁振英

---

① 一非：《易卜生的〈伯兰〉》，《贡献》1928年第3卷第5期。
② 马彦祥：《易卜生的〈群鬼〉》，《时事新报》1928年11月13日第2张第4版。

专著《易卜生社会哲学》中的一章。《泰东月刊》1928年第2卷第2期发表袁振英《易卜生百年祭》，是《〈白兰特（Brand）牧师〉的批评》的续篇，也是"易卜生社会哲学的续篇"。《泰东月刊》1928年第2卷第3期发表袁振英《易卜生的女性主义》，是由法文报纸上的文章编译而来。袁振英一直致力于易卜生研究，对易卜生社会哲学和女性主义的研究深度自不待言。《现代中国》1928年第1卷第2期发表心冬的《谭易卜生》，反驳了易卜生主义已经过时，青年思想迷乱是受易卜生流毒的观点，结合易卜生的几部作品说明在当时仍旧有介绍和研究易卜生的必要，"因为他把个人与社会的关系表现得很透澈，至少是于现在的青年有益而无害的罢"[①]。此外，《民国日报》的《文艺周刊》1928年6月6日发表高桥平的《近代剧的始祖——易卜生》；《南开大学周刊》1928年第64期刊登颜毓蘅的《易卜生》；《培正青年》1928年第1卷第5期刊登《易卜生》。对易卜生的介绍和研究，大大推动了易卜生译作在中国的传播，非译作辅助译作传播之功由此可见一斑。

第三节　从晚清到五四：翻译概念和方法流变的动因

虽然我们很难在晚清和五四时期的文献中找到时人对翻译的确切界定，但通过对译作和相关译论的观察可知，五四时期对翻译的认识、理解和操作与晚清时期有很大不同。晚清时期笼统称之的"翻译"，到五四时期细化和分化为翻译、编译、译述、述译、记述、节译、摘译、选译、择译、转译等多种概念，虽然这些概念还是没有具体的界定，虽然各人使用概念时不是很

---

① 心冬：《谭易卜生》，《现代中国》1928年第1卷第2期。

统一，但翻译概念在事实上的分离昭示出翻译理念的变化并影响了翻译方法的选择。

翻译方法的变化，表面看来只是译者翻译方法选择的问题，但其根底是对翻译本质的理解和时代需求共同作用的结果。对翻译本质的理解和实际的翻译需要、现实的社会状况又互为因果，密不可分。反映翻译本质特征的是翻译的定义，翻译定义的变化也体现了翻译理念随着时代发展变迁而产生变化的过程。翻译的定义，数量之多，牵涉学科之广，涉及层面之繁复，令人惊叹。早期的翻译定义主要涉及语言转换，随着科学技术的进步和人们对翻译认识的深入，翻译的定义也从语言层面逐渐扩展，涵盖到符号、交际和文化等方面。从早期肇始于与异族交往的口译到有迹可循的文本的笔译，从人工翻译到机器翻译，从作为主体的名词"翻译"到作为翻译过程的动词"翻译"，若想做出一个既言简意赅又能全面涵盖翻译确切内涵的定义，似乎并不容易。无论是古代贾公彦义疏《周礼》时所讲"译即易，谓换易语言使相解也"，还是词典的定义"把一种语言文字的意义用另一种语言文字表达出来（也指方言与民族共同语、方言与方言、古代语与现代语之间一种用另一种表达）；把代表语言文字的符号或数码用语言文字表达出来"，都难以涵盖翻译的全部特质。不同的定义体现了观察翻译的不同视角、不同侧重和对翻译的不同理解，共同构成了在语言学、符号学、阐释学、哲学、交际学、传播学等领域的翻译认知。晚清和五四时期，对翻译本质的理解尚停留在传统的语言层面，与其他学科的关联尚不明显。

虽然我们难以找到晚清译者所做的确切的翻译定义，但如果就晚清外国文学翻译的事实，拟写一个翻译的定义，大概类似于这样：翻译是将原文本作为素材，用汉语写就的另一个文本。这个拟写的定义一方面肯定了原文本和译文本的关联，另一方面也将译者背离原文或添加不属于原文的部分涵盖进去并合理化。我们无法和当时的译者求证，他们是否这样理解翻译，但可以确认的是，除严复表达过"取便发挥，实非正法"外，晚清译者并未因为自己对原文的改作愧疚不安，也没有译者认为自己背叛了作者有负读者。在他们留存的文字中，夸口与原文分毫不差，倾诉为忠实煞费苦心倒是时有发生。我们相信煞费苦心描述的是事实，分毫不差表达的也是心声，或许在他们的认知里，这样的"分毫不差"就是翻译本该有的模样，这就是翻译，这就是忠实。或者说，至少这也应该是翻译的形式之一。西学东渐在晚清经历了早期传教士与中国知识分子联袂，西译中述共同完成翻译科学书籍，到由政府创办的翻译机构，民办的印书馆、译书公会，翻译出版自然科学、应用科学和社会科学书籍，再到"故今日改良群治，必自小说界革命始；欲新民，必自新小说始"的发展阶段，外国文学翻译的盛行"体现出功利主义色彩，是传统的'文以载道'观念在近代新形势下的流变"[①]。外国文学翻译的工具作用，与对翻译本质的理解，共同为晚清到五四时期文学翻译的方法、理念变化和发展趋势提供了合理的解释。

到五四时期，翻译理念发生了巨大的变化，就"忠实"而言，对翻译的理解已经和现在接近。作者和原作拥有无上的权威，是评价译作的绝对参照，译者小心翼翼地揣摩作者原意，唯恐失之毫厘，差之千里。不仅如此，作品的写作风格、韵味等美学特征也在译者思考的范围之内。原作不再仅仅作为素材出现在译作中，译者也不再拥有随意控制文本的超能力。作为助力新文学的工具，无论是创作的文本还是翻译的文本，同样承载着"载道"的重任，只不过"道"的内容发生了改变。新文学所载之道就是民主和科学观念，自由平等思想。作为助力的翻译文学，如晚清般用中国传统思想和传统的文学样式包装文本已经无法满足新时代的需求。因而才会大力倡导直译的方法，为的就是呈现外国文学的原貌，以作为文学革命的范本。时代的需求和译者理论自觉意识的觉醒，对翻译本质的理解深入，使得如日中天的"豪杰译"终究是被"佶屈聱牙"的直译所替代。梁启超阐述佛经翻译方法时说："翻译文体之问题，则直译、意译之得失，实为焦点。其在启蒙时代，语义两未娴洽，依文转写而已。若此者，吾名之为未熟的直译。稍进，则顺俗晓

[①] 任淑坤：《五四时期外国文学翻译研究》，北京：人民出版社2009年版，第126页。

畅，以期弘通，而于原文是否吻合，不甚厝意。若此者，吾名之为未熟的意译。然初期译本尚希，饥不择食，凡有出品，咸受欢迎，文体得失，未成为学界问题也。及兹业寝盛，新本日出，玉石混淆，于是求真之念骤炽，而尊尚直译之论起。然而矫枉太过，诘鞠为病，复生反动，则译意论转昌。卒乃两者调和，而中外醇化之新文体出焉！此殆凡治译事者所例经之阶级，而佛典文学之发达，亦其显证也。"[①]这虽然是从佛经翻译的历史中总结出来的，但"求真之念骤炽，而尊尚直译之论起"同样适用于五四时期的外国文学翻译，直译大潮在五四时期涌上舞台也是历史的必然。

就对翻译史和翻译活动的观察判断，如果大规模采用或倡导直译，一般有两种情况：第一，翻译或翻译的某一类别处于肇始阶段。以佛经翻译为例，在东汉末年的起始阶段，安世高、支谶、竺佛朔等的译经大都偏于直译，虽然到三国、西晋，支谦的译经相对偏文，但竺法护、维祇难、竺将炎等的译经仍旧质朴，当然这质朴与东汉末译经的"朴拙"已经"完全不同"。总而言之，汉末到西晋佛经翻译的草创时期，一方面是"译经僧侣对佛教经典抱有虔敬态度，惴惴然惟恐违背经旨；另一方面是经验不足，语言学知识贫乏，不懂得忠实于原文的条件，是要合乎译文语言的全民规范，因此一般都采用直译法"[②]。这个结论不仅仅适用于僧侣的佛经翻译，其他译者其他文类的翻译，也有这个特点。初涉翻译者，或初涉某一文类的翻译，因过于尊崇原文，或经验不足，或对翻译的认识停留在语言对应上，不敢越藩篱半步，更不敢添或舍，遵循着原文的字眼，甚至将本应调整的行文顺序也照搬到译语当中，因而行文上往往带有过多原文的痕迹，以至于出现不通顺或意义翻转。第二，处于开放求取心态或迫切求变时期，急于了解或借助外来知识的力量，渴求原文真面貌。五四时期显然是归于这一类情况。为了改变积

---

① 梁启超著，高淑兰编：《梁启超说佛》，北京：九州出版社2006年版，第233页。
② 马祖毅：《中国翻译简史——"五四"以前部分》，北京：中国对外翻译出版公司1998年版，第33页。

贫积弱的现状，为了救亡图存，就必须对广大青年和民众进行思想启蒙，而文学翻译是思想启蒙的工具之一。为了启蒙受众的广泛性，就要言文一致，提倡用白话文翻译外来作品，反对承载了旧礼教和旧道德的旧文学，同时也反对那些被中国的旧思想和旧概念格义、改造或替代、失真的旧翻译文学。因而，传统文学、儒家思想、以林纾为代表的老一辈翻译家和译作都成为被批判的对象。从胡适、钱玄同、刘半农这样的新文化领袖和骨干力量，到罗家伦、傅斯年这样的青年学生，均参与其中，有唱有和，人为力量加速扭转了翻译风尚，以林纾为代表的"豪杰译"法退潮，随意在翻译中大段删减、添加、引申，翻译和创作不分的倾向退出历史舞台。翻译文学具有汉唐风韵、春秋笔法、国文风度也不再是好译作的标志。直译成为最主要的翻译方法，保留翻译文学中西人西事的特征，再现原文风貌，成为译者的追求。

从晚清到五四，无论是翻译理念的变化还是翻译方法的变化，看似是一场突变，实则是一种渐变。无论是翻译概念的窄化和细化，还是翻译方法的选择，不是平地一声雷就全然换了天象，这也不符合事物发展的规律。翻译的新天象实则早已孕育在旧天象之中，晚清的翻译当中已经孕育了直译的种子。晚清的译作虽多是"豪杰译"法，但在译作中依旧存在欧化现象。钱钟书就曾经"意想不到"地发现：林纾的译文中"包含很大的'欧化'成分。好些字法、句法简直不象不懂外文的古文大家的'笔达'，却象懂外文而不甚通中文的人的硬译"[1]。一些严肃的、先觉的译者本着对原作和读者负责的态度，也开始尝试直译。其中包括鲁迅和周作人翻译的《域外小说集》，但直译产生的效果并不好，销量堪忧。译者自己对此也并不满意，描述早期的直译作品"佶屈聱牙"。《域外小说集》并非晚清唯一的直译作品，"1907、1908年以后，出现了一些比较认真的译作，基本上采用直译，如吴梼的《银钮碑》、马君武的《心狱》、曾朴的《九十三年》等，但'直译'始终没占主

---

[1] 钱钟书：《林纾的翻译》，中国翻译工作者协会等编：《翻译研究论文集（1949—1983）》，北京：外语教学与研究出版社1984年版，第280页。

导地位，理论上也没有得到充分的肯定"①。正是这些在当时不被看好，发行量堪忧的译作，和那些夹杂在"豪杰译"中不像汉语的词汇和新鲜感，日积月累地灌输给读者，使得直译在五四时期大规模登上历史舞台成为可能。

第四节　顺向与逆向：一元言说与多元实践

五四时期的外国文学翻译留给世人的印象，就方法而言是"直译"，就标准而言是"忠实"，就语言而言是"白话文"，因而翻译实践中的"非直译"、不忠实以及文言就成了言说与实践看似矛盾的存在，具体原因在前文已有分析，此处不再赘述。翻译自身的复杂性和客观现实因素决定了在任何一个时期，即便是主流也难以一统天下。即便是言说者，其翻译实践与言说也可能有一定的距离甚至背离言说，翻译的复杂性也决定了翻译理想与现实的差距。说是"一元"言说，并不是说当时翻译界只有一种声音，而是一些声音被主流所淹没，或被研究者选择性地忽略。回看这段翻译史，观察当时的诸多译作就会发现，多元共生才是翻译的常态。

一、忠实掩盖下的"不忠实"

五四时期的忠实通常和直译联系在一起，在当时的很多论断中，直译

---

① 陈平原：《陈平原小说史论集》（中），石家庄：河北人民出版社1997年，第624页。

就是忠实的，意译就是不忠实的。这和对"意译"的理解有关，当时把"意译"直接等同于晚清的翻译，因而译者纷纷与之划清界限。连置身于晚清"豪杰译"大潮中的梁启超，也曾评论"意译"之失大于直译："然直译而失者，极其量不过晦涩诘屈，人不能读，枉费译者精力而已，犹不至于误人。意译而失者，则以译者之思想，横指为著者之思想，而又以文从字顺故，易引读者入于迷途，是对于著者、读者两皆不忠，可谓译界之蟊贼也已。"①五四时期外国文学翻译的"忠实"，也是相对于晚清的"豪杰译"而言，而不是我们通常所认可的"忠实"。从第四章的探讨可以看出，五四时期的外国文学翻译中依旧存在很多"非直译"和"不忠实"的现象。类似的翻译现象，也并不仅仅出现在标题翻译中。对《新青年》刊载译作的研究表明，早期《新青年》发表的《春潮》删除了原书的"序幕"和题诗，将倒叙变为正叙，第一人称叙事改变为第三人称叙事，删除了背景介绍和心理描写的文字，这些做法是晚清翻译风尚在五四的遗留。②虽然随着时间演进，直译风潮盛行，删除和调整之处仍旧存在，通常还会告知读者，大有严复"勿以是书为口实"的意味——"勿以变动为口实"。但变动的幅度已经从晚清的全方位转变到局部，从译者赋予读者知情权这一事实也能看出译者对于变动的审慎。

  周作人这样的直译派，也会对译作进行局部调整，主要是针对原文有异议的地方："这两篇小说是从英国 Else Benecke 的《波兰小说集》卷一译出的。《黄昏》第十三节的末句，原作'掘成了四立方码'，但我看上下的语气，似乎有点不妥，所以迳把它改写作'六立方码'了。"③他还曾将 *Ben Tobit* 这个以人名命名的书名直接显化文意，改译成《齿痛》："原名 *Ben Tobit*，现在换了一个题目；文中的地名人名，多是新约中所有，却都照着旧译本沿用

---

① 梁启超著，高淑兰编：《梁启超说佛》，北京：九州出版社 2006 年版，第 249 页。
② 赵稀方：《〈新青年〉的文学翻译》，《中国翻译》2013 年第 1 期。
③ 〔波兰〕Stefan Zeromski 著，周作人译：《黄昏》，《新青年》1920 年 2 月 1 日第 7 卷 3 号。

了。"[①] 译者这样做，除了排除"有负作者和读者"的恶名，也是担当自己的责任，"以明责任"是当时编辑、校对者和译者对文本做出改动时常说的话。这种局部的变动和晚清悄无声息的各种变动，虽然都是变动，但因为只言片语的说明而结果大不相同，晚清的翻译常受到批判，五四的变动却是可以接受的，或直接被"直译"和"忠实"所淹没。

当然，并非所有的变动都会加以说明，译者在翻译中对原文有局部变动，也是不可避免的，也是"真译者无可奈何之事"。译者对此并不讳言，甚或无须"言"。在翻译中不拘泥于"直译"，敢于灵活处理，变动较多的是胡适。他不但改动自己的译作，校译时还改动别人的译作，沈性仁译 Lady Windermere's Fan 就是经胡适之手改成《遗扇记》的。胡适从未刻意言明变动，但也从未刻意隐瞒。他的翻译，篇幅短的，很多都附有原文，如《老洛伯》《关不住了》《希望》都是以英汉对照的形式刊出的。对于懂英文的读者来说，变动能一目了然地呈现出来。除了在显要位置的标题，开头的呼语也很引人注目。《希望》诗的第一句"Ah love! could thou and I with fate conspire"中的"Ah love!"，徐志摩、天心、荷东、郭沫若、闻一多都照原文译出，只有胡适的译本将其省略为"要是天公换了卿和我"。其实，呼语"Ah love!"在胡适手书信笺中的两个《希望》诗版本中是存在的，分别为"爱呵！要是天公能让你和我"和"爱阿！假如造化肯跟着你我谋反"。从三个版本第一句诗的翻译就可以看出，胡适对这句诗的每一个字和词几乎都修改过，名副其实是在炼字炼句。在《尝试集》中胡适选用了"要是天公换了卿和我"，选择删除呼语不照译。这就是说，在五四时期的翻译中，译本相较于原作有改动但并不随意，"直译"和"忠实"大潮的来临，虽然不能保证译作都采用直译的方法，也不能期待译作都和原作一样，但是直译的方法和忠实的观念使得译者在"非直译"和"不忠实"的时候非常谨慎。

在倡导直译和忠实的时代，为什么在可以与原作保持一致的情况下，译

[①]〔俄〕L. Andrejev 著，周作人译：《齿痛》，《新青年》1919 年 12 月 1 日第 7 卷 1 号。

者要做出"不忠实"的变动？究其原因，有这样几点：（1）理论倡导和实践运用有时间差。理论倡导作用于实践需要一定的时间，大规模产出译本的时间一定晚于倡导时间，这也是理论倡导的延时特征。（2）创作的需要。五四时期倡导白话文，倡导新文学，需要输入外国文学做范本。无论是白话文入诗还是如其他文体，都需要一个尝试的过程。白话文翻译是白话入诗的先声，是白话创作的先导，因而白话译诗中有部分创作的意味。（3）翻译因人而异的特性。从翻译批评的几次论争中可以看出，即便是简单的句子，每个人的理解和用译入语组织的语句都会有差异。因而，对是否直译和是否忠实的判断因人而异、因时而异，对同一文本或具体诗句等的判断也会大相径庭。（4）翻译的复杂性。翻译涉及两种语言、两种文化，涉及作者、译者和读者，涉及不同主题、不同文体和不同文类，涉及意识形态、赞助人和出版机构，每多涉及一个因素，翻译的复杂性就增加几分。每一个新因素的出现，都会出现新的问题和需求。即便译者主观上具有忠实的意念，也有语言转换的能力和文化知识，在具体操作中也难以达到全面"忠实"。也正是出于这些原因，才会出现言说与实践不一致或自相矛盾的地方。

二、"直译"掩盖下的多种翻译方法

"直译"是五四时期主要的翻译方法，但并不唯一。过度的直译会带来句子生硬、佶屈聱牙、"难以卒读"的不足，因而，直译的盛行也很快就催生了"风韵译""神韵译""注译""表现的翻译法""构成的翻译法"等多种翻译方法。五四时期译者的理论自觉意识觉醒，也由此可见一斑。

这些新出现的翻译方法，无一例外都是对翻译中存在不尽如人意之处的补充，是针对翻译之失或翻译某一方法之失而提出的。吴稚晖在倡导注译的同时，描述了自己所观察到的译书现状，无论是采用直译法还是义译法译书,无论是外语与汉语之间的翻译,还是其他语种之间的翻译,都会留下遗憾,都可能受到指摘:"然译籍短处之不可掩,也成为通论。……然凡有我国汉译的东文西文书,少有一部,不听见甲乙互相指摘。又外人英译法译的汉文书,我们做过八股先生来的,也觉没有一部,没有话柄。最近我在欧洲,曾买过两部英译的罗骚《民约论》,请懂法文的把法文原本指点,对勘了几张,觉得我们不懂的,英人也没有懂。止是像煞有价事的,字对字,句对句,直译过去,就算完事。此或是较古之书,移译不易。往后又购法译达尔文《种源》,与英文原本对勘,购英译柏格森《创化论》,与法文原本对勘。这两个译本,比较有名,且皆经过达柏二氏自己看过,然粗粗对勘一两页,觉小小吹毛求疵,有若此次余郁胡诸先生的受诘,皆不能免。……译籍之终觉不可靠,乃为无可逃遁之缺点。所争如何译法,止争缺点多少,非争有无。所谓'注译',也不过是理想的,可使缺点较少而已。"① 吴稚晖指摘直译之失,同时看到义译之弊,译籍之短,对翻译的看法可谓通透。

郭沫若提出风韵译,认为在直译和意译之外,当有第三种翻译方法存在,尤其针对直译在译诗时的无力感。风韵译以诗歌的美感和独特的表现形式为最高追求,在字面、意义和风韵三者不能兼顾的时候,宁肯舍"字义"而留风韵,大胆表明"即使字义有失而风韵能传,尚不失为佳品"。在以原作为绝对权威的年代,敢于冒大不韪,批评直译是"呆笨的办法",明言译诗可以舍"字义"留风韵,推崇与创作无异的译作,可以看出郭沫若的坚持。茅盾则是坚定的直译派,但当原作的"形貌"与"神韵"不能同时保留时,宁肯舍形貌而保留神韵,因为文学作品感人的要素寄寓于神韵多于形貌。形貌与神韵相反相成,茅盾从单字和句调的配合、位置以及变化等多方面讲形貌与神韵的关系及翻译,以及实现神韵的条件。无论是郭沫若的风韵译,还是茅盾的神韵译,都需借译者之手来完成,因而两人不约而同地提到了对译者的要求。风韵译要求译者语学智识十分丰富,并对于本国文字要有

---

① 吴稚晖:《就批评而运动"注译"》,《晨报副刊》1923年4月6日第4版。

自由操纵的能力，对原书及其作者要有十分的理解和彻底的研究。简单地说，就是要求译者语言能力强，学识渊博，对所译之书及其作者有研究。茅盾的神韵译则要求翻译文学书的译者必须是研究文学的人，必须了解新思想，有创作天分。虽然表述不同，但对译者的学养，对所译之书及相关专业的研究，对创作能力的要求是一致的。从他们的论述和对作者的要求可以看出，无论是风韵还是神韵的再现，都是创作能力的一种表现，对翻译中创造性的描述和认可已经初见端倪。

"表现的翻译法"和"构成的翻译法"是成仿吾在《论译诗》中提出的一对翻译方法。表现的翻译法"是译者用灵敏的感受力与悟性将原诗的生命捉住，再把他用另一种文字表现出来的意思。这种方法几与诗人得着灵感，乘兴吐出新颖的诗，没有多大差异。这种方法对于能力的要求更多，译者若不是与原诗的作者同样伟大的诗人，便不能得着良好的结果"①。构成的翻译法"是保存原诗的内容的构造与音韵的关系，而力求再现原诗的情绪的意思。这是一般的人所常用的方法，但他们每每只把原诗一字一字地译出，依样排列出来，便以为工事已经完毕了，他们绝少致力于音韵关系与情绪的构成的"②。从成仿吾对两种方法的定义和论述可以看出，表现的翻译法允许译作与原作的内容和形式有不同之处，它关注的是情绪，译者将原诗的情绪化作自己的情绪，用另一种语言创作出来。而构成的翻译法虽然也是致力于再现情绪，却带着原作内容和形式的枷锁，最求"无限地逼近原诗"，是一种"自绳自缚的方法"。1929 年，殷夫翻译匈牙利诗人裴多菲的无题诗，可以说是表现的翻译法：

    生命诚宝贵，
    爱情价更高，

---

① 成仿吾：《论译诗》，《创造周报》1923 年 9 月 9 日第 18 号。
② 同上。

若为自由故,
二者皆可抛!(殷夫译)

而现代的译本,则是构成的翻译法的产物:

自由与爱情,
我都为之倾心!
为了爱情,
我宁愿牺牲生命,
为了自由,
我宁愿牺牲爱情。(兴万生译)①

用表现的翻译法译出来的诗,通常会有"这到底是翻译还是创作"的质疑。周良沛教授认为殷夫的译文如格言一般上口,便于记忆和背诵,理直气壮地直抒胸臆,有"上世纪浪漫主义诗作"的意味,而兴万生的译作,通过句式结构反映作者对爱情、生命和自由的观念,三者结合得有层次,层层递进。但就翻译而言,归根结底"译文还是遵照原文为好"。②江枫教授态度坚定,他旗帜鲜明地反对因为追求神似而牺牲形似的做法,认为神以形存,得形方可传神。殷夫的译诗,尽管"可以被认为是一首好诗,却已不是对于裴多菲原作的翻译",经殷夫的翻译,受浪漫主义影响的欧洲诗人裴多菲一变而具有了20世纪中国五四青年的气质。其原因在于殷夫未能把握裴多菲诗

---

① 〔匈〕裴多菲(Petofi Sandor)著,兴万生译:《裴多菲文集》(第三卷),上海:上海译文出版社1996年版,第3页。此处引用的白莽译本来源于兴万生这首译诗的"题解":原译诗批写在德文版《裴多菲诗集》中这首诗的旁边,四行译文无诗题,无标点。鲁迅在《为了忘却的纪念》中引用并加了标点。

② 周良沛:《盲谈诗译》,《中国翻译》编辑部编:《诗词翻译的艺术》,北京:中国对外翻译出版公司1987年版,第292—293页。

是怎么说的，因而也就不能准确传达裴多菲说了什么。[①] 两位教授虽然都认为翻译应关注原文的结构和表现形式，但解读还是有明显分歧，比如殷夫的译诗是否具有浪漫主义意味。也有专家一分为二地看待这两个版本的译诗，比如王秉钦教授区分了以原文为中心的译作和以译文为中心的译作，兴万生译本无疑是以原文为中心，而殷夫译本是以译文为中心的。殷夫的译文已经可以脱离原作而存在，成为具有独创性的艺术品，不再是对原文的附属品和模仿，是"译者作为翻译主体的创造性行为"。[②] 张南峰教授从读者的阅读需求视角评论两个译本，"若论让读者了解匈牙利文学，大概以兴万生的译本为佳，但若论给读者提供一个可独立欣赏的文学作品，甚至鼓舞革命志士，则非殷夫的译本莫属。殷夫的这首诗已经入了中国籍，能背诵的人很多，知道是翻译的人却也许不多"[③]。

在评论者当中，没有人否认殷夫的译诗是一首好诗，分歧只在于它还是不是翻译，它与原文的联系是否紧密，这是译诗还是创作诗。这就是说，用表现的翻译法译出的诗，阅读感受可以说是言人人殊，翻译批评的态度也会大相径庭。这也是为什么在五四时期，刚刚扭转了"豪杰译"风的形式下，虽然理论自觉意识觉醒，虽然提出了"表现的翻译法""风韵译""神韵译"等，但在翻译批评中，仍旧是以"形式"是否对应，"意思""内容"是否准确为根本标准和着眼点。表现的翻译法和构成的翻译法如语言中的间接引语和直接引语，如果在日常交流和学术研究中只允许使用直接引语而禁用间接引语，那我们的会话不仅单调，而且很多时候成为不可能。单一的标准、方法和要求下，一则会造成语言表达的诸多不便，二则也不可能将别人的用语、神情、语气分毫不差地表现出来。这样的要求，照片、音频也难以

[①] 江枫：《形似而后神似——在1989年5月全国英语诗歌翻译研讨会上的发言》，《中国翻译》1990年第2期。

[②] 王秉钦：《20世纪中国翻译思想史》（第二版），天津：南开大学出版社2018年版，第374页。

[③] 张南峰：《中西译学批评》，北京：清华大学出版社2004年版，第4页。

达到。照片只有再现静态的瞬间，音频虽能再现语气却看不到动作和神情；视频可以做到声音和画面具在，但受网络因素制约也有可能出现卡顿；即便视频的声音流畅、画面清晰，也还是不如面对面的直接交流更准确、更有氛围，这也是为什么有人更愿意去现场听音乐会。做翻译也是这样，很难用单一的理论、方法、标准去框定所有的翻译，也难以找到能满足所有读者口味的译作。

　　五四时期作为文学翻译的盛世，无论翻译标准、翻译方法还是翻译语言、译作传播、理论与实践的关系等，都具有复杂性，很难一言以蔽之。无论翻译潮流如何转变，翻译标准、翻译方法等都难以一元化和绝对化。翻译是不完美的艺术几乎已经成了共识。《吕氏春秋·慎行论·察传》中说："夫得言不可以不察。数传而白为黑，黑为白。故狗似玃，玃似母猴，母猴似人，人之与狗则远矣。"这虽然是讲传言的，但用在翻译中也很恰当。人类的翻译事业始于早期异族间的交流，无论是涉及生活的实用翻译，还是民歌、早期的佛经翻译等，均无原本，口口相传相译。后来虽然有了文字，但因为语言人才的缺失，经历了西译中述，在翻译过程中都难以保证译文与原文完全一致。伴随着印刷业、传播业的繁荣，电子技术的助力，翻译也得到了长足发展，但翻译的复杂性使得译文终究难以达到百分之百与原文一致，稍有不慎，也会出现"白而黑，黑而白"。这也让我们认识到，在译者严肃谨慎、提高能力与学养的前提下，承认翻译的不完美，宽容不同译本的存在，享受追求完美过程中的不完美，这恰恰也是翻译的魅力所在。

参考文献

晚清、民国报刊：

《晨报副刊》《创造季刊》《创造周报》《东方杂志》《东洋》《妇女杂志》《礼拜六》《萌芽月刊》《民铎杂志》《民国日报》《南开大学周报》《南开双周》《努力周报》《培正青年》《少年中国》《时事新报》《泰东月刊》《文学旬刊》《文学周报》《戏剧》《小说时报》《小说世界》《小说月报》《新潮》《新青年》《新闻报》《新小说》《新月》《新中国》《学衡》《益世报》《游戏杂志》《珍珠帘》

著作：

艾星雨编著：《汉字传奇》，太原：山西教育出版社2015年版。

〔法〕鲍福著，周桂笙旧译，伍国庆选编：《毒蛇圈（外十种）》，长沙：岳麓书社1991年版。

北京大学等主编：《文学运动史料选》（第一册），上海：上海教育出版社1979年版。

陈福康：《中国译学理论史稿》，上海：上海外语教育出版社2000年版。

陈福康：《中国译学史》，上海：上海外语教育出版社2011年版。

陈红：《日语源语视域下的鲁迅翻译研究》，杭州：浙江工商大学出版社2019年版。

陈建华：《紫罗兰的魅影：周瘦鹃与上海文学文化（1911—1949）》，上海：上海文艺出版社2019年版。

陈杰、王欣主编：《跨文化视域下的美国研究》，成都：四川大学出版社2016年版。

陈平原：《陈平原小说史论集》（中），石家庄：河北人民出版社1997年版。

陈星：《丰子恺新传：清空艺海》，太原：北岳文艺出版社1998年版。

陈永生编著：《中国近代节制生育史要》，苏州：苏州大学出版社2013年版。

陈玉刚主编：《中国翻译文学史稿》，北京：中国对外翻译出版公司1989年版。

陈子展：《中国近代文学之变迁》，上海：中华书局1929年版。

丁新华：《郭沫若与翻译研究》，上海：上海交通大学出版社2014年版。

方华文：《20世纪中国翻译史》，西安：西北大学出版社2005年版。

方梦之、庄智象主编：《中国翻译家研究》（民国卷），上海：上海外语教育出版社2017年版。

冯玉文：《鲁迅翻译思想研究》，北京：中国社会科学出版社2015年版。

傅勇林等：《郭沫若翻译研究》，成都：四川文艺出版社2009年版。

顾钧：《鲁迅翻译研究》，福州：福建教育出版社2009年版。

郭延礼：《中国近代翻译文学概论》，武汉：湖北教育出版社1998年版。

韩一宇：《清末民初汉译法国文学研究（1897—1916）》，北京：中国社会科学出版社2008年版。

胡适：《尝试集》，上海：亚东图书馆1927年版。

胡适：《短篇小说》（第一集），上海：亚东图书馆1919年版。

胡适：《短篇小说》（第二集），上海：亚东图书馆1933年版。

胡适：《胡适文集》，北京：人民文学出版社1998年版。

黄嘉德编：《翻译论集》，《民国丛书》第三编（50）（影印版），上海：上海书店1991年版。

李春：《文学翻译与文学革命：早期中国新文学作家的翻译研究》，北京：中央编译出版社2019年版。

李寄：《鲁迅传统汉语翻译文体论》，上海：上海译文出版社2008年版。

李建梅：《文学翻译规范的现代变迁：从〈小说月报〉（1921—1931）论商务印书馆翻译文学》，成都：四川辞书出版社2012年版。

李亚舒、黎难秋等：《中国科学翻译史》，长沙：湖南教育出版社2000年版。

梁启超著，高淑兰编：《梁启超说佛》，北京：九州出版社2006年版。

廖七一：《20世纪上半叶文学翻译散论》，北京：科学出版社2020年版。

廖七一：《胡适诗歌翻译研究》，北京：清华大学出版社2006年版。

廖七一：《中国近代翻译思想的嬗变：五四前后文学翻译规范研究》，天津：南开大学出版社2010年版。

刘全福:《翻译家周作人论》,上海:上海外语教育出版社 2007 年版。

刘少勤:《盗火者的足迹与心迹——论鲁迅与翻译》,南昌:百花洲文艺出版社 2004 年版。

鲁迅:《鲁迅全集》(第二卷),北京:光明日报出版社 2015 年版。

罗新璋编:《翻译论集》,北京:商务印书馆 1984 年版。

罗志田:《权势转移——近代中国的思想、社会与学术》,武汉:湖北人民出版社 1999 年版。

骆贤凤:《鲁迅的翻译伦理思想研究》,北京:商务印书馆 2020 年版。

马祖毅:《中国翻译简史——"五四"以前部分》,北京:中国对外翻译出版公司 1998 年版。

马祖毅等:《中国翻译通史》,武汉:湖北教育出版社 2006 年版。

蒙兴灿:《五四前后英诗汉译的社会文化研究》,北京:科学出版社 2009 年版。

孟昭毅、李载道主编:《中国翻译文学史》,北京:北京大学出版社 2005 年版。

孟昭毅等:《中国东方文学翻译史》,北京:昆仑出版社 2014 年版。

潘艳慧:《〈新青年〉翻译与现代中国知识分子的身份认同》,济南:齐鲁书社 2008 年版。

潘正文:《"五四"社会思潮与文学研究会》,北京:新星出版社 2011 年版。

〔匈〕裴多菲著,兴万生译:《裴多菲文集》(第三卷),上海:上海译文出版社 1996 年版。

平保兴:《五四翻译理论史》,北京:中国文史出版社 2004 年版。

平保兴:《五四译坛与俄罗斯文学》,西宁:青海人民出版社 2004 年版。

齐鲁书社编:《藏书家》(第六辑),济南:齐鲁书社 2002 年版。

秦弓:《二十世纪中国翻译文学史》(五四时期卷),天津:百花文艺出版社 2009 年版。

任淑坤:《五四时期外国文学翻译研究》,北京:人民出版社 2009 年版。

上海图书馆编:《郭沫若著译书目》,上海:上海文艺出版社 1980 年版。

沈苏儒:《论信达雅——严复翻译理论研究》,北京:商务印书馆 1998 年版。

石曙萍:《知识分子的岗位与追求:文学研究会研究》,上海:东方出版中心

2006年版。

石晓岩:《重构与转型:〈小说月报〉(1910—1931)翻译文学研究》,北京:社会科学文献出版社2014年版。

苏畅:《俄苏翻译文学与中国现代文学的生成》,北京:社会科学文献出版社2013年版。

谭福民:《郭沫若翻译研究》,上海:上海交通大学出版社2014年版。

谭载喜:《西方翻译简史》,北京:商务印书馆2000年版。

田禽:《中国戏剧运动》,上海:商务印书馆1946年版。

涂兵兰:《民初翻译家翻译伦理模式构建及其影响研究》,北京:知识产权出版社2020年版。

王秉钦:《20世纪中国翻译思想史》(第二版),天津:南开大学出版社2018年版。

王宏印:《中国传统译论经典诠释——从道安到傅雷》,武汉:湖北教育出版社2003年版。

王宏志编:《翻译与创作——中国近代翻译小说论》,北京:北京大学出版社2000年版。

王宏志:《重释"信达雅":二十世纪中国翻译研究》,上海:东方出版中心1999年版。

王建开:《五四以来我国英美文学作品译介史(1919—1949)》,上海:上海外语教育出版社2003年版。

王锦厚:《五四新文学与外国文学》,成都:四川大学出版社1996年版。

王克非编著:《翻译文化史论》,上海:上海外语教育出版社1997年版。

王向远、陈言:《二十世纪中国文学翻译之争》,南昌:百花洲文艺出版社2006年版。

王向远:《二十世纪中国的日本翻译文学史》,北京:北京师范大学出版社2001年版。

王友贵:《翻译家鲁迅》,天津:南开大学出版社2005年版。

王友贵:《翻译家周作人》,成都:四川人民出版社2001年版。

王哲甫:《中国新文学运动史》,北平:景山书社1933年版。

王志勤:《跨学科视野下的茅盾翻译思想研究》,成都:四川大学出版社2019年版。

卫茂平:《德语文学汉译史考辨:晚清和民国时期》,上海:上海外语教育出版社2004年版。

吴钧:《鲁迅翻译文学研究》,济南:齐鲁书社2009年版。

咸立强:《译坛异军:创造社翻译研究》,北京:人民出版社2010年版。

谢天振、查明建主编:《中国现代翻译文学史(1898—1949)》,上海:上海外语教育出版社2004年版。

许宝强、袁伟选编:《语言与翻译的政治》,北京:中央编译出版社2001年版。

薛绥之、张俊才编:《林纾研究资料》,福州:福建人民出版社1983年版。

杨丽华:《中国近代翻译家研究》,天津:天津大学出版社2011年版。

杨四平:《跨文化的对话与想象:现代中国文学海外传播与接受》,上海:东方出版中心2014年版。

杨镇华:《翻译研究》,《民国丛书》第三编(50)(影印版),上海:上海书店1991年版。

于小植:《周作人文学翻译研究》,北京:北京大学出版社2014年版。

余光中:《余光中谈翻译》,北京:中国对外翻译出版公司2002年版。

郁达夫:《郁达夫文集》(第12卷:译文、其它),广州:花城出版社、香港:生活·读书·新知三联书店香港分店1981年版。

郁达夫:《中国人的出路》,西安:陕西人民出版社2013年版。

袁振英:《易卜生传》,香港:受匡出版部1928年版。

昝加禄、昝旺:《生命文化要义》,北京:人民军医出版社2013年版。

臧仲伦:《中国翻译史话》,济南:山东教育出版社1991年版。

查明建、谢天振:《中国20世纪外国文学翻译史》(上、下卷),武汉:湖北教育出版社2007年版。

张杰:《鲁迅杂考》,福州:福建教育出版社2006年版。

张南峰:《中西译学批评》,北京:清华大学出版社2004年版。

张中良:《五四时期的翻译文学》,台北:秀威资讯科技股份有限公司2005年版。

赵乐甡等主编:《中日比较文学论集》,长春:时代文艺出版社1992年版。

赵文静:《翻译的文化操控——胡适的改写与新文化的建构》,上海:复旦大学出版社2006年版。

赵稀方:《翻译现代性:晚清到五四的翻译研究》,天津:南开大学出版社2012年版。

赵稀方:《翻译与现代中国》,上海:复旦大学出版社2018年版。

《中国翻译》编辑部编:《诗词翻译的艺术》,北京:中国对外翻译出版公司1987年版。

中国翻译工作者协会等编:《翻译研究论文集(1894—1948)》,北京:外语教学与研究出版社1984年版。

中国社会科学院近代史研究所中华民国史组编:《胡适来往书信选》(上册),北京:中华书局1979年版。

周桂笙:《新庵笔记》,上海:古今图书局1914年版。

周作人:《空大鼓》,上海:开明书店1928年版。

邹振环:《20世纪中国翻译史学史》,上海:中西书局2017年版。

邹振环:《影响中国近代社会的一百种译作》,北京:中国对外翻译出版公司1996年版。

〔日〕樽本照雄著,李艳丽译:《林纾冤案事件簿》,北京:商务印书馆2018年版。

论文:

陈伟:《中国文学外译:基于文明与对话》,《中国社会科学报》2017年7月31日第4版。

耿强:《中国文学走出去政府译介模式效果探讨——以"熊猫丛书"为个案》,《中国比较文学》2014年第1期。

郭延礼:《都德〈最后一课〉的首译、伪译及其全译文本》,《中华读书报》2008年4月16日第19版。

韩一宇:《都德〈最后一课〉汉译及其社会背景》,《文艺理论与批评》2003年第1期。

胡安江、梁燕:《多元文化语境下的中国文学"走出去"研究——以市场机制和翻译选材为视角》,《山东外语教学》2015 年第 6 期。

黄忠廉、刘丹:《严复翻译实践考——严复变译研究之一》,《山东外语教学》2014 年第 4 期。

黄忠廉:《"翻译"定位及其名实谈》,《东方翻译》2015 年第 3 期。

江枫:《形似而后神似——在 1989 年 5 月全国英语诗歌翻译研讨会上的发言》,《中国翻译》1990 年第 2 期。

焦雅君:《沧海种田——叶嘉莹先生的诗词人生》,《光明日报》2018 年 7 月 15 日第 5 版。

李伟荣:《中国文化"走出去"的外部路径研究——兼论中国文化国际影响力》,《中国文化研究》2015 年第 3 期。

穆雷、欧阳东峰:《史学研究方法对翻译史研究的阐释作用》,《外国语文》2015 年第 3 期。

穆雷:《重视译史研究　推动译学发展——中国翻译史研究述评》,《中国翻译》2000 年第 1 期。

倪秀华:《建国十七年外文出版社英译中国文学作品考察》,《中国翻译》2012 年第 5 期。

秦弓:《易卜生热——五四时期翻译文学研究之二》,《中国社会科学院研究生院学报》2003 年第 4 期。

屈文生:《"新翻译史"何以可能——兼谈翻译与历史学的关系》,《探索与争鸣》2021 年第 11 期。

屈文生:《翻译史研究的主要成就与未来之路》,《中国翻译》2018 年第 6 期。

任东升:《在美国出版的第一部"红色"小说》,《中国海洋大学校报》2015 年 12 月 24 日第 4 版。

任淑坤、刘波:《拓宽中国文学外译的传播途径》,《社会科学报》2019 年 2 月 21 日第 5 版。

任淑坤:《鲁迅韦努蒂翻译思想的差异》,《北京师范大学学报》(社会科学版)2014 年第 5 期。

舒晋瑜:《中国文学对外译介蓄势待发》,《中华读书报》2010 年 8 月 18 日第

5 版。

王成:《〈苦闷的象征〉在中国的翻译及传播》,《日语学习与研究》2002 年第 1 期。

王峰、陈文:《国外翻译史研究的课题、理论与方法》,《中国外语》2020 年第 3 期。

王宁:《文化翻译"走出去"的传播路径与策略》,《中国社会科学报》2018 年 1 月 8 日第 4 版。

谢天振:《百年五四与今天的重写翻译史——对重写翻译史的几点思考》,《外国语（上海外国语大学学报）》2019 年第 4 期。

谢天振:《中国文化走出去不是简单的翻译问题》,《社会科学报》2013 年 12 月 5 日第 6 版。

许钧:《翻译精神与五四运动——试论翻译之于五四运动的意义》,《中国翻译》2019 年第 3 期。

许钧:《翻译是先锋,语言是利器——五四运动前后的翻译与语言问题》,《外国语（上海外国语大学学报）》2019 年第 4 期。

许明武、聂炜:《"重写翻译史":缘起、路径与面向》,《外国语文》2021 年第 6 期。

许苏民:《危机与探寻——"中学西渐"的分期、特点及其规律》,《学习与探索》1992 年第 6 期。

阎浩岗:《从文学角度看"红色经典"》,《河北大学学报》(哲学社会科学版) 2005 年第 3 期。

赵稀方:《〈新青年〉的文学翻译》,《中国翻译》2013 年第 1 期。

赵稀方:《重写翻译史》,《中国比较文学》2021 年第 2 期。

郑敏宇:《叙说百年历程,再述翻译价值》,《外国语（上海外国语大学学报）》2019 年第 4 期。

邹新明:《胡适翻译莪默〈鲁拜集〉一首四行诗的新发现》,《胡适研究通讯》2009 年第 3 期。

后　记

　　本书是国家社科基金项目"五四时期外国文学翻译的言说与实践研究"的结项成果，也是我在南开大学求学期间所作博士论文的姊妹篇。我对五四时期外国文学翻译的关注和研究正是起源于博士论文，毕业后在承担教学任务的同时继续在这个领域探索。经过一段时间的磨炼后，在专业领域有了一定的知识积累，又逢学院积极组织和鼓励国家社科基金项目的申报，幸运得中。从课题立项到结项、书稿出版，历时六年，其中的甘苦如鱼饮水，唯有自知。虽然课题结项，书稿出版，但对五四时期外国文学翻译言说与实践的研究仍然意犹未尽，实践远比言说所宣扬的"直译"和"忠实"更丰富多彩，更能揭示翻译的本质和翻译中一些不可回避又不愿承认的事实，翻译的复杂性和历史转折的时代背景使得这一时期的翻译难以被简单定义和评价。因而，未来我会将更多的注意力放在对翻译作品的整理、阅读和研究上。

　　现代社会，没有人是一座孤岛，万事万物亦是如此。饮水思源，虽然已毕业多年，但我依旧要感谢培养我的老师们。感谢我的导师崔永禄教授，感谢老师的严格要求和耐心引领，我才得以进入学术研究之门，为此后的教学和研究打下坚实的基础。感谢刘士聪教授令人如沐春风的授课和教导，直至现在，老师依旧时常给我们推送微课和学术信息，令人感动。感谢王宏印教授，斯人虽逝，但他的学术精神和学术成果依旧是我们汲取力量的源泉。感谢我的同学们，依旧时常交流学术信息，分享学术资源，虽然多年不见，却保持着不必刻意联系但可以随时联系的最舒服最亲近的关系。

　　该课题研究的顺利开展是很多人共同努力的结果。感谢河北大学外国语学院、燕赵文化高等研究院、社会科学处的领导和老师们在课题申报、研究、结项和书稿出版过程中的诸多帮助。感谢我的研究生，他们有的帮助我查阅和梳理了部分资料,有的帮助我校对了书稿。感谢商务印书馆许晓娟老师、张艳丽老师和薛亚娟老师,她们专业又细心,为书稿的出版付出了辛勤的汗水。最后还要感谢我的家人,有他们的支持,我才能在生活的千头万绪中顺利完成课题研究。

任淑坤

2023 年 7 月

图书在版编目（CIP）数据

五四时期外国文学翻译的言说与实践 / 任淑坤著. —北京：商务印书馆，2023
ISBN 978-7-100-22729-2

Ⅰ.①五… Ⅱ.①任… Ⅲ.①文学翻译—文学史研究—中国—民国 Ⅳ.① I046 ② I209.6

中国国家版本馆CIP数据核字（2023）第127986号

权利保留，侵权必究。

五四时期外国文学翻译的言说与实践
任淑坤 著

商 务 印 书 馆 出 版
（北京王府井大街36号 邮政编码100710）
商 务 印 书 馆 发 行
北京顶佳世纪印刷有限公司印刷
ISBN 978-7-100-22729-2

| 2023年8月第1版 | 开本 787×1092 1/16 |
| 2023年8月北京第1次印刷 | 印张 20¼ |

定价：98.00元